邓云乡集

云乡丛稿

邓云乡 著

中华书局

图书在版编目（CIP）数据

云乡丛稿/邓云乡著. —北京：中华书局，2015.4
（邓云乡集）
ISBN 978-7-101-10471-4

Ⅰ.云… Ⅱ.邓… Ⅲ.随笔-作品集-中国-当代
Ⅳ.I267.1

中国版本图书馆 CIP 数据核字（2014）第 235366 号

书　　　名	云乡丛稿	
著　　　者	邓云乡	
丛 书 名	邓云乡集	
责任编辑	胡正娟	
出版发行	中华书局	
	（北京市丰台区太平桥西里 38 号　100073）	
	http://www.zhbc.com.cn	
	E-mail：zhbc@ zhbc.com.cn	
印　　　刷	北京瑞古冠中印刷厂	
版　　　次	2015 年 4 月北京第 1 版	
	2015 年 4 月北京第 1 次印刷	
规　　　格	开本/880×1230 毫米　1/32	
	印张 13½　插页 4　字数 300 千字	
印　　　数	1-6000 册	
国际书号	ISBN 978-7-101-10471-4	
定　　　价	42.00 元	

小丁 绘

邓云乡，学名邓云骧，室名水流云在轩。一九二四年八月二十八日出生于山西灵丘东河南镇邓氏祖宅。一九三六年初随父母迁居北京。一九四七年毕业于北京大学中文系。做过中学教员、译电员。一九四九年后在燃料工业部工作，一九五六年调入上海动力学校（上海电力学院前身），直至一九九三年退休。一九九九年二月九日因病逝世。一生著述颇丰，主要有《燕京乡土记》、《红楼风俗谭》、《水流云在书话》等。

一九八八年邓云乡与端木蕻良（右）于端木寓楼

水流雲在簠簋

谢国桢题《水流云在丛稿》

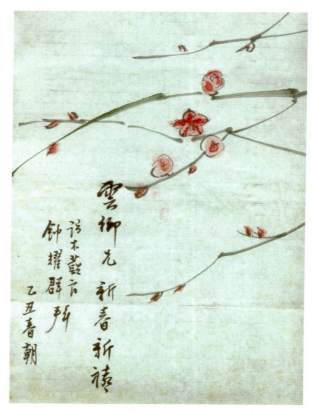

端木蕻良偕妻钟耀群致邓云乡手绘新年贺笺

出版说明

　　邓云乡(一九二四—一九九九),学名邓云骧。山西灵丘人。教授。作家,民俗学家,红学家。出生于书香世家,祖父和父亲都曾在清朝为官。幼时生活在山西灵丘东河南镇,一九三六年初随父母迁居北京,一九四七年毕业于北京大学中文系。做过中学教员、译电员。一九四九年后在燃料工业部工作,一九五六年调入上海动力学校(上海电力学院前身),直至退休。

　　邓云乡学识渊博,文史功底深厚。为文看似朴实,实则蕴藏着无穷的艺术魅力。其旁征博引,信手拈来。不论叙述民风民俗,描摹旧时胜迹,抑或是钩沉文人旧事,探寻一段史实,均娓娓道来,语颇隽永,耐人寻味。

　　此次中华书局整理出版的邓云乡作品集,参考了二〇〇四年版《邓云乡集》,并参校既出的其他单行本。编辑整理的基本原则是慎改,改必有据。具体来说,就是:

　　一、凡工作底本与参校本文字有异者,辨证是非,校订讹误。

　　二、凡引文有疑问之处,若作者注明文献版本情况,则复核该版本;若作者未能注明的,或者版本不易得的,则复核通行本。

　　三、作者早年著述中个别用字与当代通行规范不合者,俱从今例。

　　四、作者著述中某些错讹之处,未径改者加注说明。

　　五、本次整理对某些书稿做了适当增补,尽量减少遗珠之恨;有的则重新编排,以更加方便阅读。

邓云乡与中华书局渊源颇深,生前即在中华书局出版《红楼风俗谭》、《文化古城旧事》、《增补燕京乡土记》、《水流云在丛稿》等多部著作。此次再续前缘,我们有幸得到其家属的大力支持,不仅提供了邓云乡既出的各种单行本作为编辑工作的参考,并以其私藏印章、照片、手稿见示,以成图文并茂之功,在此谨致谢忱。

中华书局编辑部

二〇一四年十二月

目　录

民俗文化

书人书事

杂　谈

民俗文化

风俗、历史、文化

——民俗琐谈

　　风俗是既有传统，又富有变化的；历史是时间的延续，不断前进的；文化是既有继承，又有发展的……

　　因为写了几本有关北京和《红楼梦》的风俗旧事的书，又参加拍了一部《红楼梦》电视剧，挂了一个"民俗指导"的衔，便被朋友们一会儿叫作"红学家"，一会儿叫作"民俗学家"，真是感到惭愧得很，只不过比年轻朋友多活了几年，杂七杂八地看了几本无用的书，照《儒林外史》马二先生所说，都是些无用的"举业"，既不能做官，也不能发财，哪里配称什么"家"呢？只是爱好此道，喜欢结合书中所写，神游今古；结合生活经历，留心俗事赏鉴生活而已，岂敢望成家哉！

　　现在民俗学是很摩登的，因为外国人也讲求此道，大范畴来讲：人类学、民族学、社会学。小范畴来讲：宗教学、民俗学……具体到实际上，饮食、衣着、建筑、礼仪、婚丧、娱乐等等生活习惯，因国家、民族、地区而异。中国过去说：百里不同风。各地区差别都很大，至于不同民族、不同国家，那就各有传统，差异更大了。地区差异而外，又随着时代的发展，地区之间，民族、国家之间，互相交流，不断变化着。距离越远，时代越长，差异越大，隔阂也越多，而人类又富于好奇心、求知欲，文化越发达，知识越广泛，来往越频繁，就越想多知道一些不同的奇风异俗，或以好古之心，想了解其历史；或以好奇之心，想探索其源流；或以爱美之心,鉴赏其表面;或以好善之心,雅爱其淳真……总之,人们对于这样一些知识学问感兴趣,去注意它,去研究它,出发点总是好的,对人们的文化生活,总是起到丰富作用的,对精神文明的建设说来也是有益的。

民俗学来源于民俗,民俗来源于生活,这样说大概不会错。民俗按我国古语习惯,也可以说成是民间风俗,在历史传统上,虽然不大说民俗,而风俗却是说了有两千多年的老话。什么叫"风俗",《汉书》中解释说:"凡民函五常之性,而其刚柔缓急,音声不同,系水土之风气,故谓之风;好恶取舍,动静亡常,随君上之情欲,故谓之俗。"大抵人类的生活,总不外受两方面的影响,一是自然的、二是人为的。前者如地理环境、气候条件、经济物产等等,后者如政治、宗教、教育、文化、战争等等。再加历史的因素,前者形成其传统特征,后者又促使其不断变化。这样"风俗"两字,概括的面更全更广,似较民俗的内涵更有概括性,因此如把进口的"民俗学",转称为内销的"风俗学",不是也很好吗?

广阔的世界、悠久的历史,要把地球上自有人类以来的各种民俗或风俗了解个大概,这真是比一部"不知从何说起"的"二十四史",还要"不知从何说起",真所谓"生也有涯,而知也无涯",难免要望洋兴叹了。宏观既难,微观实也不易,有时候"身在此山中,云深不知处",有时某地风俗中的一桩事,尽管好多人在做,却只知其当然,而不知其所以然。手头有一本六十二年前顾颉刚先生编的《妙峰山》,这是当时北京延续了几百年的最盛大的庙会,年年四月庙会开时,有组织的朝山赶庙的善会以百数个计算,有组织的香客和自行前往的有多少万人。顾颉刚先生和北京大学研究所的同仁特地组织调查团,去妙峰山做了一次实地调查,参加的人都写了调查记或日记,详细记录了看到的一切。但调查虽然详尽，却也只是表面的纷繁的现象，只是留下了历史的实录，供后人去想象其盛况。本质的东西也很难了解透彻，如提到宏观理论上来看，那也就更难了。顾颉刚先生归纳了两点：一是虔诚的迷信活动，"有了国家的雏形"；二是风景特别好，"能给进香者满足的美感"。前者是宗教、政治因素，后者是自然环境影响；前者是迷信的心理在支配，后者是愉快的感受在驱使。而在千千万万的进香者中，也并不完全是一致的心态，有的偏重于前者，有的偏重于后者，而其程度也各不一样，但不辞辛劳，朝山赶会的行动却是一致的，这就形成延续了几百年的妙峰山庙会盛况。作为民俗，它是一种历史的存在；作为风俗调查者、民俗研究者，就要微观它的表现，调查研究它的历史，想象分析它的成因，宏观它的社会影响，文化意义。或赞扬之、提倡之，或诱导之、改变之……我想这既是有趣的，又是有意义的，当然也是很难的，要踏踏实实读书、调查、研究、想象……总之，要付出很大的努力。

风俗中每一桩小事，都有它广泛的与群众生活密切相关的群众基础，又有它岁月悠久的历史习惯，还有地理、物产、气候等等因素的良久影响，再有各种宗教、政治原因，在某些个时期，最后这种原因起了很大的作用。（就我国历史讲，其特征政治总是主要的，宗教只是部分的，一直没有形成过全国的影响。）这些都能使好此者在某些小事上引起许多有趣的想象，比如近年发现的秦俑，"始作俑者，其无后乎?"这是"俑"这一风俗的最大的表现，是极端迷信和专制政治的巨大表现，现代参观者有的人赞赏其伟大，这是人的某种本能迷信权势的表现；有的赞赏其精美，这是人的本能中爱美的感情的流露……这些感觉都是自觉不自觉产生表露出来的。如果以政治历史的知识看，就会联想到嬴政的暴政和专制，单为他个人修个坟墓，尽管埋的是泥人，不是活人，也不知动用多少劳役，掠夺多少当时活人的财富，才修了这样的坟，试想当时被劳役的、被掠夺财富的人的家庭，有多少怨恨、悲剧、诅咒……有多少人因此而家破人亡，妻离子散，今日参观，某些人可能唾骂之，又哪里值得赞叹呢？假如再从工艺上想象，则另有趣味，我先想那么许多大泥人，如果全是高手艺人去塑，那得要多少高手艺人，多少时间塑成呢？想象中几乎是不可能的。后来想大概是模子脱的，先做成几十个模子，然后用胶泥去脱，这就可制造几百几千，方便多了。因此我联想到我小时候玩过的泥人模子，这小小的玩具，似乎和两千年前的秦俑，有着千丝万缕关系，在风俗演变，源远流长中，这样一个小事物，细想起来，也多么有趣呢？

　　中国、日本、朝鲜、越南等国人吃饭用筷子，欧美等国人用刀、叉、勺，亚洲、非洲有些国家人吃饭用手抓。我有时主观设想这一有趣的问题，为什么这样呢？大概是最早开始在篝火中取熟食时，中国等地先民多吃芋栗之类干果，用两个木棍一夹就可取出，随便敲敲壳就可食用；欧洲先民多在火中取食渔、猎动物，要用尖锐有叉的硬的枝杈叉出，用锋利的石片切割；而南亚及非洲等处热带先民，熟食较晚，多以手采野果充饥，这样年代久远，世界上就形成用刀叉、用筷子、用手抓三种不同的吃饭的形式。生活所关，风俗所系，如何形成，年代久远，无法考证了，想象其原因也很难了。现代科学，促使人类交往日渐频繁，相隔万里朝夕可至，因而风俗的差异、互相的隔阂，也不断发生着巨大的变化，隔阂也日见其缩小。即以用筷子而论，七十多年前，闻一多先生在美国留学时，他的房东老太太反复问他中国吃饭总是拿两根木棍吗？有一次吃通心面，又问他，难道吃面也用两根木棍吗？到此闻一多先生才恍然大悟，原来她一直以为用筷子也像用刀叉一样，是一只手拿一根。这就是风俗，也可以说是民俗的隔阂，时至今日，欧美到处都有中国菜馆，用筷子吃饭对在欧美大都市中的人说来，似乎已不稀奇了。

民俗中不少活动，有迷信的成分，这和宗教的信仰是很难严格划分开的。如妙峰山庙会，便是这样。但对当时京、津二地手工业者及四乡农民，却是一种很健康的、有益身心的活动，不但使个人通过朝山的活动，身心双畅，而且培养了一种自觉热心公益事业的奉献精神，比强迫其做这做那，或空口说教，宣传其做这做那有效得多。因而重视、讲求、研究民俗，其意义更在于引导民众发展丰富、健康的文化生活。

民俗中落后的、愚昧的、甚至于很坏的、犯罪的成分都有，外国有，中国传统的也不少，要防止其沉渣泛起，就要从文化、教育入手，提倡、宣扬其好的方面，抑止，甚至防范、禁止其坏的东西。在提倡民俗学的同时，我想也必须注意到这点。

元人词中之北京风俗

——欧阳玄《渔家傲南词》解说

一、前　言

　　八十年代初，我为一新闻社写北京感旧专稿，常常阅读北京风俗旧籍，多为明、清以来者，元以前者较少。读欧阳玄《圭斋文集》，有《渔家傲南词》十二首，写元大都岁时风俗，极为旎丽，十分可喜，每思为之解说，惜时代久远，多有不可能者，一时难以说明。只曾写一短文，刊于《北京晚报》"百家言"栏目，赞赏其写北京五月风光："月傍西山青一掐"，用俗语状景俊俏。迥不同于宋人词婉约，豪放之典雅用语，似为元人词语之特有风格。自此而后，十五六年间，仍未忘情于此十二首《渔家傲》，时常翻阅吟诵，而迄未敢写解说长文。今年夏秋之间，先后收到华盛顿大学陈学霖教授寄赠的研究北京建城传说的学术专著《刘伯温与哪吒城》，这是陈教授用二十年时间完成的学术专著。接着又收到堪培拉大学柳存仁教授的长篇巨著《大都》，是直接以元大都作书名，以民国初年北京风俗为背景写的故事。又读留学研究元史的傅乐淑教授的《元宫词百章笺注》。读了以上这些学人专著后，不禁想象元大都的朔漠繁华、燕山旧事，又想起欧阳玄的《渔家傲》，于是找出《圭斋文集》，元史、元人诗、曲等寒舍存有的一些破书，以及北京古籍出版社新刊的《析津志辑佚》、三十年代李家瑞编的《北平风俗类征》等书,并印证瞿兑之先生"旧注"。东翻翻,西查查,七拼八凑,用这十二首《渔家傲》,印证自己幼年北国所见,并一一加以介绍说明,以完成此十五六年之心愿。在正式解说词篇之前,先将作者欧阳玄作一介绍。

欧阳玄,字原功,湖南浏阳人,是北宋欧阳修的后代。欧阳修后人分籍庐陵和宜春。欧阳玄籍宜春,其曾祖父、祖父在湖南做小官,爱浏阳山水,就定居浏阳。欧阳玄生于元至元二十年(一二八三年),幼小很聪明,八岁就能作文。后从宋进士受业。元延祐元年(一三一四年),下诏设科取士,并命各省访求遗逸。玄以《天马赋》中第一,赐进士及第,即俗称"状元"。先后官平江(苏州)、太平路芜湖等地。泰定元年(一三二四年)时召为国子博士,泰定四年(一三二七年)试进士于礼部。不久授翰林待制,奉议大夫。至顺元年(一三三〇年)诏修《皇朝经世大典》,书成后,升艺文大监,旋拜翰林直学士、中宪大夫、知制诰,同修国史等。元代泰定、至顺间,政局不稳,二三年间,换了四五个皇帝。至顺三年(一三三二年),欧阳玄在大都做官已七八年,久客思乡,又感于政局及大都之风俗繁华,写了《渔家傲》十二首,其前有《序》云:

> 余读欧公李太尉席上作十二月《渔家傲》鼓子词,王荆公亟称赏之。心服其盛丽,生平思仿佛,一言不可得。近年窃官于朝,久客辇下,每欲仿此作十二阕,以道京师两城人物之富,四时节令之华,他日归农,或可资闲暇也。至顺壬申二月,玄修大典既毕,经营南归,属春雪连日,无事出门,晚寒附火,私念及此,夜漏数刻,腹稿具成。枕上不寐,稍谐叶之。明日笔之于简,虽乏工致,然数岁之中,耳目之所闻

见，性情之所感发者，无不隐括概见于斯。至于国家之典故，乘舆之兴居，与夫盛代之服食器用，神京之风俗方言，以及四方宾客宦游之况味，山林之士未尝至京师者，欲有所考焉，此亦可见其大略矣。

对于写这些词的时代背景、写作情况，序中说的十分清楚，不必多赘。欧阳玄是元代后期的重要文臣，官至中书省右丞相。在元朝最后一个皇帝顺帝妥懽帖睦尔在位三十五年间，做了二十年官，于至正十七年十二月死在大都崇教里寓舍，葬京西香山石井村；留有《圭斋文集》十六卷。欧阳原功居官平易近人，当时有孙凤洲《赠欧阳圭斋》诗云："圭斋还是旧圭斋，不带些儿官样回。若使他人居二品，门前车马动如雷。"颇为传诵一时。

序中所说鼓子词，始于北宋，一个曲调反复歌咏，中间可夹杂散曲言词。形式有似诸宫词，唯诸宫调为连续不同宫调之套数，而鼓子词则只用一个曲牌。著名者如赵令畤之《蝶恋花》十二阕，欧阳修之《渔家傲》十二阕。《渔家傲》词、曲均有此牌名，最著名者为范仲淹"塞上秋来风景异"起句之《渔家傲》；清万红友编《词律》，选周邦彦"灰暖香融消永昼"作为《渔家傲》之例词。

三十年代初，瞿兑之先生写《杶庐所闻录》，曾介绍欧阳玄之《渔家傲》词，并加注意，只是过于简单。今在逐月解说之前，先全抄瞿注，以便印证。《杶庐所闻录》先刊"申报月刊"，后出单行本，唯早已绝牌，难以见到。近山西古籍出版社出版《民国笔记小说大观》，收入此书，唯错字较多，均照《四部丛刊》本《圭斋文集》一一校阅，予以改正。

二、解　说

正月都城寒料峭,除非上苑春光到。元日班行相见了。朝回早,阙前褫帕欢相抱。　　汉女姝娥金搭脑,国人姬侍金貂帽。绣毂雕鞍来往闹。闲驰骤,拜年直过烧灯后。

> 瞿氏原注,按,此言都城气候至正月仍寒冽也。褫帕未详,相抱为蒙古相见礼。"金搭脑"二句见汉、蒙妇女妆饰之异。都中妇女元旦后五日不出门,故灯节后数日尚拜年,今厂肆庙会尚至十六日闭会,可见其来旧矣。"骤"、"后"韵与"峭"、"到"不合,盖欧阳氏以其乡音入词。

北京旧历新年在立春前后,在五九、六九之间,即冬至过后五十余日,冰尚未化,寒风仍大。室外温度均在零下六七度,雪后可能更低。历代诗文笔记中写到春寒的很多,明人袁中郎《满井游记》一开始就写道:"燕地寒,花朝节后,余寒犹厉。"花朝尚有余寒,何况春在正月,就生活情况,季节感受来说,还与严冬差不多。但风向已转,太阳的威力渐增,湿气上浮,如果苑囿临水背阴的地方,就有一种明显的暖洋洋的春的感觉了。过去在北京做学生的时候,于南海迎熏亭、太庙后河沿紫禁城下玩,都有过明显的感觉。因而开头两句写大都的正月,几百年间并没有改变,同后来是一样的。

正月初一,朝廷元正受朝,历代都是一样的。各朝都有详细规定。《元史·礼乐志》之一,就有"元正受朝仪",记道:

前期三日，习仪于圣寿万安寺（或大兴教寺）。前二日，陈设于殿庭。至期大昕，侍仪使引导从护尉，各服其服……皇帝出阁升辇，鸣鞭三。侍仪使……导至大明殿外。……

然后再到皇后处，皇后也出阁升辇，两宫同升御榻，左右大臣官吏等分班报班，宣赞唱拜兴之礼，群臣依次拜兴、平身、搢笏、三叩头山呼、舞蹈等等礼数，十分复杂。直到"僧、道、耆老、外国蕃客以次而贺。礼毕，大会诸王、宗亲、驸马、大臣，宴飨殿上，侍仪使引丞相等升殿侍宴。凡大宴，马不过一，羊虽多，必以兽人所献之鲜及脯、鱐，折其数之半。预宴之服，衣服同制，谓之质孙。四品以上，赐酒殿上。典引引五品以下，赐酒于日精、月华二门之下"。这就是"元日班行"的过程。《析津志辑佚》"岁纪篇"也记道：

正月一日，百官待漏于崇天门下，二日后，内外百辟朝贺饮宴。

所记均可印证《元史》记载及欧阳词所咏。

"欢相抱"，蒙古人礼节，西域人亦均此礼，现在外国这种礼节还很普遍。而"襥帕"一词，帕是幞头，襥即夺字，难道是互相夺了幞头相抱吗？好像说不通。因而疑是"襥魄"之误。手头只有四部丛刊本《圭斋文集》，乃据明成化本影印，作"襥帕"。而"襥魄"一词，见张衡《东京赋》：

冈然若酲，朝疲夕倦，夺气襥魄之为者也。

12

"醒"是酒醉初醒的样子,元日朝贺四品以上赐宴,五品以下赐酒,散班之后,必然都喝的醉醺醺的。阙前相见,欢欣拥抱,犹有醉意,因用"禠魄"一典,十分形象。或笔误,或刻错,也是有的。但不能确定,只能存疑了。

"金搭脑",汉女装束;"金貂帽",国人侍姬装束;"国人",蒙古人。金貂帽,貂皮小帽子,直到今天,仍然时兴。虽然样式不同,其貂皮帽子则是一样的。至于汉女,只是金国人,包括女真和北几省的汉人,江南人叫南人。金搭脑是金头饰,挂在头上的,两边椭圆形或梭形的两片中间连在一起较狭,两边包在两鬓,亦可护耳,中间额前外面镶金饰或珠宝之类,既可护暖,又有美观妆饰,但不同于帽子,上面无顶。冬天既可保暖,又是华丽妆饰,几十年前,北方老年妇女戴这种妆饰,大多是乌绒的,中间脑门处钉珠子、玉一类饰物。"绣毂雕鞍"就是华丽的车和马,这是一般的形容,只是形容其节日里往来频繁,十分热闹而已。"拜年直过烧灯后",热闹情况见《析津志辑佚》"岁纪篇":

> 正月一日……京官虽已聚会公府,仍以岁时庆贺之礼相尚往还迎送,以酒醴为先,若肴馔,俱以排办于案桌矣。……至十三日,人家以黄米为糍糕,馈遗亲戚,岁如常。每于诸市角头,以芦苇编夹成屋铺,挂山水翎毛等画,发卖糖糕、黄米枣糕之类,及辣汤、小米粔。又于草屋外悬挂琉璃葡萄灯、奇巧纸灯、谐谑灯与烟火爆仗之属,自朝起,鼓方静,如是者至十五、十六日方止。……十六日名烧灯节。

至本世纪三四十年代,北京仍叫正月十六为落灯节。六七百年中,由大都到世纪前期北京、北平,正月风俗几乎是一贯的了。

二月都城春动野,引龙灰向银床画。士女城西争买架,看驰马。官家迎佛喧兰若。　水暖天鹅纷欲下,鹰房奏猎催车驾。却道海青逢燕怕。才过社,柳林飞放相将罢。

> 瞿氏原注:银床画灰未详。元代以南苑为飞放泊,育凫雁,为射猎之所。海青,鹰名也。社后罢猎,所以顺天时育万物也。

按"引龙灰向银床画",为二月二龙抬头风俗,并以草灰从大门外引起,沿院中墙角不断,蜿蜒直到内宅卧床脚绕一圈,再到厨房水缸下绕一圈,再到财神龛前为止。一是熏虫蚁,有消毒作用。又有迷信求财思想,由门外联绵不断,直到财神龛前。由北京直到北省各乡间,均有此俗,或叫"引龙回",或叫"引钱龙"。《析津志辑佚》"岁纪篇"记云:

> 二月二日,谓之龙抬头。五更时,各家以石灰于井畔周遭糁引白道,直入家中房内。男子、妇人不用扫地,恐惊了龙眼睛。

明人沈榜《宛署杂记》云:"都人呼二月二日为龙抬头,乡民用灰自门外蜿蜒布入宅厨,旋绕水缸,呼为引龙回。"刘同人《帝京景物略》云:"二月二日曰龙抬头,煎元旦祭余饼,熏床炕,曰熏虫儿,谓引龙,虫不出也。"明人去元代未远,所说"引龙回"、"引

14

龙"均如词中所说,如何引呢? 就是用草灰或谷糠由大门外墙根引起,上台阶,沿墙角,弯弯曲曲向里引进去。一定蜿蜒不断,十分好玩。二三十年代间,童年住故乡山镇祖宅,四五进院子,卧室、厨房、财神牌位均在三进院子内,年年二月二引龙回,一条灰线,沿墙角直入财神供桌下,历历如在目前也。

"士女城西"至"迎佛"句,乃元代大都二月之盛典,见《元史·祭祀志》:

世祖至元七年,以帝师八思巴之言,于大明殿御座上置白伞盖一,顶用素緞,泥金书梵字于其上,谓镇伏邪魔、护安国刹。自后每岁二月十五日,于大明殿启建白伞盖佛事,用诸色仪仗社直,迎引伞盖,周游皇城内外,云与众生祓除不祥,导迎福祉。岁正月十五日,宣政院同中书省奏请,先期中书奉旨移文枢密院,八卫拨伞鼓手一百二十人,殿后军甲马五百人,抬异监坛汉关羽神轿军及杂用五百人。宣政院所辖官寺三百六十所,掌供应佛像、坛面、幢幡、宝盖、车鼓、头旗三百六十坛,每坛擎执抬异二十六人,铙鼓僧一十二人。大都路掌供各色金门大社一百二十队,教坊司云和署掌大乐鼓、板杖鼓、筚篥、龙笛、琵琶、筝、纂七色,凡四百人。兴和署掌妓女杂扮队戏一百五十人,祥和署掌杂把戏男女一百五十人,仪凤司掌汉人、回回、河西三色细乐,每色各三队,凡三百二十四人。凡执役者,皆官给铠甲、袍服、器仗,俱以鲜丽整齐为尚,珠玉金绣,装束奇巧,首尾排列三十余里。都城士女,间阎聚观。礼部官点视诸色队仗,刑部官巡绰喧闹,枢密院官分守城门,而中书省官一员总督视之。先二日,于西镇国寺迎太子游四门,异高塑像,具仪仗入城。

十四日，帝师率梵僧五百人，于大明殿内建佛事。至十五日，恭请伞盖于御座，奉置宝舆，诸仪卫队仗列于殿前，诸色社直暨诸坛面列于崇天门外，迎引出宫。至庆寿寺，具素食，食罢起行，从西宫门外垣海子南岸，入厚载红门，由东华门过延寿门而西。帝及后妃、公主，于玉德殿门外，搭金脊吾殿彩楼而观览焉。及诸队仗社直送金伞还宫，复恭置御榻上。帝师僧众作佛事，至十六日罢散。岁以为常，谓之游皇城。

据以上记载，可见元代大都二月迎佛是极为隆重热闹的风俗盛事。光绪时樊彬《燕都杂咏》有诗道："白伞迎诸佛，皇城几度游。帝师多福利，膜拜遍王侯。"诗后注云："元每岁白伞迎佛，名游皇城。"就是后人咏唱这一古老风俗。"城西争买架"，什么是"架"呢？旧时北京称为"几架"、"几架"的有鹰。元代蒙古风俗，买鹰春猎，也完全讲的通。而且同后半阕"鹰房奏猎"句吻合。但是为什么要加"城西"呢？难道只有城西有卖鹰的吗？似乎有疑问。又与"看驰马"、"官家迎佛喧兰若"句连读，及前引《元史》，文中"都城士女，闾阎聚观"、"西镇国寺迎太子"、"西门宫外垣"等句理解，先可落实"城西"，即城西最热闹。这样"买架"一词，即非买鹰，必与看迎佛盛会有关，因而"买架"，是买"抬架"，即用木架由二人抬起观看。现在救伤员抬人仍叫"单架"，只抬一人谓之单。而元时之"架"，必有抬两人甚至多人者，在高处看的清。不用搭台，而用架，便于移动。"官家"一词，即天家、皇家。明周祈《名义考》中云："五帝官天下，三王家天下，称官家，犹言帝王也。"按"官天下"、"家天下"之说，见汉刘向《说苑》。宋、元两代，称皇帝多用"官家"一词。

"水暖天鹅纷欲下"句,二月冰化水暖易于理解。天鹅就是"一心以为鸿鹄将至"的鹄,动物学中列鸟类游禽类,学名"Cygnus bewicki"。体长三尺余,形似鹅,颈长,上嘴有黄色之瘤,全身纯白,脚黑,尾短。栖息河湖近旁水滨,繁殖于寒冷地带。陶宗仪《辍耕录》称之为"迤北八珍",即"醍醐、麆沆、野驼蹄、鹿唇、驼乳麋、天鹅炙、紫玉液、玄玉浆"。元代宫廷各种宴席,八珍中最重天鹅。宋末度宗时,钱塘汪元量,字大有,善琴,供奉内廷。宋亡,随三宫北去,入元代宫廷。后还钱塘,为黄冠,即道士,吟诗多记元宫诸事,人称"史诗"。有《十筵诗》、《湖州歌》,吟到天鹅者有:

> 每月支粮万石钧,日支羊肉六十斤。
> 御厨请给葡萄酒,别赐天鹅与野麀。
>
> 雪子飞飞塞面寒,地炉石炭共团围。
> 天家赐酒十银瓮,熊掌天鹅三玉盘。
>
> 夜来酒醒四更过,渐觉衾裯冷气多。
> 踏雪敲门双敕使,传言太子送天鹅。

《析津志辑佚》"物产"条亦有记载:

> 天鹅,又名驾鹅,大者三五十斤,小者二十余斤,俗称"金冠玉体乾皂靴"是也。每岁,大兴县管南柳中飞放之所。彼中县官每岁差役乡民,广于湖中多种茨菰,以诱之来游食。其湖面甚宽,所种延蔓,天鹅来千万为群。俟大驾飞放海青、鸦鹘,所获甚厚,乃大张筵会以为庆也,必数宿而返。

从上面所引《析津志》记载中，对这首词的后半阕会有更具体的理解。狩猎事自唐宋以来，即有五坊之设，即"雕坊、鹘坊、鹞房、鹰坊、狗坊"。元代鹰坊（坊亦写作房）十分重要。因元代统治者蒙古人北起朔漠，本为游牧民族，十分重视打猎，鹰房是专管狩猎的官署。《元史·百官志》："管领随路打捕鹰房民匠总管府，秩从三品，达鲁花赤一员、总管一员……"此官各省均有。另见《元史·兵志》"鹰坊、捕猎"条云："元制，自御位及诸王皆有昔宝赤（蒙古语译音），盖鹰人也。"又据叶子奇《草木子》卷四记："打捕鹰房万户府，岁用喂养肉三十余万斤。"可以想鹰房规模之大。陶宗仪《辍耕录》卷一："昔宝赤，鹰房之执役者，每岁以所养之海青获头鹅者，赏黄金一锭。头鹅，天鹅也。以首得之，又重过三十余斤，且以进御膳，故曰'头'。"词中说"海青逢燕怕"，上引文又说"海青"。海青是什么呢？是专捕天鹅的一种"鹰"。海青出自辽东海外，又名"海东青"。鹰之种类甚多，海青乃鹰之极品。《析津志》"翎之品"记云：

海东青，辽东海外隔数海而至，尝以八月十五日渡海而来者甚众。古人云："疾如鹘子过新罗"是也。努而干田地，是其渡海之第一程也。至则人收之，已不能飞动也。盖其来饥渴困乏，羽翮不胜其任也。自此而后，始及东国。有制，犯远流者至此地而能获海青者，即动公文传驿而归，其罪赎矣。尝诹昔宝赤云：海青之外一翅，七日至七八日始至努儿干，其气力不资或饥而眼乱者多溺死，凡能逮此地，无不健奋。故其于羽猎之时，独能破驾鹅之长阵，绝雁鹜之孤褰，奔众马之木鱼，流九霄之毛血。云间献奏，臂上功勋，此则海青之功也。论其贵重，常以玉山为之立（按指白海青）。

欲其爪冷，庶几无病，冬月则以金绣拟香墩与之立，夜则少令其睡。其替毛观其粪条，揣其肥瘠，进食而加减之。二替者则又有其说。按食之际，加药食次第焉。其首笼帽，多奇巧金绣，以小红缨、马尾为束紧之制。爪脚上有金环束之，系以软红皮系之。弗以红条，皆革也。若欲纵放，则解而纵之。横飞而直上，可薄云霄。"昔宝赤"者，国言养鹰之蒙古名，亦一怯薛请受而出身之捷径也。夫事鹰鹘之谨细养护，过于子之养父母也。于是松云子为之歌曰："饥饱有则，调摄有时，有添心、补心、泻心之法，有布轴、毛轴、药轴之施。飞则击鼓敲鱼以助其力，收则俯摹解渴以慰其饥。一出二出为止，一替二替三替为奇。海青则立乎饥玉山，鸦鹘则立乎绣皮。（按此二句费解。）撒条验其肥瘠，补翅助其奋飞。海青亦有数种，玉嘴玉爪为稀；黄鹰仍有几般，黄眼黑眼为异。"养喂之效，备见于斯，松云是说可采。乃亦想其庶几援翅者，以其翅别取翅接而补之。

所记十分全、十分细，可作"海青志"读。《草木子》亦有记载，但较简单。所记海青的养法，旧时北京玩鹰的鹰把式都懂得。只是"逢燕怕"未写明。海青乃俊鹰，为什么怕小小的燕子呢？这是十分有趣的问题。元初钱塘白珽（字廷玉）《续演雅十诗》之一道：

> 海青羽中虎，燕燕能制之。
> 小隙沉大舟，关尹不吾欺。

陈衍辑《元诗纪事》引《辍耕录》注云："海青，俊禽也。而群燕缘扑之即坠。物受于所制者,无小大也。"但查对中华版新印《南村辍耕录》却无此条,可能是所据版本不同。

社日,见《礼记·月令》篇,是古代春天祭祀的重要日子,据唐李林甫注,即春分前后,小燕春分前后,飞到北方,秋分前后,飞向南方。社日后即不再狩猎,正如瞿注所说:"所以顺天时育万物也。"

三月都城游赏竞,宫墙官柳青相映。十一门头车马并。清明近,豪家寒具金盘钉。　　墦祭流连芳草径,归来风送梨花信。向晚轻寒添酒病。春烟暝,深深院落秋千迥。

> 瞿氏原注:十一门者,每面三门,北面独二门。与今制相同。惟齐化、平则二门,居人尚用旧称。

元代以北京为大都,都城城垣共有十一门,《元史》及各书均有记载。今引张江裁《燕都风土丛书》所收乾隆时昆山顾森、字云庵所辑《燕京记》云:

> 元至元元年于中都东北置京城,城方六十里二百四十步,分十一门。正南曰丽正,左文明,右顺承;正东曰崇仁,东之南曰齐化,东之北曰光熙;正西曰和义,西之南曰平则,西之北曰肃清;北之西曰建德,北之东曰安贞。四年徙都之,九年改曰大都。

所说"中都",为金之中都,位置在今北京西南,即广安门、右安门一带。元代都城在金中都东北。为什么东、西、南各三门，只有北面两门，而设十一座城门呢？史书记载，最重要的设计、建造者是元代名臣领中书省事的刘秉忠。而且还有传说，是按照三头六臂的哪吒身躯俯伏形状建造的。前三门即三头，左右各三门即六臂，北面二门即双脚。哪吒本是梵语 Nata 的译音，原是佛教四大天王之一的毗沙门天王（Vaisravana）的第三太子。因佛教密宗经典被译作中文，传入我国，不少传说神话与中国道教结合，这样哪吒就变成道教神祇，成为唐初名将李靖即托塔李天王的三太子了。写入《封神演义》中，更是变化多端。据传刘秉忠建北京城，就以他的身体形象，作为鸟瞰标准了。元庐陵人张昱《辇下曲》云：

> 大都周遭十一门，草苫土筑哪吒城。
> 谶言若以砖石里，长似天王衣甲兵。

可见元代建城之初，即有"哪吒城"之说法，来解释其十一门之根据了。美国华盛顿大学历史系陈学霖教授对北京建城传说，用二十多年时间，深入研究，最近出版了《刘伯温与哪吒城——北京建城的传说》一书。明代北京城，还是在元大都的基础上兴建的，这样传说又把刘秉忠的业绩扯到刘伯温身上了。

"清明近"直到下半阕"深深院落秋千迥"句，都是写元代大都清明、寒食的游赏情况。元熊梦祥《析津志》"风俗"云：

> 清明寒食，宫廷于是节最为富丽。起立彩索秋千架，自有戏蹴秋千之服。金绣衣襦，香囊结带，双双对蹴。绮筵杂

进，珍馔甲于常筵。中贵之家，其乐不减于官闱。达官贵人，豪华第宅，悉以此为除被散怀之乐事，然有无各称其家道也。

清明寒食立秋千架玩秋千的风俗，早在辽代就已形成，沿习至元代。但明以后，立秋千之风俗已渐渐消失了。踏青扫墓的风俗一直保存着。《析津志》中亦有词记道：

三月京师寒食早，苑墙柳色摇宫草，太室荐新皇祖考。培街道，元勋衔命歌天保。　　紫燕游丝穿翠葆，桃花和饻清明到，追远松楸和泪扫。莺花晓，人心莫逐东风老。

此词亦《渔家傲》，但未注明作者，亦可与欧阳原功词参看。所说"豪家寒具"，与此词之"桃花和饻"均是寒食时节食品。"寒具"自汉代以来即有此名称。因寒食日为纪念火烧绵山被烧死之介子推，民间此日禁火，预先油炸食品，是日冷吃，谓之"寒具"。据李时珍《本草纲目》并引南宋林洪《山家清供》，说"寒具"就是后来的馓子，现在街头还到处有卖的。而"饻"字，即俗体饭字。"桃花和饭"又与扫墓，即"追远松楸和泪扫"连在一起，是一般叙述、描绘春天呢，还是别有所指，就不知道了。

四月都城冰碗冻，含桃初荐瑛盘贡。南寺新开罗汉洞，伊蒲供。杨花满院莺声弄。　　岁幸上京车驾动，近臣准备銮舆从。建德门前飞玉鞚。争持送，蒲萄马乳归银瓮。

瞿氏原注:四月始卖冰,以碗相击作声,至今如此。建德门即今德胜门。

按首句即写冰碗卖冰,瞿注过简,人阅之不易理解。明刘同人《帝京景物略》"春场"记曰:

立夏日启冰,赐文武大臣,编氓得买卖,手二铜盏叠之,其声嗑嗑,曰冰盏。冰着湿乃消,遇阴雨天,以绵衣盖护,煨乃不消。

"冰碗冻",就是街头卖冰人以二浅铜盏卡在一只手中上下相击,铮铮作响,曰"打冰碗"。幼年夏日街头,到处皆是,声音特别清脆,十分好听,而这一小小风俗,自元代流传,七八百年,且影响各地,据清顾铁卿《清嘉录》记载,苏州也有这一风俗。

"含桃初荐瑛盘贡",即向皇帝荐新进贡,用玉盘盛樱桃荐新。"含桃"即樱桃,典出《礼记》"羞以含桃"句。郑玄注:"今之樱桃。"另《吕氏春秋》高注:"莺鸟所含食,故言含桃。"《烬宫遗录》云:"四月尝樱桃,以为一岁诸果新味之始。"宫廷以樱桃荐新,自唐代即开始,数见王维、杜甫诗,至元代仍如此。《元史·祭祀志》"荐新"条云:"樱桃、竹笋、蒲笋、羊,仲夏用之。"民间风俗亦如此。直到三十年代,余童年在北京街头所见敲冰盏卖樱桃者,仍一幅风俗画也。

"南寺新开罗汉洞"句,南寺不知何寺。据旧本《顺天府志》引《析津志》寺观条记云:位于城南者,有归义寺、圣恩寺、大圣安寺、弘法寺、大悯忠寺(即现在之法源寺)等,均在辽旧城,即现在宣武区一带,均在元大都之内,但已是大都城外。另有宝集寺、宝塔寺、三觉寺等均注明在南城。其中以宝集寺为唐代旧刹,几经兴造,为大蓝若。所说"南寺罗汉洞",或即指此寺欤,终不能确指,甚憾。至"伊蒲供"三字,简言之,即素斋供佛也。按"伊蒲"梵语,即未出家之男性佛门弟子。此语入中国甚早,《后汉书》楚王英传中即有"以助伊蒲塞桑门之盛馔"句,"伊蒲塞"亦即"伊蒲"。"伊蒲供"即以伊蒲馔供佛,词人在此用典也。

元代皇帝每年四月去上都避暑,亦如清代前中期的皇帝去承德避暑山庄避暑。《元史·地理志》:

> 上都路,唐为奚、契丹地。金平契丹,置桓州。元初为札剌儿部,兀鲁郡王营幕地。宪宗五年,命世祖居其地,为巨镇。明年,世祖命刘秉忠相宅于桓州东、滦水北之龙冈。中统元年,为开平府。五年,以阙庭所在,加号上都,岁一幸焉。

其地在现在内蒙古自治区多伦县,滦河上游,清代称多伦诺尔旗,其地有多伦泊水域。遗址在多伦县西北四十公里。当时元代是蒙哥汗六年(即南宋宝祐四年,公元一二五六年)十月,忽必烈命刘秉忠于此筑宫殿、建都城的。三年而成,赐名开平府。后十五年,才建大元国号。至元至元二十年大都才建成。即开平元代宫殿在前,大都宫殿在后。两处宫殿多同名者,如清宁殿,大都、上都均有。另据《元史》诸本纪及前人元代宫词,上都元宫有大安阁、万安阁、歇山殿、鹿角殿、棕殿、崇福殿、洪禧殿、慈仁殿、穆清阁等建筑。北京在北纬四十度之南,而上都在北纬四十二度之北,尚在清代避暑山庄承德之北,自然夏天更为凉爽,是避暑胜地。元代各皇帝每年四月下旬去,八月回京。《析津志辑佚》"岁纪"云：

> 四月吾皇天寿……十七日天寿圣节，太史院涓吉日，大
> 驾幸滦京，遵成宪也。吉日预前期定。火室房子，即累朝老
> 皇后传下官分者，先起本位，下官从行。国言火室者，谓如
> 世祖皇帝以次俱承袭皇后职位，奉宫祭管一斡耳朵怯薛女
> 孩儿，关请岁给不阙。此十一宫在东华门内向北，延春阁东
> 偏是也。自驾起后，都中只不过商贾势力，买卖而已……

皇帝去上都，大臣等人自然也要跟了去，谓之"扈从"。至正
间参知政事周伯琦《扈从诗前序》道：大驾北巡上京，例当扈从。
是日启行至大口，留信宿，历皇后店，皂角至龙虎台，皆纳钵者，
犹汉言宿顿所也。按"纳钵"，乃元人袭用辽人语、契丹语，即文
言"行在"之意。近臣百官，追随銮驾向北行，出城门时，自然车
骑纷拥了，此即所谓"飞玉辇"也。但瞿注说"建德门"即今"德
胜门"，不确。因元代大都北面城墙在明、清北城墙北面十里处，
现在北京三环路经过北郊时还可看到元代残存之城墙遗迹，离
德胜门甚远。因而元建德门不能与后来之德胜门划等号。虽然
都在北面左侧同一位置，但向北尚有十里之遥，过了黑寺才是建
德门旧址呢。因上都在滦河上游北岸，即滦河之阳，所以又名
"滦阳"，又名"滦京"、"上京"。元代大臣随扈，不少诗人都留下
咏上都的诗，如萨都剌《上京即事》、杨允孚《滦京杂咏》等。

车驾北幸，大臣随扈，自然有许多送行、送礼者。送酒是最
重要的。"争持送，薄桃马乳归银瓮。"句中所说蒲桃即葡萄酒，
《草木子》中记云："蒲萄酒、答剌吉酒自元朝始。"所说"答剌吉
酒"即马乳酒，俗名马奶子酒。据傅乐淑《元宫词百章笺注》引

25

《黑鞑事略》云：

> 其军粮，羊与湩沴马（注曰：手捻其乳曰沴）。马之初乳，日则听其驹之食，夜则聚之以沴，贮以革器，颎洞数宿，味微酸，始可饮，谓之马奶子（忽迷思也）。

蒙古语"哈刺吉"即黑色马乳酒，列入八珍，谓之玄玉浆。我幼年，二舅父是走草地去蒙古经商的商人，到过乌里雅苏台（即现在伊尔库茨克），常听他说起喝马奶子酒，大概现在蒙古族牧民仍会做这种酒。"银瓮"则是锡镶大酒瓶，现在蒙古族仍在使用。

> 五月都城犹衣夹，端阳蒲酒开新腊。月傍西山青一掐。荷花夹，西湖近岁过莕雪。　　血色金罗轻汗褐，宫中画扇传油法。雪腕彩丝江玉甲。添香鸭，凉糕时候秋生楄。

> 瞿氏原注：五月衣夹，正是北都气候，凉糕亦肆中应时食品也。

据说现在世界气候北半球变暖了，此说未知确否？唯今年端午节前后去北京，天已较热。唯回忆五十余年前，抗日胜利前一年五月端午，陪侍先父汉英公北海闲逛，于靠近北门蚕坛大墙外树下露椅坐一时许。先父穿咖啡色旧哔叽夹袍，余穿咖啡色条子旧线呢夹袍，闲谈北京旧事及亲友消息。往年物价便宜时，均在茶座吃茶闲话，吃点心等当便饭后再回家，而此时十分穷，已无力于此，只能坐露椅上观赏风景，闲谈以消永日矣。因而印象特别深刻，正是"犹衣夹"之时，亦即瞿注所说之"北都气候"。自元以迄于本世纪中叶六七百年间，世事千变万化，而气候始终差不多。而端午蒲酒，亦自元代以前，一直延续到元代以后明、清以迄现代。《舆地广记》中记云："五月五日，家悬五雷符，插门以艾，午具角黍，渍蒲酒，阖家饮食之。以雄黄涂耳鼻，取避虫毒之义也。"端午风俗，全国都差不了多少，蒲酒各地都有。"开新腊"，即头年腊月以前酿的隔年酒，新开封也。

"月傍西山青一掐"句，十五年前，我曾因这句词写短文在报纸上介绍过元人词的特殊处，五月白天最长，西山看新月一勾，天尚未黑，一派蔚蓝沉碧，作者用"青一掐"，以"掐"字用在新月一弯上，以北京方言说的极为形象。而又押入声合、洽韵，极为俏劲。在宋人词中是不多见的。

西湖即今日之昆明湖，元代、明代均称西湖。陶宗仪《元氏掖庭记》记云：

> 凝香儿，本部下官妓也……京城北有玉泉山，帝于夏月尝避暑于北山之下曰西湖者，其中多荷蒲菱芡，帝做采菱小船，命宫娥乘之，以采菱为水戏。时香儿亦在焉，帝命制采菱曲，使蒿人歌之。

明蒋一葵《长安客话》"瓮山耶律丞相墓"条记云：

> 瓮山人家傍山小具池亭，桔橰锄犁咸置垣下。西湖当前，水田棋布，酷似江南风景。

另明沈榜《宛署杂记》"水"条记云：

> 西湖，在县西二十里玉泉山下，泉水潴而为湖十余里，荷蒲菱芡与夫沙禽水鸟出没隐映于天光云影中，实佳境也。

"苕霅"是苕溪和霅溪，源出天目山，流入太湖，在浙江湖州境内，唐诗人张志和自号"烟波钓徒"，愿浮家泛宅往来苕霅间。"苕霅"是唐宋以来有名的风景优美、江湖隐居之地。"过苕霅"者，说西湖已超过苕霅了。可见元时昆明湖、瓮山一带已成为游览胜地。

下半阕"血色金罗轻汗褶"，十分漂亮，写当时宫廷民间妇女时装。明初朱有燉《元宫词》之六道：

> 上都四月衣金纱，避暑随銮即是家。
> 纳钵北来天气冷，只宜栽种牡丹花。

傅乐淑笺注引杨瑀注云："余屡为滦阳之行，每岁七月半，郡人倾城出南门外祭奠，妇人悉穿金纱，谓之'塞金纱'，以为节序之称也。"上都妇女时装，自是向大都学的。这是暑天的艳装，而金纱似并非黄色，而是朱红闪金光的，因说"血色"。另有"单红梅花罗"、"紫罗"、"大红织金罗"等。"汗褶"一词，就是汗衫，老北京话中，到现在还有人说。而在元人词中就有了，这可以说是研究北京话历史的好材料。另朱有燉诗中"纳钵"一词，亦蒙古沿用辽契丹语，意即车驾行幸住宿之地。

"宫中画扇传油法"，虽"油法"的具体方法，不得而知，而宫中画扇，却是元代盛事。《析津志辑佚》"岁纪"篇纪云：

五月……中书、礼部办进上位御扇,扇面用刻(即缂)丝
作诸般花样,人物、故事、花木、翎毛、山水、界画,极其工致,
妙绝古今。若退晕、淡染如生成,比诸画者反不及矣。仍有
金线戏绣出升降二龙在云中。以玉为柄,长一尺,琢云龙
生。上以赤金填于刻文内,又用金线绦缚之如线条。或扇
团以银线缠之,如是者凡数样,制俱不同。有串香柄、玛瑙、
犀角,或雕龙凤,金涂其刻……太子詹事院并如上仪进。将
作院进彩画扇、翠扇、金碧山水扇、金纱、金罗、白索
等。……宣徽院为首,领八作司等院,其三宫詹事院属司,
并如上年式。是节诸项进呈,所费五千余定。(按,“定”指
银锭,每锭十两。元宝五十两。)滦都行在资政院织染总管
府,差官一员,乘传赴上都,进上位及三宫后……

　　历代宫廷均聚集天下能工巧匠,制造各种生活工艺用品,专
供皇上及其宫妃等人使用,是谓“内造”。由欧阳原功词直到曹
雪芹《红楼梦》都特别描绘这点。而其能工巧匠很少流传,种种
绝艺,大多失传,就以上引文,可见其制扇工艺之精美多样,固不
止“传油法”一点。此段引文甚长,除皇家宫中外,也记到官吏及
市井百姓各种各样过节事物,如云:

　　　是节上自三公宰辅、省院台,俱有画扇、彩索、拂子、凉
糕之礼;中贵官同,故其费厚也。都中于节前二三日,小经
纪者于是中角头阛阓处芦苇架棚挂画,发卖诸般凉糕等项。
市中卖艾虎、泥大师、彩线、符袋牌等,大概江南略同。

　　以上文字和词中“雪腕彩丝红玉甲。添香鸭,凉糕时候秋生

榻"对照看,不更生动地展现出一幅元代北京端午节时的风俗画吗?

所说"雪腕彩丝",就是用五色丝线搓或编在一起系小孩、少女腕子上,谓之"长命缕"。樊彬《燕都杂咏》所谓"巧分长命缕"也,现在不知如何。而自元、明、清以来,直到三十年代,北京及乡间还盛行此俗。我幼年时,年年端午节都要额头画雄黄酒虎字,系"长命缕",街头一起玩的小孩,家中不十分富有,系五色棉线搓成的,色彩不鲜,无光泽。而我则是母亲等人用粗的五色珠子丝线编成的,十分灿烂,洗手时弄湿了也不掉颜色,常和小朋友比,印象十分深刻。"红玉甲"是用凤仙花梗叶加矾捣烂包红指甲,要包一夜,指甲变成朱红。这也是古老的风俗,可能现在山乡中女孩子还用此法染红指甲。色是朱红,较自然,比之红指甲油染的像鲜血一样那么使人害怕。"添香鸭"是鸭炉里面焚香。香炉大体说有二种,一是给神佛上香,摆在供桌上的香炉;一是家中为驱散气味焚香用的炉,有的叫熏炉,鸭形香炉是后一种,焚散香,即香面子,点燃后慢慢燃烧,一缕烟冉冉自鸭嘴中散出。朱有燉《元宫词》之三十五:"金鸭烧残午夜香,内家初试越罗裳。芳容不肯留春驻,几阵东风落海棠。"即"添香鸭"也。"凉糕"元代特别重视。《析津志辑佚》中亦有《渔家傲》五月词,其中云"五月天都庆端午……进上凉糕并角黍"。而且后面也说到典饮局、光禄寺凉糕和酒,多是先提凉糕,后说粽子,或只说凉糕,不说粽子,足见元代风俗对凉糕的重视。凉糕是用软糯米饭中间加一层豆沙或枣泥,极软,切成小块凉吃,甚至放在冰上镇着,吃时又糯、又软、又甜、又凉,三十年代,街头常有卖的,大概现在还有吧。北京不吃热粽子,和江南是大不相同的。

六月都城偏昼永,辘轳声动浮瓜井。海上红楼欹扇影。河朔饮,碧蓬莲花肺槐芽沈。　　绿鬓亲王初守省,乘舆去后严巡警。太液池心波万顷。闲芳景,扫宫人户捞渔艇。

农历六月夏至前后,是夏天白昼最长的季节,所谓"日长如小年",因以"昼永"形容之。《析津志辑佚》"风俗"篇云:

六月进肴、蔬、果。京都六月内,月日不等,进……青瓜、西瓜、甜瓜……

从远古到元代,从元代到现在,我国每年夏季吃瓜,南北各地都是极重要的。不过北京在吃瓜上,元代和现代有两大不同。一是古代鲜货瓜类长途运输不便,因而北京当年,不要说元代,即解放初期,也只能吃郊区种的瓜,远处是无法运输的。二是没有现代电冰箱等冷藏设备。那么如何吃凉沁沁的瓜呢?把瓜丢在井中,瓜比水轻,浮在水面,井下温度冬暖夏凉。夏日井中犹如现在之冰箱,吃时用辘轳水斗绞上来。北京井都不太深,一般不过一丈五六尺深,取放都较方便。而辘轳绞水,则是每个井口必备之物。现在则不要说北京难以见到辘轳,即小城市也难见到,恐怕要到很偏僻的乡村才能见到了。为此在京、沪等大都市,似乎应该有几处农村实物、手工操作的博物馆。

"海上红楼欹扇影",这是描绘海子两侧夏日的旖旎风光。北京西郊高粱河的水,从辽、金以来就引向东南,但那时聚水处还在城外东北，元代刘秉忠以聚水处为中心营建大都，又加水利专家郭守敬的经营，连通高梁河和通惠河，经二闸可连接运粮河。漕运最发达时，粮船可直抵积水潭。同时又由积水潭、什刹海，入皇宫构成太液池、金水河等宫苑水网系统。元代统称之曰"海子"，见于文献甚多，如《析津志辑佚》"工局仓廪"篇云：

> 丰裕仓，至元十九年十月内，于海子岸东胭粉库置仓厫、仓赤，轮流管领收支……

"河闸桥梁"篇云：

> 高梁河，源出昌平县山涧……逶迤自东坝流出高梁，入海子内，下万宁闸，与惠通河合流……

"古迹"篇云：

> 齐政楼，都城之丽谯也……南海子桥……西斜街临海子，率多歌台酒馆。有望湖亭。

此皆禁城以外之水域，均名海子。可以想见"红楼敧扇影"之风光。

"河朔饮，碧莲花肺槐芽沈。"两句在字面上写的特别漂亮，在似懂非懂之间，给人一种直观的美观感受。但如仔细研究，又不能明确地说清楚，只能试释之。"河朔"是指黄河北面，朔方，北方也。《书·泰誓》："王次于河朔。"注释："渡河而誓，既誓而止于河之北。"同这里"河朔饮"根本联系不上，接上句"海上红楼"而来,实际还指的是海子,即海子边河沿也。北京什刹海边上的老住户,一直叫"河沿"。"海朔饮",实际就是在海子边酒楼上喝酒。"碧莲花肺","肺"音霈,《诗经·陈风》"东门之杨,其叶肺肺"意为杨柳茂盛,碧莲花肺即碧莲花茂也。而北京旧时又有莲花白酒。元时始有白酒,《草木子》中"法酒,用器烧酒之精液取之,名曰哈剌基。酒极酽烈,其清如水,盖酒露也"。所说"碧莲花肺",按字面讲,是莲荷茂盛,海上欹楼、河边饮酒之眼前景物,是否与白酒有关,暗指莲花酒,就不得而知了。"槐芽沈",沈是汁水的意思,这个好理解,是冷面的意思,正是夏日饮食佳品,而且很古老,唐杜甫诗《槐叶冷淘》:"青青高槐叶,采掇付中厨。新面来近市,汁滓宛相俱。……"这一长安夏日美丽的风俗画面,到了元代大都,就成为欧阳原功词中的"槐芽沈"了。可见北京的风俗,是源远流长的。元代前接唐宋,后连明清,以迄晚近,说来有趣,但也不断变化,夏天各式冷面,今天仍受欢迎,而槐叶汁、槐芽汁我却没有吃过。不知现在还有没有人吃?

"绿鬓亲王初守省",按字面解释:"绿鬓",即黑发青年,"亲王"即皇太子。皇子封亲王者,"初守省",即开始留守中央。细释之,先说"留省"。元代政权建制,中央设中书省,各地设行中书省。中书省为中央皇帝下之最高权力机构。《元史·百官志一》记云:

中书令一员,银印。典领百官,会决庶务。太宗以相臣为之,世祖以皇太子兼之。至元十年,立皇太子行中书令。大德十一年,以皇太子领中书令。延祐三年,复以皇太子行中书令。置属,监印二人。

夏季皇帝銮驾北幸开平上都,大都有留守司,《百官志六》记云:

> 大都留守司,秩正二品。掌守卫宫阙都城,调度本路供亿诸务,兼理营缮内府诸邸、都宫原庙、尚方车服……

另大都留守司、上都留守司,都设有警巡院机构。大都路兵马都指挥使司,又设有左、右警巡二院。其主管官均正六品。所以元朝皇帝年年去上都几个月,大都中书省及具体宫廷、地方均有以皇太子、即"绿鬃亲王"为首的留守机构,宫廷戒备森严,十分安全。欧阳原功是元仁宗爱育黎拔力八达延祐元年(一三一四年)中状元的。(据危素所撰《行状》:"延祐元年,会下诏设科取士,治《尚书》,以《天马赋》中第一,明年赐进士及第。")是年三十一岁。《元史·兵志》"巡逻军"记云:

> 仁宗皇庆元年三月,丞相铁木迭儿奏:"每岁既幸上京,于各宿卫中留卫士三百七十人,以备巡逻,今岁多盗贼,宜增百人,以严守御。"制可。仍命枢密与中书分领之。延祐七年五月,诏留守司及虎贲司官,亲率众于夜巡逻。

据此则词中下句"乘舆去后严巡警"一句,亦十分清楚,有着落矣。另张昱《辇下曲》三十四云:"千门万户严扃钥,留守司官莫自闲。仰候秋风驼被等,郊迎大驾向南还。"正好注此词。欧阳原功入翰林院,任翰林院直学士等职,在元顺帝妥懽帖(亦作铁,均蒙古文译音)睦尔即位之初,其间三十余年,都在大都,所写正是元代后期三十余年北京风俗景况。顺帝十三岁即位,元统、至元、至正三个年号,共三十五年。欧阳原功至正十七年十二月在大都崇教里寓舍去世，终年七十四岁。至正二十七年，明兵陷大都，顺帝北走，元亡。欧阳原功在元亡之前十年去世，其《渔家傲》写作年代是至顺三年（一三三二年）。是年末，迎妥懽帖睦尔于广西，明年六月，即帝位。因此其写词时，约在至正十年之前，正是元代后期政治、经济稳定时期，按《元史·诸王表》："顺皇帝三子，长皇太子爱猷识理达腊，余二子蚤世（蚤世即早逝）。"所说"绿鬓亲王"，也包括这位皇太子了。

后半阕接写"太液池心波万顷。闲芳景，扫宫人户捞渔艇"。现在北京北海、中南海，六七月间波光依旧，又谁能想象六七百年前"闲芳景"的景象呢？元代宫廷管理，分工极细，均按行业分工设官管理支应差役之民户，打扫宫殿，亦有人户。《元史·百官志六》，"大都留守司"项下记云：

> 仪鸾局，秩正五品。掌殿庭灯烛张设之事，及……洒扫披庭，领烛剌赤、水手、乐人、禁蛇人等二百三十余户。……

这些人户在皇上去后，夏天十分闲散，只是摇小船捞捞鱼了。

七月都城争乞巧，荷花旖旎新棚笊。龙袖娇民儿女狡。偏相搅，穿针月下浓妆佼。　　碧玉莲房和柄拗，晡时饮酒醒时卯。淋罢麻秸秋雨饱。新凉稍，夜灯叫买鸡头炒。

瞿氏原注：笊为竹器，其用未详。娇民亦未详。淋麻秸为制灰也。炒鸡头今犹有卖者，但不多。

七月乞巧，是古老的风俗，并非自元代大都开始，但元代大都却继承延续了这一民间风俗。《析津志辑佚》"岁纪"篇引另一首《渔家傲》词云：

> 七月皇朝祠巧夕，化生庭院罗金璧。彩线金针心咫尺，堪怜惜，星前月下遥相忆。　　钿盒蛛丝觇顺逆，觚稜萤度凉生腋。天巧不如人巧怿。年光掷，长生殿里空尘迹。

就词论，没有欧阳原功的词好，但也记录了当时大都的风俗。唐陈鸿《长恨歌传》中写道：

> 玉妃出。见一人冠金莲，披紫绡，佩红玉，曳凤舄，左右侍者七八人，揖方士，问"皇帝安否"？次问天宝十四载已还事。言讫，悯然。指碧衣取金钗钿合，各折其半，授使者曰："为我谢太上皇，谨献是物，寻旧好也。"方士受辞与信，将行，色有不足。玉妃固征其意。复前跪致词："请当时一事，不为他人闻者，验于太上皇，不然，恐钿合金钗，负新垣平之诈也。"
>
> 玉妃茫然退立，若有所思，徐而言曰："昔天宝十载，侍辇避暑于骊山宫。秋七月，牵牛织女相见之夕，秦人风俗，是夜张锦绣，陈饮食，树瓜果，焚香于庭，号为乞巧。"

这是有关乞巧风俗最有名的记载。唐人文字写的实在好，原只引一段，后感不足，又把前面一段也引在上面。这样《析津志》中《渔家傲》"钿盒蛛丝"句的出典也有着落了，即所谓"长生殿里空尘迹"也。

瞿注所谓:"筊为竹器,其用未详。娇民亦未详。"按"筊"是筊篱,淘米、捞面条的工具,过去是竹篾编、柳条编的厨房用具。家家户户都用,人人都懂。但作者此处入词,却是借来叶韵,按口语语音作动词用。何以见得?且看下面所引《析津志辑佚》"岁纪"条七月所写:

　　都中人民,此日迎二郎神赛愿。富人家祀,先用麻秸奠酒为诚。买纸钱冥衣烧化为于坟,谓云送寒衣,仍以新土覆墓。市中小经纪者,仍以芦苇夹棚,卖摩诃罗巧神泥塑,人物大小不等。买者纷然,宫廷宰辅、士庶之家咸做大棚,张换《七夕牵牛织女图》,盛陈瓜、果、酒、饼、蔬菜、肉脯,邀请亲眷、小姐、女流作巧节合。称曰女孩儿节。砚卜贞谷,饮宴尽欢,次日馈送还家,亦古今之通俗也。

看《析津志》所记,便知"荷花旖旎新棚筊",乃口语"罩"字,因北京棚匠搭棚,用杉槁,各种竹竿、芦席、麻绳,作者便借用"筊篱"之筊叶韵,作动词用,即"新棚罩"也。"罩"字古字,效用"筊"字俗字,入巧韵,亦读抓,入效韵。词中上、去通押。另《析津志辑佚》"岁纪"九月条下,有句云:"是月九日,都中以面为糕馈遗,作重阳节,亦于阛阓中筊苓芦席棚叫卖,如七夕、午节。"或是竹编、柳条编之意。"娇民"自是指"女孩儿"了。龙袖或是指宫掖中女子。陶宗仪《元氏掖庭记》云:

　　九引堂台,七夕乞巧之所。至夕,宫女登台,以五彩丝穿九尾针,先完者为得巧,迟完者谓之输巧,各出资以赠得巧者也。

另"穿针月下"，有的《圭斋集》亦印作"穿针日下"。李家瑞《北平风俗类征》引《舆地记》云：

> 七月七日之午，妇女曝水日中，水膜生，投以绣针则浮，视水底针影，巧则喜，拙则叹矣。十五日诸寺建盂兰会，夜乃水陆放灯以度鬼。祭扫如清明时，曰秋祭也。

穿针应是"月下"，而看针影则是"日下"。但连前面"儿女狡"、"偏相搅"字样看。狡者，狡猾，故意戏弄；"偏相搅"，故意用手搅动水面，似作"日下"亦合理。（按，李家瑞《舆地记》，不知所引为何书。有《舆地纪胜》，二百卷，宋王象之撰，久已佚。乾嘉之际，阮元得影抄宋本残书重刊。《舆地广记》，三十八卷，宋欧阳忞撰。李氏或从《舆地广记》择录，书名脱一"广"字，后面书目中亦漏记。手头无书，未能核对，特别注明。）明、清以后各书所记乞巧风俗，亦多记"日下"。如明沈榜《宛署杂记》记云：

> 燕都女子，七月七日，以碗水曝日下，各自投小针，浮之水面，徐视水底日影，或散如花、动如云、细如线、粗如锥，因以卜女之巧。

刘同人《帝京景物略》记云：

> 七月七日之午，丢巧针。妇女曝盎水日中，顷之，水膜生面，绣针投之则浮，看水底针影，有成云物、花头、鸟兽影者，有成鞋及剪刀、水茄影者，谓乞得巧。其影粗如槌，细如

> 丝,直如轴蜡,此拙征矣。妇或叹,女有泣者。

刘同人所记更细致。其后《燕京岁时记》,甚至三十年代《民社北平指南》等书,均记"以碗水曝日下"之俗,无记"月下穿针"之俗矣。而唐、宋以前文献,如宗懔《荆楚岁时记》云:

> 穿针乞巧,是夕(七夕)人家妇女结彩楼,穿七孔针……

《天宝遗事》、《东京梦华录》诸书,均有"嫔妃各以九孔针、五色线向月穿之"、"妇女望月穿针"的记载。而据《北平风俗类征》引同光时让廉《京都风俗志》稿本云:"七月七夕,人家多谈牛女渡河事……而穿针乞巧,今皆不举。"而明末刘若愚《酌中志》(即《明宫史》)记"七月"云:

> 初七日七夕节,宫眷内臣穿鹊桥补子。宫中设乞巧山子,兵仗局伺候乞巧针。

似乎明代宫中尚有七夕月下穿针之举。

"碧玉莲房和柄拗",这是摘的带柄的鲜莲蓬,可以剥鲜莲子吃。这风俗一直自明清以来,延续到三十年代。小时随大人逛北海、什刹海,买鲜莲蓬,十个一把,每把当时卖五角。按那时物价说,并不便宜。吃起来,也并非是绝无仅有的美味,只是那情调好,吃过的都会留下美丽的回忆。这可能也就是各种美好风俗的魅力。"晡时饮酒醒时卯",晡时是申时,见《淮南子·天文》,即现在下午四五点钟。吃晚饭时,酒醉之后,一觉就是大天亮,日上三竿,即早上六七点钟,夏天太阳老高了。写大都人生活之富庶闲散,家给人足也。"淋罢麻秸",据前引《析津志》"七月祀先,用麻秸奠酒为诚"的风俗,就是家中祭祀祖先已了。"秋雨饱"则连下句意,即"新凉稍"也,即北京迄今仍流传之谚语:"一番秋雨一番寒"也。北京夏秋之间,气候多变,迄今仍如六七百年前之元代。旧历七月初至盂兰节之间,先是三伏余热,所谓"秋后老来热",即南方所说之"秋老虎",但忽然一场秋雨,便新凉顿生,一派秋意矣。岁时季节变化,地方物产,与生活情调,风俗形成,关系是极为密切的。北京水网多,湖泊多,城里城外都有水面,种荷花,种菱芡,秋风一起,菱角、鸡头就上市了。"夜灯叫买鸡头炒"结尾一句,意境又好,押韵又妙,一幅美妙北京七月风俗画展现在读者面前,六七百年前的元代大都街景跃然纸上,有闻声见影之感。世纪初富察敦崇《燕京岁时记》记云:

> 七月中旬,则菱芡已登,沿街吆卖曰:"老鸡头,才下河!"盖皆御河中物也。

这则正好给六百多年前欧阳原功的词作注。

北京过去搭棚的手艺,乃天下绝技,这首词中留下了珍贵的工艺史料,可惜这项手艺解放后慢慢失传了。

八月都城新过雁,西风偏解惊游宦。十载辞家衣线绽。清宵半,家家捣练砧声乱。　　等待中秋明月皣,客中只作家中看。秋草墙头萤火烂。疏钟断,中心台畔流河汉。

瞿氏原注:中心台即鼓楼,在元时当都城之中心也。

"八月"一首,欧阳原功写自己情绪的较多,写当时大都风俗的较少。李家瑞编《北平风俗类征》,岁时部分八月、九月均未选欧阳原功《渔家傲》,或因其所写风俗较少关系。"八月都城新过雁"一句,此时雁已开始南归。大雁与小燕不同,小燕春来秋去,要飞过大洋,到南半球,明春再飞回来。而大雁却不同,春间飞过北几省,到外蒙及西伯利亚贝加尔湖一带度夏,侯秋八月九月之间南飞经过华北数省至湖南、江西一带湖泊过冬。在长江以南,一到春天,大雁飞往北方去了,小燕归来檐间筑巢。因而留下了"鸿如客去,燕似宾来"的成语。而在北方,包括北方及北方各省乡下,春天大雁先来,小燕后来,所谓"七九河开,八九雁来"。秋天大雁、小燕都向南飞走。因而我小时对"鸿如客去,燕似宾来"的成语,一直纳闷,不明白为什么这么说。后来知道大雁、小燕,虽同是候鸟,却大不相同。大雁冬天只飞到洞庭湖、衡阳一带便停止了。而欧阳原功是湖南浏阳人,小时在长江以南生长,延祐元年(一三一四年)中状元之后,又在平江(现苏州)、芜湖等地做官,均在江南。致和元年(一三二八年)授翰林待制,在大都做官,到写《渔家傲》时,在大都已经十年,而其时正是元代后期内乱的时期。元泰定帝也孙铁木耳于泰定五年(一三二八年)七月死于上都之后,上都诸王立泰定子阿速吉八为帝,而怀王图帖睦耳在大都称帝,于是上都兵与大都兵大战,上都败,陕西兵、四川兵助战,其后两三年中,改了好几个年号,换了四五个皇帝。在天顺三年,政局不稳定,已经四五年,有的皇帝只立一两个月便死了。欧阳原功均在大都,遭遇动乱,自有很深感触。因而写到大雁南归,便不免"西风偏解惊游宦"之感了。"十载辞家",离开湖南,游宦大都已十年了。衣服都破了,开绽了,半夜不寐,听到捣衣声,自然更加凄凉。《析津志辑佚》"风俗"篇中纪云：

> 海子,东西南北与枢密院一带人家妇女,率来浣濯衣
> 服、布帛之属,就石椎洗。

"长安一片月,万户捣衣声。"词中的"砧声乱",与此记载印
证,更能想象当年之情调,词人之感情。又据朱有燉《元宫词》百
首之八十五云："白露横空殿宇凉,房头捣洗旧衣裳。玉栏金井
西风起,几叶梧桐弄晚黄。"盖秋风起,天气渐寒,均拆洗衣服准
备冬衣也。

"等待中秋明月翫","翫"即玩字,玩月也。而元代中秋似
不如明清以后热闹,据《析津志辑佚》"岁纪"所纪：

> 是月也,元宰奏太史师婆,俱以某日去,大会于某处,各
> 以牝马来,以车乘马潼(详见岁仪驾回)都城当诸角头。市
> 中诸瓜果,香水梨、银丝枣、大小枣、栗、御黄子、频婆、奈子、
> 红果子、松子、榛子诸般时果发卖。宣徽院(正三品,掌皇家
> 饮食供应,分属机构庞大)起解西瓜等果、时蔬北上,迎接大
> 驾还宫。宫中怯薛(蒙语译音,即各种差役)官与留守官,此
> 一月,日陈铺设金绣茵褥,请旨赴锦褥纳失失(蒙语译音,不
> 知何意),胖褥、氍毹地衣,便殿银鼠壁衣,大殿上虎皮西番
> 结带壁幔之属,并利用监、貂鼠局、茶迭儿局(均大都留守司
> 机构)人匠铺设,仍各怯薛主之。北城、南城内外多人,咸望
> 圣驾回日近,买卖资羡,例有喜色,实人情感圣泽之至望也。

以上这些记载,也只是平平而过,并无民间玩月之文,只是

后面记到上都"山子殿、上位每于中秋于此阁燕赏乐",然而上都远在开平,在北京以北上千里,因而"然入八月,则琼楼玉宇,高处不胜寒矣。多人南归之心,早已合矣"。呆在开平的那些人,早已想回大都来了。

"客中"、"家中"、"墙头秋草"两句亦只是秋日眼前景物,或"墙头秋草"稍显北京旧式建筑之特征。因墙头、瓦上,下面用黄泥多,年代久远,夏日便长草,秋日草枯,自无萤火。若在江南石灰砌砖墙、屋瓦平铺,下面无泥,所以江南老屋,屋顶墙头均不长草。此句亦可见大都之地方特色,与后来北京房屋之感觉相同。

"中心台"句如瞿注,中心台即现在之鼓楼。《析津志辑佚》"古迹"篇中云:

> 中心台:在中心阁西十五步,其台方幅一亩,以墙缭绕。正南有石牌,刻曰:"中心之台,实都中东、南、西、北四方之中也。"在原庙之前。

又记"齐政楼"云:

> 齐政楼:都城之丽谯也。东,中心阁。大街东去即都府治所。南,海子桥、澄清闸。西,斜街过凤池坊。北,钟楼。此楼正居都城之中,楼下三门。楼之东南转角街市,俱是针铺。西斜街临海子,率多歌台酒馆。有望湖亭,昔日皆贵官游赏之地……

按,现在鼓楼在前,钟楼在后。钟鼓下有台、上有楼。元代大都城在明代城北,中心台即现在之钟楼,齐政楼即现在之鼓楼,大约均明永乐时在元人旧址上重建者。元中心阁与中心台分为二处,与齐政楼均在元大都之中心。今则台与阁合二为一,乃明清以来之钟楼,非鼓楼也。

九月都城秋日亢,马头白露迎朝爽。曾上西山观苍莽,川原广,千林红叶同春赏。　　　一本黄花金十锱,富家菊谱签银榜。龙虎台前鼍鼓响,擎仙掌,千官瓜果迎銮仗。

　　九月已入深秋,云天高爽。"秋日亢",亢即高也。《广雅·释诂》:"王肃注乾卦曰:穷高曰亢。"早起应官,骑马外出,有晨露朝雾。去游西山,观林木苍莽,东南望川原广阔,这是北京特有的秋景,直到今天仍然如是,只是当年大都官吏都是骑马去西山游山,而今是坐汽车罢了。《析津志辑佚》"岁纪"九月有"九月登高簪紫菊,金莲红叶迷秋月"句。九月登高,菊花是主要项目,红叶要到九月下旬,才能经霜变红。西山概括面较广,明清以来则专指西山八大处,即卢师、翠微二山。翠微原名平陂山。卢师山隋末沙门僧卢师居此,山之半有秘魔崖,山顶狮子窝,俯视昆明湖似盂,浑河如带。翠微山因明代宣德翠微公主墓改名,元时应按原名。其中香界寺,创建于唐代。再远则潭柘山有潭柘寺,马鞍山有戒台寺,均隋唐古寺。俗谚云:"先有潭柘寺,后有北京城。"这些在元代当都是春秋游览胜地,秋山看红叶,必到之处也。另据《析津志辑佚》"寺观"条记:

灵应万寿宫,元自开国始创建于西山,赐上名额,实自
太保刘文正公之主也。其祖坛在上都南屏山,即太保读书
处,有碑文纪事。

刘文正是元初名臣刘秉忠,是元大都的缔造者,其神主即供
于西山灵应万寿宫,也可以说这庙就是为他建造的。可见西山
在元代大都是多么重要。

九月菊花,是从古就有的。《花月令》:"是月也,菊有英。"
宋孟元老《东京梦华录》:"九月重阳,都下贵菊有数种,其黄白
色……"元代大都,当亦如此。"金十镒"言名种菊花之贵。"签
银榜"是菊花山子,名种比赛,排菊谱。当时尚重上都滦京的紫
菊,杨允孚《滦京杂咏》中有"紫菊花开香满衣,地椒生处乳羊
肥"句。当时尚有年逾七十老画师潘子华,以画紫菊著名。故前
引诗句中有"九月登高簪紫菊"句,即当时紫菊较黄菊名贵。

九月大都,最重要的节目即大驾还都。《析津志辑佚》"风
俗"篇中记道:

九月车驾还都,初无定制。或在重九节前,或在节后,
或在八月。宫中菊节,自有常制。京都街坊市井买卖顿增。
驾至大内下马,大茶饭者浃旬。

另有"岁纪"篇亦记云:

大驾于八月内或九月初,自李陵台——纳钵之后,次第
而至居庸关南佛殿,亦上位自心创造,并过街三塔,雄伟据
高,穹碑屹立。西则石壁,东则陡峻深壑,蔚为往来之具瞻,

界截天堑,古今重名,此其一也。过此有黄埠店人烟凑集,回视山北景物则不侔矣。至龙虎台,高眺都城宫苑,若在眉睫。上位、三宫、储君至此,千官、百辟、万姓多人仰瞻天表,无不欢忻之至……

看来龙虎台是元代皇帝年年去上都时所经过的一个重要的地方,具体在哪里呢?瞿注说"在德胜门外",不够确切。第一要确指元大都城门位置,当时还无"德胜门"只能说是建德门外。第二门外较近,如稍离,似不宜只说门外。元至正间周伯琦《纪行诗》二十四首,是专门记扈从元皇帝去上都的纪行诗,序中详细了各站驿程。说到龙虎台云:

视事之三日,大驾北巡上京,例当扈从。启行至大口,留信宿,历皇后店、皂角,至龙虎台,皆纳钵,犹汉言顿宿所也。龙虎台在昌平境,又名新店,距京师仅百里……

周记详记路程日月云:"十九日抵上京,历纳钵凡十有八,为里七百五十有奇,为日二十四,大抵两都相望,不满千里。往来者有四道,曰驿路,曰东路二,曰西路。东路二者,一由黑谷,一由古北口。古北口路,东道御史按行处也。伯琦往年分署上京,但由驿路而已。黑谷辇路,未之前行,因忝法曹,肃清毂下,遂得见所未见,实为旷遇云。"经过的"纳钵",即住宿地名,有居庸关、瓮山、车坊、黑谷、色泽岭、龙门、黑石头、黄土岭、程子头、磨儿岭、颉家营、白塔儿、沙岭、黑峪儿、失八儿秃、察罕脑儿(汉言白海,有行宫亨嘉殿,沙井甘洁,酿酒上用。土屋鹰房,秋必校猎)、郑谷口、明安驿、泥河儿、李陵台驿、双庙儿、桓州、六十里店、南坡店、上都。现在在地图上仍能找到居庸关外的龙门、黑山咀等地名。再往东北，即滦河、伊逊河上游，有御道口。御道口地名，大约就是元代白海秋猎地，清代木兰围场了。

去时龙虎台是送行处，回来龙虎台是迎驾处。元代皇帝年年去上都，嫔妃、内侍、扈从大臣、羽林军，春秋两次，上万人走这条路，其规模之庞大，现在人几乎难以想象。不少扈从汉大臣，都留下了扈从的纪事诗，只录几首有关龙虎台的，以印证欧阳原功的词。杨允孚《滦京杂咏》之一、二道：

> 北顾宫廷暑气清，神尧圣禹继升平。
>
> 今朝建德门前马，千里滦京第一程。
>
> 注：此下多述途中之景，行幸上京，盖云避暑也。

> 纳宝盘营象辇来，画帘毡暖九重开。
>
> 大臣奏罢行程远，万岁声传龙虎台。
>
> 注：龙虎台，纳宝地也。凡车驾行幸宿顿之所，谓之"纳宝"，又名"纳钵"。

马祖常《石田集》有《龙虎台应制》云：

> 龙虎台高秋意多，翠华来日似銮坡。
>
> 天将山海为城堑，人倚云霞作绮罗。
>
> 周穆故惭黄竹赋，汉高空奏大风歌。
>
> 两京巡省非行幸，要使苍生乐至和。

又一首《驾发上京》：

苍龙对阙夹天闉，秋驾凌晨出国门。

　　十里貔貅骑腰褭，一双日月绣旗旛。

　　讲搜猎较黄羊圈，赐宴恩诂白兽尊。

　　赫奕汉家人物盛，马卿有赋在文园。

　　上引两绝、两律，均足印证欧阳词中"龙虎台"至"迎銮仗"三句。

　　以上引诗作者周伯琦字伯温，号玉雪坡，江西饶州人，由上舍生以荫生入官，官至江浙行省左丞，招谕张士诚，留平江（即现苏州），有《近光》、《扈从》二集。杨允孚字和吉，江西吉水人，布衣，追随马祖常、虞集、柳贯等文人大官，游历的地方很多。《滦京杂咏》五十余首，所记甚细，且有注，是研究元代风俗的极好资料。马祖常则是西夏人，字伯庸，世为永古特部，高祖为凤翔兵马判官，子孙因号马氏。祖常延祐初乡、会试第一，廷试第二，官至御史中丞，有《石田集》。《元史》记载其应制诗，被文宗（名图帖睦耳）赞赏，说"中原硕儒惟祖常"云云。其诗中"周穆故惭黄竹赋"句，用《穆天子传》典："日中大寒，北风雨雪，有冻人，天子作诗三章以哀民，曰：'我阻黄竹。'"用以对汉高祖《大风歌》。把元代皇帝，比作周穆王，且在北地风雪之地。不但用典恰当，奉承也极为到家。蒙古皇上也极为赏识，看来当时蒙古皇帝学习汉文化已十分高深了。

　　十月都人家百蓄，霜菘雪韭冰芦菔。暖炕煤炉香豆熟。燔獐鹿，高昌家赛羊头福。　　貂袖豹祛银鼠襦。美人来往毡车续。花户油窗通晓旭。回寒燠，梅花一夜开金屋。

瞿氏原注：荿韭、炕炉，均冬日景物。"高昌家赛羊头福"，未详。纸窗加油以取明，今小户犹然。都城梅花甚珍贵，置暖室中可促其开。

"十月"一首，全是大都风土材料，对了解元代北京人民生活状况，十分重要。全词咏唱，首先是冬菜，《诗经》中说："我有旨蓄，亦以御冬。"所以"都人家百蓄"，是继承了传统风俗的。第一是大白菜，经了霜的大白菜，直到今天，北京不少人家，还买许多棵放在家中过冬，慢慢吃。荿就是大白菜，上海叫黄芽菜，又叫"胶菜"，以山东胶州所产的最好。雪韭，积雪压着的韭黄。北京传统以干马粪和草、土压在韭菜根上，压处不冻，上面又有积雪，十分湿润，因而下面韭芽特好。红萝卜、白萝卜是大量的冬季菜。罗卜、芦菔、萝蔔等等不同叫法，虽然文字不同，也都是一种东西。这些冬菜同本世前后期差不多，只是当时似乎还没有白薯、土豆，这些大约确是明代以后才引进、大量普及的了。《析津志辑佚》"物产"篇"菜志"记有：

白菜、著荙、甜菜、蔓青、同蒿、葫芦、萝蔔（红、白）、葫芦服（黄、白）、王瓜、茄（白、紫、青）、天青葵（即藋也）、赤根（菠菜）、青瓜（蛇皮瓜）、稍瓜、冬瓜、蒲、笋、葱、韭、蒜、苋、瓠、塔儿葱（层葱）、回回葱。

可以印证词中所写，只是"著荙"不知是什么菜。"暖炕煤炉香豆熟"一句，首先是热炕，这是北方苦寒地区最重要防寒设备，现在北京不知还有没有了，而在四十年代中还有不少。至于明清以前，那就更为普遍。清初康熙时《群经别解》中说：

燕齐之俗,人家土炕,多近窗牖,疑古亦然。宋琬《安雅堂集》中《狱中诗·土炕》云:

　　　　欲破愁牢用火攻,融泥施锸罕人工。
　　　　琅玕作枕铺牛荐,瓦缶为炉蒸马通。

　　前一首未说明是火炕,后一首说是"蒸马通",即烧马粪,自然是火炕,也即是欧阳词中所说的"暖炕",可见火炕在元代的大都(北京)是家家户户必备的。而热炕是要盘的,即在修建时,由灶口将火道用方砖或土基竖着砌出如曲折水沟一样,弯来弯去,弯到墙壁下烟囱处,直接通风上去。原理同现在锅炉管道一样,十分科学,只是较为简单原始,不用计算,只凭经验,灶上火焰,却顺此通道盘旋,余焰由烟囱散出。在通道竖立的砖或土基、泥坯上盖薄石板,或大泥坯,然后用细泥抹平扎光,再铺上席子、毡子、褥子等,就可起坐睡卧了。

　　烧炕的灶头,可连柴锅,也可连煤灶。一种是连着锅台的,所谓锅台连着炕。一般有锅台、有风箱,灶中可烧的甚多,柴、谷秸、豆秸、谷糠、煤等均可烧,既烧饭,又烧炕。另一种是只烧炕,即是只住人不烧饭的房间,大户人家,由王公府邸到宫廷,这样的房间太多了。不但炕下有火道,连地下亦有火道,谓之"地炕",东北尚有"火墙",即墙中有盘曲火道。这样火炕、地炕,冬天最暖,要烧掉大量的煤,元代大都煤是十分多的。《析津志辑佚》"风俗"条中记云:

　　　城中内外经纪之人,每至九月间买牛装车,往西山窑头载取煤炭,往来于此。新安及城下货卖,咸以驴马负荆筐入市,盖趁其时。冬月,则冰坚水涸,车牛直抵窑前。及春则冰解,浑河水泛,则难行矣。往年官设抽税,日发煤数百,往来如织。二、三月后,以牛载草货卖。北山又有煤,不佳,都中人不取,故价廉。

燃料易得,价格不贵,惠及贫民。直到现在,北京郊区大多睡热炕者;煤炉于城里住老式房屋的仍离不开。因为北京一到旧历十月,家家户户,不管穷富,都要笼火。光绪时人徐兆丰《风月谈余录》记云:

> 京师地气苦寒,向于每岁十月朔生火,至二月朔,然遇极冷之日,虽火不温。

这类记载很多,自元代至晚近,都是一样的。"香豆熟"三字十分传神,就是过去冬日热炕头,家家妇女孩子们要有些零食,最普通炒蚕豆、炒黄豆、炒豌豆,这是纯粹的北方冬日风俗。小时在北方农村炕头上,一窗大太阳,围坐吃豆谈笑的情景,一一如在目前也。

"燔獐鹿,高昌家赛羊头福。"元人蒙古、西夏,游牧民族,入主中华,以北京为大都,狩猎习惯,吃鹿肉、麠子、麂子,十分普遍,都是野味。元与清都是少数民族,明代虽是汉族当政,但自永乐后,宫中习惯,亦多受北方影响,看刘若愚《酌中志》所记饮食即可知。元代大都由宫廷到民间,种族较明、清两代均为复杂。皇帝贵族是蒙古人,官吏和百姓里面蒙古人、西夏人、汉人、南人、辽人、色目人、大食人、高丽人等等,不少风俗也不一样。所说"高昌家",应稍作解释。《元史·巴而术阿而忒的斤传》载:

巴而术阿而忒的斤亦都护,亦都护者,高昌国主号也。先世居畏兀儿之地……臣于契丹。岁己巳,闻太祖兴朔方,遂杀契丹所置监国等官,欲来附。未行,帝遣使使其国。亦都护大喜,即遣使入奏……遂以金宝入贡。

虞集《道园学古录》卷二十四有《高昌王世勋之碑》一文,详细介绍高昌国的肇始及发展到元代的情况。其开始是神话传说,起自和林山下秃忽剌、薛灵哥二水树瘿上生五小孩,最小者名卜古可罕,既长,遂有人民土国,成为君长,传三十余君,至唐代,与唐人攻战,久之和议,唐以金莲公主妻其国王之子。后又数世,其国多灾,迁居交州,即元之火州。按此"交州",乃唐之交河郡,统别失八里之地,北至阿木河,南接酒泉,东至兀敦田石岭,西临西蕃。居此一百七十余年,而至元初,巴而术阿而忒的斤亦都护入朝元太祖,太祖嘉之,妻以公主。就是现在的吐鲁番一带,元名"火城"。高昌人少。其"赛羊头"见张昱《辇下曲》之一首云:

高昌之神戴羖首,仗剑骑羊气猛烈。
十月十三彼国人,萝蔔面饼贺神节。

看来是十分隆重的民族风俗,只不知如何赛法?现在新疆维吾尔族是否还有此俗。

下半阕写元代蒙古美人极为生动,先是皮衣、貂袖、豹袄、银鼠襦。北方游牧民族,冬日苦寒,重视皮衣。貂、豹、银鼠等均为细毛皮货,由宫廷至民间,均极重视。据《元史·舆服志》,虽多述各服饰之花纹,然亦不少地方述及皮货,如云"天子质孙(汉言一色服）冬之服,凡十有一等……服银鼠则冠银鼠暖帽,其上并加银鼠比肩,俗称曰'襻子苔忽'……"元代官服只有"貂蝉冠",似无清代服貂褂之规定,但元朝有专管皮货之"貂皮局"、"软皮局"以及"手号军人捕千户",专管捕猎野物皮货。《析津志辑佚》"物产"记"鼠狼之品"云:

> 银鼠,和林朔北者为精,产山石罅中。初生赤毛青,经雪则白……贡赋者,以供御帏幄、帐幔、衣、被之用。每岁程工于南城貂鼠局。诸鼠唯银鼠为上,尾后尖上黑。青鼠,其毛有青惨色,光润莹软,腹下有白毛寸许。制衣青为衣,而白者缝缀为搭护,仍以银鼠缘饰,或水獭、黑貂并不佳。青貂鼠,毛色微青黄,差小,冗厚,轻软,制衣亚于银鼠……黑貂,黑而毛厚者为上,多以之为领缘。达官以为衣,多以前面衿饰以纳失失,间丝之异,表而出之。有以银鼠带尾为衣饰,缘以黑貂,尤为精美。黑貂间白毛者谓之浣毛。

所说"青鼠",即现在所说之灰鼠。青貂鼠,即一般貂皮,另有紫貂,毛色深咖啡色,有亮光。黑貂最名贵,现人工饲养者甚多。"搭护"似围巾、护领之类。"饰以纳失失,间丝之异"云云,不知如何点断? 也不知何意。或即现在皮衣之"出风"。"缘以黑貂"之语,亦可证词句之"貂袖豹袄",是装饰作用,即貂皮袖头,现在女衣亦多有此种饰。豹皮此中未述及,而前面"兽之品"条中有金钱豹,未述及其它豹种。朱有燉《元宫词》之五十五云:

> 比胛裁成土豹皮,着来暖胜黑貂衣。
> 严冬校猎昌平县,上马方才赐贵妃。

豹之品种亦多,云豹、雪豹、金钱豹。云豹、雪豹均灰白毛有不规则黑色云斑者,十分柔软。金钱豹黄毛黑色大小圆斑,十分好看,现在妇女仍用之制皮大衣。傅乐淑氏注《元宫词百章》,谓土豹皮为猞猁狲,甚是。《清一统志·盛京志》:"失利孙,俗作猞猁,亦作失利,一名土豹,乌拉诸山皆有之。"词中"豹袄"即猞猁袄也。另"比甲"即现在之长马甲。《元史·后妃传》:昭睿顺圣皇后制一衣,前有裳无衽,后长倍于前,亦无领袖,缀以两襻,名曰比甲,以便弓马,时有仿之者。

毡车是车上面用毡作围子。此种车辆,自元代以来,历经明、清到本世纪初,各种围子轿车,大鞍小鞍,层出不穷。北方乡间或仍有实物保存到现在。五年前参观山西祁县乔家大院,就保存着一辆旧轿车。

"花户油窗"句,康熙时钱芳标《纂渔词话》记云:

> 京师冬月,即以纸糊窗,格间用琉璃片,画作花草人物,嵌之。由室中视外,无微不瞩,从外而观,则无所见。此欧阳楚公十月《渔家傲》词所云"花户油窗"也。盖元时习俗已尚之。

按幼年在北国山乡所见,所说琉璃片,亦有用云母片者,有透明感。而油窗,东北亦有用油纸糊窗者,以其耐风雪不潮湿。花窗则窗上贴窗花。"回寒燠,梅花一夜开金屋。"这两句词,只能在北京冬天生活过的人才能体会其洋洋暖意,扑鼻梅花香味。在江南苏、杭、上海等地生活的人是永远不能体会的。只知"疏影横斜水清浅,暗香浮动月黄昏"之清冷苦寒,只知"梅花香自苦寒来",全不知高堂华屋,冬日暖香醉人之富贵气象,未免过于寒酸。北京冬天只有盆梅，迄今没有能在户外形放的梅花。而旧时不管房间大小，朝南房间，炉火旺，太阳光照足，盆梅都是丰台花农养的洞子货，买来放在室中，及时开放，一树缤纷，冬至以前至春节间都能开放。和江南梅林看梅花，完全是两种感觉。柯九思《宫词十首》中有云：

> 延华阁后春归早，百种名花腊日开。
> 为是君王行不到，国官讲殿进盆梅。

此诗正好为这句词作注。

十一月都人居暖阁，吴中雪纸明如垩。锦帐豪家深夜酌。金鸡喔，东家撒雪西家嚎。　　纤指柔长宫线弱，阳回九九官冰凿。尽道今冬冰不薄。都人乐，官家喜爱新年朔。

　　瞿氏原注：暖阁者，于室中别以木匡为小屋，居之以避寒也，宫中多有之。

首句"暖阁"一句，瞿氏已注，但似乎不够明确。在此我再作些补充。一般四合院北屋或西屋，北屋三正两耳，西屋三间。北屋中间三正，如一堂二屋，左右各一间卧室。如右室炕临窗，左室炕靠后墙。主人夏居左室，冬居右室。在炕前装一考究的木雕花罩，或装炕沿上，或装炕沿下，离炕约一尺五寸许，如江南老式两重床架大木床。冬天挂上棉帐子、呢帐子，甚至灰鼠皮壁衣围帐。晚间人睡在里面，放下帐子，一点风也进不来，这就叫暖阁。也有一条炕三分之一横着装一小木花架,内铺卧具,挂帐子以挡寒风的,也是小暖阁,现在故宫中、颐和园乐寿堂中还有许多实物,可以参看。

北京人住房,过去习惯用白纸糊墙,所谓"雪洞似的",同江南老式房间木板墙,冬天也开着大窗户,手捧手炉的感觉完全不同。而这种白纸糊墙从欧阳词句看,自元代已很普遍。"吴中雪纸"是指北京好纸都是江南来的,主要产地是安徽泾县,而非苏州。但是南唐最有名的澄心堂纸,是从金陵出名的,笼统说也算吴地吧,所以叫"吴纸"。"明如垩","垩"字见《说文》,又是动词,又是名词,据段玉裁注:以白物涂白谓之垩,因而白土亦谓之垩。北京得天独厚,西郊房山出产白土,而且有粘性,十分细腻,粉刷墙壁,较石灰又细又白,又不脱落,俗名"大白",价钱很便宜。裱糊铺将预裁好一样大小的土纸,刷上大白,考究的还在套印暗花,如福、寿字,云鹤、折枝图案等,晾干压平。为人裱糊房屋墙壁顶棚时,直接使用。"锦帐豪家"、"金鸡喔"、"东西家"句,写大都人冬夜夜饮之欢乐。夜酌直到金鸡报晓,送客者撒雪、嘻笑之场景。而"撒雪"亦似为宫廷游戏。元张昱《庐陵集》有《宫中词》二十一首,其中有:"内人哄动各盈腮,谈自西宫撒雪回。报与内司当有宴,羊车今晚早将来。"似如现在北方冬日儿童之打雪仗。

下半阙"纤指柔长宫线弱"是宫廷故事。陶宗仪《元氏掖庭记》记云:

> 刺绣亭,冬至则候日于此,亭边有一线竿,竿下为缉衮堂,至日命宫人把刺,以验一线之功。

按此风俗,民间亦有,所谓"冬至往前验,一日多一线"。这个谚语,在幼年山乡居住时,常常听老奶奶们说起。《析津志辑佚》"岁纪"篇十一月中亦有"南郊驾幸迎长至,绣线早添鸾凤翅"的词句,"绣线"句亦咏刺绣亭之仪式。

　　"阳回九九宫冰凿",这是"阳回九九"与凿冰藏冰两件事。冬至画九九消寒图,自元代就形成风俗,由宫廷到民间都有。杨允孚《滦京杂咏》之三十七诗云:

> 试数窗前九九图,余寒消尽暖初回。
> 梅花点遍无余白,看到今朝是杏株。
>
> 注:冬至后贴梅花一枝于窗间,佳人晓妆,日以胭脂画一圈,八十圈既足,变作杏花,即暖回矣。

　　这种风俗,自元、明、清以迄本世纪,都以各式各样方式流传着。冬至后,天气最冷,坚冰至,凿冰藏冰,是过去没有人造冰、只用天然冰的时代,冬天最重要的工作。有专业冰窖、冰局子,冬藏夏卖,有官有私。四月词中曾写到"四月都城冰碗冻"。另《析津志辑佚》"风俗"篇记酒槽坊云:"酒槽坊,门口多画四公子……夏月多载大块冰,入于大长石枧中,用此消冰之水醞酒,槽中水泥尺深。"这些冰哪里来的呢? 全是冬至后三九天海子边、护城河,各处水面凿冰凿来的。《燕京岁时记》记云:

> 冬至三九则冰坚,于夜内凿之,声如錾石,曰打冰。三九以后,冰虽坚不能用矣。

北京冬天天气越冷,上游水大,则冰结的越厚,冬至后到三九、四九,这一个月期间,是打冰的最重要的季节。打冰有特殊工具,一支钢矛,长尖甚坚硬,近一尺处,有一倒钩。打冰时,在冰面按宽一尺,长二尺五寸长方垂直用钢矛凿,四周凿空,一方冰浮水面,便可用倒钩钩上来。用草绳一系,冰甚滑,拖着走十分方便,拖到岸上,冰窖边,顺坡道滑下去,以一方方冰如砌墙般堆起,上盖草顶,再覆以土,把窖口封上,往明年四月再开封取冰,此即四月词句之"四月都城冰碗冻"了。凿冰时冰越厚越好,不但藏冰多,明年夏天用冰也丰富,因而词中说"尽道今冬冰不薄"。由元代至清代,宫廷给大臣颁冰都是很隆重的仪式。外省官吏送给京官的钱,谓之"冰敬"、"炭敬"。由元到清末,冰对北京宫廷及民间说来,是太重要了。

"都人乐,官家喜爱新年朔。"简单说,就是写元大都都人的欢乐,"官家"是皇帝的代称,前面已曾说明过。新年朔,就是大年初一,宫廷、民间大家欢欢喜喜等着过大年了。同时此句还与进日历有关。柯九思《丹丘生稿》中有《宫词》十五首,其十三道:

> 珠宫锡宴庆迎祥,丽日初随彩线长。
> 太史院官新进历,榻前一一赐诸王。
> 注:每岁日南至,太史进来岁日历。

"彩线长"即前面所说"宫线弱","南至"即冬至,因太阳至南回归线已到头了。"新进历"即"官家喜爱新年朔"了。此诗正好为欧阳词后半阕作注。另据《析津志辑佚》"岁纪"篇记:

> 十一月……太史院于冬至日进历……历有四等:国子

历、畏吾儿字历、回回历并上进……内廷之历，非士庶可详，姑识其闻见耳。

亦可见当时大都民族之复杂，历书都要用四种文字印。

十二月都人供暖箑，宫中障面霜风猎。甲第藏钩环侍妾，红袖婪，笑歌声送金蕉叶。　　倦官玉堂寒正怯。晓洮金井冰生鬣。冻合灶觚饧一碟。吴霜镊，换年懒写宜春贴。

　　　　瞿氏原注：暖箑未详，灶糖之风则无处不然也。

"暖箑"何物，确切具体解释，尚未找到根据，但可想象之。即北京冬天腊月十分寒冷，而且风沙大，户外行走，要御寒挡风的东西。《析津志辑佚》"风俗"篇中记：

　　　　幽燕沙漠之地，风起，则沙尘涨天。显宦有"鬼眼睛"者，以鱿为之，嵌于眼上，仍以青皂帛系于头。

这种东西叫"眼罩"，后来一直有。同样有"耳帽"，明刘若愚《酌中志》记云：

　　　　暖耳，其制用玄色素纻作一圆箍，二寸高，两旁缀貂皮长方如披肩。

明徐树丕《识小录》记云：

59

冬至乃赐百官戴暖耳,俗谓之帽套,加纱帽上,虽入见亦然。

直到现在,冬天仍卖耳朵套者,但很少。而明人书中所记"暖耳",即后来之风帽,可套在帽外,现在戏台上亦常见。而"箑"是扇子,扇子是用来摇风的,但明代宫中有用来遮阴之"撒扇",据刘若愚《酌中志》记:"其制木柄,长尺余,合作作小股二十余根,用蓝绢裱糊,两面皆撒大块金箔,放则遮日,收则入囊。自礼监掌印至管事牌子,皆于宫中夏日用之。只是取阴,不能取风。"不过虽不能取风,却能挡风。但要用手持,手也照样冷,因思"暖箑",虽以箑名,恐怕与明代之撒扇尚非一种。只能说是挡风、遮脸、取暖的一种面具吧。

"甲第藏钩"是王府贵戚家的游戏。元初杨奂《还山集》有《汴梁宫人语十九首》之四道:

翠翘珠掘背,小殿夜藏钩。
蓦地羊车至,低头笑不休。

按,藏钩之戏,原是汉武帝的典故。武帝钩弋夫人少时手拳,帝披其手,得一玉勾,手得展,因为藏钩之戏,后人效之。周处《风土记》有记载,原是很古老的游戏。历代宫廷宫人多有此戏。唐李白《宫中行乐词》:"更怜花月夜,宫女笑藏钩。"古诗中吟到者甚多,欧阳词此句亦是用常典写大都豪贵侍妾环绕,金杯饮酒,藏勾博彩,笑语声中负者送"金蕉叶",即金蕉叶杯饮酒之热闹场面。正照应下半阙之倦宦也。

下半阙"倦宦",乃作者自况。南方人在大都做官,自然怕

60

冷。早起在井头汲水（金井，古人称井栏之井习惯用语，唐王昌龄诗："金井梧桐秋叶黄。"）胡须都结冰了。鬣，即胡须。腊月二十三日，糖瓜祭灶，新年来到。直到今天，各地还有此风俗。"饧一碟"，一小碟麦芽糖祭灶，十分寒冷，用"冻合"一语，呼应前文之"寒正怯"也。"吴霜镊"，自言老也。刘讷言《谐噱录》云：

> 王僧虔晚年恶白发，一日对客，左右进铜镊，僧虔曰：却老先生至矣。

韦庄诗亦云："白发太无情，明朝镊又生。"此处"吴霜"喻似吴盐之白发。按，宋、元吴盐乃最洁白之盐，所谓"并刀似剪，吴盐胜雪"，亦是喻其洁白。

宋元时过年，尚不时兴贴春联，而只写"春帖子"，《宋史·欧阳修传》：

> 在翰林日，仁宗一日见御阁春帖子，读而爱之，问左右，对曰：欧阳修之词。乃悉取宫中诸帖阅之，叹曰：举笔不忘规谏，真侍从之臣也。

《李清照集校注》中亦载《皇帝阁春帖子》、《贵妃阁春帖子》，均五言绝句，其《贵妃阁》云：

> 金环半后礼，钩弋比照阳。
> 春生百子帐，喜入万年觞。

都是吉祥语。欧阳原功当时是翰林院待制,腊尽春回之际,礼应给皇帝写宜春帖子,而却写"换年懒写宜春帖",正是有感于当时几年中的朝廷混乱,倦勤思激流勇退也。

三、后 记

用了近二十天时间,逐月写完了欧阳原功《渔家傲》十二月,感到十分欣慰。不只是完成了久已想做一做的工作,而且更重要的是沟通今古,感到虽是六七百年前的事,却和我幼年生长北国小镇、近十岁时来到北京生活的情况差不多,有一种极为亲切的感觉。如北国的热炕、暖阁、窗花纸……似乎一闭眼就能见到、感觉到一样。六七百年是个漫长的历史岁月,而从古老的生活风俗习惯来说,似乎只是短暂的一瞬。如二月二的引龙回,小时候提着一个小罐桶,装半桶谷糠,从大门外的下马石边上墙角处,一头白头发茬子的老张掌柜,戴一顶旧古铜色毡帽,用勺子一溜洒在墙根,沿着一直洒到里面去,我看看好玩,也要洒,但老人家说什么也不肯,只让我提着桶跟着……当年的童趣,每读"引龙灰向银床画"句,便一下子想起来了,止不住地想把这故事讲讲清楚。前人诗句"北来风俗犹近古",应该改成"山乡风俗多近古",因为当我小时到北京,即当时北平时,这"引龙回"的风俗似乎已没有了。因为大都会客居者多,岁时风俗大多简化,远没有乡间热闹了。但是仍有不少元代就流传下来的。如搭棚,北京过去搭天棚之精湛技艺,其高难度之构思及漂高之高难度熟练动作,都不是三五代人的经验智慧所能积累完成的。读欧阳词《七月》中"荷花旖旎新棚笓"句,并参阅《析津志辑佚》所记,才感到这项技艺,早在元代就十分讲究了。又如"雪纸明如

62

罢",这更是北京过去四合院家家户户都要用白纸贴墙、糊窗的风俗流传有自,因而感到北京旧时古老风俗,基本上自元代已经形成了。明、清两代,大多还是继承了元代的旧俗。往前还可探到辽、金,往后延续到民国初年、"七·七"战前。辽、金、元、明四代城郭虽各不相同,但其衔接处,重叠处,都有许许多多老百姓连续不断生活着,在空间上、在时间上,也就使得风俗习惯也像水一样,不断流传到今天了。溯本求源,顺流而上,是十分有意思,也是十分有趣味的。

遗憾的是,毕竟六七百年不是一个短时间,民间的风俗习惯,种种名称,细小的事,实在难以准确说明了。如《二月》中"士女城西争买架",什么是"架"呢? 我虽作了解释,仍感吃不准。如《十二月》中"暖箩"一词,意思虽能想象,而具体是什么,就说不清楚了。因此希望得到各方专家们的指教。

　　一九九六年十二月十六日,即丙子冬至前五日,云乡记于浦西水流云在延吉新屋南窗下

酒与民俗

一

"酒与民俗"或"民俗与酒"都可以作为一个题目,写成一篇文章。

但严格分析起来,这二者并不完全一样。

"酒与民俗",以酒为前题,即酒在民俗中的反映与影响等。如果改为"民俗与酒",那将是以民俗为前题,只是论述其中酒的方方面面了。

既是以"酒文化"为前题的讨论,自然题目也是前者而非后者了。

讨论题目明确以后,还要把"民俗"一词作一解释。

目前"民俗学"很流行,在世界学术领域,"民俗学"(Folklore)被认为是人类人文学科的显学。

日本人将这一名称译为"民俗",传到中国来,就直接用了这一学名。

"民俗学"的历史并不长,或者说是很短的。

这一英文名称(Folklore),是一八四六年英国人托马斯(N. G.Thoms)所创,迄今还不到一百五十年。

它所注重研究的是歌谣、民间故事、民间习俗等比较原始民族的东西,当时正是英、法等国殖民地政策变换时期,即将武力奴役掠夺财富,转变为将殖民地作为原料资源地和商品销售市场,目的是要研究殖民地中各种较为落后的民族习俗,所以民俗学流行起来。

因不少地方的土著民族比较闭塞,奇风异俗很多,却又文化较为落后,没有较多的文献可征,因而便从采集民间歌谣、民间故事、民间习俗入手,以了解其民族特征。

七十多年前,这门学问传入中国来,因其特征,有人译为"谣俗学",从事歌谣和民间故事的收集工作,后来又有人直接用了日本的译名"民俗学"。

这样"谣俗学"这一名称未流传开来,而民俗学却叫开了。但却因此引起某种程度的混淆和实质上的这一学科的内容或者叫"内涵"上的变化。这就使具体的、内容狭隘的"民俗学"与中国人常说的"民间风俗"这一概念混淆甚至等同起来了。

这自然是有原因的。

原因之一,是中国幅原辽阔、历史悠久,民间风俗的内容极为丰富多彩,民众对此极感兴趣;

原因之二,是中国几千年来,早就有重视民间风俗习惯的传统,源远流长,历久不衰,而且是一贯的,从未间断过;

原因之三,是文献历史资料十分丰富,人们一提到"民俗",自然想到本国的风俗人情和传统习俗,想到常说的风俗,而忽略了西方民俗学的特定含义。

这样,中国人所说的"民俗学"的研究对象,很自然地便是民间风俗、传统习俗,而不可能是单纯的民间歌谣、民间故事等等了。

在中国,"民俗"的内容有大量的生活传统现象、丰富的历史史料,文字的和实物的均可供研究。

世界上某些文化落后的区域,长期缺乏文献史料,研究者只能靠深入土著,收集民间歌谣、谚语、故事等口头资料及观察其非宗教的习俗来研究其民族习俗传统。

在中国,说到民俗这一外来语时,自然会和"民间风俗"、"风俗"等词汇等同起来研究。这不是有意或无意的混淆,而是自然和必定的融汇。

谈到"酒与民俗",也是中国民间风俗的大概念,而非西方"民俗学"的狭隘概念,或者叫"酒与中国风俗"也可以。

在论述正文之前,先说清楚题目的特定内涵,是十分必要的。

二

酒在我国历史悠久,风俗在我国源远流长,民俗如果可以——自然也应该——说成是民间风俗,那酒与民间风俗的关系,如加以论述,自然也必须从古老的历史说起了。

在仰韶文化、西安半坡村出土的古陶器中的酒器,山东泰安大汶口文化出土的陶制酒器和浙江河姆渡遗址出土的陶制酒器,这些年代久远的出土文物,均将酒与民众生活关系的原始状态表现了出来。

这些五六千年前的社会生活状态,在今天要细致而具体地说明其习俗状况已经很困难了。用句古话说:因年代久远,文献不足征也。但到了三千多年前的周朝,中国文化经历了夏、商的上千年的孕育成熟,突放异彩。春秋时代,经典著述,从无到有,中国文化有了系统的文字记录。

酒与民俗的关系,关于酒的种种风俗习惯,规则制度,不但在生活中已经全部形成,而且文字记载也已十分详尽完备了。

民间风俗在我国传统上习惯叫"风俗",而不叫"民俗",其所指实际也就是各地民众生活中一些传统的习惯、习俗,小至吃饭使筷子,大至岁时节令种种故事,婚丧嫁娶种种礼仪。

虽然各个地方、各个历史时期都有不同的变化,但其本质却又有久远的历史传统。

中国早在二三千年前对此就有足够的认识和重视,就有比较符合客观实际的科学解释。

早在周代,就有每年八月采诗观风的制度。《诗经》中不但"十五国风"是采集的各地歌谣,反映了当时各地的风俗,即《大雅》、《小雅》也同样记录了当时不少风俗资料,说明人们很早就知道了解不同风俗是了解不同社会的重要手段。

《荀子·强国》篇中说:"入境,观其风俗。"

《史记》中说:"以为州异国殊,情习不同,故博采风俗,协比声律,以补短移化,助流政教。"

荀子说明重视不同习俗的传统,而太史公则说清楚了博采"风俗"——亦即博采反映民间习俗的诗歌之重要意义。

这些与西方民俗学研究者比较,其本质完全相同,而内容更为广泛,其在历史时代上,也早了二千多年,这是不可否认的事实。

《汉书》中具体解释"风俗"的意义说:"凡民函五常之性,而其刚柔缓急,音声不同,系水土之风气,故谓之风;好恶取舍,动静亡常,随君上之情欲,故谓之俗。"

汉代应劭《风俗通义》序中也说:

> 风者,天气有寒暖,地形有险易,水泉有美恶,草木有刚柔也。俗者,含血之类,像之而生,故言语歌讴异声,鼓舞动

作殊形,或直或邪,或善或淫也。

这两条文献,都对风俗这一概念,作了比较清楚的说明,大体概括地说:风是偏重于自然界的影响,俗是偏重于人事的影响,而人类社会各地、各个时代不同习俗的形成,总是受到自然和人事的影响的。

说到酒,同样也是在二者的影响下形成的。客观上因自然因素给酒的出现和不断生产,为人类所利用准备了条件;在人事上,又因各地、各个时期人为的因素给酒的发现、生产、改良、发展,创造了更完善的条件。酒在中国古代社会中,不但很早就已出现,而且与社会生活中的各种习俗也发生密切关系,造成很大影响。

在中国古代文献的先秦群经、诸子中,大部分书中都有关于酒的记载。如从历史传统上研讨酒与民俗的关系,那先秦诸子经典中关于酒的记载,就是最好的文献资料可供征引了。其中尤以《诗经》和《礼记》二书,把酒在当时社会生活中的习俗,作了大量的记载,详尽而生动,是关于酒的十分可贵的民俗材料。

人们生活中,喜欢喝酒的人,喝点酒是最大的乐趣,兄弟和睦,家人团聚,喝点酒,那就更是其乐融融。《诗经·小雅》中《棠棣》云:

傧尔笾豆,饮酒之饫,兄弟既具,和乐且孺。

这不是一幅很好的兄弟对酌风俗画吗?
《国风·七月》写道:

八月剥枣,十月获稻,为此春酒,以介眉寿。

十月涤场,朋酒斯飨,曰杀羔羊,跻彼公堂。

也都是当时农民秋收以后欢乐饮酒的风俗诗。

在人们互相交往中,接待宾客是十分重要的。而酒又是接待宾客的重要饮料。

《诗经》中一说到宾客,就说到酒。

《小雅·南有嘉鱼》章云"君子有酒,嘉宾式燕以乐"句,反复四章,都诵到同样"有酒"和"嘉宾"。

《宾之初筵》章,也是反复诵唱"酒既和旨"、"饮酒孔偕"、"其未醉止"、"其曰醉止"等等。

其他诵到"旨酒"、"嘉宾"的章句还很多。

《礼记·少仪》中还细写了待客礼貌规矩,如云:

客爵居左,其饮居右。介爵、酢爵、僎爵皆居右。

凡饮酒,为献主者,执烛抱燋。客作而辞,然后以授人。执烛不让、不辞、不歌。

《曲礼》中记明"侍长者饮酒"的礼貌。《玉藻》篇中还记明饮酒之后,如何转过身来告辞穿鞋起立的规则。可见以酒待客这一习俗之源远流长,早在三千年前就十分普遍,讲究礼数了。

周秦以前先民,去远古蒙荒时代未远,但文化已逐渐发达。在春秋时代前后,中华文化突发异彩,各种典籍,六经诸子斐然问世,这是文化典籍从无到有的第一批成果,也可以说是中华文化的根。

那时，虽然没有现代科学知识认识自然现象，但已初步具备了宇宙观、生死观、社会观等等认识。

在此思想状态下，有两种认识特别注重，即对自然天地的崇拜和对宗亲的慎终追远。

因而对祭天地山河和祭宗庙祖先，由国家王侯到庶民百姓，一样重视。

而祭祀时最重要的就是酒。

在《礼记》《郊特牲》篇中、《月令》篇中都详细地记载了各种祭祀时献酒、用酒的情况。

先秦典籍中除此之外，各种经、子书中，写到祭祀的还不少，而每写到祭祀，总会联系到酒。

在出土的甲骨文中和殷商周钟鼎铜器，大小祭器酒具是最多的，均可说明酒在祭祀中的重要性。其习俗很古已形成，在先秦典籍中有大量记载。

婚丧嫁娶各种典礼，也都离不开酒，这在三千年前的周代，亦形成风俗。《礼记》中记云：

> 妇至……共牢而食，合卺而酳，所以合礼同尊卑以亲之也。

陈皓注疏：

> 合卺而酳者，酳，演也。谓食毕饮酒演安其气。卺谓半瓢，以一瓠分为两瓢，谓之卺。婿之与妇各执一片以酳。

说明合卺的具体饮酒情况,似乎还带有表演性。

娱乐性的赌酒、饮酒的风尚,在三千年前的周代,也已形成。《礼记·投壶》记云:

> 投壶之礼⋯⋯请宾,曰:顺投为入,比投不释,胜饮⋯⋯命酌,曰:请行觞。酌者曰:诺。当饮者皆跪奉觞,曰:赐灌。胜者跪,曰:敬养。

投壶的游戏虽然早已失传,但这投壶赌酒饮酒的习俗却留下了生动的文献记载。

另外《礼记·乡饮酒义》篇中,还详细记载了乡人以时聚会饮酒取乐的习俗。什么"乡饮酒之礼,六十者坐,五十者立侍⋯⋯饮酒之节,朝不废朝,莫不废夕。宾出主人拜送"等等习俗礼数,都写得十分清楚。

综上所述及征引文献,可见饮酒在三千多年前,在社会生活的各个方面,都已形成风俗习惯,都已有了明文记载。在此基础上,随着历史发展演变,酒的生产、饮用,愈演愈繁,成为人们生活中离不开的重要物质,形成更多更繁杂的与酒有关的风俗习惯。

直到今天,以及未来。

三

写学术性的文章,有几种不同情况:

一是要论证一个结果,这样便要论点、论据、论证,按逻辑顺序写出结论。

二是历史考证性的,也要有疑点、有问题,假设结论,求索证据,证实假设。

三是调查性的,通过实地调查,取得第一手材料,最后分析、归纳出结论……不过还要看不同的题目、不同的要求、不同的条件。

"酒与民俗"这个题目,如论述其重要性,自然也可得出结论,但这不必要,因为大家都知道酒在民间风俗习惯、日常生活中的是少不了的,其重要性人皆知之,又何必繁琐地论证呢?

如从考证方面来写,考证其最早的产生或考证其他结论的错误等等,在此题目下,都没有考证的条件或必要。

因为第一酒的出现,几乎是与中国文化史、中国先民生活习俗的形成同时开始的,现在出土文物都证实了这点。

《周书·酒诰》中说:

文王诰教小子,有正有事,无彝酒。

根据文献,只知其古老,但也并无明确结论,说明其产生的时代、与民俗关系的原始等等,所以也很难考证其是非,辨明其真伪。

这个题目,如果到各地、各个民族做一番"酒与民俗"的调查,倒是很有意义,一定会收集到很多关于酒的风俗习惯材料,可以编写一本有价值的大书,但是没有这个条件,说来也是枉然。

那么我在前面一节介绍了先秦酒与民俗的情况之后,下面如何写呢?

我想就民间风俗有关方面分类阐述一下酒在这些方面的重

要作用及其历史演变,这虽非重要发现、发明,不能得出重要结论,但在半个多世纪以来中国民间风俗剧烈变化的情况下,回顾一下酒与民俗的历史演变加以阐述介绍,想来也还是有一定意义的吧。

民间风俗的可爱之处,首先在于从先民以来,重视节令,点缀生活,使生活更富有情趣,酒在其间是起到重要作用的。

西方社会,也有类似习俗,但没有中国民间那么重视,那么讲究。逢年过节不但要饮酒,而且要饮不同酒的风俗传统。如过年饮屠苏酒,端午饮雄黄酒,重阳节饮菊花酒等等,这是酒民俗中十分有趣味的传统。

现在人们过春节,家家户户总要吃酒,如写诗文用典故,也可说是饮屠苏酒,自然实际并不是屠苏酒,只是传统习惯叫法而已。按历史上元日饮椒酒、屠苏酒。

《四民月令》云:

> 正月之旦……进酒降神。毕,乃家室尊卑,无小无大,以次列坐于先祖之前;子、妇、孙、曾,各上椒酒于其家长,称觞举寿,欣欣如也。

后来宗懔《荆楚岁时记》中也记云:

> 正月一日……长幼悉正衣冠,以次拜贺。进椒柏酒,饮桃汤,进屠苏酒,胶牙饧,下五辛盘。

椒酒是把花椒放在酒中,屠苏酒当是把屠苏草浸在酒中。《通雅》植物门记有孙思邈"屠苏酒方"。可是究竟什么是

"屠苏酒",唐宋以来已说不清了。

元旦酒是肯定喝的,而不管什么酒,总是要借个"屠苏"名,苏东坡诗云:"但把穷愁博长健,不辞最后饮屠苏。"这样,屠苏便成了元旦一切酒的代名词了。

过年还有饮柏酒的习俗,周处《风土记》云:"元旦进柏叶酒。"所以人们把过年饮的酒,也可叫做"柏酒"。

只是旧历年吃的酒,就有这样多的不同名称,可见传统习惯是多么丰富了。宋僧人道世《法苑珠林》记道:

> 唐长安风俗,每至元旦以后,递饮相邀迎,号传坐酒。

正月里亲朋好友,排日请吃春酒,这一风俗习惯源远流长,一二千年,直到今天,仍然如此。

"酒与民俗",只此一点,亦可见其关系之重要了。

五月端午节,吃雄黄酒。用酒浸雄黄抹在小孩耳朵眼上、鼻孔上,在男孩额上用雄黄酒写一个"王"字,这些风俗,直到今天,不少乡村还保留着,儿童们都感到十分有趣。

这是古代家居生活夏日来临,预防病虫害的习惯。

早在孙思邈《千金月令》中就有记载云:

> 端五以菖蒲或缕或屑以泛酒。

所用材料虽然不同,但其辟解毒虫的作用是一样的。也有用艾酒的。

《玉烛宝典》即记云:

> 洛阳人家,端五造术羹艾酒。

但到明清而后,各地端五多饮雄黄酒。

最有名的故事,就是"白蛇"故事。许仙被恶僧法海教唆在五月端五,用雄黄酒醉倒白素珍,使她现了原形。旧时乡间人经常看戏,十分熟悉这一故事,几乎人人都知道端五喝雄黄酒。我小时候生活在北方山乡,这一习俗从儿童时就知道。后来知道江南也是一样的。

清代顾禄《清嘉录》"雄黄酒"条记道:

> 研雄黄末,屑蒲根和酒以饮,谓之雄黄酒。又以余酒染小儿额及手足心,随洒墙壁间,以祛毒虫。

蔡云《吴歈》云:"称槌粽子满盘堆,好侑雄黄入酒杯。余沥尚堪祛五毒,乱涂儿额巽墙隈。"

后面并引《江乡节物词》、《九县志》、《昆新合志》等书记载作为旁证。杭州风俗同样如此。可见雄黄酒这一习惯是十分普遍的。

除此以外,尚有重阳节的菊花酒也十分著名。葛洪《西京杂记》记云:

> 戚夫人侍儿贾佩兰云:在官内时九月九日,佩茱萸,食蓬饵,饮菊花酒,令人长寿。

另外周处《风土记》也有同样记载,说明这风俗在六朝时十分讲究。不过这毕竟是文人雅士的事,对于一般民众,则远没有雄黄酒那么普遍了。

岁时节令饮酒的习俗,迄今仍十分普遍。但是据说这是从古代先民岁时祭祀而演变成的习俗,远古祭祀之后再饮酒,后世祭礼废而饮酒如故,成为岁时节令习俗了。清康熙时张尔岐《蒿庵闲话》中分析这一现象道:

> 俗节饮酒,皆古人祭祀之期也。《酒诰》云:"祀兹酒。"古人无泛然饮酒者,率皆祭毕而后饮,祭有常期,故饮亦常时。后世祭礼废而饮酒如故,遂成俗节。如元宵始于汉家,常以正月上辛,祠太乙甘泉,以昏时祠到明,后世仿以为灯节……古人因祭而饮酒,后人崇饮而忘祭,不胜三代未逮之感。

张尔岐举了许多古代祭祀节日的例子,除元宵而外,什么中和节、清明节、端午节、中元节等等,大发思古之幽情,这且不去管他,但是中国民间传统中祭祀酹酒却是普遍存在的。

半个多世纪以前在北国山村中,后来在北京长期生活中,逢年过节,祭神供祖,供桌上总要放上酒壶、酒杯,在酒杯中总要斟上半杯酒,放在供桌边上。然后焚香下跪,接着就烧纸。

如是祭神,不管是佛堂观音大士,还是财神龛财神菩萨、天地桌天官之仙、灶王、井台……或是祠堂祖宗神主前,都要烧,所不同者,祭神焚黄表(是道教习惯,黄色薄纸折成三折,高八九寸,宽三四寸),供祖给鬼焚白纸(折法大小同黄表一样)。主祭者在焚香下跪之后,从供桌上取一张烧纸,将一角在蜡烛上点燃,双手高捧,挺身直跪,俟纸焚烧至三分之二,下余无多时,扔在烧纸盆中,取案上酒,往火焰中一倾,一缕兰火并青烟随之而起,这是祭祀中极为重要的一种仪式,俗称"奠酒"。奠酒之后再叩首,这样才算礼成。

奠酒正式名称为"酹祭"。苏轼《大江东去》词中最后一句:"一樽还酹江月。"就是说用一杯酒洒在江中祭祀明月。

按,"酹"字见《说文》,段玉裁注曰:

> 《广韵》曰:"以酒沃地。"《史记》:"其下四方地为啜食。"盖啜、酹皆于地。啜谓肉,故《汉书》作啜。酹谓酒,故从酉。

所以在传统习俗中,自周秦以来,从《礼记》所载的酒与祭祀关系密切的文献,直到近代,酒在祭祀中,总是不可少的。

这是沿袭了几千年的传统习俗。

祭祀之外,就是酒在婚丧嫁娶中的重要地位。

这种风俗也是从周秦以来一直沿袭到今天。

这些礼仪中,饮酒的规矩,在《礼记》的《丧大记》及《少仪》中都有详细的记载,在前面说到古代酒与民俗的关系时,曾引用了一些文献,现不多赘。只是简单地作些阐述。

中国历史上从古以来就把婚丧嫁娶以及过生日祝寿当作生活中的大事,北京俗称"红白喜事",把寿终正寝的老丧,即子孙满堂的老人去世,都当作"喜事"来办。

所有的喜事都以"酒"字来代替称之。娶妇、嫁女等叫"喜酒",过生日祝寿叫"寿酒",过满月叫"满月酒",其他建房、开业、迁居等,无一不以饮酒为祝贺方式。

这一习俗,从古至今,似乎未来也还会这样。

古今在具体礼仪上或有差异,但酒总是要喝的。所以在传统习俗中,酒与各种喜庆事项是牢不可分的。人们常常为此做大量工作,做长期准备。绍兴的"女儿酒"是十分著名的。此事来源甚古。

晋嵇含《南方草木状》云:

> 南人有女数岁,即大酿酒,既漉,候冬陂池竭时,置酒瓮中,密固其上瘗陂中,至春潴水满,亦不复发矣。女将嫁,乃发陂取酒以供贺客,谓之女酒,其味绝美。

"女酒"就是女儿酒。因酒坛均施彩绘,又名"花雕"。这是民俗中有悠久传统的有趣风俗,却是与嫁娶宴饮有密切关系的。

徐珂《清稗类钞》中引有"吟女儿酒"的长歌云:

> 越女作酒酒如雨,不重生男重生女。
> 女儿家住东湖东,春槽夜滴真珠红。
> 旧说越女天下白,玉缸忽作桃花色。
> ……

诗句把女儿酒写的极美。原诗较长,略引数句,聊供吟赏吧。

说到"女儿酒",这里不妨再说一下传统酿酒的风俗。从古以来,人们饮酒,分家酿、沽酒。另外还有宫廷及达官贵人制造各种名酒供帝王贵戚饮用者,那不在"民间风俗"范围之内,可以不说,这里只说民间沽酒和家酿的习俗。

我国从古以农立国,一般农产品副食品在乡间大多自己生产、自己制造、自己使用。只有少数是市上去买,第一是食盐,必须去买;第二是油、酒、醋等,有的自己家中做,有的则市上去买。

买酒卖酒均谓之酤(或作沽)酒,是很古老的事了。

《史记·高祖本纪》记云:

> 高祖每酤留饮,酒雠数倍。

按《索隐》解释说:

> 借雠为售……今亦依字读。盖高祖大度,既贳饮,且雠
> 其数倍价也。

这是刘邦做皇帝以前的事,可见最晚战国到秦代这一时期,卖酒的商人已是很普通的事了。

司马相如娶了卓文君,夫妻二人当垆卖酒,这是最古老的关于卖酒的浪漫故事。

其后不妨引用著名诗句"借问酒家何处有,牧童遥指杏花村"来证明卖酒的古老风俗。

因为卖酒,所以古代就有酒税,有管酒税的官。

又因造酒要用粮食,在灾荒之年,不免要影响民生,这样历史上就常有禁酤的命令。

《汉书·景帝纪》云:"夏旱禁酤酒。"就是禁止卖酒。

顾炎武《日知录》中,特别写了《酒禁》篇。

中国从远古直至唐宋时代,一直是用曲、用米、用麦等粮食、蒸煮发酵,压榨过滤而制成的酒,水份多,酒精浓度小。

直到元代,才出现了用蒸馏法生产的烧酒。

李时珍《本草纲目》"烧酒"条集释云:

烧酒，非古法也。自元时始创，其法用浓酒和糟入甑，蒸令气上，用器承取滴露，凡酸坏之酒，皆可蒸烧。近时惟以糯米或粳米，或黍或秫，或大麦，蒸熟，和曲酿瓮中七日，以甑蒸取，其清如水，味极浓烈，盖酒露也。

自从有了烧酒，民间便叫它作"白酒"、"白干"、"曲酒"，而管榨出来的酒，习惯叫做"黄酒"、"米酒"等等。生产烧酒比较复杂，都是酒商生产。北方叫缸房、烧缸，南方叫糟房。而黄酒、米酒制法较简单，除去商人生产，南北农村中不少都在家中制造，文言文中谓之"家酿"。"女儿酒"就是家酿的一种。在古老的传统风俗中，沽酒而饮和家酿"瓮头寿"，都是因酒给人们生活带来善美而醇厚的欢乐。酒与民俗的可爱处也正在于此。

清人顾禄《清嘉录》"冬酿酒"条记云：

乡田人家以草药酿酒，谓之"冬酿酒"。有秋露白、杜茅柴、靠壁清、竹叶清诸名。十月造者，名"十月白"。以白面造曲，用泉水浸白米酿成者，名"三白酒"。其酿而未煮，旋即可饮者，名"生泔酒"。

蔡云《吴歈》云：

冬酿名高十月白，请看柴帚挂当檐。
一时佐酒论风味，不爱团脐只爱尖。

这是江南人家中造酒的记载。至于北方，大体也是这样。农村中黄酒大都是家中自酿的，市沽则只有烧酒。酒的家酿与

80

市沽,在南北各地风俗中,也多有相似之处。

在中国传统风俗中,酒与游戏,亦大有可述者,外国风俗也有类似者,但不多。在风俗中酒与游戏的关系大约有三:一是游戏以酒为处罚;二是以游戏助酒兴;三是游戏与罚酒相结合。

《礼记》中所记投壶饮酒的罚则,那是最古老的。后来进一步演变为文人作诗的罚则。

李白《春夜宴桃李园》序中说:

> 如诗不成,罚以金谷诗数。

便是以酒为罚则的最有名的故事。

以游戏助酒兴,最有名的当是"曲水流觞"的故事,大家坐在水边,浅浅的酒杯在水中漂浮,漂到谁面前,谁就喝酒。这是王羲之《兰亭集序》中记载的饮酒游戏,直到今天好事者还模仿进行。

民间传说中饮酒游戏的故事,在此不多赘了。

第三种酒与游戏和罚酒相结合的习俗流传最久、最广。

文雅一点的就是酒令,通俗一点就划拳,文言叫"拇战"。这一风俗,遍及南北各地,远及海外华人生活聚集的地方,好喝酒的人,没有一个不会划拳的。

据说高声喊叫,可以抒发心肺,增加酒量,而输了拳要被罚酒,这就要吃更多的酒。

"划拳"和行酒令,文人雅士称之为"觞政",有人为此写了不少专门文章和书,如明代袁宏道的《觞政》、清蔡祖庚的《嫩园觞政》、黄周星的《酒社刍言》等。

《红楼梦》中《鸳鸯女三宣牙牌令》和《寿怡红群芳开夜宴》

二回中写酒令最热闹，但这中间也写了湘云划拳的豪情，臂上镯子碰的打珰乱响，想见其兴高采烈。这是写吃酒划拳最生动著名的文章，可见其雅俗共赏了。

"划拳"的饮酒游戏，可以说是中国人喝酒风俗中最有风趣的创造。

酒是交际的工具，这在中西风俗上似乎是一样的，什么重大的争端，在正式场合中争的面红耳赤，甚至挥拳动武，大到酿成战争。而在觥筹交错之际，却可谈笑风生，化干戈为玉帛，这是酒的力量。

有名的宋太祖赵匡胤"杯酒释兵权"，便是靠了酒的力量，和平地解除他手下大将的武装。

在民众中间，大小争端，也常常用酒来调解。俗话说："酒后吐真言。"又说："喝酒交情越喝越厚。"可见在传统风俗中酒对人际关系多么重要。

远道客人来了，接风用酒。送人出行，饯行用酒。

客人来了，总要以酒招待。"深夜客来茶当酒"，因无酒而表示无限歉意，说明在人际关系中，酒比茶要重要得多，敬意主要在靠酒来表现。

敬酒的风俗自然要比敬茶早上千年。

所以从"酒与民俗"的角度讲，酒文化远比茶文化历史悠久得多，地域广泛得多，可以说从人类有文化开始，形成"民间习俗"开始，就与酒有密切的关系了。

酒在中国民间习俗中，宴饮时劝酒、敬酒、赌酒和罚酒种种习惯，有时敬酒、劝饮，要你非喝不可。北方有些乡间宴客，敬酒者会捧着酒杯跪在你面前，非让你喝下去不可。

清人黄周星《酒社刍言》说：

世俗之行苛令,无非为劝饮计耳。而不知饮酒之人有三种:其善饮者不待劝。其绝饮者不能劝。唯有一种能饮而故不饮者宜用劝……

　　酒中含有酒精,对人身体有反应,喝多了可以醉。

　　而每个人的天生禀赋又不一样,有的人滴酒不饮,有的人少饮即醉,有的喝很多也不醉。

　　这样习惯上叫有酒量或无酒量,酒量大的称作海量。

　　有人量小却爱喝,有大量的却不爱喝,因之有量无量与爱喝不爱喝以及嗜酒如命并不完全一致。

　　这样就有借酒浇愁者,有因酒误事者,甚至因酒送命者都有。

　　在传统习俗上,人们对于酒,也有时列为嗜好,甚至和不良嗜好混在一起。

　　历史上有不少著名戒酒、止酒、禁酒的故事,最有名的是刘伶的妻子劝刘伶戒酒的故事。

　　陶潜也写过著名诗篇《止酒》,说什么"平生不止酒,止酒情不喜,暮止不安寝,晨止不能起"等等。后面虽然说什么"今朝真止矣",恐怕也还是没有止的。

　　为什么呢?

　　因为"何以解忧,惟有杜康",酒能够给人生活、心身两方面带来很大的欢乐。

　　固然酒精过量,也能中毒死人,但那是极少见的。因为从医学观点上,适量的酒,对人身体是有益的。

四

宋人范成大《桂海虞衡志·桂海酒志》中说：

> 余性不能酒，士友之饮少者，莫余若，而能知酒者，亦莫
> 余若也。顷数仕于朝，游王公贵人家，未始得见名酒。使
> 虏，至燕山，得其宫中酒，号金兰者，乃大佳……及来桂林，
> 而饮瑞露，乃尽酒之妙。

范成大说是"不能酒"，而自谓知酒，看来多少是喝一点的，
不过看来总非酒人了。不能酒而知酒、谈酒者，古今除范石湖
外，尚不乏其人。我也不会喝酒，于今却写了一篇《酒与民俗》的
长文章，虽不敢妄比古人，自思亦是十分滑稽的了。

实际这篇《酒与民俗》所谈的也都是酒与中国传统民间风俗
习惯的事。

但酒是世界性的，欧、美、亚、非各大洲的人都爱喝酒，因而
"酒与民俗"这个题目，除去说中国的外，也应谈谈外国的。但所
知有限，甚至可以说是无知，因而外国的酒与民俗的情况，我是
不能谈的。这里只就中西酒与民俗的不同点，略作比较，作为本
文的结束吧：

一是中国传统上有热饮的习惯。《礼记·月令》中说"乃命
大酋"，"酋"字在注释中就解释为热酒，现在讲究喝黄酒的人，
还要喝热酒的。《红楼梦》中薛宝钗就对宝玉大讲要喝热酒的道
理，是很美的故事情节。中国人，尤其北方人喝白酒也要热饮。
这种习惯在西洋人似乎是没有的。

二是西方人喝酒，只是干喝，并不要下酒菜。而中国人从古代就讲究"旨酒佳肴"，一定要有点下酒菜。孔乙己再穷，还要吃几粒茴香豆下酒呢！

　　传统上有"汉书下酒"的故事，等于没有菜。但还是强调下酒物，似乎从不空口喝酒。而西方人喝酒，单是喝酒，从不强调下酒菜。迄今海内外华人乃多保持此习惯。

　　另外中国传统是祭祀饮酒，传统的酒是米、麦等粮食酿的。这似乎也与西方以葡萄等果品为原料酿的酒不同。

　　以上一些不同之处，如多收集一些资料，在酒与民俗的传统习惯上，作一些细致的比较，追本求源，明确其原因，也可写出一篇很有趣的文章。可惜在我来说，力有未逮，只能有待于学贯中西的专家了。

　　本文中对于我国少数民族地区许许多多与酒有关的民俗也未说到，这也是限于条件和学识，只好俟诸异日，或用几年功夫再写一篇乎？

酒史三题

—— 酒礼、酒政、酒榷

酒　礼

我国酒的历史,远过于茶,而且在很古的时候,酒的饮用即与礼仪有密切关系,明末大学者顾炎武《日知录·酒禁》一开始就说:

先王之于酒也,礼以先之,刑以后之。

同时黄周星《酒社刍言》一开始也说:

古云:酒以成礼。又云:酒以合欢。既以礼为名,则必无伧野之礼;以欢为主,则必无愁苦之欢矣。

以上所引,就是说,从古以来,说到酒,首先突出一个"礼"字。即在古人生活中,长期的经验,理解了酒的特性,既知酒与人的好处,又知酒能乱性,多饮了就要醉。因之自帝王朝廷,直至民间百姓,对于酒,既能重视,祭祀、婚嫁、宴宾,均不可少,又要注意如何使用,谁多谁少,谁先谁后,长期形成了习惯、制度,各种礼仪,由远古的各种文物及文献典籍,都证明了这些。如

《礼记》第十四篇《明堂位》记云：

> 爵，夏后氏以琖，殷以斝，周以爵。灌尊，夏后氏以鸡夷，殷以斝，周以黄目。其勺，夏后氏以龙勺，殷以疏勺，周以蒲勺。

现在都有传世的古铜器证明这些文献，也证明古代有关酒的礼仪是多么隆重。近人王国维氏《观堂集林》卷三有《说斝》一文，内称："今传世古酒器有斝无散，大于角者惟斝而已……礼言饮器之大者，毕散角或斝角连文……"在此不必详述其考证原文，只足以证明：酒与酒器与礼仪，这三者从古以来，都是关系密切，确实存在的。

《礼记》一书，对于酒的礼仪，各篇中都有记载、规定。首先是各种祭祀仪式，都要用到酒。古人对于自然界、人世间各种现象，只有初步的认识，没有现代这样的科学理解，因而对许多不能理解的，就归诸于神或鬼，用祭祀的仪式来祈求或感谢神鬼，祭天、祭地、祭神、祭鬼，不管是国家大事或民间小事、婚丧嫁娶，都要祭祀，都要用酒来表敬意，表诚心，就有许多细致的礼仪。比如说，春天天子要举行祈谷礼，《礼记》中《月令》篇说：

> 是月也，天子乃以元日祈谷于上帝，乃择元辰，天子亲载耒耜……天子三推，三公五推，卿、诸侯九推，反，执爵于大寝。三公、九卿、诸侯、大夫皆御，命曰劳酒。

这就是直到清代末年为止，还在北京先农坛皇帝举行躬耕，执爵献酒祭先农的礼仪，前后延续了两三千年。《清史稿》卷八十三《礼志二》记载：

> 顺治十一年（一六五四年），定岁仲春亥日行耕耤礼……届期，帝亲飨祭献如朝日仪……俟农夫终亩，鸿胪卿奏礼成，百官行庆贺礼，赐王公耆老宴……

其他祭天、祭地、祭社稷、祭蚕、祭宗庙……等等礼仪，对献爵、饮福酒等，都在历代史书礼仪志中有明文记载，不一一罗列了。

《论语》中说："有酒食，先生馔；有事，弟子服其劳。"古人对于君臣、父子、师生、长幼之间，饮酒的次序、各种礼仪，在《礼记》中也有许多规定，如《礼记》卷一《曲礼》中记云：

> 侍饮于长者，酒进则起，拜受于尊所。长者辞，少者反席而饮。长者举未釂，少者不敢饮。长者赐，少者、贱者不敢辞。

又云"饮酒不至变貌"、"饮玉爵者不挥"等等。这些礼仪，已形成风俗，迄今各地如小辈和长辈在一起饮酒，懂礼貌的也还是很客气的。再如《玉藻》篇中记当时朝廷饮酒礼仪道：

> 君若赐之爵，则越席再拜，稽首受，登席，祭之。饮，卒爵而俟，君卒爵，然后授虚爵。君子之饮酒也，受一爵而色洒如也；二爵而言言斯，礼已三爵而油油以退。退则坐取屦，隐辟而后屦，坐左纳右，坐右纳左。凡尊必尚玄酒，唯君面尊，唯飨野人皆酒。大夫侧尊用棜，士侧尊用禁。

文中所说"玄酒",按另一段文字"故玄酒在室,醴酒在户,粢醍在堂,澄酒在下,陈其牺牲,备其鼎俎"。后注云:"太古无酒,用水行礼,后王重古,故尊之名为玄酒。"说明"玄酒"就是水,"尚玄酒"就是"尚水",为什么呢?下面注解说:"尊尚玄酒,不忘古也。"说明两千多年前的周礼,还多是尚古的,现在想来,那就更古老了。

关于饮酒时的位次,也关系到礼仪。《礼记》在《少仪》篇中记道:

> 尊者以酌者之左为上尊。尊壶者面其鼻。饮酒者、祭者、醮者,有折俎不坐,未步爵,不尝羞。

又记道:

> 凡饮酒,为献主者执烛抱燋,客作而辞,然后以授人,执烛,不让、不辞、不歌。

这些礼仪规则,年代久远,有的解释起来很复杂,如尊与壶,均为酒具,皆有面,面有鼻,鼻宜向尊者。祭者,是沐而饮酒,醮者是冠而饮酒等等。详细说清,较为困难,也无必要。但有一点应予注意,即"酌者之左为上尊",即尊重上座宾客;"未步爵,不尝羞",即未举杯饮酒,不能吃菜,直到今天,大家还遵循这些礼仪。

结婚合卺之礼,俗名吃"交杯盏",直到今天仍在中国各地民间普遍流传,这确实可以说是有关酒的源远流长的传统礼仪。《礼记》第四十四《昏义》中记载道:

昏礼者,将合二姓之好,上以事宗庙,而下以继后世也。……妇至,婿揖妇以入,共牢而食,合卺而酳,所以合礼同尊卑以亲之也。

注解说:"'合卺而酳'者,酳,演也。谓食毕饮酒,演安其气。卺,谓半瓢,以一瓠分为两瓢,谓之卺。婿与妇各执一片以酳。"

以婚礼上,除去合卺而外,还要行祭祀礼,献酒。公婆还要酌酒给新妇,新妇还要回敬公婆,行一献之礼。同篇中记道:

夙兴,妇沐浴以俟见……赞醴妇,妇祭脯醢,祭醴,成妇礼也。

厥明,舅姑共飨妇,以一献之礼奠酬。舅姑先降自西阶,妇降自阼阶,以著代也。

文后注疏中说:"舅酌酒于阼阶献妇,妇西阶上拜受,即席祭荐,祭酒毕,于西阶上北面卒爵。妇酢舅,舅于阼阶上受酢,饮毕乃酬,妇更爵先自饮毕。更酌酒以酬姑,姑受爵奠于荐左,不举爵,正礼毕也。降阶,各还宴寝也。"各家注疏解释并不完全一致,只择录一家疏文,亦可见古礼多么复杂了。

婚礼自纳采、问名、纳吉、纳征、请期以至亲迎合卺,共为六礼。而与酒关系最密切,主要以酒表现礼仪的就是"合卺"。这一礼仪,历代由宫廷到民间,普遍实行。如《隋书》志第四《礼仪》记道:

后齐皇帝纳后之礼,纳采、问名、纳征讫……有司先于昭阳殿两楹间供帐，为同牢之具……帝升自西阶诣同牢坐，与皇后俱坐，各三饭讫，又各酳二爵一卺。奏礼毕……

《清史稿》志六十四《礼八》记皇后大婚仪道：

　　帝御中和殿……皇太后率辅臣命妇入宫，赐后母及亲属宴，公主、福晋不与。时加酉，宫中设宴，行合卺礼。

又记同治帝大婚道：

　　同治十一年（一八七二年），纳采、大征、发册、奉迎，悉准成式……辇入乾清宫，执事者俱退，侍卫合隔扇。福晋、命妇侍辇入宫，宫中开合卺宴，礼成。

又记"皇子婚礼"道：

　　吉时届……彩舆陈堂中，女官告"升舆"，福晋升……至皇子宫门降，女官导入宫，届合卺时，皇子西向，福晋东向，行两拜礼。各就坐，女官酌酒合和以进，皆饮，酒馔三行，起，仍行两拜礼。

　　以上是皇家合卺之礼。至于民间，《清史稿》志六十四记"品官士庶婚礼"道："……届日，婿家豫设合卺宴……交拜讫，对筵坐，馔入，卒食，媵御取盏实酒，分酳婿、妇，三酳用卺，卒酳，婿出。"正史上记载，不管皇家、民间，均用"合卺"古语，而俗话则叫"交杯酒"或"交杯盏"。宋孟元老《东京梦华录》卷之五"娶妇"道：

> 凡娶媳妇,先起草帖子……扶入房讲拜,男女各争先后
> 对拜毕……然后用两盏以彩结连之,互饮一盏,谓之交杯
> 酒。饮讫掷盏,并花冠子于床下,盏一仰一合,俗云大吉,则
> 众喜贺。

现在各地方志中提"合卺交杯"的风俗礼仪还很多,限于篇幅,不一一征引了。

《隋书》卷六《礼仪志》前言中就说过："群饮而逸,不知其邮,乡饮酒之礼废,则争斗之狱繁矣。"又说："汉高祖既平秦乱,初诛项羽,放赏元勋,未遑朝制,群臣饮酒争功……叔孙通言曰：'儒者难与进取,可与守成。'于是请起朝仪而许焉,犹曰：'度吾能行者为之。'微习礼容,皆知顺轨。"从所引文中,可以看出酒与礼仪互相关连的重要意义。因而在《礼记》第四十五,特别有《乡饮酒义》一章。文前释题解释内容说：

> 乡饮酒者,乡人以时会聚饮酒之礼也。因饮酒而射,则
> 谓之乡射。郑氏谓三年大比,兴贤者能者,乡老及乡大夫,
> 率其吏与其众,以礼宾之,则是礼也。三年乃一行,诸侯之
> 卿大夫贡士与其君,盖亦如此。党正每岁国索鬼神而祭祀,
> 则以礼属民而饮酒于序。但此礼略而不载,则党正因蜡饮
> 酒,亦此礼也。先儒谓乡饮有四：一则三年宾兴贤能；二则
> 乡大夫饮国中贤者；三则州长习射；四则党正蜡祭。然乡人
> 凡有会聚,当行此礼,恐不特四事也。《论语》："乡人饮酒,
> 杖者出斯出矣。"亦指乡人而言之。

简言之,所说四点,第一点同后来科举制度有关,第二与后来举贤、敬老有关,第三与武事有关,第四与蜡月祭祀有关。但此礼中心意思,在于维护社会宗法秩序。《礼记》在《乡饮酒义》篇后,就是《射义》,一开始就说:

> 古者诸侯之射也,必先行燕礼。卿、大夫、士之射也,必先行乡饮酒之礼。故燕礼者,所以明君臣之义也。乡饮酒之礼者,所以明长幼之序也。

这一礼仪后代又与祭孔联系在一起。《隋书·礼仪志四》写道:

> 隋制,国子寺每岁以四仲月上丁,释奠于先圣先师,年别一行乡饮酒礼。州郡学则以春秋仲月释奠。州郡县亦每年于学一行乡饮酒礼。学生皆乙日试书,丙日给假焉。

据此可知:隋时虽然还没有科举考试,而已有国学,春秋已祭孔释奠。按"释奠"之词,见《礼记》第八篇《文王世子》文云:"凡学,春官释奠于其先师,秋冬亦如之,凡始立学者,必释奠于先圣先师。"就是荐馔、献酬奠酒。汉以后祭祀孔子,即释奠专指祭祀孔子了。隋代之前已如此,且与乡饮酒礼连在一起。

《唐会要》卷二十六,记"乡饮酒"云:

> 贞观六年诏曰:比年丰稔,间里无事,乃有惰业之人,不顾家产,朋游无度,酣宴是耽,危身败德,咸由于此。每览法司所奏,因此致罪,实繁有徒,静言思之,良增轸叹。自匪澄源正本,何以革兹俗弊。当纳之轨物,询诸旧章,可先录乡

饮酒礼一卷,颁行天下。每年,令州县长官,亲率长幼,齿别有序,递相劝勉,依礼行之,庶乎时识廉耻,人知敬让。

唐贞观六年是公元六三二年,其后永隆元年(六八〇年)又敕:"乡饮酒礼之废,为日已久,宜令诸州,每年遵行乡饮酒礼。"开元六年(七一八年),又颁乡饮酒礼于天下,令牧宰每年十二月行之。开元十八年(七三〇年),宣州刺史裴耀卿上疏言"乡饮酒礼仪"事。开元二十五年(七三七年)敕:"应诸州贡人,上州岁贡三人,中州二人,下州一人。必有才行,不限其数。其所贡之人,将申送一日,行乡饮酒礼,牲用少牢,以现物充。"这就是明令"乡饮酒礼"和科举贡士联系在一起了。"少牢"是羊、豕二牲,见《礼记·王制》。

"乡饮酒礼"在《五代会要》也有记载道:

> 后唐清泰二年九月,中书门下帖太常以长兴三年敕诸举人常年荐送,先令行乡饮酒之礼,宜令太常草定仪注,班下诸州,预前肄习,解送举人之时,便行此礼,其礼速具奏闻。

按后唐清泰二年是公元九三五年,其时科举制度已普遍。但引文后面小注说:"以古礼无次序……竟不能行。"可见当时这一礼仪已渐渐失传了。

明、清两代,乡饮酒礼在形式上也延续了下来。《清史稿》卷八十九《礼志第八》,有"乡饮酒礼"的记载,而且还详细记录了各府、州、县"乡饮酒礼"的仪式,到雍正、乾隆两代,仪式略有改变。但自道光之后,也就很少举办了。原因是各地举行乡饮酒

礼仪的经费,都取之于公家,后来此项费用移作军饷,地方上就没有钱举办了。《清史稿·礼志八》"乡饮酒礼"最后记云:

> ……初,乡饮诸费取给公家,自道光末叶,移充军饷,始改归地方指办。余准故事行,然行之亦仅矣。

自然,自此之后,也再没有人提到这一"乡饮酒"的古代礼仪了。

《礼记》第四十七篇《燕义》,也写了饮酒的礼仪。其写接待宾饮酒礼道:

> 设宾主饮酒之礼也。使宰夫为献主,臣莫敢与君抗礼也……

但这里所说的"燕",即同"讌"、同"莚"、同"宴",留待《饮宴》篇中再说,在此不多赘。只是古代对于酒,在礼仪的考虑上,多从现在所谓人际关系、社会秩序、国家君臣诸侯、家庭亲子、夫妻关系诸多方面考虑,规定有时是很细致的。如《丧大纪》载,"既葬,主人疏食水饮……始食肉者,先食干肉;始饮酒者,先饮醴酒……"《礼记》中说"玄酒",是指水;说"醴酒",是指薄酒。连饮什么酒,都作了细致的规定,也可见古代有关酒的礼仪等事,多么细致具体。

再有《礼记》记有"投壶"之礼,这和现在饮宴罚酒类似,但这形同射箭,有比胜负的意思,但是"胜饮不胜者",就是胜利的不喝酒,而失败的要喝酒,礼仪也很细致,如说:

投壶之礼,主人奉矢……主人请曰:某有枉矢哨壶,请以乐宾,宾曰:子有旨酒嘉肴,某既赐矣……请宾,曰:顺投为入,比投不释,胜饮不胜者……命酌,曰:请行觞。酌者曰:诺。当饮者,皆跪奉觞,曰:赐灌。胜者跪,曰:敬养……

这些礼仪都和酒有关系,而且礼仪记载多么周详具体,只是早已失传,后来好古之士,虽也有人偶然好奇试试,但年代久远,在社会上知道的就很少了。只是后来的饮酒者,不管赌吟诗也好,赌酒令也好,赌划拳也好,所谓"如诗不成,罚以金谷酒数",都是胜利的不饮,失败的饮酒。如果这也包括在"礼仪"之内,那就是这点也和古代礼仪一样了。其他民间敬酒、劝酒礼仪,古今大体一样,细说又较繁琐,只能从略了。

酒　政

我国酒的历史非常悠久,《战国策·魏策》记载:仪狄作酒而美,进之禹,禹饮而甘之,遂疏仪狄,绝旨酒,曰:后世必有以酒亡其国者。这是在公元前两千一百多年的事。由于酒的历史悠久,所以有关酒的典章、制度的制定,也很早就有了。关于酒的典章、制度,大体是三个方面:一是关于饮酒、荐酒、献酒等规章制度。二是关于酤酒、私酿、官酿以及禁酒的典章、制度。三是有关管理酒政、酒税的官吏。这三方面,其一形成的最早;二、三两方面的典章制度比较晚些。

在先秦文献中,关于酒的记载是很多的。如《诗经》、《书经》、《礼记》中,不少地方都记到酒,而不少都是属于当时的典章、制度,如《礼记》中《礼运第九》记云:

后圣有作,然后修火之利……以事鬼神上帝,皆从其朔。故玄酒在室,醴戋在户,粢醍在堂,澄酒在下,陈其牺牲,备其鼎俎,列其琴瑟、管磬、钟鼓……

这是祭祀的规则,都要用酒,而注中详引周礼,说明次序。所谓太古无酒,用水行礼,尊为玄酒,祭则设于室内。醴是酒之一宿者,周谓"醴齐"(按,齐即斋字)、盏谓"盎齐",陈列于室内稍南近户。"粢醍",即周礼醍齐,酒成而红赤色,又卑之,列于堂。"澄酒",周礼"沈齐",成而滓沈,又在堂之下。此五者各以等降而设之。这就是祭祀时陈列不同的酒的规则。《礼记》中类似这样的记载还很多,如《坊记》第三十中云:

……醴酒在室,醍酒在堂,澄酒在下,示民不淫也。

又如《乡饮酒义》第四十五中记云:

乡饮酒之礼,六十者坐,五十者立侍以听政役……饮酒之节,朝不废朝,莫不废夕。(按,莫即暮字。)

《礼记》所说都是周代关于祭祀时,接待宾客时、乡居宴饮时,关于酒的礼节制度,由天子到诸侯、庶人,当时都有传统典章制度。如结合殷商、西周出土的甲骨文、青铜器来验证,就更可看出远古以来,关于酒的典章制度,在祭祀、饮宴典礼中,已经十分齐备了。当时已有卖酒者,即所谓"酤",但是还未官卖,也没有税,但已极为普遍。

先秦文献中,有关酒的政策法令、规章制度流传至今,最重要的,莫如《书经》中的《酒诰》一文。这是周武王写给康叔的,文中告诫康叔及其领地"妹邦",要注意酒的节制。因在题注中说:商受酗酒,天下化之。妹土,商之都邑,其染恶尤甚。武王以其地封康叔,故作《酒诰》教导告诫他。按"妹邦",《诗经·鄘风·桑中》"妹"字作"沬",现河南淇县北有妹乡,就是这个地方。康叔,周武王同母少弟,名封,初封于康,故称"康叔"。周公旦既诛武庚,以殷遗民封康叔为卫君,能和集其民,民大悦。其时在公元前一〇六五年间。《酒诰》乃中国有关酒的法令的第一篇,因商代酗酒的人太多了,以其遗民封康叔于妹邦,如继续酗酒,必将步商纣的后尘,因酗酒而亡,因此武王特颁《酒诰》告诫之。并引文王的告诫:"有正有事,无彝酒,越庶国饮唯祀,德将无罪"等等,这是最早有关酒禁的文献,全文作为资料引至后面。

由春秋、战国之时,到秦代,酒已很普遍,酗酒亦很普遍,无所谓私酿、官酿。直至汉代,始有酤律,即关于饮酒卖酒的法律规定。汉文武即位,赐民酺五日。时在公元前一七九年。(按,文帝名刘恒,高帝刘邦子,初封代王。)其时有酒酤、酒禁律,据《文献通考》卷十七:

> 三人以上无故群饮酒,罚金四两。酤酒有税,自汉武帝始。

据《汉书·武帝纪》:"天汉三年(前九十八年)……初榷酒酤。"而到了昭帝时始元六年(六年)诏罢榷酤,就是不收酒税。榷酤至此,前后已百年之久。《文献通考》谓:"以律占租者,令民卖酒,以所得利占而输其租矣。占不如实,则论其律。卖酒升四钱,所以限,民不得厚利尔。"据此,知汉律不但有酒税,而且限价。

公元六年,王莽篡汉建立新朝,前后虽只十七八年,但改革颇多,创"五均六筦"之法,于酒则立酒官,令官作酒,据《汉书》卷二四《食货志》记载:

> 令官作酒,以二千五百石为一均,率开一卢以卖,雠五十酿为准。一酿用粗米二斛,曲一斛,得成酒六斛六斗,各以其市月朔米曲三斛,并计其价而参分之。以其一为酒一斛之平。除米曲本贾,计其利而什分之,以其七入官,其三及醩载灰炭给工器薪樵之费。

王莽为此两下诏书,后面再择抄其一禁私酿的诏书,供参考。

东汉以来,因天灾伤稼,造酒要大量消耗粮食,所以曾几次禁酤酒,据《文献通考》所记:东汉和帝永元十六年(一○四年)诏兖、豫、徐、冀四州雨多伤稼,禁酤酒。顺帝汉安二年(一四三年)禁酤酒。桓帝永兴二年(一五四年),以旱蝗饥馑,郡国不得卖酒,祠祀裁足。汉末建安时,曹操表奏酒禁,孔融争之。

三国时,魏、蜀、吴三国关于榷酤、酒禁等典章制度,并不一致,资料亦少,《吴志》卷七《顾雍传》记道:"吕壹、秦博为中书,典校诸官府及州郡文书,壹等因此渐作威福,遂造作榷酤障管之利。"自王莽时,榷酤即为富贾所控制,成为营私舞弊之源,虽严刑不能制,至三国时,仍然有此弊端。

西晋后期,中原大乱,战争连年,造酒要粮食,直接影响民生,继曹操之后,于公元四世纪初,羌人石勒成为大军阀,"以民始复业,资储未丰,重制禁酿,行之数年,无复酿者"。说明以武力禁酒,强制执行,还是有效果的。

南北朝时,北朝均官酤,后魏百官岁给常酒。《魏书》卷一一〇《食货志》载:

　　　　后魏明帝正光后……国用不足,预折天下六年租调而征之。百姓怨苦,民不堪命。有司奏断百官常给之酒,计一岁所省,合米五万三千五十四斛九升,蘖谷六千九百六十斛,面三十万五百九十九斤。其四时郊庙百神群祀,依式供营,远蕃使客,不在断限。

南朝方面:“宋文帝时,扬州大水,主簿沈亮建议禁酒,从之。”据《通考·征榷考四》记载。

　　　　陈文帝时天嘉中,虞荔等以国用不足,奏请榷酤,从之。

据《通典》卷二《食货志十一》。自两晋、南北朝以来,所谓“取利于酒,夺民酤而榷之官,比承平时责利数倍”等等弊端,直到隋朝统一后,才有所改变。据《文献通考》卷十七《征榷四》所载:

　　　　隋文帝开皇三年(五八三年),先时尚依周末之弊,官置酒坊收利,至是罢酒坊,与百姓共之。

　　不过其三百年中,嗜酒之风特甚,名酒人如陶潜、刘伶、阮籍……名酒如蒲桃酒(即葡萄酒)、千里酒、桑落酒、缥醪酒、河东酒、菊花酒等,名色众多,均见之记载,说明其时酒之工艺更精,家酿、坊酿、官酤、私酤,均极普遍了。

　　唐代开国,初年尚无酒禁,《通考》卷十七《征榷四》记云:

唐初无酒禁，乾元元年，京师酒贵，肃宗以廪食方屈，乃禁京城酤酒，期以麦熟如初。二年，饥，复禁酤，非光禄祭祀、燕蕃客，不御酒。

乾元元年是公元七五八年，已是安史乱后。唐自六一八年开国，迄今已历百四十年，贞观之治、开元、天宝的繁华盛世，百余年中，似无榷酤，亦无官酤，想见其物阜民丰之社会。至代宗广德二年（七六四年）始"敕天下州，各量定酤酒户，随月纳税，此外不问公私，一切禁断"。至大历六年（七七一年）："量定三等，逐月税钱，并充布绢进奉。"德宗建中元年（七八○年）"罢酒税，三年复制，禁人酤酒，官自置店酤，收利……私酿者谕其罪。寻以京师四方所凑，罢榷"。贞元二年（七八六年）："复禁京城、畿县酒，天下置肆以酤者，每斗榷百五十钱，其酒户与免杂差役，独淮南、忠武、宣武、河东，榷曲而已。"以上各条具引自《文献通考》卷十七《征榷四》。有两点值得注意，即具体酒价榷价，每斗税百五十钱。《通考》作者加批云：

按，昔人举杜子美诗，以为唐酒价每斗为钱三百，今榷百五十钱，则输其半于官矣。

这还只说到税率过高，为百分之五十。而淮南等四地，又征曲税，这就更严格，造酒一定要用曲，先把曲上了税，就更可堵私酿之漏洞了。于此亦可见税率越来越严密。

唐代大和八年（八三四年），罢京师榷酤。据《通考》所载："凡天下榷酒，为钱百五十六万余缗，而酿费居三之一，贫户逃酤不在焉。"此条可见唐代酒税总收入。《唐会要》卷八《榷酤》中亦有同样记载。

唐代后来，酒禁更严，会昌二年(八四二年)敕扬州等八道州府，置榷曲并置官店酤酒，代百姓纳榷酒钱，并充资助军用。各处禁止私酤，官司过为严酷，一人违犯连累数家，闾里之间不免咨怨。为此朝廷敕各地：今以后如有百姓私酤，及置私曲，罪止一身；同谋容纵，任据罪处分；乡井之内，如有不知情，并不得追扰，兼不得没入家产。

唐朝自公元六一八年李渊称帝，至公元九〇七年哀帝禅位于朱全忠的梁朝，经历了近三百年(实际二八九年)的统一，又开始了分裂动乱，即五代十国的局面。梁、唐、晋、汉、周政权迅速更替，其他蜀、南汉、吴越、南唐、后蜀等地方政权，政令不统一，酒税亦不断变化。梁开平三年(九〇九年)，"敕听诸道州府百姓自造曲，官中不禁"。而过了没有几年，政权改变，后唐天成三年(九二八年)：

> 敕三京邺诸道州府乡村人户，自今年七月后，于夏秋田苗上，每亩纳曲钱五文足陌，一任百姓造曲酤酒供家，其钱随夏秋征纳，并不折色。其京都及诸道州府县镇坊界及关城草市内，应逐年买官曲。酒户便许自造曲，酤酒货卖。仍取天成二年正月至年终一年，逐月计算都买曲钱数，内十分只纳二分，以充榷酒钱。便从今年七月后，管数征纳榷酒户外。其余诸色人，亦许私造酒曲供家；即不得衷私卖酒，如有故违，便仰纠察。

另外又敕："依中等酒户纳榷，其村坊一任沽卖，不在纳榷之限。"从此时开始，先把曲税纳入田亩，夏秋开征。每亩五文，后特放二文,只收三文。城镇照收酒户税,村坊不在纳榷之限。这一办法,一直延用到五代结束,其律十分严酷,赵翼《廿二史劄记》卷二二《五代盐曲之禁》云:

> 其酒曲之禁,孔循曾以曲法杀一家于洛阳(注:私曲五斤以上皆死)。……汉乾祐中(九四八年,五代刘承祐政权,只三年),私曲之禁,不论斤两皆死。周广顺中(九五一年,郭威及其养子柴荣政权,前后十年),仍改为五斤以上。然五斤私曲,即处极刑,亦可见法令之酷矣。

赵翼的感慨,亦可见乱世五斤曲即可草菅人命,如此典章律例之残酷,有法甚于无法。

酒法榷酤,至宋朝统一后,征收更胜于前朝。宋吴曾《能改斋漫录》记云:

> 今之秋苗有曲脚钱之类,此事起于五代,后唐时虽纳曲钱,而民间却许自卖酒。时移事变,曲钱之额,遂为定制,而民间则禁私酤矣。

就是既从地亩中收曲钱,又置官酿,民间禁私酿。乡间或许民酿,但定其税课,每年若干。就是为酒,民众有三重负担:一所谓曲脚钱之曲税,随田亩征;二官酤之营利;三乡间酿酒之酒税。因之宋代酒榷收入甚多。但多为募富贵之户承包,即后代的包税。据《文献通考》卷十七《征榷四》记载:

> 太宗太平兴国元年诏:先是募民掌茶盐榷酤,民多增常

数,求掌以规利。岁或荒俭,商旅不行,致亏常课。多籍没家财以偿,甚乖仁恕之道。今后宜并以开宝八年额为定,不得复增。

太平兴国元年是公元九七六年,开宝是周朝柴世宗年号,八年为九七五年。即宋代建国之初,承周之旧,至真宗景德四年(一〇〇七年)又下诏:榷酤之法……不得复议增课。直到熙宁十年(一〇七七年),全国各州酒课。四十万贯以上二处:东京、成都二十八务;三十万贯以上三处:开封三十五务,秦十八务,杭十务;二十万贯以上五处:京兆二十三务,延十二务,凤翔二十五务,渭十三务,苏七务;十万贯以上:西京、北京、齐、郓……等三十二处;五万贯以上:南京、青、密、莱等七十三处;五万贯以下:沂、涨、曹、光化等四十五处;三万贯以下:广济、随、金、均等五十四处;一万贯以下:登、信、阳、信安、保定等二十处;五千贯以下:十六处;包括郴、渝、桂阳等地。无定额十九处,包括辰、沅、剑门关等处;无榷(即不收酒税)十五处,包括夔、黔……福、汀、泉、漳、兴化及广南东西两路州军。

至道二年(九九六年),收铜钱一百二十一万四千余贯,铁钱一百五十六万一千余贯,京城卖曲四十八万余贯。

天禧末(一〇二一年),铜钱增七百七十九万六千余贯,铁钱增一百三十五万四千余贯,卖曲增三十九万贯。

皇祐中(一〇四九——一〇五四年)酒曲岁课一千四百九十八万六千一百九十六贯。

以上均引自《宋会要》及马端临《文献通考》,一可见当时各地繁华程度,与现在比较,颇有不同者。二可知宋时经济发达,税收充沛之情况。三应注意其税收增加之原因,一是酒场不断

104

增加,二是酒课不增,增收利钱,解京数增加。增加成色钱,无额上供。如上色每升添二文、中下一文直到上色每升添四十二文、次色十八文。其钱一分州用、一分充漕计、一分提刑司等等。此已是渡江之初,建炎时的事了。

南宋偏安,中原锦绣地区沦陷,北方、西北也都成为异国。酒课所入,大大减少,主要依靠四川及浙江东西路。建炎初只四川一路,岁增至六百九十余万贯。两浙坊场多至一千三百三十四,收净利钱八十四万贯。江浙荆湖人户扑买坊场一百二十七万贯。以上均引自《建炎以来朝野杂记》。

自北宋以来,除宋朝政权外,北方即有辽、金、元、西夏等政权先后存在。《辽史·地理志》记云:"头下军州……官位九品之下、并邑商贾之家,征税各归头下,惟酒税课纳上京盐铁司。"其后若干年,又禁职官不得擅造酒糜谷,有婚、祭者,有始给文字始听。

金代榷酤继承辽、宋旧制,至天会三年(一一二五年)始命榷酤官,以周岁为满。天会十三年(一一三五年)诏公私禁酒。大定三年(一一六三年)诏严禁私酿,设军巡察,令大兴少尹招复酒户。(见《金史·梁肃传》)大定二十七年(一一八七年)命天下院务依中都例,改设曲课,听民酤。据《续文献通考》卷二一《征榷四》记载:

> 中都曲使司大定间,岁获钱三十六万一千五百贯,至是岁(承安元年,一一九六年)获四十万五千一百三十三贯;西京酒使司,大定间岁获钱五万三千四百六十七贯五百八十八文,至是年岁获十万七千八百九十三贯。乃定通比均取法……每五年一定其制,又令随处酒务元额上,通取三分作

糟酵钱。

据国书记载：

> 元太宗二年正月，定酒课验实息，十取一。

至正二十二年（一三六二年）罢榷酤。元代百余年中，或因天灾旱潦，或因其他，各地禁酒之令时下。大德年间，大都酒课提举司设糟房一百所。糟房每所一日酝二十五石，岁费二十七万石。元代天下每岁酒课收入，据《续文献通考》记载：腹里（据《元史·地理志》，即指山东西、河北等地）五万六千二百余锭，河南、陕西、四川、江浙、湖广等地四十一万二千三百余锭，云南二十万一千一百余锭。

明代继元之后，太祖时即定征酒醋之税。但在初定金陵时，即定禁酒令，后又禁民种糯，令中有云："曩因民间造酒，糜费米麦，故行禁酒之令，今春米麦价稍平，颇有益于民，然非塞其源，而欲遏其流不可也。今岁农民毋种糯米，以塞造酒之源。"但民间仍然造曲造酒，因之酒课照征，不过折收金银钱钞，且明令"凡卖酒、醋之家，不纳课程者，笞五十。酒、醋一半入官，内以十分之三付告人"。《续文献通考》编者按语中道：

> 臣等谨按：邱濬言，明朝不立酒曲务，唯摊其课于税务中。因而有酒曲税律而无榷酤、官酤，但钱钞照收。英宗正统七年（一四四二年）命各处酒课州县收贮以备用。景泰二年（一四五一年）定酒曲每十块收钞税，可钱钞塌房钞各三百四十文。万历四年（一五七六年）：光禄寺卿胡执礼奏：抽

分曲块,不堪酝酿。尚书王国光议,岁收之数,每斤折银一分,解寺办用。时抽分曲共一十五万二千八百斤,内供应酒醋局一十万八千八百斤,光禄寺四万四千斤。此后酒醋局解本色。光禄寺折银四千四百两。又宁国府岁造酒瓶一十万件,送南京光禄寺交纳。

按,明代酒醋局专管制造供应宫中内用的酒醋。光禄寺自隋唐以来,历朝皆设,专管国家祭祀。至于税收,据《明书》卷八三《食货志三》所记:

> 令天下税课司、局,诸客商货贿,俱三十而税一,赴司局投税讫,听平价以卖……酒课不设务,不定额,如异时。已榜谕各税课司局巡拦所办,令计额课逐日旬办,贮司局官按季趱收,而官趱侵欺,致巡拦赔纳者罪。

据此当知明代已将酒与其他物品,如盐、茶、醋、硝、铅、黑锡、石膏等物品,同样收商税窑课,俱折收金银钱钞输京师。就是说税收更细、更普遍了。

清代二百六七十年间,也无榷酤、官酤等等,查《清史稿·食货志》,有盐法、茶法、矿政等篇,而无榷酤或酒法等记载,大体承明代之旧,在《食货六》"征榷"篇中云:

> 征榷　清兴,首除烦苛,设关处所,多仍明制。自海禁开,常关外始建洋关,而厘局之设,洋药之征,亦相继而起,三者皆前代所无,兹列著于篇。至印花税、烟酒加征,均试行旋罢,不具载。

《清史稿·食货志六》中，只此处提到一酒字，其他均未述及。但这并不是说清代没有酒或不收酒税。原因一是清初禁酒，二是清代承明代之制度，在重要地区设关税，货物过境，就要收税，就是更普遍的货物通行税。国内各关称常关。如崇文门、天津、临津、江海、浒墅、淮安、九江、扬州、闽海、粤海、山海关、张家品……等处。

清初酒禁分区限制，康熙二十八年（一六八九年）盛京禁造烧酒；乾隆二年（一七三七年）直隶、河南、山东、山西、陕西等北方五省，规定禁止烧锅踩曲，违禁私烧者，照律杖一百；贩运踩曲之处，严行禁止；广收麦石、肆行踩曲者，杖一百，枷号二月；其地方官之处分，照吏部原议，失察之地方官，每一案降一级。留失失察至三案降三级者，即行调用。官吏若有贿纵等弊，照枉法律计赃论罪。乾隆五年，北京禁止烧锅踩曲，律例也十分严格。主要北方各省，大多土地贫瘠，口粮紧张，而又拱卫京师，踩曲耗费粮食过多，要直接影响民生，所以禁止。

但仍有领有执照之烧锅，雍正后，通州各酒户，月征营业税，上户一钱五分，中户一钱，下户八分，其时烧酒已贩运于各地了。

乾隆以后，南北常关规定运酒过境，每酒十坛（二百斤）征银二分，其后渐增至四钱。咸丰十年，令各州县报告烧锅商户数，贩酒斤数于户部，每六个月向户部缴纳一次，每斤制钱十六文，当时酒价不过百文一斤，其税率将近十分之二。另清代咸丰后实行厘金制，各省设卡征收，或值百抽一或值百抽三，酒税为大宗，各地并不统一。以上是清代酒税大概情况。

酒税于清末已有改革，但不久停止。辛亥革命后民国政体，参照西方主税系，关于酒者：有输出入税（洋酒进口、国酒出口）、出产税（酿造税）、特许税（烧锅税）、通过税（厘金、常关税）、营业税、曲税等等。另外地方所加之捐,多种多样。且成立"烟酒专卖局",各省设立分局,办法有根据财政部制订之暂行条例:有"官制官卖"、"商制官收商卖"、"官商并制官收商卖"三种,但实行有困难,后采取"官督商销"之办法。南京政府时,财政部又设"印花烟酒税处",又设"整理烟酒税务委员会",后又并入"税务署",各省设"烟酒税处"。一九三〇年预算,烟酒税为三千三百二十余万银元。不过与烟并列,酒税占十分之几,则不得而知了。

酒 榷

关于酒的衙署和官吏,分为掌管酒之政策法令者、掌管祭祀奉酒者、掌管榷酤酒税者三种。分别略述之如后:

先秦之时,无榷酤,但有酒官。《周礼·天官》中记有"酒正",其职权为掌酒之政令。又有"酒人",其职责为掌管五斋三酒,主祭祀时供奉之职。另《书经·周官》:"萍氏掌几酒、谨酒。"注云:"几者,几察酤卖过多及非时者;谨者,使民节用而无彝也。"据此一条,春秋、战国时,似乎也有管理民间酤酒的官吏。

汉武帝天汉三年,《汉书·武帝纪》中道:"初榷酒酤。"注中引应劭《风俗通义》说:"县官自酤榷卖酒,小民不复得酤也。"榷酤、酒税自汉代开始。

又《汉书·贾捐之传》:"至孝武皇帝元狩六年……民赋数百,造盐铁酒榷之利,以佐用度,犹不能足。"

王莽时设官自酿酒,即新莽之酒官。官名"斡",主均输之事,所谓斡盐铁而榷酒酤。王莽行五均之法,置"斡官",初属少府,后属大司农;另设"酒士",掌管官酤。《后汉书·李业传》:

"王莽以业为酒士,病不之官。"前面所写均见《汉书·百官公卿表》。

三国以后,据《通典》所载:"晋有酒丞一人;齐有酒吏;梁有酒库丞;隋曰良酝署,令、丞各一人;唐因之,置光禄卿。"盖三国之后,魏晋南北朝,各方割据,政令不统一,至隋代,南北统一。隋代承宇文氏周朝之后,起于北方,初时尚承周制。《隋书·食货志》记云:

> 先是尚依周末之弊,官置酒坊收利。

但不久即罢去。唐初禁酒,规定"非光禄祭祀,燕番客,不御酒"。置官有"光禄卿"之设,则如周官之酒人,掌五斋三酒,祭祀供奉之责。自唐之后,迄于明、清,朝廷机关均有"光禄寺"之设。据《明书·职官志二》记:

> 光禄寺……移置法酒库、内酒库,又改寺为司,升从三品。置大官、珍羞、良酝、掌醢署……四署各署正一人(从六),署丞一人(从七),监事四人(从八),司牲、司牧局各大使一人(从九)。

其中良酝署,就是专管酒的。长官"署正",从六品,级别比知县官高。清代光禄寺长官"管理寺事大臣一人,从三吕,四署仍如明代",据《清史稿·职官志》记载:

> 良酝供酒醴,别水泉,量曲蘖,并大内牛酪。

主管各官亦如明代有署正、署从(从六品及从七品),满、汉各二人。其下皆为满洲,银库司库满员二人,笔帖式满洲十八人。辛亥之后,再没有光禄寺,也没有掌良酝供酒醴的了。

唐代至会昌六年(八四六年),扬州八道,置榷曲并置官店酤酒,既有官店,便有酒官。酒官之名有"都务"、"酒坊使"等。五代时仍置都务以沽酒民间。

宋代酒官最普遍,据《宋史·食货志》记载:"政和四年诏:酒务官二员者分两务,三员者复增其一员,虽多毋得过两务。"又据《文献通考》记:"仁宗时,河北酒务有监临官,而转运司复遣官,诏禁之。"当时规定,场务岁科三千贯以上者,以使臣监临。而当时宋朝酒课定额最多四十万贯以上,最少五千贯以下,三千贯以上便以使臣监临,那几乎全国主要城市,都有使臣监临。近年出版的《宋人佚简》中,印有不少张绍兴年间《在城酒务账》及《舒州在城酒务造酒则例》、《衢西酒店卖酒收趁则例》,都是八百多年前宋代酒务税实物,极有参考价值,其《衢西酒店卖酒收趁则例》后面所列管理人员职衔如下:提点官知录某、兼监官都监某、兼监官指使某。某衔为右文林郎录事、修武郎权兵马、进义副尉本州指使。另有攒司、酒匠、贴库、作夫等职工名称。

与宋朝政权同时存在于北方的辽、金、元三朝,榷酤酒官亦大多取法于宋朝,辽代酒税课金上纳于上京盐铁司,见《辽史·地理志》。金代命榷酤官,以周岁为满;中都有曲使司。元代立四品提举司,领天下酒课。大德八年(一三○四年)大都酒课提举司,设糟房一百所。至正十九年(一三五九年)改江西茶运司为都转运司并榷酒醋税。以上所引均见《通考》及《续文献通考》。

明、清两代酒税未单设官,亦无官酤,只有常关税、执照税等。辛亥革命后,北洋政府有烟酒公卖局之设,以局长领之,征收烟酒税,后亦纳入统税局,直接、间接税局,不再专为酒税设官了。

附:

衢西酒店卖酒收趁则例

衢西店谨具本店卖酒收趁则下项须至申者:

一、本店元系本州于绍兴贰拾壹年内创置,支降本钱一仟五佰贯文,下本店循环作本,依公使酒库则例,造酒沽卖,收钱不以多存留本钱,在库循环作本,籴买柴米物料,并支破雇夫等钱外,每日趁净钱三拾贯文,省逐旬作钞,起赴州省库交纳,应副支遣官兵,近准使贴指挥,增作叁拾伍贯文省,伏乞照会。

一、造酒则例

造酒醅壹硕,取酒玖斗计用柴叁担、煎浆油壹两、椒壹两、葱五文足、黄曲壹两,新酒醅壹硕,取酒玖斗,计用糯米壹硕、支曲壹拾陆斤、柴壹担半煎浆油壹两、椒壹两、葱五文足。

一、卖酒则例

煮酒每一升正,收钱壹佰柒拾文,足共卖酒壹升贰合。正酒壹升耗酒贰合新酒每一升正,收钱壹佰五拾文,足共酒贰升五合。正酒壹升耗酒壹升五合。

一、库官、攒匠、贴库、杂夫食钱,每日该叁贯陆佰文省,逐月终具申使府行下,本店于循环收到本钱内支给,即不侵损元降本钱,合解息钱。提点官知录盛文初每月食钱壹拾伍贯文省,兼监官都监冯修武每月食钱壹拾贯文省。兼监官指使王进义每月食钱五贯文省。

已上三项共钱叁拾贯文省,每日计钱壹贯文省。

攒司吴庭立每日食钱壹佰文省。

酒匠毛翼每日食钱叁佰文省。

贴库李文每日食钱贰佰文省。

作夫汪德等捌名,每名日支食钱贰佰伍拾文省,每日共钱贰贯。

右谨具申闻。谨状。

绍兴三十二年十一月　日攒匠毛翼　　（吴度立）

进义副尉本州指使兼监衙西酒店王（琮）

修武郎权兵马都监兼监衙西酒店冯（德）

右文林郎录事参军提点衙西酒店盛（存之）

录自上海博物馆影印宋刊龙舒本《王文公文集》用纸背面宋人书信本、公牍酒务文件。书名《宋人佚简》第五册,原件直行书写,迻录时改为横写,高低抬头大体如旧。结尾名下括号内字为签名花押文字,结尾年月日上,盖有"监舒州商税印"朱文印记。宋代舒州为今安徽潜山县。

"红令"与"金令"

　　"红令"说的是《红楼梦》酒令,"金令"说的是《金瓶梅》酒令。看过《红楼梦》的人多,看过《金瓶梅》的人少。这样《红楼梦》中抄《金瓶梅》的酒令,就很少被人注意到。《红楼梦》第六十二回对史湘云描绘极生动,湘云出的酒令儿也特别刁钻。书中写道:

　　　　酒面儿要一句古文,一句旧诗,一句骨牌名,一句曲牌名,还要一句时宪书上的话……

宝玉先输了,说不出,黛玉代他说道:

　　　　落霞与孤鹜齐飞,风急江天过雁哀,却是一只折脚雁,叫得人九回肠,这是鸿雁来宾。

　　第一句古文,是王勃《滕王阁序》中的话,第二句旧诗是杜甫《登高》名句。"风急江天过雁哀",有的本子也作"风急天高猿啸哀"。第三句骨牌名"折脚雁",是骨牌花九,并排白点六点,加斜着白的三点,象征九月大雁,但是只一条腿,另一条腿断了。所以叫"折脚雁"。一句曲牌名是"九回肠"。时宪书就是历书,最后一句"鸿雁来宾"是历书上的话。
　　黛玉替宝玉说完,接下来湘云输给宝琴,自己道:

奔腾澎湃,江间破浪兼天涌,须要铁索缆孤舟,既遇着一江风,不宜出行。

湘云说的第一句"奔腾澎湃",是欧阳修《秋声赋》的句子,原句是"忽奔腾而澎湃",省了虚词"忽"和"而"字。第二句旧诗是杜甫《秋兴八首》中第一首的颈联。"铁索缆孤舟"是骨牌中的"幺蛾"牌,斜着三个白点,如铁索,一头一个红点即孤舟。可连接曲牌名"一江风",因"幺、孤、一"三者同一概念。"不宜出行",又是历书上的话,而且词义联贯,首尾组织很好,显示了当时一般大家闺秀的文字水平和慧心。后来写到史湘云醉眠芍药圃,这位小姐在醉梦中又说道:

泉香酒洌……醉扶归,宜会亲友。

这"泉香酒洌",又是欧阳修《醉翁亭记》中的句子,下面的旧诗、骨牌各省略掉了,这描绘醉人醉语时,应是必然的。

《红楼梦》中写到酒令的地方很多,但人们特别爱看这一回中对于史湘云的描写,以及她所说的酒令,还有她说的"这鸭头不是那丫头,头上哪有桂花油"等等,这些都是曹雪芹的神来之笔,是《红楼梦》一书中最绚丽的篇章。而且旧时听俞平伯老师说,这是《红楼梦》一书整个故事的分水岭,过此之后,就盛极而衰了。但是所写酒令,却非曹雪芹的创作,而是取法于《金瓶梅》的。

《金瓶梅》中也有类似的诗令。第二十一回写吴月娘行令道:"既要我行令,照依牌谱上饮酒,一个牌儿名,两个骨牌,合《西厢》一句。"下面吴月娘、西门庆、李娇儿、潘金莲、李瓶儿、孙雪娥、孟玉楼依次说的是:

掷个六娘子,醉杨妃、落了八珠环,游丝儿抓住荼蘼架。(吴)"不犯"。

虞美人,见楚汉争锋、伤了正马军,只听见耳边金鼓连天震。(西门)果然是个"正马军",吃了一杯。

水仙子,因二士入桃源,惊散了花开蝶满枝。只做了落红满地胭脂冷。(李娇儿)"不遇"。

鲍老儿,临老入花丛,坏了三纲五常,问他个非奸做贼拿。(潘金莲)果然是个"三纲五常",吃了一杯酒。

端正好,搭梯望月,等到春分昼夜停,那时节隔墙儿险化做望夫山。(李瓶儿)"不遇"。

麻郎儿,见群鸦打凤,绊住了折脚雁,好教我两下里做人难。(孙雪娥)"不遇"。

念奴娇,醉扶定四红沉,拖着锦裙襕。得多少春风夜月销金帐。(孟玉楼)正掷个"四红沉"。月娘满令,叫小玉斟酒与你三娘吃……

这是孟玉楼过生日家宴行的令,是"掷骰猜枚行令",一边掷骰子,一边念词,一边看骰子转着坐定后的点子,如两枚骰子坐定后,与所说相同,便赢了,可吃酒,与预先喊的不同,便是"不遇"。这七个人所说酒令儿,比之于《红楼梦》所说,就难懂的多。先说七个牌儿名:"六娘子"、"虞美人"、"水仙子"、"鲍老儿"、"端正好"、"麻郎儿"、"念奴娇",这都是唐以来教坊曲名,宋人词牌名,元明曲牌名,这里说依照"牌谱"上饮酒,一个"牌儿名",显然不是曲牌名,而是"牌谱"上的"牌儿名"。这牌儿名具体都是什么意思,比如吴月娘说的"六娘子",这个牌谱是哪几张配在一起? 是两张,还是三张,是什么牌? 如说"掷个六娘子"

是喊口彩，两枚骰子：一么一五、一二一四、两个三，都算"六娘子"，这是望文生义的理解方法。那么西门庆说的"虞美人"，又指哪些牌？"伤了正马军"，是什么意思？"果然是个'正马军'，吃了一杯。"说明赢了，骰子掷的正好。但是两枚骰子掷几和几，才是正马军呢？也不知道。以下"水仙子"、"鲍老儿"、"端正好"、"麻郎儿"、"念奴娇"，都是曲牌名，又都是骨牌儿名，但都是什么牌搭配的，也不知道，这些牌名来源，有的知道，如"鲍老儿"，是宋代街头傀儡戏的丑角儿，杨大年诗、《水浒传》《东京梦华录》都写到过，说是携大铜锣，想到骨牌，也可能是"么五"，一头红么，一头花五，像个锣一样。"水仙子"是宋代西湖游船名舞伎，象征骨牌几点，就不知道。"麻郎儿"是大麻子，可能是骨牌"大五"。"念奴娇"中"念奴"是天宝名倡，见元稹《连昌宫词》注。"虞美人"是唐教坊曲名，见《碧鸡漫志》。在牌谱中都是什么骨牌，就不知道了。

说了"牌儿名"，接着要说"两个骨牌"，都用俏皮隐语说的，今天看了，也很难理解。如第一则"八珠环"，可以理解为"人牌"，八个红点。"醉杨妃"是什么呢？可能是"长三"，六点分两行斜排。第二则"楚汉争锋"是什么呢？是不是"二板"，两头一边两点，势均力敌。或是"大五"，一边五点，代表行伍军队。第三则"二士入桃源"，是"么二"，一边红么，一边两白点。"花开蝶满枝"是"五六"，一边五代表梅花，一边六代表"蝶满枝"，一句《西厢》"落红满地胭脂冷"，也连的起来，只有"么二"的么是红的，其他都是"落红"，也就是落花了。第四则"临老入花丛"，是"么五"。么是经工点，五是梅花状白点。"三纲五常"是"花八"，一边斜着三个白点，一边五个梅花状白点。两枚骰子可掷出三和五，正好是"花八"。第五则"搭梯望月"是"幺蛾"，一边斜着三个白点如梯子，一边是一个红点幺如月。"等到春分昼夜停"是"二板"。一边两个白点，十分均匀。春分节又在农历二月。这则最好，恰合李瓶儿身份故事。第六则"麻脸儿"应是点子多，都是白点。"群鸦打凤"是几呢？"大五"、"五六"……还是半白半红的天牌呢？"折脚雁"同《红楼梦》中说的一样，应该是杂牌中的"花九"三六了。最后第七则"醉扶定四红沉"是杂牌中的"花七"，斜着三个白点，如醉人，一头四个红点，就是"四红沉"了。结果孟玉楼果掷个"四红沉"，即两枚骰子都是"四点"。骰子六面，只有幺和四是红色，其他都是白色。古代骰子，除幺外，其他各点都是白色或黑色。自唐代天宝年间，四点也赐绯，点成红色。看骰子材料而点色，如骨头、象牙骰子，其他各点涂黑色。红木、乌木骰子便涂白色。只有幺和四的红色不变。"拖着绵裙襕"，想来应该是"天牌"，红点、白点各两排，共十二点，是牙牌中点数最多的牌。"地幺"则是一头一个红点，是点数最少的。

对照二书，《红》明显有学《金》之迹。但《红》是古文呀、诗呀，明显是诗书人家的口气，而《金》则全是小城市市井生意财主家口气。"红令"容易看，一看都知道，都理解。即使不懂处，也容易查，书上都有。而"金令"说的都是当时特定地域的市井隐语，就很难理解，又无书可查，所以解释起来就没有把握。但是很有想法，很有趣味，是民俗的好材料，就勉强解释了一番，想来错处还是很多的。见香港友人案头一套印刷精美的《金瓶梅》，说是有校注。随意翻到这些酒令，看不懂，想查查注解，原来注解一个也没有。注的都是我都懂的，我不懂的都无注，好像故意卖关子，不禁哑然失笑了，便写此小文比较之，甚望精通此道者赐教为感！

红楼茶事

  《红楼梦》中写到茶的地方很多,在这篇短文里试着作一个综合的简单解说。

  茶在中国人的生活中几乎是家家户户不可少的。所谓"家家开门七件事,柴米油盐酱醋茶"。不列酒而单列茶,可见茶的重要性、普遍性。在特定情况下,茶几乎是水的同义词了。人们日常生活,如何能离得开"水"呢?《红楼梦》是反映其时代现实生活的作品,现实生活是怎样的,作品中也是怎样写的。在生活中,茶比酒更普遍;因而在作品中,写到茶的地方也远比写到酒的地方要多得多。

  要解说《红楼梦》中的茶,要说的东西很多,这里为了便于说明,引起读者的兴趣,不妨先举一个小例子。第六回书,写刘姥姥第一次到贾府,周瑞家引她来见凤姐,进了凤姐的卧室,这时描写凤姐的神情道:

    平儿站在炕沿边,捧着小小的一个填漆茶盘,盘内一个小盖钟儿。凤姐也不接茶,也不抬头,只管拨那灰……

  这是一个极为美丽的红楼画面,有不少画家据此还画出了仕女图。"红楼"读者对此是十分欣赏和熟悉的。凤姐坐在炕上,这炕是"南窗下的炕",凤姐坐在哪里呢,不会靠窗,而是靠炕沿边这面,可以随手取平儿盘中的茶。这是北方——自然是北京的生活方式,在江南是没有的。填漆茶盘、小盖钟儿等等,侍女捧着,站在一边,这又是京中贵戚之家奶奶、小姐们家常吃茶的日常生活场景。在一般读者中,虽难具体想象,但是还都可以大概理解。但是如果问一个问题,那"小盖钟儿"中,倒的是什么茶呢? 这恐怕就很难回答了。

茶的名目繁多,凤姐盖钟中的茶是什么品名,作者没有写明,是谁也猜不出的。但如在大类别,即现在常分的绿茶、红茶、花茶三类分之,那凤姐盖钟中的茶多半不是绿茶,而是红茶或花茶二种之一。为什么这样猜呢? 首先北京社会上不讲究喝绿茶,而专讲究喝花茶,或红花、普洱茶。尤其清代入关以来,更是如此。这有几个原因,使人们长期以来生活习惯如此。一是北方不出产茶,茶都是南方出产的。北京人不懂得讲究绿茶。二是北方冬天寒冷,北京都吃井水,纵然是甜水井,水也很硬。加以饮食油腻,饭后习惯吃花茶、红茶,沏得很酽,可以帮助消化。如吃绿茶,如龙井、旗枪、瓜片、炒青之类,弄不好就要腹泻。尤其在天冷或夏天阴冷的时候,吃完油腻,喝了绿茶,很快就要泻肚,这个我小时有亲身经历的。三是清代旗人家庭,从龙入关,生活习惯,主要是从关外带进来的,而且对于祖宗成法习惯,十分保守。曹家纵然在南京生活五六十年,也并不完全是江南生活。况且南京生活,也是汇合了南北的,并不同于苏、杭、湖、绍等地。书中所写,大体是这种生活习惯。

中国讲求茶事,远自唐代陆羽、宋代蔡襄而后,讲求最精的,则是明代嘉靖、万历之后,直到明亡。留下的专著不少,各种笔记中也有记载。但其作者,大多是江浙吴越间人。所讲求的茶,也都是绿茶。影响所及,到了北京宫廷,也能品味南茶。明代万历时太监刘若愚《明宫史》"饮食好尚"中说:

茶则六安松萝、天池、绍兴（按,应是吴兴）岕茶、径山茶、虎丘茶也。

当时还不讲究"龙井","六安"则已著名,而所列多是绿茶。但宫中吃的,不同于一般民间饮用。民间日常生活中饮用的茶,纵然是官宦人家,日常也都购自肆中,而非像宫中太监一样,可以饮用贡品。刘若愚是个文化程度很高的太监,书中所列名茶,也都是当时一些文人论茶专著中所列名品。如陆树声《茶寮记》、屠赤水《考槃余事》、田艺蘅《煮泉小品》、高清《遵生八笺·茶》、李时珍《本草纲目》中茶"释名"、"集解"等,至于笔记中写到茶的,那就更多了。清代从山海关外入主北京,皇上一下子住在北京宫中,太监还都是明朝的,但饮食生活习惯是关外带来的,尚食茶房太监必须投合新主所好服役。爱吃的是助消化的浓茶、酽茶,这同明人江南讲茶事的情趣完全不同。因而清代长期也没有什么讲求茶事的专著出现。清末震钧(满人,汉名唐晏)久住江南,在其所著《天咫偶闻》中有一段谈茶的,虽其论茶并无特殊发明,而其说明北京人不懂茶、无好茶却是一语中的。文云:

大通桥西埦下,旧有茶肆……余数偕友过之,茗话送日,惜其水不及昆明,而茶尤不堪。大抵京师士夫,无知茶者,故茶肆亦鲜措意于此。而都中茶,皆以末丽杂之,茶复极恶。南中龙井,绝不至京,亦无嗜之者。

北京习惯喝"茉莉花茶",统名叫"香片"。尽管茶叶铺的幌子上也写着:"极品芽茶、雨前春芥","六安瓜片、西湖龙井"等等。但一般卖茶叶的人，都卖"香片"，而且不讲品种，只以价钱来区别高下。茶叶京中消耗甚多。茶商从安徽、浙江、福建等地把大量茶叶通过运粮河运到北京，再到北京茶局子密封，用茉莉花混在一起蒸熏，高级的用嫩春芽茶，加茉莉花熏两次，叫"小叶茉莉双熏"。这种茶叶不同于南方花茶，是南方茶在北京加工的。最高级的，花银元时代，也有卖到三十二元一斤的。即十六两秤二元一两，分包小包，每两五包，每包四角。这种风俗习惯从什么时候开始的，虽无确切考证，但在清代前期肯定已形成了。因为《红楼梦》中所写日常生活的喝茶习惯和评价方式是一样的。喝花茶香片，不管是高级小叶茉莉双熏，或穷考究的"高末"。先讲究酒足饭饱来壶茶，讲究滚开的水沏茶，讲究沏好之后闷一会儿再喝，讲究沏几遍，讲究酽，讲究出色等等。在江南茶乡讲究茶艺的人看来，这都是外行的吃茶。而《红楼梦》中所讲的正是这些。如第八回写宝玉在薛姨妈家吃酒，略有醉意，写道：

> 作了酸笋鸡皮汤，宝玉痛喝了几碗，又吃了半碗多碧梗粥。一时薛、林二人也吃完了饭，又酽酽的喝了几碗茶……

以茶解酒，讲究"酽酽"的。这是北京人喝香片的习惯。再如同回书说到"枫露茶"，宝玉问茜雪道：

> 早起沏了碗枫露茶，我说过那茶是三四次后才出色，这会子怎么又斟上这个茶来？

这"枫露茶"自然也不是好绿茶，如果江南明前、雨前嫩龙井、虎丘碧螺春等名茶,怎能早上沏了晚上喝,而且又怎能三四次后才出颜色呢。而且以"三四次后才出色"来评价茶的好坏,正是夸"茉莉双熏",或红茶、普洱茶之类的茶叶。好绿茶讲究新,讲究嫩,讲究现烧水,现泡茶,现品尝。试想:如果明前春芽,不管是杭州、苏州、安徽的绿茶,早上泡上,闷在那里,晚上再吃,而且再泡上三四次,那又如何吃呢? 江南有句话,叫"茶淡不如水"。好龙井、碧螺春,一泡二泡最好,三泡就淡而无味了。

《红楼梦》中家常喝茶,大概是先沏上一壶茶卤,要吃时,先斟点茶卤,再对点开水,端上来。或者随吃随续开水。不妨再看第五十一回宝玉半夜吃茶时的描写:

> 至三更以后……宝玉说:"要吃茶。"麝月忙起来,单穿着红绸小绵袄儿……下去向盆内洗了手,先倒了一钟温水,拿了大漱盂,宝玉漱了口,然后才向茶桶上取了茶碗,先用温水过了,向暖壶中倒了半碗茶,递给宝玉吃了,自己也漱了漱,吃了半碗。

从描写中可见,茶是预先沏好,而且是在暖壶中。这个"暖壶"不是今天的热水瓶,而是老式藤壳、棉花套包着瓷壶的暖壶。滚开的水沏上茶,渥在里面,在气温十度左右的冬夜,三更天饮用,倒出还有热气,这是旧时土办法。这是《红楼梦》生活中喝茶,而非"品茶"。这种"茶",在北京,即使王公贵戚家,也不过是用好香片,不会是"龙井"等类绿茶。而且在北京,大冷天半夜里,口渴喝上一杯半冷不热的龙井绿茶,那是非泄肚不可的。因而回到前面,平儿伺候凤姐,站在炕沿边,捧着填漆茶盘、小盖钟儿。那钟中的茶,多半是先沏好茶卤,临时加热水端上的。多半是香片，纵是新沏，也非绿茶。况且日常生活中小盖钟也难新沏得开茶。这是分析所得，不是猜谜。

《红楼梦》中不要说日常生活中吃的是花茶，连设想的仙家"太虚幻境"也吃花茶。所谓"此茶出自放青山遣香洞，又以仙花灵叶上所带的宿露烹了，名曰千红一窟"。似乎离不开"花"的。这样设想，恐怕也是和习惯喝花茶有关系吧。

《红楼梦》时代，北京豪门贵戚之家，很讲究喝普洱茶。第六十三回《寿怡红群芳开夜宴》，林之孝家的查夜到了怡红院，描绘道："……宝玉忙笑道：'妈妈说的是……今日因吃了面，怕停食，所以多玩了一回。'林之孝家的又向袭人等笑说'该闷些普洱茶喝。'袭人、晴雯二人忙说：'闷了一茶缸子女儿茶，已经喝过两碗了。大娘也尝一碗，都是现成的。'"

这段描绘喝茶的生活场景也写的十分有情趣。所说普洱茶是红茶的一种，出自云南普洱，《本草纲目拾遗》"木部"记云：

普洱茶出云南普洱府，成团，有大中小三等。大者一团五斤，如人头式，名人头茶。膏黑如漆，醒酒第一。绿色者更佳，消食化痰，清胃生津，功力尤大也。

清代宫廷中也很讲究普洱茶，清吴振棫《养吉斋丛录》所记各省贡品，云南端阳贡品普洱茶是主要的。计进：普洱大茶五十元，普洱中茶一百元，普洱小茶一百元，普洱女茶一百元，普洱珠茶一百元。普洱芽茶三十瓶，普洱蕊茶三十瓶。

前面所说"闷了一茶缸子女儿茶"，所说就是贡品中的"普洱女茶"，不是明代李日华《紫桃轩杂缀》中所说的"女儿茶"。明代"普洱"还不是府的建制，也不讲究"普洱茶"。《本草纲目拾遗》是后人所补,不是李时珍所记。近阅《王文韶日记》,他在杭州,那拉氏还赏他普洱茶,这一习惯,到清末还如此。

再关于普洱茶、女儿茶,乾隆时张泓《滇南新语》一书"滇茶"条有详细记载,文云:

> 滇茶有数种。盛行者曰木邦、曰普洱。木邦叶粗味涩,亦作团,冒普著名以愚外贩,因其地相近也,而味自劣。普茶珍品,则有毛尖、芽茶、女儿之号。毛尖即雨前所采者,不作团,味淡香如荷,新色嫩绿可爱。芽茶较毛尖稍壮,采治成团,以二两、四两为率,滇人重之。女儿茶亦芽茶之类,取于谷雨前后,以一斤至十斤为一团,皆夷女采治,货银以积为奁资,故名。制抚例用三者充岁贡。其余粗普叶,皆散卖滇中,最粗者,熬膏成饼摹印,备馈遗。而岁贡中亦有女儿茶膏,并进蕊珠茶,茶为禄丰山产,形如甘露子,差小,非叶,特茶树之萌茁耳,可却热疾。又茶产顺宁府玉皇庙内,一旗一枪,色莹碧,不殊杭之龙井,惟香过烈,转觉不适口,性又极寒,味近苦,无龙井中和之气矣。若迤西之浪穹、剑川、丽江诸边地,则采槐柳之寄生以代茶,然惟迤西人甘之。

按,张泓号西潭,汉军镶蓝旗人,监生,书中记云:"今上辛酉岁,余始入滇。"辛酉,乾隆六岁。又云:"乾隆乙丑冬,余以新兴牧调任剑川。"乙丑,是乾隆十年,他由新兴州知州调剑川州知州。新兴即今玉溪县,在昆明南,过滇池、晋宁即是,是云南中心地带。剑川在滇西北,大理洱海之北。张泓在云南多年,累官至云南迤西道,著有《翼桐轩集》。他在云南做官的时候,也正是曹雪芹在北京写《红楼梦》的时候,都说到女儿茶,是很有意思的。

可见太平盛世,极远边陲与北京的紧密生活关系。

《红楼梦》中一般写到茶的地方,只是生活中的茶,或为解渴,或为待客,或为消食,总之都是日常生活所需,而非专门品茶、讲求茶艺。只有第四十一回《贾宝玉品茶栊翠庵》是专门以写茶来点缀故事的。表演茶艺的主人是妙玉。书中写妙玉给贾母献茶道:

> 只见妙玉亲自捧了一个海棠花式雕漆填金云龙献寿的小茶盘,里面放了一个成窑五彩小盖钟,捧与贾母。贾母道:"我不吃六安茶。"妙玉笑说:"知道,这是老君眉。"贾母接了,又问"是什么水?"妙玉道:"是旧年蠲的雨水。"贾母便吃了半盏,笑着递与刘姥姥,说:"你尝尝这个茶。"刘姥姥便一口吃尽,笑道:"好是好,就是淡些!再熬浓些更好了。"贾母众人都笑起来。然后众人都是一色的官窑脱胎填白盖碗。

这是妙玉有准备地招待大家喝茶,先捧给贾母。贾母说"我不吃六安茶",为什么说这句呢? 好比二三十年北京人说,我不吃"龙井",这等于"绿茶"的代名词。北京一般是不懂"绿茶"这一名词的,只知南方人讲究喝茶,"六安茶"名气最大,所以刘若愚《明宫史》说到茶,第一句就是"茶则六安松萝"。清代六安茶也是重要贡品。陈康祺《燕下乡脞录》记载:

> 旧例:礼部主客司,岁额六安州霍山县进芽茶七百斤,计四百袋,袋重一斤十二两,由安徽布政司解部,其奉榷榷茶者,则六安州学正也。

126

清中叶社会上流传着一副名联:"彭泽鲤鱼陶令酒;宣州栗子霍山茶。"也是"六安茶"。因而贾母说"我不吃六安茶",实际这句话就等于说"我不吃绿茶"。为什么不吃,这是生活习惯,尤其是吃完酒食油腻,既怕停食,又怕闹肚,更不能吃绿茶。妙玉自然知道这点,因而早已做好准备,回答一句:"知道。这是老君眉。"等于说:"知道,这是红茶。"

　　为什么这样说呢? 因为"老君眉"是红茶的一种,近人徐珂《清稗类钞》"茶肆品茶"条云:

> 茶肆所售之茶,有红茶、绿茶两大别。红者曰乌龙、曰寿眉、曰红梅;绿者曰雨前、曰明前、曰本山。有盛以壶者,有盛以碗者……

　　所说红茶中的"寿眉",就是"老君眉"。"老君"就是"寿星",这是很普通的叫法。

　　《贾宝玉品茶栊翠庵》,重在描绘妙玉招待宝玉、黛玉、宝钗三人品茶,其中宝玉为主,限于篇幅,文字上不再引,不再说了。读者可以自去欣赏。但有一点要特别指出,就是曹雪芹写此,只写到茶具、写到水,并未写到"茶"。只是一笔带过,写道"妙玉自向风炉上煽滚了水,另泡了一壶茶"。什么茶呢? 未说明。只借宝玉的口赏赞不绝,果觉"清淳无比"。是不是也是前面说"老君眉"呢? 如不另换好芽茶,又如何叫"吃体己茶呢"! 写"吃体己茶",而没有写明特殊的茶叶,只说了半天"水",不能不说是遗憾。明末张岱《陶庵梦忆》所写"闵老子茶"道:

> 灯下视茶色,与瓷瓯无别,而香气逼人,余叫绝,余问汝

水曰："此茶何产。"汶水曰："阆苑茶也。"余再啜之曰："莫绐余,是阆苑制法而味不似。"汶水匿笑曰："客知是何产?"余再啜之曰："何其似罗岕甚也?"汶水吐舌曰："奇奇!"余问水何水? 曰："惠泉。"余又曰："莫绐余,惠泉走千里,水劳而圭角不动,何也?"汶水曰："不复敢隐,其取惠水,必淘井,静夜候新泉至,旋汲之,山石磊磊藉瓮底,舟非风则勿行,故水不生磊,即寻常惠水,犹逊一头地,况他水耶?"又吐舌曰："奇奇!"言未毕,汶水去少顷,持一壶满斟余曰："客啜此!"余曰："香扑烈,味甚浑厚,此春茶耶? 向瀹者的是秋采。"汶水大笑曰："予年七十,精赏鉴者无客比。"遂定交。

以品茶论,比之张岱,曹雪芹不能不说是外行了。曹雪芹毕竟是"人",不是"神"。写到"品茶",也只是小说家的写法,是不能把他看作茶艺专家的。红楼茶事细说细考甚繁,这里只作一个简单的介绍吧。

"八旗"武事盛衰在《红楼梦》中的反映

明代末叶,辽东长白山一带,崛起一股以满族为中心的军事力量,组成"八旗"的体制,组织严密,讲求武事,势力逐渐扩大,构成明朝政权东北方面的一大威胁。后来趁着明朝政权的腐败和李自成攻陷京城的机会,经吴三桂勾引,满族军事力量入关,从而开创了清代近三百年的统治中国的局面。

清初,满族统治者以"八旗"为中心,竭力讲求武事,重视军事教育。《清史稿·世祖本纪》记顺治十年:

> 三月戊辰,幸南台较射。上执弓曰:"我朝以此定天下,朕每出猎,期练习骑射。今综万机,日不暇给,然未尝忘也。"

顺治十四年正月,又记福临的"上谕"道:

> 我国家之兴,治兵有法。今八旗人民,怠于武事,遂至军旅隳敝,不及曩时。

这都说明清初最高统治者对于"八旗"的武事,是极为注意的,尚武精神在"八旗"人丁中还较广泛地存在着。但是后来承平日久,习于晏安,费力气习武事的人越来越少,而图享受,摆谱儿,讲求吃、喝、玩、乐的人越来越多,等到鸦片战争之后,"八旗"、"绿营"的军队一触即败,"八旗"子弟大多数只剩下玩鸽子、斗鹌鹑、养蛐蛐、哼二簧、唱八角鼓的水磨功夫,早年那种拉硬弓、骑烈马的尚武气概,再也找不到了。这一转变过程在《红楼梦》中都有真实的、生动的反映,主要反映在"骑射"、"射鹄"、"打围"等几个方面。现在根据《红楼梦》的内容和历史上的一些情况,分别介绍如下:

第一先说"骑射":

《红楼梦》第二十六回写宝玉病愈之后,出来在园中闲逛,顺着沁芳溪走来,突见山坡上两只小鹿箭也似地跑来,正自纳闷,只见贾兰在后面,拿了一张小弓儿赶来,宝玉道:"你又淘气了,好好儿的,射他做什么?"贾兰笑道:"这会子不念书,闲着做什么,所以演习演习骑射。"

这两句对话不只是在文字上生动活泼,而且是很真实地反映了当时的历史事实,即"骑射"二字在小孩口中随便说出,不是偶然的,而是有其实际背景。那就是在清代,尤其是清代前期,对于骑射是十分重视的。在旗人中,制度规定:亲王、贝勒以下,要年满六十,才免去骑射练习。对于皇子从小就要训练骑射。福格《听雨丛谈》中"尚书房"一条记云:

> 皇子年六岁,入学就傅……每日皇子于卯初入学,未正二刻散学,散学后习步射,在圆明园,五日一习马射,寒暑无间。

又记云:

> 每日功课,入学先学蒙古语二句,挽竹板弓数开……散

学后晚食,食已,射箭。

从福格的记载中,可知皇子在宫中尚且从小学习骑射,何况一般的旗人权贵之家,自然更要练习。因此在贾兰口中所说的骑射,并非泛泛之词,而是当时的实际生活。

所谓"骑射",骑是骑马,射是射箭。骑马因为在当时生活中更为广泛,所以《红楼梦》中写到骑马的地方很多。就以宝玉那样的人说吧,现在看书的人总觉得他是一个文弱的公子,却没有注意到他实际上也是一个很熟练的骑士。在第四十三回中作者对他的骑术作了很生动的描写:先写他"一语不发,跨上马,一弯腰,顺着街就趱下去了"。这个"一弯腰",正是写他一提嚼子,身子往下一压,跨下一用力的熟练的马上功夫。所以下接"越发加了两鞭,那马早已转两个弯子,出了城门。焙茗越发不得主意,只得紧紧的跟着。一气跑了七八里路出来"。这是写宝玉的马跑得快。后面又用焙茗的话写道:"二爷好生骑着,这马总没大骑,手提紧着些儿。"又说明这匹马几乎是生马。如此上马熟练,奔驰迅速,又是生马,三者加在一起,就更显出宝玉骑术的高超了。这对于没有一点骑射训练的人说来,是很难办到的,说明宝玉是有过这种锻炼的。

清代对于旗人骑马一事,是有明文规定的。《清史稿·舆服志》载:

满洲官……贝勒、贝子、公、都统及二品文臣,非年老者不得乘舆,其余文武均乘马。

对于汉官则无此规定,一般都可以坐轿,有时甚至还有特别通融的地方,这里举一个林则徐的例子。《林则徐集·日记》中记他道光十八年放钦差大臣召见时道:十一月十三日"蒙垂询能骑马否? 旋奉恩旨在紫金城内骑马"。十四日"寅刻骑马进内……蒙谕云:你不惯骑马,可坐椅子轿"。于此一例,亦可见清代在骑马一事上,对满、汉官吏的不同要求,其原因就是特别重视"八旗"有关武事的训练。所以《红楼梦》中描写的贾宝玉等人都有一些骑马的功夫,这是有其历史背景的。

"骑"之外,再说说"射"。清代所说的练射,不是从娱乐或从锻炼身体的目的出发,而是另有意义。从国家讲,其目的是为了武备,为了军事训练。从个人讲,其目的是为了显显"八旗"家世精神,或是为了下武场,考武举人、武进士。前者都是满人,后者多是汉人。"八旗"的组织,本来是以军事为主的。清代前期,讲求骑射,皇室本身,也不例外。乾隆做皇子时,就从贝勒允禧学射,从庄亲王允禄学火器。乾隆四年,十一月行大阅礼,连发五矢皆中的。(均见《清史稿·高宗本纪》)道光做皇子时,跟着乾隆打围,亲手射死过奔跑的鹿,受到乾隆嘉奖,赏花翎,黄马褂。(见《清史稿·宣宗本纪》)于此均可见清代前期统治中心对武事的重视,和皇子、皇帝射箭的功夫。

当时一般射箭,武功训练,都是按照武科的考试要求,由基本功练起的。主要的就是步射、马射、舞刀、掇石等科目,据《清史稿·选举志》记载,武场考试项目如下:

首场马箭射毡毬,二场步箭射布侯,均发九矢……更定马射树的距三十五步,中三矢为合式,不合式不得试二场。步射距八十步,中二矢为合式。再试以八力、十力、十二力之弓,八十斤、百斤、百二十斤之刀,二百斤、二百五十斤、三百斤之石。弓开满,刀舞花,掇石去地尺,三项能一、二者为合式,不合式不得试三场。

这是武科考试外场的内容,前引福格《听雨丛谈》所记皇子的骑射训练,也是步射、马射、挽竹板弓等,基本上是一致的。弓的强度是以"力"计算,八个力以上的弓是硬弓,一般绿营勇壮、射箭练习是不用的。练习射箭的成绩,一看能拉开几个"力"的弓,二看能射中多少次"的"。《红楼梦》第七十五回写贾母问贾珍说,宝玉的箭如何了。

贾珍回答道:"大长进了,不但式样好,而弓也长了一个劲。"

贾母道:"这也够了,且别贪力,仔细努伤。"

对话中"一个劲"、"贪力",都是指弓说的。"长了一个劲",就是说增了一个力,如原用五个"力"的弓,现在能开六个"力"的弓了。"式样好",是说射箭时的姿势好看,所谓站步时"骑马蹲裆式",射箭时"左手如托泰山、右手如抱婴儿"等等,姿势是十分漂亮的。

以上所谈,都是《红楼梦》中所反映的骑射情况,"骑"术,因为在当时生活中还时时用到,所以像宝玉那样的人还能驾驭生马,挥鞭急驰,而对"射",则只是摆摆式样了。这还是在《红楼梦》时代的情况,在此以后,再过若干年,等到"八旗"子弟讲究玩"十三太保"骦车的时候,那在贵胄子弟中想找一个能够骑"生马"的人,恐怕也不容易了。

第二再说"射鹄":

《红楼梦》第七十五回写贾珍因在居丧期间,不得游玩,便生了个破闷的法子,以习射为由,请来世家子弟、富贵亲友来较射,并立了罚约,赌个利物。贾政不知就里,认为"文既误,武也当习,况在武荫之属"。因而反让宝玉等人也来参加。而实际情况却是:"因此,天香楼下箭道内立了鹄子,皆约定每日早饭后时射鹄子。贾珍不好出名,便命贾蓉做局家。这些都是少年,正是斗鸡走狗,问柳评花的一干游侠纨绔……"

名义上是练武习射,因而"射鹄子",而实际则是聚赌。特别写明贾蓉做"局家",就是由他出面设局请人来赌,由他出面做局"抽头",这就是局家。后面便说到"公然斗叶掷骰,放头开局,大赌起来"。什么"抢快、赶羊、打天九"等等都来了。这就是以射为名,以赌为实,"一日一日赌胜于射",这正反映了清代"八旗"之家在习射"射鹄"一事上的量变和质变的过程。

那时射鹄子的地方叫鹄子棚,清代的律例:禁止聚赌,但为了奖励骑射,对于以射来赌是不禁止的。曼殊震钧《天咫偶闻》记云:

> 定制,赌有禁,惟以射赌者无禁。故有大书于门曰:"步靶侯教"者,赌箭场也。

这就是说,这种方式的赌博是奉官的了。设立鹄子棚的人家要有"箭道",一头是"鹄棚子,箭挡子",一头房舍中摆座位、笔砚、射签、茶水等,给射鹄子的人休息,记录胜负。据《天咫偶闻》记载,射鹄子也有几种:一种叫"射鹄子",高悬栖皮,送以响箭。鹄子有许多层,一个圈,一个圈地重叠着,中间一个最小,俗语叫"羊眼"或"央眼",也就是红心。鹄子棚中习惯把射箭技术最高,而射品又十分端正的人叫作"央眼儿"或"羊眼儿"。清代中叶旗人将军果益亭在北京鹄子棚中射箭出了名,外号就叫"果羊眼"。第二种叫"射月子",满洲话叫"艾杭",即"画布为正",

意思就是用布画个标志作为箭靶子。第三种是"射绸",把一寸见方的彩色绸片,悬挂在几十步外的高处,作为靶子,射起来就更难了,小绸片在风中飘来飘去,近似乎射活把子。第四种是夜间射香火,晚上把线香点燃,插在一定距离外,用箭来把它射灭。这当然更难了。曼殊震钧《天咫偶闻》说:

> 国家创业,以弧矢威天下,故八旗以骑射为本务,而士大夫家居,亦以射为娱,家有射圃,良朋三五,约期为会,其射之法不一,曰"射鹄子"……

一切事物,常常有表面,还有里面;有开始的目的,还有逐渐的演变。"射鹄"也是如此。曼殊震钧的话是官正堂皇的话,《红楼梦》所写贾珍的射鹄子,则是"官面堂皇"的话的内幕,这不只是贾珍一处如此,所有"八旗"之家的鹄子棚都是一样的。清末北京俗曲"百本张"所印子弟书唱本中有一本《射鹄子》,把当时的鹄子棚写的极为具体和生动,这里不妨引几句,如写鹄子棚的风光道:

> 有个平台儿小小五间盖在正北,将那鹄棚儿,箭挡儿都设在正南,且说那棚东(按,即局家——作者)清早将门进,忙唤人扫地开窗把鹄悬。掸了掸桌子调了调座,排了排笔砚拢了拢签……

如写"鹄子棚"的来客道:

> 忽听得车声碌碌到门前站,进来位丰致翩翩的美少年,

穿着件避雪遮风、风吹麦浪的羊皮袄,配着那盘花绕蝶蝶旋金丝的倭缎边,这边是荷包紧系鸳鸯佩,那边是刀鞘轻浮瑁斑……

遥望见车驰马聚灰尘起,一霎时如风似箭到门前,进棚来仆从如云,众星捧月……这位爷翎管儿、顶托儿难分品位,皂靴貂褂才下朝班。

如写赌射者的赌博心理道:

非是他箭箭红心不能撂箭,怕的是撂走了箭荡尔就要输钱……这总是练的事轻、爱财的心胜,恨不得一百戳——尔赢上个加三。

如写赌射者射箭时的丑态道:

只见他迈步蹲身先抬后脚,张弓递箭又努前肩,后手札煞前拳乱撮,弓梢子挂地箭扣子朝天,本就是弓软、箭沉从高空掉,怎禁得一推一徕箭奔了东南,忽听得打箭的"哎哟"说"着了我的腿",这位爷眼似漓鸡、脸都吓蓝……。

这样的场所,这样的来客,这样的赌博心理、赌射丑态,当年以鼓励练习射箭为主要意义的"赌射无禁",大书"步靶候教"的鹄子棚,早在《红楼梦》时代,在宁国府中,就已变成这样乌烟瘴气的场所了。这也正是"八旗"武事由盛而衰,终于沉沦所表现的方面之一。

第三说说"打围":

《红楼梦》第二十六回中写到了"打围"：神武将军冯唐之子冯紫英脸上有些青伤，薛蟠问他又是和谁挥拳了？冯紫英说，他自从打伤了仇都尉的儿子之后，记了，再不怄气，"这脸上是前日打围，在铁网山叫兔鹘捎了一翅膀"。这里说到了"打围"。"打围"就是"打猎"，这本是从古就有的事。不过古代虽有天子狩猎的制度，但到了后来并不那么重视，直到清代，"打围"一事，为了武备，才被特殊重视过一个时期。皇帝年年都要打围，其目的不单纯是为了打猎的快乐和获猎禽兽的所得，而更重要的目的是为了武备，为了军事演习。《清史稿·圣祖本纪》记康熙临去世前两个月的话道：

> 有人谓朕塞外行围，劳苦军士。不知承平日久，岂可遂忘武备？军旅数兴，师武臣力，克底有功，此皆勤于训练之所致也。

从康熙皇帝玄烨的话中，我们可以明确看出清初提倡打围的意义。玄烨自己年年都去打围，直到康熙六十年，他六十八九岁时，《本纪》中还记着："秋七月己酉，上行围。"玄烨一生都是注意到这点的。诗人查初白曾扈从康熙去雍安岭、乌兰哈尔哈一带行围，有《观围恭纪》诗八首，收到《敬业堂集》中。其中一首写到玄烨的弓箭功夫道："朴渥如飞掠草中，御前突通疾如风。万钧神艺无轻发，命中仍开射虎弓。"（按，"朴渥"、"突通"二词费解。）

这虽然有些奉承，但与事实相去也并不过远。《清史稿·高宗本纪》记载：乾隆做皇孙时，有一次康熙带他在木兰（热河承德）行围，在围场上他叫侍卫领着乾隆去猎熊，乾隆刚刚上马，熊

137

突然扑了过来，"圣祖御枪殪熊"。在这种危险情况下，康熙能一下子把熊打死，自然是不简单了。清代前期几个皇帝都有点打围的功夫的。《高宗本纪》中记乾隆行围，好多次都"亲射殪虎"，也是不简单的。行围的主要目的既然在于军事演习，讲求武备，所以特别奖励猎获猛兽，如虎、熊之类。当时规定，在行围时，扈从侍卫，如果两个人就能猎得一虎时，要受到赏戴花翎的奖赏，这在清代同赏穿黄马褂一样，是很高的荣誉。

由于封建皇帝的重视和提倡，所以在"八旗"贵胄仕宦之家也特别盛行打围了。《红楼梦》所写冯紫英随他父亲神武将军冯唐到铁网山去打围，正是这样历史背景的具体反映。

打围重在一个"围"字，人少了没有办法合围。皇帝行围，可以带领不少侍卫和军队，而在京的王公大臣去打围，虽然是权贵阶层，要调动军队的权还是没有的。只是府中的奴仆、帮闲、纨绔子侄等成群结队，悬弓臂鹰，骑上马，带上干粮，去到山场中去围猎。这实际上是一种非常辛苦的活动，不但要成天骑着马或徒步奔跑在山岭草莽中，追赶野兽，十分费力，而且还有一定的危险性；吃饭也不方便，只能吃点干粮；晚上睡觉没有房屋，要在野外搭帐篷；取暖靠篝火，吃水靠山泉，遇上雪虐风号的天气，自然更为艰辛；所以如果要贪图安逸，那就不会选择这样的娱乐了。《红楼梦》中写宝玉问冯紫英道："单你去了，还是老世伯也去了？"紫英道："可不是家父去，我没法儿，去罢了，难道我闲疯了？咱们几个人吃酒、听唱的不乐，寻那个苦恼去？"

这几句话很重要，"打围"在冯紫英一代人口中，实际也就是思想中，已经变成"苦恼"了。冯紫英的父亲名"冯唐"，《红楼梦》作者喜欢在姓名上叶音喻义，这"冯唐"二字可能也是用"冯唐易老、李广难封"二语，暗藏一个"老"字，就是这不只是简单地写当年公子哥儿、纨绔子弟好逸恶劳,沉溺酒色的腐朽生活,而更重要的是反映了当时满洲王公贵族中,老一辈和小一辈在思想上的矛盾。老一辈还受到清代前期的尚武影响,还爱好骑射围猎,有一些英武精神。而小一辈则只是吃酒、听唱了。这个转折期,正是《红楼梦》时代。以"打围"来说,也的确如此。即以清代皇帝来说:康熙、乾隆当年几乎是年年行围,而嘉庆、道光之后,则再不作兴行围了。偶然想起祖宗的遗训,虚应故事地在北京近郊南苑一带举行一下,弄虚作假的现象也发生了。曼殊震钧《天咫偶闻》中记载清代行围道:

> 自开国至乾嘉,田狩盖为重典,非以从禽,实以习武也。圣祖于热河建避暑山庄,以备木兰巡狩,行围之制,一用兵法,围时以能多杀者为上,皆以习战斗也。……道光以后,不复田狩,于是讲武之典遂废,后生小子,既不知征役之劳,又不习击刺之法,下至束伍安营,全忘旧制,更安望其杀敌致果乎?迨同治中,穆宗奋欲有为,亲政后曾畋于南苑,诸环列至有预购雉兔,至临时插矢献之,而蒙花翎之赐,可为叹息也。

曼殊震钧这段话虽然只是说的是田狩行围,而实际上也概括了有清一代"八旗"武事的盛衰。所说"道光以后,不复田狩",实际这只是结果,而其起因,则不在此。这种思想,不想田狩的思想,扩而大之,即只图安逸享乐,不再重视武事的思想,则早在乾隆时期,在年轻一代的"八旗"中早已形成了。在这一时代中,所有"八旗"讲求武事的各个方面,都在起着由量上到质上的变化。"骑射"到清代末叶只剩下"南顶跑车"了,"射鹄"变成为纯粹的赌博活动，"打围"由被视为是"苦恼"，勉强陪老辈去参加，直到最后则完全停止，不知打围为何物，随着这些，当年"师武臣力，克底有功"的"八旗""巴图鲁"，绿营勇壮，变成为后来的一触即溃的老兵残卒，这许多剧烈变化演变过程的转折点，正是在《红楼梦》时代，伟大的作者对此都给我们作了生动的历史的反映了。

中国葬礼历史演变

一

自然规律，人一出生，注定就要死亡。死亡之后，躯体还在，如何处理，怎么办？这是人类社会的一件大事，活着的亲属、非亲属，对此必须承担责任，适当处理。又因所处环境、自然条件的不同、经济条件的不同、文化条件、生活习惯等等方面的差异以及宗教信仰的不同，这样各个民族，对于死者的后事，在处理上，也就是殡葬仪式上，也各有差异。有些近似，有的相差较远，从远古、近古，以及现在、未来，都是值得注意的社会问题、风俗问题。

我国历史悠久，社会文明发达较早，而且文化源流，风俗习惯，延续了数千年，没有中断，一直延续到现在，在这漫长的历史中，关于殡葬的风俗礼仪，可说的是很多的。两千九百年前，一部《礼记》中，记载丧礼的专篇、零碎章节，比比皆是。第一篇《曲礼》，由"居丧之礼，毁瘠不形……"直到"送丧不由径，送葬不辟涂潦，临丧则必有哀色，执绋不笑"，就已把丧绋说的十分明确了。而后面又有许多专篇，如《曾子问》、《礼器》、《丧服小记》、《丧大记》、《祭法》、《祭仪》、《奔丧》、《问丧》、《丧服四制》等等，无一篇不是记载当时由天子到庶民丧葬礼仪的。为什么有这么许多篇关于丧葬礼仪的记载呢？这里面有三点值得我们注意和思考,一是因为这是一个涉及面非常广的社会问题;二是一个非常悠久的历史问题;三是政治制度、民族风俗习惯形成的问题。下面先约略分述之。

先谈第一点,即涉及面非常广的社会问题。古人所谓生死大矣,因为在人类社会中,一代一代人总是在不停地交替,出生、长大、衰老、死亡,死亡之后便是丧葬。由有人类那天开始,逐代更替,无一例外,而且除天灾人祸、战争瘟疫而外,极大多数都是传宗接代,老病自然死亡,其生前,幼年、青年时,有祖父母、父母,极少数还有曾祖父母;等到壮年、老年之后,又有子女、孙男女,甚至曾孙、玄孙……这样每一个去世的人,都连着一个大的或小的家族,联系着这个家的人,血缘近的、远的、直系的、旁系的,这中间都有密切的关系,这就联系到伦理的关系。我国传统上提倡养老送终,提倡慎终追远,提倡孝道,在最早的经典中,不知有多少记载。《礼记》所记是周礼的大成,而在此之前虽无系统文献可征,但家庭伦理,父慈子孝,养老送终,早已实行了几千年,从各代出土的先秦古墓中可以得到证明。周礼所订制度,也是顺乎人情,顺乎民间风俗习惯,所以《礼记》大量篇幅所记的丧礼,大多是家庭伦理亲情自然形成的。

但是在人类社会的形成过程中,经济情况并不一样。古代以农立国,最早原始社会进入有国家政权管理的社会,不管"井田"制度也好,不管后来土地自由买卖,成为封建社会私有土地制也好,各家各人的经济条件,并不是一律的,这样就出现了贫富的差异,这就在伦理道德之外,又联系到社会经济问题。经济条件好就容易办事,经济条件差,及至穷苦人家,养亲尽孝道,亲属去世之后,丧葬礼仪,就大成问题。《礼记·檀弓下》中记道:

子路曰:伤哉,贫也!生无以为养,死无以为礼也。孔子曰:啜菽饮水尽其欢,斯之谓孝。敛手足形,还葬而无椁,称其财,斯之谓礼。

这里所说,还是一般贫困的人,如果是极困苦的赤贫,那就埋葬人也没有力量。这就是说,丧葬问题,大讲排场到无以为葬,这中间在经济上差着很大距离,这就联系到各个历史时期的社会经济问题。

中国从有文献记载之前,早已进入了一个极有秩序的政治组织时代。有了政治组织,人们在社会上便有了不同的政治地位。不同的政治地位,在生前身后,便有了不同的享受待遇,而且形成了严格的制度。一部《礼记》,就从各个方面记载了由天子到庶民的各种礼仪制度。至于后来各代史书,从《史记》直到《明史》,外加《清史稿》,都有《礼乐志》,关于丧礼,都有详细的规定记载。纵使有地位的官宦家庭,有的是钱,但在丧礼殡葬排场上,也不可乱来,不然,就是僭礼的罪名,这在《礼记》中已讲的十分清楚,其后历朝、历代执行就更十分严格了。到了清朝,《红楼梦》写贾珍给儿媳秦可卿办丧事,给其丈夫贾蓉捐了一个龙禁尉,这样丧事上才能用五品官执事,才能称"贾门宜人"(按一品夫人、二品夫人、三品淑人、四品恭人、五品宜人、六品安人),出殡时,提高一级,灵幡及牌上才能写"贾门秦氏恭人",坟地上一切也不一样,这就是有关殡葬的森严封建等级。

以上是就家庭伦理、经济力量、政治等级等方面说明殡葬在社会上的重要性。至于其他医卜星相、棺材坟墓、宗教仪式以及其他入殓、停灵、开吊、发引、入墓(入墓还分临时殡葬及归葬祖茔)等仪式所需各种工匠夫役,那牵涉的面就更广。所以说殡葬问题,过去、现在以及未来,都是一个十分复杂的社会问题。

第二是它的历史,可以说是自有人类社会,由原始到现在及未来,它是与人类历史共同存在的问题。我国从古至今,就流传下一句古语叫"入土为安",陶渊明诗所谓:"亲戚或余悲,他人亦已歌。死者何足道,托体同山河。"俗话又道"哪块黄土不埋人"。因而人死亡之后,埋在土中,日久风化,与天地同存,这是天经地义的事,从远古即如此。到了《礼记》的时代,关于丧礼部分,说到坟墓更是必然的了。如:

> 适墓不登垄,助葬必执绋。
>
> > 《曲礼上》
>
> 适墓不歌。
>
> > 《曲礼上》
>
> 孔子既得合葬于防,曰:吾闻云,古也墓而不坟……
>
> > 《檀弓上》
>
> 易墓,非古也。
>
> > 《檀弓上》
>
> 莫于墓左,反,日中而虞。
>
> > 《檀弓下》

直到书的最后《丧服四制》"丧不过三年,直哀不补、坟墓不培……"等句以后为止,所谓居丧,习丧礼,既葬,习祭礼,在这时诸礼大备。这礼数,一直沿用到近现代,而中心就安葬在坟墓里。从历史传统来说,把死去的人安葬在坟墓里,是最科学的措施,所以世界各国,在历史上最普遍就是土葬。而我国在两三千年前,就有整套的殡葬仪式,而且《礼记》中有详细的记载,一直沿用到现代,可以说是源远流长,这应该看作是五千年文明历史的重要表现,重要组成问题。至于今天都市发展,人口集中,土地减少,如何解决殡葬问题,那又是新的历史发展问题,应在肯定悠久文明历史的基础上,进一步研究解决,倡导实行。这就又联系到"火葬"问题,火葬源自印度,佛教僧人一律火化,火化后葬入舍利塔,现在各大古庙有许多舍利塔。自唐宋以后,民间城市中穷苦人民,没有坟地的,也有不少火葬的。《水浒传》中已有记载,这是火葬在中国的历史。

第三是又一个政治制度,民族风俗习惯问题。风俗习惯的形成,一部分是取决于客观自然条件,一部分是取决于政治制度的限制,倡导影响。生死大事,殡葬仪式,由于我国的悠久历史,长期封建统治社会,儒家礼教的影响,由古至今,影响甚大,在殡葬上也形成根深蒂固的等级和风俗习惯,一套完整的程式。有历史因素的影响,有风俗习惯的限制,形成民族的特征。如现在人常说的"落叶归根",即客死在异乡的人,总想将灵柩运回故乡祖坟安葬。《礼记·檀弓上》说:

> 太公封于营丘,比及五世,皆反葬于周。君子曰:乐,乐其所自生;礼,不忘其本。古之人有言曰:狐死,正丘首,仁也。

陈皓注说:"太公虽封于齐,留国为太师,故死而遂葬于周,子孙不敢忘其本,故亦自齐而返葬于周,以从先人之兆,五世亲尽而后止也。"这就是后世归葬故里的风俗,最早的传统所自。类乎这样的殡葬风俗,种类很多,由远古流传至今,均见于《礼记》,各地虽小有差异,但大致都差不了多少。当然这说的汉族的丧葬仪式,至于其他少数民族,那还有各种的不同。总之,这都是千百年来,因政治制度形成的各种风俗习惯,不是一朝一夕、行政命令所述能改变的。

以上是就我国古典经籍《礼记》一书所述的丧葬制度,说明它的复杂性、悠久性,以及我国对此的文明程度,产生的那样早而又延续的那样长,很值得我们尊重、思考和研究。

二

在历史传统上,养老送终,慎终思远,是我们民族源远流长的风俗习惯和伦常美德。但几千年来,这里面有一个一直在争论着的问题,就是活人为去世者办丧事的丰与俭的问题。如前引《礼记·檀弓下》子路的感叹和孔子答语:

> 子路曰:伤哉,贫也! 生无以为养,死无以为礼也。孔子曰:啜菽饮水尽其欢,斯之谓孝。敛手足形,还葬而无椁,称其财,斯之谓礼。

陈皓注中说:"世国有三牲之养,而不能欢者;亦有厚葬以为观美,而不知陷于僭礼之罪者,知此,则孝与礼可得而尽矣。何必伤其贫乎?"这注解说的很清楚,即养能尽欢,葬能尽礼,就很好了,贫又有什么关系。这本是很普通的道理,但到了社会上,到了具体每个人身上,就不那么简单了。即以本世纪前期说吧,在城市、在乡间,一些富有者,老人去世之后,大操大办,讲种种排场;一些中产之家,也争相效仿,为了办丧事,卖产业、欠债,为此倾家破产的也不少。或者是表现亲属的哀伤,或者是为了死者的身份，或者是为了活人的体面。还有死者如是女的，其娘家人要求如何办；死者如是男的，孝子之外，其兄弟姊妹、女儿等亲属，也可以提出办丧事的要求。由于以上种种情况，丧事就不只是"葬能尽礼"的古训，而是互相攀比，比阔气，甚至倾其所有，到处欠债，直到今天，在乡间还有这种情况。因而丧礼是奢是俭，一直在争论着。至于稍有地位的人，甚或王亲贵戚，直到天子皇帝，那就更不用说了。周秦之后，一国之君，自从做皇上那天起，就开始修陵墓、植树，一直到他死。一般达官贵人、王侯贵戚，也都在他过世前、十分健康时，就修了坟墓，根据各种条件，就修不同的坟。一般百姓家中子女，在父母亲年老时，也早准备了坟墓，即所谓安排了后事。这中间都要花钱，虽然有多有少，而这还只是整个后事的一部分，更多的丧葬费用，还要在殡丧仪式上花费。如《红楼梦》写贾珍为秦可卿大办丧事，那花费是很难想象的。

我国在历史上，丧事的豪奢，古代以汉代墓葬最为豪奢。近几十年中，汉墓出土很多，如尸体上的"金缕玉衣"，棺材中的"黄肠题凑"，均在好多汉墓中发现。前几年在扬州开会，参观汉墓博物馆，见汉广陵王刘胥的墓葬，所谓"黄肠题凑"，就是用柏木黄心致累棺外，故曰"黄肠"，木头皆内向，故曰"题凑"。《汉书·霍光传》中记云：

> 光死……赐金银僧絮绣被百领，衣五十箧，璧、珠玑、玉衣、梓宫、便房、黄肠题凑各一具。枞木外藏椁十五具。

广陵王墓中的"黄肠题凑"，都是一丈多长，尺许见方的楠木，是树心向内，一层层地堆集重叠，中心才是死者棺木，墓室之大，近

五十平米,深度有五六米,棺、椁、黄肠题凑及枞木外椁等,其所用木之多,是难以想象的。《礼记·檀弓上》记云:

> 昔者夫子居于宋,见桓司马自为石椁,三年而不成。夫子曰:"若是其靡也,死不如速朽之愈也。"……有子曰:"夫子制于中都,四寸之棺,五寸之棺,以斯知不欲速朽也。"

可见一般中上层墓葬,古代只是内部四寸之棺,外加五寸之椁。再如贫穷,那就是有棺而无椁。《论语》上就有这样的记载:孔子一个学生死了,有棺无椁,求用孔子的车给他作椁。孔子不同意,说:"以吾从大夫之后,不可以徒行也。"均可见古代棺、椁之制。不过像"黄肠题凑"这种巨型棺椁,那只是天子以下,诸王皇亲贵戚才能得到赏赐,而一般人是没有的。但到后来,即使皇上、皇亲贵戚,也无这样大的巨型棺椁。清代皇杠抬天子灵柩,也不过一百零八杠,即一百零八个人抬。北京明代十三陵出土的万历坟,在陵墓室地中摆的也是棺材,而没有这样用上百立方米木料作的"黄肠题凑"。只此一点,即可见汉代墓葬的豪华奢侈。

汉代造坟墓之制,记载亦多。《汉书·张禹传》记载:"禹年老自治冢茔,起祠堂。"

墓中有瘗钱。《汉书·张汤传》记载:"会有人盗发孝文园瘗钱。"

墓中有明器、偶车马。《汉书·韩延寿传》:"卖偶车马,下里伪物者弃之市道。"颜师古注:"偶谓土木为之,像真车马之形也。"

治丧以多致宾客为荣耀。《汉书·爰盎传》:"剧孟虽博徒,

148

然母丧,送丧车千余乘。"

治丧多饮食、音乐娱宾客。《汉书·周勃传》:"常为人吹箫给丧事。"颜师古注曰:"吹箫以乐丧宾,若今乐人。"另外汉桓宽《盐铁论》中也记:"今俗因人之丧以求酒肉,幸与小坐,而责办歌舞俳连笑伎戏。"

送葬时要用挽歌。《文选》李善注中引谯周《法训》云:"挽歌者,高皇帝知田横至尸乡自杀,从者不敢哭而不胜哀,故为此歌以寄哀焉。"另据《古今注》云:"至孝武时李延年分为二曲,《韭露》送王公贵人,《蒿里》送士大夫庶人,使挽柩者歌之,世呼为挽歌。"……

以上所列,都是汉代丧事殡葬奢靡的大略。

丧事要花很多钱。官吏丧事,国家有法定的赗,谓之"法赗"。《汉书·何并传》记云:"吾生素餐日久,死虽当得法赗,勿受。"另《后汉书》有"旧典二千石官赗百万"的记载,而且还有同僚赗赠的礼金。在汉代鼎盛时期,这笔收入数目很大。《汉书·原涉传》记云:

> 涉父哀帝时为南阳太守,天下殷富,大郡二千石死官,赋敛送葬皆千万以上,妻子通共受之以定产业。

但是也有普通百姓家,亲死无以发丧的。那借贷亲友,找人帮助,情况也很普遍。如《汉书·朱建传》记云:

> 建母死,贫未有以发丧,方假贷服具。陆贾素与建善,乃见辟阳侯,贺曰:"平原君母死,何乃贺我。"陆生曰:"前日君侯欲知平原君,平原君义不知君,以其母故,今其母死,

君诚厚送丧,则彼为君死矣。"辟阳侯乃奉百金税。列侯贵人以辟阳侯故往赙凡五百金。

这就是靠别人帮助赙金,安葬母亲。所谓"百金税",据颜师古注:"赠终者之衣被曰税,所以百金为衣被之具。"在此"税"字有特殊用法。

由于汉代所费甚多,丧葬大办十分奢靡,有人著文提倡俭约,最著名的像王充《论衡·薄葬篇》,另外还有他的《论死篇》、《订鬼篇》,成为一个完整的薄葬论体系。因为人是有记忆、有思维、有感情的动物,在太古之初,活人对于死者,或祖父母、父母、夫妻、兄弟、姊妹、亲戚朋友,记忆犹新,感情所系,不免悲痛思念,或重见于梦中,或偶疑于遗物,旧时情景,如在面前,生前恩爱,无法割舍。眼看死者死去,形体在而声音无,不快快入土,便要腐朽,而为什么要死呢? 死去之后又如何呢? 不免时时思维,知识所限,无法解释,便出现了"鬼"的概念认为人虽死了,但是神还在,是一个无形的,在地下另一世界中。其后巫师出现,宗教产生,"鬼"的概念,亦同人世,愈演愈烈,形成了亦同人世一样的有组织的"鬼世界"。再加印度宗教传入,"轮回"思想与中国传统"鬼"的概念结合起来,这样又有"投胎"、"转世"以及土地、十殿阎罗神灵,就使鬼的世界更复杂、更完整了。这些世人中思想体系,自有人类,就已产生;随着人类文明进步,科学发展,可能少一些,但不会很快消失。因为生死无尽时,人、鬼之间概念关系便不会消失,这只看你信与不信,而人又不可能都有足够的知识可以解释生死,主宰生命。丧祭的丰俭,亦与"鬼"的概念,及活人与死人的关系、活人与活人的关系联系在一起。

孔子当年是不谈鬼的,所谓"子不语怪力乱神",所谓"未知

生,焉知死",所谓"未能事人,焉能事鬼"。上均见《论语》。王充《论衡·论死篇》道:

> 世谓人死为鬼,有知,能害人。试以物类验之……验之以物。人,物也;物,亦物也。物死不为鬼,人死何故独能为鬼?……人之所以生者,精气也,死而精气灭。能为精气者,血脉也。人死血脉竭,竭而精气灭,灭而形体朽,朽而成灰土,何用为鬼?

同书《订鬼篇》道:

> 凡天地之间有鬼,非人死精神为之也,皆人思念存想之所致也……

王氏据此,在《薄葬篇》中又广为论证,开首即谓"贤圣之业,皆以薄葬省用为务,然而世尚厚葬,有奢泰之失者,儒家论不明,墨家议之……或破家尽业以充死棺,杀人以殉葬,以快生意,非知其内无益,而奢侈之心,外相慕也。以为死人有知,与生人无以异,孔子非之,而亦无以定实……死人无知之实可明,薄葬省财之教,可立也"。

不过虽然在汉代就有尖锐的"厚葬"与"薄葬"之争论。而薄葬总未形成风俗,丧葬仪式、墓陵修建仍向奢泰方向发展,历魏晋六朝唐宋而迄近现代。

丧事中做佛事,放"焰口",这是自六朝之后到唐宋之间大盛的。先秦、两汉丧葬还是遵照古礼,其间有女巫、放焰的作用,但无外来宗教影响,但自两晋以后,佛教深入中国,鸠摩罗什、竺法护等印度僧人讲了不少佛经,其中《佛说救拨焰口饿鬼陀罗尼经》及《盂盆经》、《法华经》等对后来丧葬礼仪影响最为重要。

中国传统儒家思想,最讲孝道。《礼记》中种种丧礼细节,都是在这一中心思想的指导下形成的。西晋竺法护翻译的《盂盆经》,写的是提倡不惧一切邪恶势力、拯救父母的目连僧救母的故事,说目连僧是佛弟子中神通最大的一位僧人,其母堕饿鬼道中,目连僧以佛法神力亲自去救其生母。《盂盆经》中说:

> 是佛弟子修孝顺者,应念念中忆父母乃至七世父母,年年七月十五日,常以孝慈忆所生父母,为作盂盆,施佛及僧,以报父母长养之恩。

这种思想境界,和中国传统思想孝顺父母,尊敬老人、养老送终、慎终思远,完全一致。所以直到今天,旧历七月十五日鬼节、盂兰盆、盂兰法会,乃在国内及世界各地华人聚居之地,广为流行。什么叫"饿鬼道"呢?这又具见于《佛说救拨焰口饿鬼陀罗尼经》记载。说道:

> 佛弟子阿难独立静室,夜见一饿鬼,名焰口,身体枯瘦,咽细如针,口吐火焰。鬼告阿难曰:"三日后汝命尽,将生饿鬼中。"阿难恐,问免苦之方。鬼曰:"汝明日为我等饿鬼及诸仙人等,各施一斛食,且为我供养之室,则汝得增寿,我得生无。"阿难以白佛。佛即为"陀罗尼"(梵语译音,意即念咒)曰:"诵此陀罗尼,能使无量百千施舍充足。"

据此,所以在六朝、唐、宋之后直至现在,凡有丧事,请僧人念经,曰"放焰口超度亡魂"。清代皇帝及亲贵、辛亥后一般富室,多在棺材内放"《陀罗尼经》被",就是梵文《陀罗尼经》的经文。僧放焰口,大和尚为法师,手结印,口念真言,心念本尊,此谓身、口、意三密。三密相应,梵语谓之"瑜伽",因而过去丧事"放焰口"也叫"瑜伽焰口"。还有《法华经》、《往生经》,即死者要往娑婆世界弥陀如来之极乐净土,化生于彼土莲华之中。以上是佛教思想对中国后世丧礼的影响。

佛教经典对我国丧葬礼仪影响甚大,不过佛教的火葬、舍利塔,千百年中,除出家人外,一般俗人都还是土葬的多,前面说过,只有极少的贫苦人家在宋代之后才有火葬。因为讲求土葬,所以历史上堪舆家要看风水宝地作为坟茔,要修坟茔,这样传统建筑工、刻碑工,诸般工艺,都得到很大的发展,代有能工巧匠。而因厚葬,墓中瘗钱,随葬珍宝,造成历代盗墓永难禁止,直到现在。自唐、五代开始,古代瘗钱改为纸钱,焚金银楮锭,也一直延续现在。所谓寒食野祭、清明扫墓、七月十五鬼节盂盆会、上坟、十月一日送寒衣烧纸包,一系列丧葬礼仪,祭祀祖先坟墓的礼仪,细说起来是十分复杂的。

况我国是多民族国家,除汉族丧葬礼仪而外,还有许多少数民族的传统丧葬礼仪,都有不同的宗教仪式、传统风俗,在此难以一一述。而在大都市中,人口众多,各个民族都有各自的殡葬礼仪,也必须注意到这点。

三

历史不断发展,人类社会在现代经济及科学技术的冲击下,整个生活结构已发生了大变化。我国自从五十年代初土地改革之后,乡间大部分旧家坟地,都已因改革和子孙外出,荒芜消失。再经几十年各地基本建设,不少坟地已早被挖掘,无迹可寻,因而客死异域的逝子,已无归葬故里坟茔之举。农村迄今大部农民仍有各家坟茔,土地较多的地区,自还不成大问题;而在大小城市中,人口日多,土地日少,居住集中,城市规模越来越大,丧葬问题,尤其对广大群众来说,老人一去世,后辈安排后事,各种困难日渐增多。政府号召火葬,开始时一些人因于旧俗,尚有顾虑,近年已被普遍接受。但火葬后,骨灰安置,也是问题。公墓陵园,占地亦多,交通困难,祭扫不易。有人倡议建造灵塔,亦如佛家浮图,便于祭扫,少占土地,是未来大都市丧葬礼仪的发展。古代族人坟茔,一般在世即分户另相吉地,营建新墓。未来都市中,一般三世即已在亲属中消失记忆,灵塔亡灵,年久即可深埋,如此循环而已,于天地同在,后代子孙,代代相传,亦可慰古人于九泉矣。总之,丧葬礼仪,从古至今,以及未来,主要以尽孝道为核心,以人类博爱为基础。于今适应社会发展条件,妥善安排,尊重古礼,倡导新风,为社会安定、民族发展做出贡献。

民俗学与中国民俗

——宏观当前中国民俗学研究

在国际性的人文科学领域中,人们说文化学、语言学、民俗学是三大显学。在现代汉语词汇中,"民俗学"这一词是个外来语,是从日本文中直接引用过来的。日本文译 folklore 一词为"民俗"。中国最早译这一词为"谣俗"。但"谣俗"一词未流传开来,"民俗"、"民俗学"却流传开来了。在中国虽然经过若干年的冷落,在近十来年中,却又十分活跃起来,这是很可喜的。

民俗学从它接触的范围说,它的研究范畴是十分广泛的。就学术范畴讲,人类学、民族学、社会学、宗教学、美学、文学……这些都可以和民俗学扯上点关系,具体到生活实际上,它又与饮食、衣着、建筑、礼仪、婚丧、娱乐等等生活习惯,有着密切的关系,因为不同国家、不同民族、不同地区、不同时代,民俗的差异,都从这些具体的生活习惯上反映出来。以中国来说,过去有句俗话说:百里不同风。即相隔百里之遥,在风俗上,或者说在民俗上就有不相同的地方。何况中国地方那么大,民族那么多,历史那么悠久。各个地区有各地区的自然条件,各个民族又有各自的传统习惯、宗教信仰,各个历史时代又有许多不同的变化。再有从古至今,各个国家、各个民族也都不是孤立的,互相又有着交流、影响,风俗、民情也都不断因这种相互的交流与影响改变着,既各有传统,各有差异,又互有共同之点、类似之处。这样就更表现出民俗的多样性,应该说是缤纷绚丽、异常复杂的了。

由于各个国家、各个民族、各个地区、各个时代之间,民俗都有着差异,而且地区、时代距离越远,其间差异越大,而人类又具有本能的求知欲,强烈的好奇心,而且文化越发达,知识越广泛,来往越频繁,就越想多知道一点不同的奇风异俗。或以好古之心,想了解其历史;或以好奇之心,想探索其源流;或以爱美之心,鉴赏其表现;或以好美之心,雅爱其淳真……总之,人们基于热爱生活的善良愿望,对于有关民俗的一些现象去注意它、观察它;对于有关民俗的一些知识学问感兴趣,去学习它、研究它,这些不但是可以理解的,也是值得提倡的,因为这些研究,对于人们的文化生活,总是起到丰富作用的。对精神文明的建设,说来也是有益的。

　　不过话又说回来了,笼统地说一句"民俗学",是十分方便的。但要说的更实际些,那还大有阐述的必要。六十多年前,江绍原氏翻译了英国俗学会会长瑞爱德氏(Arthur Robertson Wright)的《英吉利谣俗(English Folklore)》一书,周作人在为此出书的《序言》中说:

　　　　民俗是民俗学的资料,所以这是属于民俗学范围的一本书。民俗学——这是否能成为独立的一门学问,似乎本来就有点问题,其中所包含的三大部门,现今好做的只是搜集排比这些工作,等到论究其意义,归结到一种学说的时候,便侵入别的学科的范围,如信仰之于宗教学,习惯之于社会学,歌谣故事之于文学史等是也。民俗学的长处在于总集这些东西而同样地治理之,比各别的隔离的研究当更合理而且有效,譬如民俗学地治理歌谣故事,我觉得要比较普通那种文学史的——不自承认属于人类学或文化科学的那种文学史的研究更为正确,虽然歌谣故事的研究当然是应归文学史的范围,不过这该是人类学的一部之文学史罢了。民俗学的价值是无可疑的,但是他之能否成为一种专门之学则颇有人怀疑,所以将来或真要降格,改称为民俗志,也未可知罢。

它山之石,可以攻玉,这是六十多年前,西方的民俗学刚刚在中国兴起,一些前辈学者们或者译书,或者收集歌谣,或者实地调查,或者办刊物,或者成立学会……的确热闹过一个时期。江绍原先生翻译瑞爱德名著,也是给新兴的中国民俗学作个借鉴。周氏序言代表了当时研究民俗学的大多数意见,他又是学贯中西的大家,所以我把他的《序言》多引用几句:主要是想从中提出几个问题讨论一下。

一是民俗学的研究对象和范畴问题;二是民俗学与中国传统文化结合问题;三是中国民俗学的未来问题。

这三个问题又有连带的关系,还必须从根本上说起。民俗学来源于民俗,民俗来源于民众的生活。这民众应是广泛的。即各种阶层的民众,在今天似乎不宜仅限于没文化的庶民。这生活又是有历史性的,即从古至今的生活。这样概括来说,想来是不会大错的。因而民俗学虽然是本世纪前期由西方经日本汉译输入中国的名词,但民俗在中国则是古已有之的。这早已是历史的客观存在。据各种辞书解释,民俗学又称"谣俗学",从事民间流传之信仰、习俗、故事、歌谣、谚语等研究。按国际通用民俗学"folklore"一词,是"folk"和"lore"两字组成,前一字是没有文化的土著民众的意思,后一字为知识和研究的意思。因其内涵的特定意义,使人很自然地想起我国古代"采诗观风"的故事。

《史记·乐书》中说：

> 以为州异国殊，情习不同，故博采风俗，协比声律，以补
> 短移化，助流政教。

《汉书·艺文志》中说：

> 古有采诗之官，王者所以观风俗，知得失，自考正也。

《诗经》中的十五国风，都是周代各诸侯领地的民歌，这不同民俗学收集歌谣加以研究分析方式大体一样吗？因而"民俗"一词，如按日常口语说成"民间风俗"，这就更全面了。因为"俗"字，在《说文》中训"习"，也就是从历史上形成的习惯。民俗，简言之，就是民众从历史上形成的生活习惯，这是广义的，既能包括流传之信仰、故事、歌谣、谚语，也包括广泛的衣、食、住、行各种生活习惯。这些都有其历史的自然因素和人为因素在内。中国历史上习惯用"风俗"一词称之，其内涵较"民俗"一词更全面，更科学些。中国在传统上，"民俗"一词虽然不大说，而"风俗"一词，却是说了两千多年的老话。《汉书》中解释"风俗"的意义说：

> 凡民函五常之性，而其刚柔缓急，音声不同，系水土之
> 风气，故谓之风；好恶取舍，动静亡常，随君上之情欲，故谓
> 之俗。

应劭《风俗通义》序中说：

158

风者,天气有寒暖,地形有险易,水泉有美恶,草木有刚柔也。俗者,含血之类,像之而生,故言语歌讴异声,鼓舞动作殊形,或直或邪,或善或淫也。

根据中国传统的解释,对风俗的形成、分析是比较实事求是的,以现代科学观点来衡量,有它一定的客观科学性。即从远古到现代,人类的生活,总不外受两方面的影响,一是自然的,二是人为的。前者如地理环境、气候条件、经济物产等等。后者如政治法令、宗教信仰、教育文化、战争破坏等等。不同的地区,不同的人种,不同的民族,经过长期历史的流逝,在自然和人事的双重影响下,既有其传统的肇自先民的特征,又有其随着历史演变、地域民族交流而形成的不断变化,这样"风俗"一词,内涵就极为广泛,表现就极为丰繁了。如作为研究对象,延展开来,深入下去,分析其成因,远古的形成,近古的变化,区分其善陋,引导其发展,因习俗之所宜,制礼法之善则,这样不但可以成为一种学问,而且是一门内容十分丰富、大有研究价值的学问了。周作人氏序绍原所译《英吉利谣俗》时说:"民俗学的价值是无可疑的,但是他之能否成为一种专门之学则颇有人怀疑……"如果研究对象及范围仅限于歌谣故事、谚语等等,那是有些单薄,如果扩大一些,把西方传入的民俗学与中国传统的民俗研究结合起来,那"民俗学"便可成为"风俗学"。这样把"风俗学"作为一门专门的学问,不但有其研究的实际意义和价值,也有其极为广泛的内容。如以中国风俗作为"中国风俗学"的研究对象和范畴,那么这门学问自然也纳入汉学的大范围之内了。

中国民俗学的研究,最早始于近七十年前北京大学歌谣研究会、风俗调查会等学术团体,其后广东中山大学语言历史研究所民俗学会、杭州中国民俗学会等,这都是前辈学者顾颉刚、董作宾、容肇祖等先生,以及现在健在的钟敬文老先生诸位在六七十年、半个多世纪前作过努力,取得一定成绩的。但如扩而大之,把范围扩大到"风俗学"——如果这个学术名称可以成立的话——那远远在此之前,就已经有人努力于这方面的研究,而且取得不少成果,纵然没有"风俗学"这一名称,而风俗研究的成果却是客观存在的。周代的采诗观风制度,《诗经》的"十五国风",汉代应劭的《风俗通义》,这些时代较远,先不必提。即以近现代说吧:一九一〇年(清代宣统二年)张亮采氏写的《中国风俗史》,一九二二年胡朴安氏编的洋洋巨观的《中华全国风俗志》,都是这门学问较有代表性的著作。这些著作的诞生,或在"民俗学"研究产生之前,或在其同时,但其内容及范围,则远远超过由西方引进的"民俗学"的较狭窄的范围之外,而是继承了中国传统的风俗研究体系的。

在中国民俗学的提倡和研究,自半个多世纪前"七七事变"抗日战争爆发后,由于多种因素,消沉了数十年,直到七十年代末,经顾颉刚、钟敬文等八位老教授大声疾呼和积极倡导,消沉多年的民俗学研究,才又活跃起来,不少人从事这方面的活动,有人作纯学术的研究;有人由调查实际入手,收集各种实物及文字资料;有人整理编辑前人著作,出版民俗书籍;有人举办各种有关民俗的展览会、博物馆……总之,近十来年中,民俗学的研究及其影响是十分广泛的了。不过有一点必须说明,目前中国民俗学研究的各项活动,比如各种民俗丛书的编辑,各种地方民俗博物馆的建立,其内容已不仅限于西方民俗学所归纳的简明定义,如文明社会中残留的古代遗风,俗民文化的传统部分,口头流传的民间歌谣、传说、谚语等,未形成宗教的各传统仪式……而是远远超过这些，把各种传统风俗内容也包孕在内了。从研究实际讲，中国民俗的研究，也就是中国风俗的研究；"民俗学"和"风俗学"在中国学人的研究当中，似乎可以划等号了。实际这也是很自然的，因为从客观上讲，"风俗"这一概念的内容包括"民俗"，而"民俗"却不能包括风俗这一广义概念的内涵。中国民俗学研究的对象自然是中国民众、中国社会历史的和现实的必要继承中国风俗传统研究的成果，可能是在继承的基础上发展的、深入的，自不可能是脱离中国历史延续的、断代的、孤立的。如果那样，就不可能有中国民俗学了。

中国民俗学本身的特征，是中华民族有着悠久的历史，中国有着广阔的疆域，又有着众多的兄弟民族，又有着极为丰富的历史实物和文献……这些特征就给中国民俗学的研究提供了极为丰富的内容。如把中华民族风俗研究纳入国际汉学研究的大范畴，那前途也是极为广阔的。其研究范围，自是十分广阔：有历史的，也应有地区的；有宏观的，也应有微观的；有综合的，也应有部门的；有汉民族的，也应有兄弟少数民族的。其研究的办法，也是多种多样的：资料的收集，实际的调查，历史的比较考核，科学的分析研究，这些都需要投入大量的人力、物力，经过长时间的工作才能取得成果。至于研究的目的，从个人来讲，一般自是学术性的研究，从所从事的专业爱好出发，即孔子所说的"知之者不如好之者，好之者不如乐之者"，入之愈深，乐之弥笃，自然可以取得个人的一些成果。但从民俗学的研究整体来说，则是有关民族文化进步、发达、移风易俗的大问题。

国际上民俗学（folklore）成为一种学问，始于托马氏（N.G. Thomas）创造的这个名词，是一八四六年的事，距今不过一百五十年。比之于中国类似的采风的对风俗的重视等传统，自然要晚得多。国际的民俗学在五四运动时代影响到中国,当时北京大学创设"歌谣研究会",发行《歌谣周刊》,出版介绍了不少欧美这方面的研究成果,并对译名问题展开过热烈的讨论,先译为"谣俗学",后来还有人提出用"民学",也有人提出用"风俗学",后来直接引用了日本的译法"民俗学"。这一名称比较普通,大家容易接受,便叫开了。当时有人提出,"日本人所谓'民俗',虽有时是民间——俗间的意思,移植到中国来,却颇有被误解为民间风俗之危险"(引自一九三一年版江绍原译英国瑞爱德《现代英国民俗与民俗学》一书的附录七)。近十年来中国民俗学的发展,实际上正合了这六十年前的预言,是把"民俗"与"民间风俗"二者在不少地方混淆等同起来了。但我感到这既不是"误解",也没有构成"危险",并不是什么坏事,而是客观的存在,正常的现象,必然的发展趋势。中国民俗学的研究,首先必须是注意中国民众、民间风俗的原始、形成、演变、发展……由认识到理解,由理解到引导,其间既不必、也无法区分西方民俗学的特定内涵,和中国广义民间风俗纷繁现象的区别,也不能排斥传统的风俗研究文献和成果,必须将大量的历史资料充实到现代的研究范畴中。所以中国民俗学的研究,必须是更为广泛的民间风俗的研究,当前一般关于"民俗学"的认识和研究,基本上是这样的。六十年前,汪馥香先生在《民俗学资料征求引言》中说:"我们所谓'风俗学',简而言之,是'遗风习俗'之学;详而言之,是研究一切前代传承下来的下层构造及上层建筑,及作以前的各个时代底前代传承底研究的学问。"六十年前的白话文,有时在"的"和"底"的使用上,现代读者感到不大顺口,但其意思还是可以理解的。他当时已提出了"风俗学"这一名称,也是和"民俗学"划了等号的。今天我又提出来,想来也不算标奇立异罢。

分析自然还不够详尽和透彻,但从宏观上看,中国目前方兴未艾的民俗学研究,实质上正是这样的,未来也应该循着这条道路踏踏实实地发展下去。

进一步详细论述,可说的话还多,但为了避免枝蔓,主要的意思就说这些吧。

书人书事

苏州"贵潘"四题

一、曲子与《花间笛谱》

数月前,我写小文介绍过"太平歌词",那是二三百年前市井间流行的通俗歌曲。通俗歌曲也为当时的文人所喜爱,一到文人笔下,就变为宫调小令及套数。最有名的元人小令不必说了,到了明代,赵南星那样的名进士、名尚书、敢于抗争魏忠贤的正人君子、东林党魁,却也雅爱曲子,留下了署名"清都散客"的《芳茹园乐府》,著名的《劈破玉》:

> 俏冤家,我咬你个牙厮对,平空里撞着你,引的我魂飞。无颠无倒,如痴如醉。往常时心似铁,到而今着了迷,舍生忘死只是为你。

看,这样的曲子,竟出自吏部尚书之手,真所谓自适其性,活泼天真。但我今天小文,却不想讲说赵南星,而是介绍另外一本小书,一位历史人物的曲子。在介绍之前,先向现在九十高龄的潘景郑老先生致敬,因为这本薄薄的《花间笛谱》,是潘老先生五十八年前影印其曾祖父的手稿。后记中云:

> 曾王父词章之业,昭著艺林,馀事兼及声律,世或莫睹,

有《花间笛谱》一卷……手自订定，未遑传布，阅今百年，幸无放失。丁丑之难，故乡糜沸，楹书半付劫灰，斯稿辗转携至沪滨，未随六丁之厄。虑更岁月，终惧湮晦，亟以原稿付诸墨版影印二百本，分馈亲友，冀存什一于将来……岁己卯十二月，曾孙承厚、承弼谨识。

这里"承弼"就是潘景郑先生的大名，字良甫，号景郑，生于光绪三十三年（一九〇七年），现年八十九岁。承厚是先生长兄，字温甫，号少卿，长先生三岁，已去世多年。后记中"丁丑"，是民国二十六年（一九三七年），抗日战争爆发的那一年。"己卯"是民国二十八年（一九三九年），先生已离开老家苏州，住在上海。当时上海有租界地，抗战中未受战火影响，直到一九四一年底太平洋战争爆发，日寇侵略者势力才进入租界。苏州潘姓氏族，有"富潘"、"贵潘"之分。景郑先生先世是苏州显赫的"贵潘"。高祖潘世恩是乾隆五十八年状元，官至大学士，加太子太傅，重宴琼林。曾祖潘曾莹，字申甫，号星斋，道光二十一年辛丑进士，官至工部侍郎。诗文当行，又是著名画家。（从叔）祖潘祖荫，字东镛，号伯寅。咸丰二年壬子殿试一甲三名探花，官至工部尚书、军机大臣，名气最大。潘氏六七代中，人丁兴旺，科甲鼎盛，余藏有光绪丁丑重刊《潘氏科名草》一函四册，英和序中誉为"兰苗其芽，寄芳竞秀，为东南甲族……"其家族道德文化传统可想而知。不过这些我只约略介绍，而更主要的是吟赏这些曲子，所谓"奇文共欣赏"，此曲亦应世上听也。先引一曲《北仙吕·一半儿》看看：

春寒瘦怯玉罗衣，庭院无人燕子飞。花底画栏偷立时，悄迷离,一半儿斜阳一半儿水。

"吹皱一池春水,干卿底事?"这"一半斜阳一半水",又有什么关系呢?而和前面的种种形象组合在一起,这"斜阳"和"水"就产生迷离的感觉,就把诗人和读者引入一种意境中了,如何产生的,前面还有一段小引:"燕子不知春去也,飞认阑干。汪大竹最喜诵之,属写其意,雨窗点笔,正绿肥红瘦时也。"诗情画意,中国画,首先是诗、画连在一起的,是具体的情和意的接触、喷发和闪现,曲子也是诗,画也是诗,作者是诗人画家,自身也融化在一起了。而且更俏皮、更活泼,谱上工尺便能唱,不同于死板的五、七言诗,这就是又有了音乐的成分,而都表现在传统文化的功力上和作者灵巧工致的才华上,就唱出这"悄迷离。一半儿斜阳一半儿水"的曲子了。又《北越调·小桃红》前有引言道:"维扬雨泊,见隔岸桃花一枝,妍媚可爱,内子写《红桥春影图》,因填此阙。"词云:

微波吹皱绿粼粼,细雨花枝润,何处吹箫画栏凭,拂香尘。水边小影添风韵。乍歌云鬓,轻移粉镜,红笑十分春。

"闺房之乐,有甚于画眉。"这是中国传统高文化层次的爱情生活,闺房画面,而于春雨泊船扬州红桥时得之。小曲"小桃红",看来今天手拿话筒唱"卡拉OK"的姑娘们是很难理解,很难想象了。

潘曾莹官至工部侍郎,在北京的时间多,不少是有关北京旧时风景名胜的。如《南仙吕入双调·锁南枝》小序云:"花之寺僧小景,极荒率之致。枫叶冷红,柳丝剩碧,万芦萧槭,暮色苍

茫,疑有欸乃声在秋雪中也。"词云:

> 西风外,斜照边,垂杨几丝鸦数点,渡口好停船,芦花飞
> 一片,提壶去,沽酒还醉,眠时任鸥唤。

还有吟"陶然亭晚眺,积雨新霁"的《北双调·落梅风》:

> 江亭外,夕照时,写荒寒云西笔意。芦花映来清浅溪,
> 雪濛濛,片鸥吹起。

　　花之寺在右安门外,是清代著名的文人游赏胜地,在护城河
边上,渡船、芦花、垂杨、斜照,现在是三环路经过的地方。陶然
亭早已改为公园,芦塘飞雪、江亭野趣早已没有了。但从这两支
曲子中,可以想象之。作者是画家,所收曲子大多题画之作,画
意浓,诗意重,纵写荒寒,也是文人学士的情怀。像赵南星那样
的市井男女情语、乡村放荡语,这些曲子中是没有的。也可见明
末东林党人的个性风尚和清代乾嘉而后馆阁体儒雅风尚,同样
的曲子,表现完全不同,而一样引人爱读。
　　不过我说了半天,还是脚盆里练泅水,诸宫调曲子直到今
天,还是上谱的,入乐的,我不懂音乐,说了半天也是白说。《花
间笛谱》除小令、套数外,后面还有"凌意云填谱"的曲子,方格
直行字,按格向右下方拉出斜线,成为一排斜格子,每字在斜格
中注上工尺。如《步步娇》起句"悄红楼,蓦地春寒重"。斜格中
按字注着"六工"、"工五"、"六五"、"工六"、"六仕五六工"、"尺
工尺上"、"四上尺上四合"、"四尺上四"。这都是什么意思,什
么声音,我像看天书一样,一点也不懂了。懂音乐的朋友,一定

可以把它译成简谱成五线谱,不过我还是不懂。立人加上字的"仕"也不认识。

《花间笛谱》前面还收有《庚戌春闱纪事诗附日记》、《癸丑琐闱日记》二种。"庚戌"是道光三十年,潘曾莹是会试同考官。"癸丑"是咸丰三年,潘曾莹派会试副考官。以上两种有关清代科举制度,至为重要,将另写小文介绍。在此则只介绍曲子了。正式名称应叫"南、北诸宫调"小令,"南北"之别,亦在音乐上,与文字无关也。

二、《潘氏科名草》

明、清两代,五百多年中,全国青年人,包括世家子弟和穷乡僻壤的贫苦人家孩子,最好的出路,就是读书科举,如能连登三甲,自能改换门庭;即使考中举人,也一举成名天下知,在府县中也出人头地;最不济,府试榜上有名,进个学,成为秀才,也是一顶儒冠,乡里称老明经,受到人的尊敬。因此五百年中,在社会上形成十分深厚的观念,就极为重视科名,仰慕科名。清末废科举,一下子乡下秀才不值钱了,因为不能再去考举人、中进士,做官发财,飞黄腾达了。小时在乡下,母亲教儿歌道:

> 秀才无能干,头上戴个黄铜蛋(指清代最低的铜顶子)。
> 灵前叫了好几声,赚了半碗大米饭。(指乡间大户人家办丧事,请举人或进士来点主,请四名秀才站在供桌两旁做赞礼先生,高叫:"献爵、拜、兴……诗歌《蓼莪》之首章"等等。)

近五四时,鲁迅先生《阿Q正传》中,把赵举人写的很坏,这样在社会上，青年心目中，不但看不起秀才，连举人、进士也同样看的不重要，科举的光荣，一落千丈了。到解放后，讲阶级斗争，乡间及小城镇，什么秀才、举人、进士等等旧家，更是都和封建地主连在一起，不少都是镇压的对象，能够活命已不易，谁还再敢说祖宗科第之荣呢？因而一些早年背叛家庭、参加革命的青年，后来做了高级干部，也最怕别人说他祖上的科名，这是最犯忌的。今天的小青年，已经不大理解二三十年代直到六七十年代半个多世纪的社会心态了。但是在过去却非如此。周遐寿老人在《王府庄》一文中引其外祖鲁希曾写信给其祖父周介孚贺其子入泮信云：

> 弟有三娇，从此无白衣之客；君惟一爱，居然继黄卷之儿……

后面解释说，他的舅舅，都是秀才，三个女婿，两个已进学。"这次伯宜公（鲁迅、周作人父亲）也进了学，所以信里那么地说，显出读书人看重科名的口气，在现今看来觉得很有点可笑了。"但在新派人物当中，写文章说"有点可笑"，内心如何想呢？客观对待历史又如何认识呢？这却是另一个问题。《胡适日记》民国十一年八月十一日记道：

> 演讲后，去看启明，久谈，在他家吃饭；饭后，豫材回来，又久谈。周氏兄弟最可爱，他们的天才都很高……启明说：他的祖父是一个翰林……豫材曾考一次，启明考三次，皆不曾中秀才。可怪！

胡适之先生言下之意,对鲁迅、周作人考不上秀才,不胜惋惜。因为在当年,考不上秀才,就是进不了学,连个儒林都不是,即只是童生,在乡间都不能叫读书人。连鲁迅和周作人在重科名的时代,都不能叫"读书人",岂不"可怪"乎? 写《潘家曲子》文,说到苏州"贵潘"的氏族兴旺,科第鼎盛,说到《潘氏科名草》一书,在介绍这家很少人提到的有关潘氏氏族科名专书之前,先借新文化名人与科名的关系,作个引子,就能引起读者的兴趣,也可使新文化与旧科名接上榫子了。

　　《潘氏科名草》一书,是把潘氏宗族中,凡是府试进学成秀才的八股文卷子、乡试中举人的八股文卷子、会试中进士的八股文卷子,乡会试卷子都加印试帖诗。但乡、会试均三场。头场八股文、试帖诗,二场五经,三场策论,会试第一榜榜上有名,名贡士,还要殿试,金殿对策。但这些卷子都无关系,都不印入,只印八股文和试帖诗。府试考秀才只作一篇或两篇小题。乡试、会试均作三篇。上卷专收秀才的入学试卷,共一百五十三篇八股文,一百零九人进学成秀才。下卷收乡试举人、举人副榜、优贡及会试进士的八股文、试帖诗试卷,共一百五十六题。其中乡试中举及副榜、优贡共三十一人,会试中进士八人。此书会试收到光绪十二年丙戌潘尚志,中三甲一百九十五名进士。乡试收到光绪二年丙子顺天潘志俊、潘志案同时中举。五年己卯江南潘志颖、八年壬午顺天潘志裘,十一年乙酉潘尚志,连续四科,潘家中了五名举人。书前有英和的序、阮元的序。英和是满洲正白旗人,乾隆后期五十八年进士,少年时差一点做了和珅的女婿,道光时官至户部尚书、军机大臣、协办大学士;后因督办东陵华宝峪工程不坚,革职戍黑龙江,后释回。他是"四大名旦"程砚秋的先人。所写序款署"道光戊戌四月",是道光十八年。阮元,扬州人,乾隆五十一年进士,官至总督、大学士,享高寿,重宴鹿鸣。写序时也是道光十八年。潘氏最出风头的是潘世恩,乾隆五十八年中了状元,和英和是同年,阮元比他早,是翰苑前辈。潘世恩字芝轩,号槐堂,也官至大学士、军机大臣、太子太傅,地位比英和还高。英和序中一开始就写道:

> 乾隆癸丑,余与今相国芝轩修撰榜成进士,尝谒座主诸城刘父清公。公于稠人中独指相国与余曰:此玉树两株也……顺犹未读其家集也。兹相国示余所刊《科名草》,属为弁言。余受读,知相国五世祖其蔚公,自国初即为名诸生,由是蛮声腾实,孙枝毶发,至相国而大显于时,弟子恂恂,亦皆兰苗其芽,搴芳竞秀,为东南甲族……

这就是说潘氏家族,至潘世恩大为显贵,而不是突然的,上数潘世恩五世祖,就是名诸生,也就是名秀才了。"弟子恂恂",就是他同辈兄弟,晚辈子侄,以及第三代、第四代都十分爱读书,科名不断了。据阮元序中记:

> 苏州潘氏由歙而杭,而苏,百余年来,为吴会巨族,好行其善,子弟除读书无旁务,是以列黉官、登贤书、捷春榜者,指不胜屈。乾隆癸丑芝轩先生以一甲一名及第,乙卯理斋先生以一甲三名及第,今芝轩先生且平章执政矣……

所说潘氏世族由安徽歙县、浙江杭州,再到苏州,十分清楚,是一个庞大的世族。书中所收最早就是杭州府学、钱塘府学、仁和府学、歙县学,直到奕字辈,也就是潘世恩的叔父潘奕隽,入的还是钱塘县学,仍在杭州。到潘世恩入的就是苏州府学了。潘世恩中了状元。他叔父潘奕隽、潘奕藻都中了进士。潘奕隽的儿子潘世璜,乾隆六十年乙卯中一甲三名探花,就是阮元序中所说的理斋先生了。潘世恩四个儿子,长子潘曾沂举人,次子潘曾莹进士,三子曾绶是举人,四子曾玮大概没有科名。而大名鼎鼎的潘祖荫,又是咸丰二年壬子三鼎甲第三名探花。而潘曾莹长子潘祖同也是进士。《科名草》下卷,最后一名潘尚志是光绪十二年丙戌进士,光绪十一年乙酉举人,是连登的。即头年八月在南京中举人,第二年四月北京中进士,所谓"今秋蟾宫折桂,明春上苑探花",这也是很不容易的。光绪十一年乙酉之后,乡试还有十四年戊子、十五年己丑恩科、十七年辛卯、十九年癸巳恩科、二十年甲午、二十三年丁酉、二十七年辛丑补行庚子恩科、二十八年补行庚子、辛丑恩正科、二十九年癸卯恩科,光绪十二年丙戌会试之后,还有十五年己丑、十六年庚寅恩科、十八年壬辰、二十年甲午恩科、二十一年乙未、二十四年戊戌、二十九年癸卯补行辛丑、壬寅恩正并科、三十年甲辰恩科,在这许多科中,苏州贵潘,又中了多少举人、进士,以及有多少子弟进学成秀才,就不知道了。

科名不只是个人的、家庭的,也是国家的、社会的。国家主要依靠科举考试,遴选官吏,使不断有新人补充到中央及地方各机关,这不去多说它。而在社会上,则形成一个严密特殊的关系网,起到一种十分强有力的政治组织作用,现在很少人去注意、去理解,这就是当时十分普遍的"师生关系"。《潘氏科名草》上册印的都是秀才的卷子,在每个人名上面都印着某大宗师、某县学,如潘世恩名字上印着"谢大宗师岁入苏州府学"。这谢大宗师就是当时江苏学政,三年一任,每年巡视全省府县,主持秀才考试,称学台大人,学中称大宗师。查《清秘述闻》,这谢大宗师名谢墉,字昆城,浙江嘉善人,乾隆丁丑进士,乾隆三十九年、四十五年两任江苏学院学政,同时人刘墉、彭元瑞与他前后也两任江苏。这个时期,前后约二十年,这一带秀才,都是他们的门生了。不过这还是最起码的,即学生记得牢老师,老师记不大清楚学生,因为人数较多。下册举人、进士卷子前,都注明年份,仍以潘世恩为例。举人卷部分注明:"乾隆壬子江南"、进士会试卷注明"乾隆癸丑"。这样按年份一查,"壬子江南"的主考、副主考是铁保,满洲正黄旗;李潢、湖北钟祥。会试正主考是刘墉,副主考是铁保、吴省钦。这样这些大官都是他的老师了。他一当学台、主考,又有一批门生,这样老师、太老师、门生、小门生再加同年,二三百年中,就形成一个组织严密的网络,在社会上形成巨大的政治力量,起到十分重要的互相照应、互相牵制,互相保证的作用,造成政治上、文化上的深远影响。所以《花间笛谱》前印有潘曾莹两届春闱日记。在清代能担负为国抡才大典的会试考官,是十分重要,也是十分荣耀的。至于潘世恩、潘世璜、潘祖荫等官大、寿数大的,那任学台、正副主考、会试正副总裁、殿试阅卷大臣的次数就更多,门生故吏的关系,重重叠叠,真是说也说不清了。

《潘氏科名草》,这样一部书,从旧时潘氏氏族说,只记录了他家的十来代科名、荣誉,而从中国历史来说,可说的方面太多了,真是说不胜说,就此结束吧。

三、著述与藏书

苏州贵潘氏族,据《潘氏科名草》,知其清代初年就是名诸生,也就是名秀才,读书人。既是读书人,当然与书有关。读书参加科举考试,读书研究学问,读书讲求风雅,读书从事著述,读书、买书、藏书、著书、刻书、讲书……一切都可以汇入历史文化洪流。潘家既然二百多年中读书人不断。科举成名做大官的人不断,这样与书的关系历代也不断发展了。清代官场有句俗语道"北人做官娶小,南人做官刊稿",虽不尽然,但历史情况大体如此,东南文化发达,潘氏氏族在科名之外,学术典籍,艺事收藏,也应该略作系统介绍。

由潘世恩的上一辈说起,其叔父潘奕隽是乾隆三十四年己丑进士。字守愚,号榕皋,又号水云漫士,三松老人。官做的不大,但却很早回到苏州,讲求艺事,能文善画,又与大藏书家黄丕烈、袁寿阶等人相往还。诗文切磋唱和,书画投赠摩抄。潘奕隽曾赠黄丕烈《战书图》、《担书图》,留有《三松堂诗文集》三十卷。其中诗六卷、文四卷,于同治九、十年间重刊。潘奕隽的儿子潘世璜是探花,也是画家,著有《须静斋云烟过眼录》一卷,是评画论画之作,收入二十年代末编的《美术丛书》中。

潘奕隽因与黄丕烈等大藏书家来往,也收书不少,据传曾自编《三松堂书目》。后入藏于其孙"香雪草堂"中,太平天国战乱中,大量散失,所剩残余,又被其后人变卖。

世字辈中,潘世恩的名气最大,一辈子做官,公事之余著述也不少。有道光三十年刊行的《思补斋笔记》八卷,多为自叙生平,有类英和的《恩福堂笔记》;道光四年刊行的《读史镜古篇》三十二卷,自汉至明的史籍名篇选编;同治六年刊行《正学篇》若干卷,是宋、元、明三朝各家格言选编,有潘曾玮注,刊时潘世恩去世已十三年;《思补斋诗集》六卷,是道光三十年他以八十二岁高龄恩准致仕时刊行的;其《自订年谱》则刊于其去后的咸丰六年;《有真意斋文集》二卷,也刊于潘氏身后十九年,即同治十二年。

潘世恩四个儿子,各有著述。长子潘曾沂,字功甫,嘉庆丙子举人,著有《小浮山人闭门集》六卷、《船庵集》十二卷。潘曾沂逝于咸丰三年,其著述于其逝后二十六年,光绪五年刊行;生前最富藏书。

次子潘曾莹,于介绍《花间笛谱》时曾介绍过,道光辛丑进士,官至工部侍郎,又是画家。除诗文外,论画著述甚多,有《小鸥波馆画寄》一卷、《墨缘小录》一卷,刊于咸丰八年;《小鸥波馆画识》三卷,刊于光绪十四年;其诗集《小鸥波馆诗钞》十二卷、另二卷,《小鸥波馆题画诗》四卷,最早者刊于道光二十五年乙巳,其后几度重刊;其文集《骈体文钞》,亦刊于是年;另有《红雪山房画品》刊于壬辰,即道光十二年,时间更早。

三子潘曾绶,字绂庭,道光二十年庚子举人,内阁侍读,是潘祖荫之父。

四子潘曾玮,字玉泉,似无功名,但去世后,光绪十三年刊有《自镜斋集》五卷行世。

潘氏家族在潘世恩之后,最有名望的便是潘祖荫了。他字东镛,号伯寅、郑盦。他出生在北京,常回苏州。从年轻时即受北京全国文化中心的熏陶,不只是科名中人、仕宦中人,而且是学问中人。一生除做官之外,讲求金石、讲求藏书,成为十九世纪中后期极有影响的金石家、藏书家。因为他官大,影响大,当时许多著名学者,都围绕在他周围,其成就和影响,不只是他个人的,而且是时代的、历史的。

他收藏的金石和书籍极多,有三处藏书室:滂喜斋、功顺堂、攀古楼。潘氏曾手编《滂喜斋藏书记》三卷,由其门人叶昌炽于潘逝世后十四年刊行。在此单独发行之前,此书目已收入《晨风阁丛书》中,宣统元年刊行。潘氏光绪八年入值军机,翌年癸未即丁父忧,回吴守制,延叶昌炽馆于滂喜斋,叶尽窥珍秘,每读一本,笔记成册,成《滂喜斋读书记》二卷,见叶著《藏书纪事诗》。

潘氏滂喜斋收藏宋元名刻甚多,如北宋刊本《广韵》,原在日本,杨守敬访日购得携回;《金石录》初刻本、《淮海居士长短句》等初刻本。除收藏宋、元珍本而外,还收求清代学者珍贵著述,于光绪十年先刻成《滂喜斋丛书》,收书五十四种。续刻《功顺堂丛书》,收书十八种。著名的刘献廷的《广阳杂记》,就收在《功顺堂丛书》中。滂喜斋还刻过黄丕烈的《土礼居藏书题跋记》。

金石收藏,潘氏先后刻有《攀古楼彝器款识》二卷,同治十一年刊;《汉沙南侯获刻石》一卷,同治十二年刊。

潘祖荫藏书印有"八求精金"、"龙威洞天"、"分廛百宋"、"逐架千元"等。潘氏图籍生前因战乱分置各处之珍品,已散失不少。光绪十六年去世后,身后无子,部分图书归其弟收藏。其弟潘祖年,字西园,号仲午,大概比他小不少,直到民国十四年才去世,编有一本十分详实的《潘祖荫年谱》。潘祖荫还有诗文集、游记等刊行,这些多为其金石图书大名所掩,倒成为次要的了。三十年初,顾廷龙先生在燕京图书馆,曾编辑《潘祖荫藏青铜器目录》,发表在《北平国立图书馆馆刊》七卷上。

潘氏藏书,早期三松堂之后,尚有潘介祉、字叔润之渊古阁藏书,藏书均有其名字朱记,见丁丙《丁氏藏书志》。后期尚有潘祖同竹山堂藏书,及潘祖颐之藏书。祖颐字祝年,号竹岩,数任知府,宦囊所入,极好收藏,曾购得宋刊本《皇朝文鉴》、《史记》等,后以四千银元扫数售与琉璃厂翰文斋。

二三十年代间，潘氏后人少卿先生、景郑先生昆仲秉承先世德泽，爱好图书，创建宝山楼，藏书三十万卷。吴郡竹山堂，笺经宝、铜井山房、小绿天等旧家旧书，尽入宝山楼中。但不数年即逢日寇侵略，几经战火之后，景郑先生以所藏捐献上海合众图书馆，该馆编《宝山楼书目》一卷。现景郑先生以九十高龄，息影海上，唯祝其健康长寿吧！

四、琐闱纪事与诗

我写《潘家曲子》时，介绍这本小书，曾提到"曲子"的前面部分，是《庚戌春闱纪事诗》《琐闱偶记》《癸丑琐闱日记》三种，也十分有趣。一百多年前，大小知识分子最关心的、最感兴趣的事，今天一般朋友连是怎么回事，连这样的书名，也似乎莫名其妙了。时间的流逝，尤其是巨大历史变革时期的流逝，给今昔造成了巨大的隔阂，这是十分遗憾的。因而把它解说介绍一下，也是必要的，对于一些有历史癖的朋友来说，或者也感到兴趣。

先简单作一些字面解释。"闱"是试院门，"春闱"是春天试院考试的门，"琐闱"是锁上试院的门。清代近三百年间，考试日期在省里、在京城都是固定的，每三年一次，省里考举人，在秋天，叫"秋闱"。京城会试，在春天，叫"春闱"。参加春闱的考试，先要取得举人的资格，没有取得举人资格，是任何人都不能参加这一考试的。因此会试及会试发榜后之殿试，是被视为国家最高的荣誉，最严格的考试。能够参加阅卷工作，所谓掌文衡，参与抡才大典，那更是无上的光荣了。清代秋闱、春闱考试，每次考试都是考三场，每场都是头天一大早进场，第二天下午出来,在场中吃饭、过夜。出来休息一天,再进场,再出来;再进场,再出来。前后九天,这才算考完。考生一进场,通外面的门就锁起来,贴上封条。出场时,启封开锁放出。再进,再锁再封。考生进三场,出三场。而主持工作的官吏、包括领导的各省乡试叫正、副主考,会试叫正、副总裁(殿试叫阅卷大臣,只考一天),以及各房阅卷官,春闱由三月初六进场(称入闱)起,考生考试完了,直到四月初旬看完卷子、填好榜,才能开锁出闱。在考生之前进去,在考生出场阅卷发榜后出来,在试场中足足要锁一个多月,此之谓"锁闱"。当然被锁在闱中的,除去考生、官员之外,还有大量的抄手、差役、跟班、厨子、工役等人员,是一个庞大的组织。外面地方官还要派许多人,供应当差。每天买米、买菜、送柴、挑水,都在一定的边门口交接,并有役衙人等监视检查,防止内外勾结作弊。在试场里面还分内帘、外帘。内帘即主考、阅卷官工作的地方;外帘即地方供应部门官员人等工作的地方。《林则徐日记》记他道光二年(一八二二年)八月在杭州监试浙江乡试的忙碌情况:

赴贡院随中丞阅视,又自赴武林门外查看桃花港蓄水,拟为运送贡院之用……(八月初一)

五鼓,诣吴山文昌庙致祭毕,遂赴学署商科场坐号事,缘学使所取遗才和盘托出,闱中凫号不敷,另思设法……(初四)

遂赴贡院亲考誊录,缘浙省誊录八百人,向来能书者仅及其半,故于此次亲试之……(初五)

上午遣仆从将行李俱移进贡院,外间不留寓所矣。

（初五）

　　候两星使到，并常服朝珠谢恩毕，以次进贡院，送主司入内帘，俟中丞派定内外帘官，即检查行李，分别令各归各所。（初六）

　　晚，催经历司进士子卷册，统计一万五百五十二人，幸坐号尚敷，不必另设堂号。（浙闱号舍共一万八百二十六间）……

　　不必多引，只以上一些就可看出科举时代每逢乡试、会试时是多么忙碌了。乡试如此，会试更是热闹。场内的参加考试的紧张，阅卷的官吏紧张，场外的支应的官吏、人役也紧张。而都当喜事那样去办。经历过的人都感到是一种荣耀，在诗文、日记、笔记中不知留下多少掌故。潘曾莹氏这三种小书，也只是沧海之遗珠耳，但时至今日，却也是十分珍贵的了。先说庚戌、癸丑两种"琐闱日记"。"庚戌"是道光三十年（一八五〇年）、"癸丑"是咸丰三年（一八五三年）。前一种是据原稿由顾起潜先生精楷手抄影印的。后面有附记云：

　　曾王父《庚戌春闱纪事诗》一卷，谨原稿专诸墨版。检箧续获是岁《锁闱偶记》一帙，宜相附丽，并垂不朽。斯稿出曾王父蓝笔手书，不合影印之术。姊夫顾君起潜，凤工楷法，慨然命笔，克襄厥成，盛意可感，谨缀数语，以志不忘。丞弼附记。（为什么说"蓝笔手书"呢？后面再说。）

　　另一《癸丑琐闱日记》，是照原稿影印的。潘氏出掌文衡，第一次

是同考官,第二次是副总裁。《庚戌春闱纪事诗》后《偶记》开首记云:

> 道光庚戌三月初六日奉御笔(原书御笔另起一行,双抬头,即高出两字,引文连写)圈出正总裁卓秉恬,副总裁贾桢、花沙纳、孙葆元,同考官潘曾莹、蒋元溥、吕佺孙、苏勒布、孙铭恩、朱兰、何桂芬、卓埰、金鹤清、郑琼诏、奎福、金肇洛、费荫樟、曹楙坚、陶恩培、刘书年、袁咏锡、保清。

正、副总裁四人,同考官十八人,这就是科举时代所说的"会试十八房"的房师。所有举子的卷子都要经过这十八个人的笔下被初步决定取舍,加批后再推荐给正、副总裁,二百多年中,每一个进士的命运都掌握在他们手中。而这十八房在场中次序不是预先排好的,而是在场中抽签决定的。这天日记中后面记道:"初七辰正掣签,予掣第一房。"这是考场中防止内外勾结作弊的种种手段之一。考场中除去总裁、同考官等正式阅试卷,决定取舍的官员而外,还有监察的、收取卷子的官吏。这则日记还记道:"午初入闱,四总裁来拜,即答拜监试永桐、曹前辈澍锺,内收掌德恒、谢廉亨。"所谓"内收掌",就是内帘收卷子、管理卷子的负责人。贡院很大,内帘除去上万个闱号供举子考试外,还有不少大院子房舍,中轴线建筑是明远楼、至公堂、聚奎堂,左、右是主考、各房房员等,有厨子、听差烧菜、煮饭伺候。进场时还有人送菜、送席。第一天就记着:"海帆师送火腿一只、酒一坛、茶叶一篓、鸭二只,夜邀何新甫、金翰皋同饭。提调送席。"第二天又有人送鸡一只、鸭一只,以后各总裁、房师之间,又邀饭、送活鱼、火腿、点心、饽饽、黄果渣糕等等,日记中记的十分清楚,可以想见这些考官之间饮食筹酌情况,亦十分有趣。

咸丰三年癸丑科,潘曾莹以内阁学士兼礼部侍郎衔充会试副考官,又充朝考阅卷大臣,"日记"自正月初六至四月初十,排日记事,所记较任同考官时为略。道光庚戌科总裁一正三副。正总裁卓秉恬,字海帆,四川华阳人,壬戌进士,官内阁大学士。副总裁贾桢,字筠堂,山东黄县人,丙戌进士,官吏部尚书;花沙纳,字松岑,蒙古正黄旗人,壬辰进士,官左都御史;孙葆元,字莲堂,直隶盐山人,己丑进士,官兵部侍郎。这科状元是江苏太仓陆增祥。咸丰癸丑科正、副总裁三人。正总裁是徐泽醇,字梅桥,汉军正蓝旗人,庚辰进士,官是礼部尚书。副总裁是二人,除潘曾莹外,另一人是邵灿,字又村,浙江余姚人,壬辰进士,官吏部侍郎。这科状元孙如汉,山东济宁人。(以上据王家相《清秘述闻续编》摘录)

正副总裁、同考官等人初进场的头几天,考生的卷子还未交,即使交了卷子,还要由抄手用朱笔重抄一遍,才能分到各房去评阅。这种卷子如取中,叫"朱卷"。阅卷官不同于一般老师改文章,一般老师改窗课,都是用朱笔改墨卷。而考场中考生用墨笔写的卷子,都保存起来。呈给考官评改的卷子是红色朱卷,自不能再用红色朱笔评改,因而用蓝笔。所以随笔写日记,也是蓝色的了。这就是前面所说的"蓝笔手书"了。当年试场中具体事物,今天看不到,有时一点小事,一个小东西,今天可能百思不得其解,画历史连环画的,做电影电视布景的,经常闹出笑话,都是想当然而不去研究,说来是十分遗憾可惜的。前面《庚戌春闱纪事诗》中有一组《分校杂咏》小诗,所咏都是具体事物,十分有趣。第一首就是"蓝笔",咏道:

染蓝费经营,出蓝妙选择。

谁贻青镂管,莫作红勒帛。

　　简单一支蓝笔,也有"青出于蓝"的寓意,不然何必不用墨笔改朱卷呢? 西方人是永远不能理解中国旧文人的细微用心的。

　　这组小诗中第二首咏"荐条",就是房师批好的卷子,认为好,可以取中,贴上印好的"荐条",签注意见,呈给正、副主考或总裁。这个小条子,对于这一个人的命运说来太重要了。第三首咏"号簿",就是座号名册,就是取得中、取不中的人的名字都在里面,诗中说"无盐与西子,尽入氤氲牒"。这个好理解。第四首咏"落卷",这是看不中,扔在大纸篓中卷子,本来很好理解。但清代考试有规矩,对考生极为负责,第一落卷不能随意扔掉,将来要让考生自己领回去。第二考官在阅过送上的卷子后,还要到大字篓中,翻阅落卷,有时会忽然又发现很好的卷子。嘉庆二十一年林则徐任江西副主考举人,"日记"就有几天专门点阅落卷,得"爱"字二十一号卷,诧为异才,亟拔之。既揭晓,乃周仲墀也的记载。记得在《儒林外史》中也写到从落卷中选人的故事,所以小诗中咏道:

　　未忍轻抛却,挑灯几度看。

　　他年期换骨,辛苦觅金丹。

　　第五首是"拨房",就是自己这里看的卷子,或因过多,或有疑问,送到另一房考官去看。如原来内收掌把这份卷子分到第一房看,都有纪录。第一房又给第二或第三房批阅,如取中了。这两位都可以算这位新进士的房师。所以诗中说:

雏燕新移累,流莺合比邻。

手栽桃李树,真作两家春。

用"两家春"来形容,十分形象。

第六首是"卷箱",不中的卷子,都存在卷箱中存档或由考生领回。小诗寄以最大的同情道:

竟作秋风扇,应怜春梦婆。

此中心血尽,明日泪痕多。

即使是掌文衡的大官,当年也曾几度落榜,甘苦都是亲身经历的,所以写来如此亲切感人。

第七首是"填榜",就是公布考中的人,把名字写在榜纸上,天亮要贴出去。考试是按成绩排定名次的,填榜不叫写榜、张榜,重在填字。抄写时名字照例从第六名写起,写完最后一名,照例红笔一勾,俗称"背榜",或叫"坐红椅子"。在学中,平日考试,考在最后一名背榜坐红椅子,那是很不光彩,丢面子的事。是考举人、考进士,第一名固然无尚光荣,这最后一名也同样是举人、进士,同状元、解元等人照样同榜取得国家认可的资格,一样可以称同年。空下前五名,填时倒填回去,照例要在晚饭后点起蜡烛填写,谓之"填五魁",还要奏乐,谓之"闹五魁"。"庚戌日记"四月初九日记道:

初九日,辰刻填榜,申初毕。在莲塘处便饭,戌初填五魁。

186

辰刻是上午八九点钟之间，申初是下午四时。戌初是晚间八时，工作时间记的十分清楚。

第八首是"房卷"，诗云：

> 姓名排次第，冰雪卷中夸。
> 从此传衣钵，渊源是一家。

这首诗现在读者很难理解其"传衣钵"的深刻涵义。清代政权，皇帝之下没有政党，亲贵的权势，在京中好像很大，实际只是表面的，而政治权势各省都在督抚手中；京中在军机大臣和各部尚书手中。而其中最重要的是科举辈分、老师、门生，以及同年之间的联系。形成各种政治网络，各种政治派系，互相之间又起到各种牵制、调和、补充作用，取得稳定，也不断有新鲜血液输入，这就是"传衣钵"、讲"渊源"的内涵。短短的几首小诗，不但形象地写清了科场的名物，也准确地写清了科举制度的政治实质和内涵，不啻一篇简明扼要的科举史志，是十分重要有趣的。

前面还有十首七绝纪事诗，除开头歌颂皇帝的以外，也有不少文史故事。如第三首"早闻鸾凤咏新诗，想见论文得意时"句下注云："嘉庆己未家大人分校礼闱，诗题为《鸣鸠拂其羽》，得一卷云：'须知温室树，终待凤鸾声。'极为击赏，榜发则桂文敏也。"因试帖诗好句，被阅卷官赏识取中，亦如俞曲园因"花落春常在"被曾国藩赏识而得中一样，在科举时代是常有的。桂文敏是桂芳，字子佩，号香东，满洲正蓝旗人，嘉庆进士，官至漕运总督，死谥"文敏"。"家大人"是潘世恩。又一首在"莫羡春华多烂漫，冰霜阅历是奇材"后注云："补之弟，瑶笙、伯寅两侄，汪甥侣笙俱回避。"清代科举回避制度是极严的。一切考官的近亲均不能参加由他主持的考试,必须自觉遵守,如有发现,即使考中,也要革去功名,轻则丢官,重则杀头。所以他诗中特别把回避的弟弟、侄子、外甥都注明。其中伯寅就是"苏州贵潘"之中继潘世恩而后最出名的人物。他这一科没有参加考试,而是在咸丰二年壬子恩科以第三名进士及第的。这一科的正、副总裁是刑部尚书、河南商城人周祖培,户部侍郎、云南昆明人何桂清,兵部侍郎、山东滨城人杜翮,内阁学士、正蓝旗宗室载龄。潘伯寅名祖荫,入值军机,官至工部尚书,著述很多,名气最大。

考官初进场时,闲暇甚多,诗酒风流,忙中十分消闲,潘曾莹又是著名画家,有《雨中画兰》、《松岑师属写梅花长幅》、《作山水小幅》等诗多首,篇幅过长,不一一介绍了。

翁松禅《谢家桥词》

　　三年前常熟翁文恭后人翁宗庆先生忽然寄来一封复印的信,信上先录了松禅老人一首题为《谢家桥小泊待潮》的小令《浣溪沙》,后面说常熟翁氏纪念馆已在翁氏故居开放了。为了纪念这位历史人物,特抄了这首意味深长的词,分寄各位,希望以此词为中心,或书,或画,或诗、词和章,写了寄给翁宗庆先生,然后汇装成册,以供展览,纪念老人。这封信我收到后,心想这样近代史上重要名人,四十五年前,我有幸和他后人接头,代表公家,买下了他北京东单二条的故宅,作为宿舍,我家还在里面前后住了足有五年之久……一晃几十年过去了。十来年前,在上海我又认识了翁宗庆先生,又过了二三年,偶然的机会,我又到常熟访问,有幸参观了翁氏故居,还拍了"状元第"的照片,平时又读了翁氏许多书,这样的缘分,想象这样的历史人物,怎会无动于衷呢? 因此我便随手翻过原函,在背面依声步韵和了两首《浣溪沙》,另用宣纸抄了,就寄给翁宗庆先生了。昨天整理杂乱旧稿,忽然见到这封一面是复印信,一面是我写的词稿的纸片,心中忽然一动,感到两首小词,对于这样重要历史人物来说,未免太少了。可说的话很多,何不以此信作个引子,写篇长文呢? ——这样随手把这封有信有稿的纸片放在一个随便伸手就能拿到的地方,想明天找些参考书写这篇长文……而今天一早起来,找出了《瓶庐诗钞》、《瓶庐丛稿》、《翁同龢日记》……一边找,一边心里还想,这篇文章,先引松禅老人词开头,再略述宗庆先生的信,然后介绍松禅老人诸书中有趣者二三,以想象相国当年为帝王师及在朝、在野的形象,或能传神一二,文章结尾再抄上自己那两首《浣溪沙》,也可把自己的感受公诸于读者,也是十分有趣的。

只是如意算盘打的很好,不想那封原信却找来找去,写字台抽屉、书柜、书架,平时放各种稿件的夹子,都找遍了,足足找了三个钟头,还未找到,真是兴致索然,十分光火,但是不能急,赶紧调整思路,不再找它。引松禅老人原词还好办,《瓶庐诗钞》已找出,卷五附有词抄,《浣溪沙》共五首,第二首题是《谢家桥小泊待潮》,词云:

错认秦淮夜顶潮,牵船辛苦且停桡。水花风柳谢家桥。　　病骨不禁春后冷,愁怀难向酒边销。却怜燕子未归巢。

摇曳多姿,意在言外,深得词人之旨,且有画意,不愧为一代帝王师。《浣溪沙》一共五首,前一首题目是《谢家桥古银杏,辛丑三月二十四日福山舟中》,词云:

一扫江乡万木空,眼前突兀势争雄。何年僵立两苍龙?　　像设荒凉碑记黯,灵旗来往圣灯红。微闻野老说双忠。

这一首自然也是意有所指,只是没有前引"待潮"一首潇洒飘逸。"待潮"后还有《食鲥鱼》一首,词云:

190

一箸腥风餍腹腴，嫩如熊白腻如酥。江南隽味世应
无。　　　作贡远通辽海舶，尝新忝荷大官厨。酒醒忽忆在
江湖。

　　这首词前半阙也是硬作出来的，只是结尾一转，无限苍凉，
无限感慨。后面尚有《坐独轮车》、《田山圣济寺时方重修》二
首。五首似是一个时期所作，按第一首题中所记"辛丑三月二十
四日舟中"，其时是"庚子"后一九〇一年三月间，那拉氏和光绪
当时都还在西安，北京还是八国联军侵占着，但和议已成，洋兵将
撤。据《王文韶日记》，光绪二十七年在西安："三月十九日，大风，
午初一刻散直……赏香稻米、鹿筋、鱼翅、海参、鱼肚，安徽贡品也。
二十四日，晴，巳正二刻散直，见客两起，李馥亭、易实甫。二十五
日，晴，巳初三刻散直，张冶秋、瞿子玖、升吉甫先后来谈。"

　　王文韶当时是户部尚书兼管三库，庚子时跟着西太后、光绪
到了西安，照常当大官，后跟随回銮。

　　王文韶所记，是西安行在的情况，在同一天，洋兵占领的北
京又如何呢？高枬《高枬日记》该日记云："二十四日，孟甫
来……德兵换界，人人虑之，今来安然，而洒扫街者愈净。"高二
十一日还记西安人来说"西安饿民全村而死者众"。另仲芳氏
《庚子记事》，辛丑三月二十三日、二十四日记云："二十三日，夜
间自九点钟至一点钟，遥闻西苑三海大炮五十余声，震动窗壁。
后又枪声不断，又有各国吹打音乐之声。未悉何事，满城百姓莫
不怀疑。""二十四日，闻昨日系各国在三海开宴请安，燃放烟火
花爆，远闻声震者，并非枪炮之声耳。"

　　八国联军侵占北京，那拉氏与光绪逃到西安，东南两江总督
刘坤一、湖广总督张之洞联盟自保，不让义和团入境。同在一

天,北京洋人在三海宴客,两宫在西安蒙尘,下野的相国则在江南水乡谢家桥畔的官船中待潮、食鲥鱼、吟银杏。春潮乎?政潮乎?正所谓身在江湖,心怀魏阙了。因为这已是翁同龢罢官、褫去一切官衔,交地方官严加管束的两年半之后了。

　　说起翁同龢,不只是一个名人,而且是关系到十九世纪江南一个著名的家族。其祖父翁咸封,举人,官海州学正。其父翁心存,字二铭,号邃庵,道光二年(一八二二年)进士,翰林院庶吉士,官至工部尚书、大学士,为同治四师傅之一。翁心存三子,长子翁同书,道光二十年进士,翰林院编修,官至安徽巡抚,因罪谪戍。二子翁同爵,由生员官至湖北巡抚,著有《皇朝兵制考略》。翁同龢是幼子,咸丰六年(一八五六年)状元,官至户部尚书,协办大学士,长期担任光绪老师。翁同龢没有儿子,其大哥的儿子翁曾源,同治二年(一八六三年)状元;另一孙子翁斌孙(不知是否是翁曾源子,还是其兄弟之子?),光绪三年(一八七七年)进士,翰林院检讨。这样常熟翁家由翁心存到翁斌孙,四代人中有五个人入翰林,其中叔侄两个都是状元。这几乎是一种奇迹。先天的遗传基因,后天的良好教育,都值得作为氏族学的事例深入研究,不过在此不去多讲,只讲讲翁同龢的点滴。

　　在仕途上,翁同龢是翁家继承其父任户部尚书、协办大学士、皇帝师傅,并兼任过总理各国事务衙门大臣的人(总理衙门就是最早的外交部),掌握国家财政大权达十二年之久,有一个时期还兼任军机大臣,在一定程度上,权势超过他父亲。

　　在政治上,他父亲翁心存,正赶上肃顺当权,咸丰去世,那拉氏垂帘听政。因太平天国战争,国家财政困难,他与肃顺意见不同,被迫解职,几乎被罗致罪名入狱。同治登基,肃顺一党倒台,他本可以大用,但不久去世了。翁同龢是最受那拉氏重用的人,最早由翰林院修撰外放陕西副主考之后，被钦命弘德殿行走，当同治老师，还给两宫（慈安太后、慈禧太后）讲《治平宝鉴》。同治死后，又被钦命为光绪老师，衔是"毓庆宫行走"。教光绪读书，自幼年直至成人，前后二十二年之久，对光绪的影响极大。但他久在中枢，主持财政，同地方大吏借外债筹款改革等政策，与外国交涉、主战主和等方面，均坚持己见，与张之洞、李鸿章等人均有些隔阂与分歧。甲午战败，光绪锐意改革，翁同龢为光绪推荐了康有为、梁启超等人。激进人物影响了保守势力，翁同龢被那拉氏免职。"戊戌政变"失败之后，翁同龢进一步被免去一切官衔，遣送回乡，交地方官管束。据《清史稿·德宗本纪》：光绪二十四年四月己酉："翁同龢罢。"冬十月辛丑："追夺翁同龢职。"翁同龢要不是免职，恐怕要直接参与到七八月间的"戊戌政变"中去，结果要更惨了。

在学术、艺事上，首先就是坚持了四十六年的日记，后来被影印出版的《翁文恭公日记》四十卷，内容极为丰富，记录了同、光两朝四十多年的朝政变迁，宦海浮沉。而且在我感到，除了国家军政大事之外，许多当时具体的典章制度、生活情况，《日记》中均有详细记载，是更为珍贵的具体史料。自然这部《日记》当中，当时的朝野重要人物大多写到了，而且都是具体真实史料，近人金梁据此编成一部十分重要的史书《近世人物志》。再有翁同龢的书法，凝雅庄重，直追颜鲁公，气魄很大，较之其他状元字，似要高出许多。而且还会画，南宗山水画，晚年所作，也直师沈石田，折枝花卉，亦气韵生动，有书卷味。中国书画与诗文词章是融汇成一体的，所谓诗情画意，诗中有画、画中有诗。自六朝而后，将此意境推向高潮，代有传人大家。在清代后期，状元殿撰，都是万千人中涌现出来的绝顶聪明的人。翁氏虽然做了四十来年大官，但学养深厚，非俗吏可比，治公之余，都是怡情诗酒书画。有大量诗、词、书画作品传世。刊印的有《瓶庐诗钞》八卷、《瓶庐诗补》一卷（我所有的是开文社六卷本）。另影印出版的有《翁松禅相国真迹》十二卷、《翁松禅手札》十卷。我收藏的则有《瓶庐丛稿》十卷本、《翁秋禅家书》一集。没有见过的还不知有多少。

《翁文恭公日记》是一九二五年影印出版的。据美国国会图书馆恒慕义所编《清代名人传略》，翁传是原燕京大学房兆楹所写，有人民大学清史所中文译本。房写翁传中说："有人认为，在变法运动中涉及翁同龢的那部分有些曾被改写。"这可能是真的，因为这事当时关系性命，这不是闹着玩的，适当改一改，情有可原。不过翁同龢二十六岁通籍，一帆风顺，直到六十六岁，才赶上"戊戌政变"，被免职，遣送还乡。又八年，七十四岁时去世，这期间，日记天天不断，从一八五三年直到临去世前数日才因老病辍笔，足足半个世纪，这半个世纪又是中国重大事件集中的时代，他又是政治的中心人物，这日记的重要就可想而知了。中华书局最近已把这部日记取名为《翁同龢日记》，排印出版了。只是现在出书，比较怪，虽大书局亦难免，这部《日记》，不知为什么，不是一次出，也不是由头到尾陆续出，而似乎是跳跃着出。我现在买到的是第三册、第四册。从年代讲，由光绪元年（一八七五年）到光绪十五年（一八八九年），前面的第一、二册，不知出版没有，尚未见到。四册只写到光绪十五年，到光绪三十年翁去世，还有十五年，起码还有两大本，可惜也不知何时出版？至于影印的《翁文恭公日记》，自己没有，到大图书馆借来检阅也十分不便，所以前引《谢家桥小泊待潮》的词，如想检阅一下这一天老人的日记，对照一下，加深理解，也就十分困难了。

不过也不要紧,起码"谢家桥"还可以进一步考证一下。《瓶庐诗钞》卷四还有《谢家桥古银杏》诗云:

> 潮塘神宇静,突兀两苍官。对立若相语,孤擎君独难。
> 雷惊枝辟火,秋老果登盘。却怪维摩树,频经匠石看。

此诗后有其侄孙翁永孙注云:

> 叔祖《古银杏图》,甲辰秋永叔见于武林。倩彭颂虞缩临便面。曾赋短句以志哀感:
>
> > 破空风雨漫相摧,独叹孤高触忌猜。
> > 荆棘塞天鸾凤泣,岩阿竟老栋梁材。
> >
> > 大树飘零撼九州,即今涕泪满山丘。
> > 纵留劲节还天地,乔木能禁故国愁。

可见翁松禅不但有《谢家桥待潮》词,还有《谢家桥双银杏》词,还有《谢家桥古银杏》诗,还有《古银杏图》,谢家桥、古银杏、诗、词、图,连他侄孙也感慨万端,那么这谢家桥是什么地方,在哪里呢? 可能是常熟城外尚湖边他新修的墓地。

《瓶庐词钞》中有两首《买陂塘》词,前有小序云:"戊戌长至后,西山墓庐将成,奎孙侄孙督役勤至,今呈新词两阕,辞意斐然,漫次其韵。落笔草草,切勿示人也。"这两首词是四月罢官归隐庐墓的表态之作。词中说:"蜡屐抛残,围棋输却,莫问谢公墅。"又说:"漫说浮名相误,忠肝要自披露。此湖多少闲风浪,传有隐居尚父。"又说"西山下,沉痛蒿莪风树……看咫尺湖田……指我钓游处"。所谓"更沈吟,几间茅屋,也须健骨撑住",可以咫尺湖田,退隐林下,也还罢了。而想不到两年后,国事日非,八国联军侵入北京,西太后、光绪蒙尘西安,退居林下待罪的老相国、帝王师,自然是伤感万端,愁怀难遣,不禁低吟"错认秦淮夜顶潮"、"却怜燕子未归巢"了。

这组《浣溪沙》共五首,还有一首题为《坐独轮车》,亦十分有趣。词云:

> 杭稻云帆系此邦,惊涛骇浪未全降。居然画断一长江。　　柳陌低低行易过,鹿车小小力能扛。莫言失脚下鱼缸。

赞赏江南自保,夸耀小小鹿车。虞山林下坐独轮车的翁相国,使人想起八百年前南京秋风黄叶山路上骑驴子的王荆公……坐着奥迪车奔驰在柏油路上的大官们,能想象到这些骑毛驴、坐独轮车的老相国吗?——真是前不见古人——但却也留下"水花风柳谢家桥"这样美丽的词句——而奥迪车后留下的却只是一股汽油味,似乎传统文化也就在这屁股底下散出的汽油味中消失了。

松禅老人世纪初一首小词,九十多年后我却拉拉杂杂地写了这许多感慨——或者也可叫废话,似乎太罗嗦了,该结束了。但是还想拖个尾巴,就是翁同龢的别号很多,字笙阶、切夫、声甫,号叔平、瓶斋、瓶庐、瓶笙、韵斋、松禅老人。又因是常熟人,有时也可叫"翁常熟",谥号"文恭",史称"翁文恭公"。略作介绍,也有必要,不然有些读者看到不同的名字就弄不清了。

俞曲园日记

　　《曲园日记残稿》一册,清俞樾撰,《春在堂全书》中未曾改入。先生著述浩繁,此乃沧海遗珠,吉光片羽,弥足珍贵。苏州图书馆于一九四〇年作为吴中文献资料予以排印,虽版本未足云珍,惟因系非卖品,因而外间流传颇少,其文献价值亦至为重要也。《日记残稿》乃曲园老人于光绪壬辰春所记,送其孙俞陛云先生由苏州到上海,乘海轮北上会试者。是行老人由苏抵沪,又由沪到浙江德清原籍扫墓后赴杭,于杭小住月余之后返苏。《日记残稿》起于阴历二月初十日,终于四月初三日,其年二月小,三月大,共记录了五十三天的起居情况。按光绪壬辰乃光绪十八年(一八九二年),曲园老人于光绪二十八年以八十二岁高龄重逢乡举,重宴"鹿鸣",于光绪三十二年去世,享寿八十有六。因而按此推算,《日记残稿》乃老人七十二岁时所写,清代会试,逢"辰、戌、丑、未"年举行,这年是会试的年份,会试在三月举行,其时海上已通轮船,由上海坐轮船到天津,快船两天两夜即可到达,故二月初十始由苏州动身,十八日始乘船北上,仍甚从容,较之过去走运粮河乘木船及走旱路,真不知要快多少倍了。曲园老人在《茶香室丛钞》中曾有一则记云:

　　　　大鞍旁开门后挡车,道光年间三品以上大员皆乘之,光绪丙戌,余送孙儿陛云入都会试,此车竟不复见⋯⋯

老人乃道光三十年进士，三十六年之后，即光绪丙戌，为光绪十二年，六十六岁时亦曾送俞陛云先生入都会试，如该次报罢，其后又经"己丑"一科，因而这次陛云先生会试，最少已是三上公车了。按这次仍报罢，陛云先生戊戌（一八九八年）科一甲三名及第（是科状元夏同和），后此十二年矣。《日记》所记距今已足足八十八年，约言之，都是九十年前的旧事了。"九十年"，从整个人类历史来说，还不足一世纪，真不过一瞬间耳，而从现实生活看，却已是很古老的事，不要说亲身经历过的，即亲身能记忆那时事情的人，现在也可以说是真如凤毛麟角了吧？去年在北京见到俞平伯老师，三里河新居会客室墙上还挂着曲园老人写给女婿许子原（平伯先生外祖父）六条大屏，都是很古拙的碗口大的八分书，很可仰见老人当年的精神，距今那六条屏最少已是近百年前的旧物了。俞平伯老先生现已八十余高龄，而书屏时及写此《日记残稿》时，平伯先生尚未诞生，岁月悠悠，岂非真是很古老的事了吗？

　　我很爱读古人日记，读日记和读历史资料不同，史料再详细，所接触到的历史事实也总是机械的，没有生命力的，使人对当时生活总有隔靴抓痒之感，而读古人日记，则完全不同了，好像使人感到和写日记的人生活在一起一样，有起居与共、谈笑如闻之感。读了老人这五十三天的《日记》，真像跟在老人身边，由苏抵沪，又由沪抵杭，像回到九十年前跟老人一起生活了五十三天一样，这是十分有趣味的。

　　当年由苏到沪，已很时兴用小火轮拖坐船，老人此行都是借用牙厘局和上海道的小火轮拖着坐船走的，只此一点，现在看来已十分落后，而在当时却是很摩登的了。对此当时的老辈们已有不同看法，老人在最后一则记道：

　　　　忆青溪金友筠曾劝余勿借轮船,谓此乃热闹排场,非江
　　湖散人行径也,余深韪之。乃此行往返,皆以小轮船曳带,
　　恐不免为高人所笑矣。

为了来往都借小轮船作拖轮,在《日记》最后还特地写了一笔,其
襟怀难道是今天的人能够想象的吗? 当时上海已是十里洋场,
十分热闹,虹口公园也已开了,而老人到上海后,生活起居都在
船上,很少上岸。二月十七日有一段很有趣的记载,文云:

　　　　余自十二日至沪,至今六日,始得送陞云等登船北上,
　　每日所用之轿及马车,皆蔡二源所供给。二源时为英界会
　　审之员,俗称"新衙门"者是也。甚感其意。然余虽有车轿,
　　止因拜客登岸二次,洋场风景,不一观览。子戴至虹口大花
　　园,见狮子,虎二,豹一,豺一,猩猩二,狗熊二,或劝余往观
　　之。余笑曰:"余力不能驱虎豹犀象而远之耳! 何以观为?"
　　子戴言一虎熟睡,对肉满前,一小鼠窃食之。嗟乎! 鼠以嗜
　　肉之故,前有虎而不知;虎以贪睡之故,旁有鼠而不觉,是皆
　　可为世鉴矣。

　　"余力不能驱虎豹犀象而远之耳! 何以观为?"口吻如画,正
代表了当时老一辈学人们处于帝国主义侵略日渐加深下的无可
奈何的心理状态,然而虽然有"何以观为"的愤慨,却照样借了英
租界"新衙门"官员的车轿出门拜客,这又是十分矛盾的了,这不
免使人感到,即使如学际天人的曲园老人,处在那样的年代之
中,环境之下,也难免于生活中的矛盾了。
　　光绪十八年会试,共中三百一十七人,状元是刘福姚,这是

停办科举之前十二年的一次会试,其后连那拉氏六十岁恩科张謇中状元,七十岁恩科王寿彭中状元在内,一共举行了五次,到光绪三十年刘春霖一科,"科举"在历史上便寿终正寝了。实际当时在新潮流冲击之下,科举制度早已在风雨飘摇之中,但老一辈对科名却仍是极为重视的,老人亲自送孙儿北上会试,由苏州到上海,小火轮拖着坐船走得并不快,初十动身,十一船到闵行沙港,便因顶风走不动了,《日记》记云:

> 是日满望至沪,而风不顺,轮船力小,行不能速,枯坐舟中,戏作小诗示两儿妇:"竟日狂风遇石尤,今宵野渡暂勾留。声声波浪船头撞,似为吾孙报状头。"

小诗最后一句,可以非常生动地显示出老人送孙儿赶考,十分重视科名的心情了。

老人此行在上海一共住了六天,十七日送俞陛云先生乘招商局新裕号轮船北上之后,十八日即乘船假制造局小火轮拖曳赴杭矣。在船过嘉兴之后,特地经塘栖到德清扫墓,《日记》中记云:"自伤衰老,未知能几度瞻拜松楸。"以七二高龄,犹笃于慎终追远之行,然亦难免要自伤迟暮了。旧时对于老人有一副非常概括的联语道:"诸子群经评议两;吴门浙水寓庐三。""平议两"指老人最主要的著作《群经平议》、《诸子平议》二书,"寓庐三"指老人的苏州、杭州的三处寓所,即苏州马医科巷的曲园,春在堂;杭州孤山脚下,西泠桥边的俞楼;及苏堤西里西湖南山右台山畔,近法相寺的右台仙馆。俞楼现在仍在。苏州马医科巷曲园,春在堂,几十年前尚在,后亦荒废,西面的花园,已盖了一所简易楼,住了人,东边的房舍尚完好。至于右台仙馆,于今知之者更少,早在民国初年就拆除了。老人此行于二十一日到俞楼,老人当时是苏州"龙湖书院"和杭州"诂经精舍"两处书院的山长,这次来杭还补试"诂经精舍"的望课,评阅课卷,给龙湖书院出试题,为传统学术文化培育后进,老而不衰,这种精神,都是足以使后人景仰的。老人到杭之后,一时杭州官吏名流如谭仲修(复堂)、金石家吴清卿(大澂)等争来俞楼拜会,人客甚众,二十二日记云:

> 客来,以便衣见之,并预告以腰腿酸楚,不能行礼,手书一联悬于客座曰:"止谈风月;不具衣冠。"其上句为秦妄楚谣者告也。

文字不多,却颇能想见老人之风趣,盖当时来客中奔竞请托者颇多,不要说一般人这样,连和尚也多是这一流的。《日记》二十三日记净慈寺僧人雪舟等四僧来俞楼之情况道:"……所见四僧矣,高冠广袖,颇称草堂座上之客,惜其人皆止以庄严佛地为事,无一语契合禅机也。雪舟能书画,在西湖缁流中,尚为不俗,然亦惟乞书札谒达官而已。""尚为不俗"尚且如此,其他可想而知了。所以老人写了这副妙联来挡驾,好像"免战牌"一样,只不知是否起过作用? 再有这副联语想来一定也是用"八分"写的吗? 八十八年过去了,不知此联尚在人间否? 亦颇系人思念了。

老人此行,居于俞楼者二十一日,居于右台仙馆者十八日,湖山胜地,又值春时,因而时出游胜,写景文字虽然不多,但偶有写景之处,却极为萧疏有致的是炉火纯青之文字,如三月十九日记其生圹闲坐云:

薄暮扶杖至曲园墓上,二儿妇及玭、宝皆从,夕阳满岭,宰树萧萧,遥望雷峰、宝俶两浮屠,分列左右。坐凳上吸淡巴菇,饮苦茗,颇有萧疏之致,玭、宝采蕨盈把而归。

又如三月二十七日游云栖云:

过徐村,循钱塘江,傍崖而行,巉岩峭壁,时起时伏,即所谓九龙头也。幸江干无水,可免山行。遥望过江山色,浓青浅黛,风帆一二,出没烟霭中,风景殊胜。将至云栖,夹路修篁,亦颇可爱,既至则香客如云,转觉少味……又至虎跑泉,四山环抱,万树参差红踯躅,花遍满崖谷,望之如绣,其胜似更在云栖竹径之上矣。

此种闲中笔墨,写来极不经意,但读来却像酒一般地醇,像橄榄一般地有味,尤其是前一则,是坐在自己的坟前,以七二高龄,对斜阳暮景,无生死之感,有萧疏之致,这种像陶渊明般地悠然的境界,岂是容易达到的吗?

老人此行虽只短短数十日,而公私韵事都办了不少,均又见老人的襟怀兴致。如三月初七日记一事云:

是日以婢瑞香嫁新市人沈阿长,阿长在西湖为余操舟有年矣,人颇勤谨,因以婢妻之,并拟为制一小船,使操以为业。赋诗遣嫁云:"浮家莫笑似浮萍,为制烟波一小舲。他日我来湖上住,渔童前导后樵青。"……云水光中,浮家泛宅,亦是神仙眷属,数十年后,吾此诗流播人间,好事者来游西湖,以此两人及事曲园,争求一见,则雨笠烟蓑,青裙白发,亦西湖志中人物矣。

以年龄推算,这两位"浮家泛宅"的"神仙眷属",最少在抗战之前,依然健在,不知是否有人访问过这二位,自然也应是"雨笠烟蓑,青裙白发"了,至于如今,则当然早已消失于云水光中了,此亦所谓俯仰之间,均成陈迹了吧。

老人对饮馔馈赠之事,曾云:"余生平无口福,十余年来不赴嘉招,不受盛馔。"然日记中偶一记之,则别有情趣,如其记溧阳食品云:

> 孙女入城,宋澄之馈肴核,其制甚奇,蒸熟鸡子,穴一小孔,去其黄,而实以肉,其所出之黄,另制为饼,云溧阳人食品也。凡馈肴核不书;异常馔,故书。

又如一则云:

> 余自来湖上,以食物馈者甚多,故不可书,书之则为酒肉帐簿矣。惟涌金门外三雅园豆腐干及岳坟烧饼,则皆西湖美品也,不可不书。

老人这些天"日记"中,值得引用的地方太多了,引不胜引,迹近文抄,因此引文到此为止吧。老人所谓食物不书,"书之则为酒肉帐簿矣"一层,实际是指不值一书之食物,而对于别有生活情趣之食品,老人则是颇为称许的。老人在南中所著之二首《忆京都词》,皆为回忆京都食品之作,如"忆京都,茶点最相宜,两面茯苓摊做饼,一团萝卜切成丝……"此即忆"茯苓饼"、"萝卜丝饼"也；又如"忆京都，小食更精工，盘内切糕甜又软，油中灼果脆而松……"此即忆"切糕"与"油炸鬼"也。词中所记均可与三雅园豆腐干及岳坟烧饼一并垂誉艺苑矣。惜乎年代虽不太远，而三雅园等等，早已无处问津矣，连昔时满街都是的"忆京都"中的"油炸鬼"，似乎近年亦已绝迹于京华了。

几十年前，记得有人曾编辑过《日记文学选》之类的书，如今则此调之不弹焉久矣。真想再编选一本有趣味的古人日记，把曲园老人这册《日记残稿》也编进去；但又一想，这种不一定合乎时宜的不亟之务，又谈何容易呢？只好瞎想想罢也。

附记：

最近传来消息，有关方面正准备修复曲园，"春在堂"旧匾原书件尚在，可以重作，这都是有关祖国历史文物的好消息。

附录：

按此文在《学林漫录》五辑刊用时，书局小样寄来后，先寄呈俞平伯先生审阅，夫子看后，寄来了详细的修改意见。我便根据意见，作了修改。不过因为版已排好，在校样上改，不能大动，如"浮家泛宅"数行，如抽去后，要移动版面，比较困难，所以保留了。此次汇编入《杂稿》中，仍如其旧，题目亦未改动。因我所见之苏州图书馆排印本，就是这个书名。

平伯夫子的修改意见，我按原件抄录，附在文后，作为附录。

读《曲园日记》

俞平伯

一、这是一石印的单行本，并非残稿。老人并不经常作日记,无所谓残与不残,文中首行可作"《曲园日记》一册,清俞樾撰"(接下)(宜称姓名,近人不必名)。

二、是五十三天(原书有注),非五十二天。

三、六十三页"是科状元骆成骧"不知何据,可不必注。如注,须正确。

四、前见我曾祖写给他的女婿许子原(我的外祖父)非彭玉麐,距今约百年。

五、由曲公葬西湖南山右台山,其附近有右台仙馆,民国初年拆去(法相寺附近)。(六十六页)

六、当称《群经平议》、《诸子平议》(先移为序)。

七、文引诸名流,有陈谔士,三六桥,皆不甚知名(陈谔士何人,我就不知),宜改用谭仲修,即谭献(复堂),有名词人;吴清卿(大澂),金石书法家,则较好。

八、六十七页"浮家泛宅",一段五行,可全删。此二人早死,不足道也。

九、前承借读李家瑞著作《忆京都》只有两首,并不见"许多首",家中亦未见此稿。此处只说此二首即可。

十、文中引日记文,均当证明日子,以便读者检阅,文中有而不全。

陆心源皕宋楼

我站在湖州潜园门口发思古之幽情,拍了一张照片,归来翻阅《艺风堂友朋书札》,潜园主人陆心源写给缪艺风的信道:

> 筱珊尊兄大人阁下……《宋诗纪事补遗》之辑,增多攀樹原书千八百家。攀樹所收三千家,其中无里贯及舛误者不下千余家。长夏无事,与小儿树藩,暨门下士广收群籍,订正数百家,复成《姓名补传》一编,今秋均可付梓。……若一行作吏,则此事遂废。是以梦绕觚棱,仍复行迟薄举。即使将来有以季路君臣义废之言来责,亦当于入都引见后,就部丐疾,策款段出国门耳。弟八九月间不作远游,台从秋深回南,伏望枉驾苕溪,作平原十日之留,已扫榻小园,盼承大教矣……

古人写信,从来不署年份,只写月日,后面写着"七月初三日",具体年份,虽不可知,但可推算,《宋诗纪事补遗》据美国恒慕义主编之《清代名人传略》记载,该书刊行于一八九三年,则此信当写于此书出版之前,而他在光绪十八年四月引见,归途患病。此信写在引见之前,当为光绪十七年(一八九一年)初秋,正好是一百零六年前。从信中可以想见陆氏杜门著述,优游林下之乐。还函约好友深秋来游,在潜园已扫榻而待了。站在潜园门口,就更可想象一百多年前,承平时代,江南氏族的生活情况,内心世界,和信中所写的那种气氛,是结合的多么炉火纯青,浑然一体……这在今天离开工资——纵然是名学人、大干部甚至高级领导人——就无法生活的人是难以想象的。

信中所说"苕溪",一名苕水,分东苕、西苕,源出天目山,同源分流,均经吴兴入太湖,简单说就是湖州的代名词。唐代名臣陆贽、茶圣陆羽,都是湖州人,陆心源据传就是他们的后人。名心源,字刚父,号存斋,晚号潜园老人。陆心源咸丰九年(一八五九年)举人,正是太平天国九年,天京在南京的时候。咸丰十年到京会试落第,回乡途中遭捻军袭击,仅以身免。其后回乡即练团练,被保举为知府衔,即到广东、直隶,又到广东等地督帅幕中参赞军务,曾任粤东高廉道。丁父忧后,又到福州于李鹤年幕中以盐法道衔办财税外交。日寇侵略台湾后,陆去职归里,于湖州城东修了潜园,广收图籍,潜心著述。其时正太平军战争之后,江南战乱之前,藏书家图书多有失散,流落坊间,陆广为购求,收得百二十种宋版书、百种元版书,建"皕宋楼";明以后书及其他珍籍手稿,另建"十万卷楼"。一般图书建"守山阁"藏之。于上世纪末、本世纪初成为东南最著名的藏书家。坐拥书城,潜心著述,版本目录之学有《仪顾堂题跋》十六卷、《续跋》十六卷、《群书校补》一百卷、《皕宋楼藏书志》百二十卷,还刻了《十万卷楼丛书》三辑,收书五十一种(此丛书后均编入《丛书集成初编》中出版发行)。金石考古方面,有据其藏品成《金石萃续编》二百卷,未刊。《唐文拾遗》八十卷、续十六卷。据发现金石铭文编《吴兴金石记》十六卷,一八九〇年刊。《金石学录补》四卷,一八八六年刊。《千甓亭古砖图释》二十卷,《千甓亭砖录》六卷、《补录》四卷。藏画、书法编成《穰黎馆过眼录》四十卷、《续录》十六卷,均先后刊行。史学方志方面,有《三续疑年录》、《宋史翼》等四十卷、《元祐党人传》十卷、《归安县志》五十卷，先后刊行。以及前面提到的《宋诗纪事补遗》，及其自己的文集《仪顾堂集》，朋友书信汇编《潜园友朋书问》等。总汇为《潜园丛书》，真可以说是著作等身，其数量足可媲美曲园老人的《春在堂全集》。而且他光绪二十年（一八九四年）冬即去世了，只活了六十一岁。如天假以年，再多活十年、二十年，在学术上一定会有更大成就。

陆去世后，藏书归其长子陆树藩（字纯伯）所有，陆氏所以有此藏书藏画，又修皕宋楼等建筑，作为藏书楼，又修花园潜园，这都要雄厚的资金，因其家在上海经营丝厂、钱庄、当铺等大商号，均十分发达。财力雄厚，性情爱好，既能买书，又能藏书。而陆心源去世后不久，浙江丝商因在国际上受日本人造丝倾销影响，生意一落千丈，债台高筑，为筹措资金还债，就考虑卖书，原开价五十万两白银，后压低至十余万两就卖给日本伯爵岩崎弥之助，后保存在东京静嘉堂藏书楼。这就是本世纪初有名的"皕宋楼事件"。湖州好友费在山兄送我一本三联出版的、陆氏玄外孙徐桢基先生写的《潜园遗事——藏书家陆心源生平及其它》，对"皕宋楼事件"记之甚详，在此我就不多说了。阅《艺风堂友朋书札》，张菊老当年实为此事操过心，其写给缪小山函中云：

> 小山老前辈大人阁下……丙午春间，皕宋楼书尚未售与日本，元济入都，力劝荣华卿相国拨款购入，以作京师图书馆之基础。乃言不见用，今且悔之无及。每一追思，为之心痛。

当时有个日本汉学家，叫岛田翰，多次到湖州潜园登楼看书，写过《皕宋楼藏书源流考》，对陆书售予日本，起到过很大作用。中国当时名学者，都跟他有来往。但阅周养庵（名肇祥）《琉璃厂杂记》民国三年（一九一四年）所记，此人却十分不妙。记云：

> 日本人岛田翰于中国版本之学甚深，陆刚甫藏书即其所媒介捆载出洋者也。少即狙诈，为木斋星使充书记，冒名向某学校借书以行其骗术。虽以董授经之精核，尚被其侵蚀千余金，以至绝交。近以盗取金泽文库书籍案判处横领罪，执行前一日自缢死。我国旧书之流入东洋者，后此或可少息乎？岛田纂有《古文旧书考》、《群经拾补》，人多服其渊博焉。

所说木斋是李木斋（名盛铎）、董授经（名康），均官吏，又是著名藏书家、版本目录家。而这位日本学人岛田翰，却以偷书送了命，比起孔乙己来，那就更倒霉了。

站在湖州潜园门口"怀古"，一下子说了这么许多话，却只字未说到湖州如何？潜园怎样？岂非无头无脑，语无伦次乎？这里不妨学一学小说家的笔法，先来一个倒插笔，再回过头从头说起。我来到江南已经四十五年，亡妻蔡时言原籍是武康上柏人，现是德清县，而过去是归湖州府管，湖州是浙江有名的地方，可是我从来没有去过。好友费在山兄在五月间就来信邀我去湖州逛逛，可是因为种种原因，一直拖着。直到十月初，才有机会，外甥借了一辆车，偕他爱人邀了日本名古屋回来的女硕士，经嘉兴到湖州作了两日秋游，而在湖州市内只游了两处名胜，一是飞英塔，二是莲花庄。飞英塔是唐代中和四年（八八四年）建的石塔，北宋开宝年间（十世纪末期）在石塔外又建了木塔，所谓塔中塔，原是飞英禅寺的佛塔，取佛语"舍利飞轮，英光普现"之意，名"飞英塔"。寺已早废，现修饰一新为公园。塔边有一三四百年之大银杏树，仍郁郁葱葱，可见其古老。莲花庄是元赵孟頫别业，湖州是赵的故乡，修有园庭莲花庄，同北京的万柳堂一样，在历史上都是十分著名的。其后陵谷变迁，沧桑几变，到清末已成为朱氏废园和沈氏义庄。陆心源购朱氏废园改建为潜园。八十年代初湖州市又将小河对面沈氏义庄地改建为莲花庄公园，把新建部门和潜园连在一起，潜园原占地三十六亩，新建莲花庄公园占地扩大为一百一十余亩，水面很大，荷花开时，一定很好看，可惜我们来时已是深秋，是"留得残荷听雨声"的季节了。名石"莲花峰"、"皱云峰"还在，潜园部分，老树葱茂，已一百多年，大有可观。大门挂的是"莲花庄"的匾，另一门外，墙上"潜园"两字，是老友陈从周教授所写，放大为盈尺榜书，十分可观。我和费在山兄以此二字为背景，拍了两张照片。可惜从周教授近年来已缠绵病榻，再不能来作湖州之游了。言之亦大可伤感也。

按前文因篇幅所限，对徐桢基著《潜园遗事——藏书家陆心源生平及其它》一书未便多引，亦未作介绍，殊感遗憾。按徐书所记：皕宋楼书是"一九〇七年，三只乌汕船，由一只绍兴小火轮拖着，由上海经黄浦江拖到湖州。由于当时湖州码头一般很少见到小火轮，特别是把陆氏大量藏书装上船，因而轰动一时，热闹非凡。但当时的老百姓并未知这次运走的是我国重要的文化遗产。船载书抵沪后，即装上日本的汽船从上海运回日本"。这是当时秘密运书到日本的情况。书共四万数千册。最早日人岛田翰到湖州登楼看这些书时，与陆家家人李延达合作，所有秘本书上都盖了"归安陆树声印"、"臣陆树声"、"归安陆树声藏书之记"等图章,这都是陆心源藏书中没有看过的。而陆心源看过的书,都盖有"存斋读过"、"存斋四十五岁小像"、"存斋"等图章。现在人们到东京静嘉堂都能看到这些藏书,不少学人都去看过。现在九十四岁高龄的顾起潜丈就专门去东京静嘉堂看过陆氏藏书。岛田翰在一九〇七年就写过《皕宋楼藏书源流考》。前几年日本平成四年版《静嘉堂文库宋元版图录——解题篇》中对皕宋楼售书情况,亦有详细说明。徐氏书前面有李鸿章、曾国荃、瞿鸿机、黎庶昌、黄体芳、盛昱、吴大澂、潘祖荫、沈葆桢、陆润庠、俞曲园等人写给陆心源的信的影印插图,十分好看。虽小了些,但用放大镜可看的清。又按皕宋楼主人陆心源去世后,其子陆树藩出售藏书与日本静嘉堂时,有一原则即藏书不得分散出售。因而日人由湖州将陆氏藏书全部秘密运走。但虽说全部,亦有极少数流入坊间,落入书估之手者。三十年代著名编《英语模范读本》之周越然氏,是湖州人,又喜藏书,就购得多种皕宋楼旧藏,写有《皕宋残余》一文,收至其《书与回忆》一书中。文中列有书目,共八种:

宋本纂图互注《南华真经》十卷。有"存斋"、"陆心源审定"诸印。

稿本《吴兴蚕书》一卷,白苹州征士撰。有陆树藩手题"吴书蚕书稿本"六字,有"归安陆树屏珍藏之印"。

明小字本《管子》二十四卷。有"汲古主人"图记,乃汲古阁旧藏,有"臣陆树声印"。

《疑狱集》三卷,吴太初手抄本。有陆心源跋云:

> 此书原本四卷,南宋时已佚一卷……此书从元本录出,乃旧本之可贵者,同治壬申初夏,得之吴兔床先生后人,因

识。（下钤陆心源四字朱文方印。）

《所安遗集》影写本一卷，后有陆心源手跋，长不录。有"光绪戊子湖州陆心源捐送国子监之书匦藏南学"等图记。

《栲栳山人诗集》三卷，吴兴丁氏乌丝栏抄本。封面有题字云："月河丁氏藏鲍渌饮先生校正本，今归皕宋楼……"

《三馀集》四卷，陆心源手抄本。有"归安陆树声藏书之记"九字朱文方印。

《寒山子诗集》一卷，广州海幢寺重梓本。后有陆心源跋云："光绪五年岁次己卯，以影印抄本略校一过。宋本多诗八首，字句异者犹多，不暇全改也。存翁。"下钤"陆氏伯子"四字朱文方印。

以上这八种书，都是周越然氏搜求到的，称作"漏网之鱼"，十分庆幸。现在这些书则又不知到哪里去了？周氏文中云："皕宋楼主人陆存斋（心源）先生，余儿时常见之，面团团，体肥胖，福相而兼富相。"周氏生于光绪十年（一八八四年），陆氏逝世于一八九四年，时周氏十岁。现徐著《潜园遗事》前印有陆心源氏画像，虽稍模糊，但与周氏所说"面团团，体肥胖"颇一致。

周文引有《翁同龢日记》光绪十九年三月二十九日所记：送字画未受，称其"著书甚夥，貌则甚俗"。又引《越缦堂日记》光绪元年二月九日记及光绪丁亥（十三年）正月五日跋，语多偏激中伤。周氏谓越缦堂对于陆氏，"似有难解之仇"。周氏以乡人为辩解之，谓"存斋先生归湖后，好做公益之事，积谷、育婴、造桥诸事，无不任之"。或是实在的。周文对《潜园遗事》有参考价值，且有趣，因摘录之。

陈师曾艺事

　　义宁陈师曾先生是鲁迅先生早期的朋友之一，是本世纪初叶我国重要的画家、诗人、金石篆刻家。师曾先生名衡恪，与著名学者陈寅恪是同胞手足。为人温雅而有特行，在朋友中极为相得，与鲁迅先生在早年间可以说是不拘形迹的至友，从《鲁迅日记》的记载中，可以很形象地看出二人的友情。

　　在民元到民国十年《鲁迅日记》中，关于陈师曾先生的记载是非常多的。往往从一二个字中间就可以显示二人的深厚交情，如"代买印章"、"捕陈师曾写讫"、"交"拓片、"持"拓片来，"索得画一帖"等等，均可看出友谊是极厚的，形迹不拘的。以陈师曾先生当时之身份、名望，鲁迅先生找他写字、刻图章、代买东西，要他画帧，要怎样就怎样，全不分彼此，甚至临时的、带有勉强性质的事情用"捕"的办法都能做到，可见二人交情的深厚程度了。也许有人说，既然交情这样好，为什么刻印还要付钱呢？如记有给二弟刻印，"酬二元"，托刻印，"报以十银"，这是为什么呢？实际这也正是够朋友的地方。师曾先生当年在北京是极有名的画家、书家、刻印家，在琉璃厂各大南纸店、各个图章店，都有"笔单"，即所定润笔价目单，定价很贵，而且生意极忙，书画刻印的债务常常是还不清的；鲁迅先生找他刻印，给以适当润资，他也照收。在鲁迅先生说来，是能体谅知己朋友，自然不能过多地揩他的油；而师曾先生也因是知己朋友，知道鲁迅先生当时的经济情况，既不必过分客气，也不必有心为朋友省钱，所以照收不误。这一付、一收之间，正显示了老一辈人们在知己朋友之间，对润笔的看法，和互相间的风义。卖画、卖文的钱，即使在知己朋友之间，也是互相得到尊重的。

在当时说来，鲁迅先生和陈师曾先生已是三度相处，二十多年的老朋友了。《鲁迅的故事》一书中有记载，早在鲁迅在南京陆师学堂附设的矿路学堂读书时，就认识陈师曾。有个时期学堂的总办（即校长）是候补道俞明震，陈以俞家亲戚的身份，借住在陆师学堂中。《故事》作者记道："虽然原是读书人，与矿路学生一样地只穿便服，不知怎的为他们所歧视，送他一个徽号叫作'官亲'。"清代的学校，形同衙门，"官亲"二字，并非好话，除去有意奉承、拍官亲马屁、拉关系以外，一般比较正直的人，对官亲是"敬鬼神而远之"的。陈师曾借住南京陆师学堂时，被人称作"官亲"，那时自然不能成为鲁迅的好朋友。后来陈自费到日本留学，在高等师范上学，才和鲁迅有交往。若干年后，又同在北京教育部工作，地位一样，照现在说，都是"中层干部"，师曾先生又是多才多艺的书画篆刻名家，为人又极为随和，爱交朋友，和鲁迅先生又是故人重逢，又谈得拢，有共同爱好，一起工作，自然成为不拘形迹的知交了。

陈师曾先生的祖父是因"戊戌政变"被撤职的湖南巡抚陈宝箴，他的父亲是因同一原因被撤职，后来成为著名江西派诗人的吏部主事陈三立，即人们所说的散原老人。他的岳父是著名诗人范肯堂。他自己又是毕业于日本东京高等师范学堂（相当于师范大学）的留学生，又在教育部担任佥事、科长之类的职务。在当时的北京，像陈师曾先生这样的人，即使没有其他技艺，也足以闻名士流，不同凡响了。然而师曾先生在当时名闻京华，却还不是因为以上这些条件（当然这些条件是重要的，但不是主要的），他主要载誉京华的却是他自身的艺术——画、金石篆刻、书法、诗。

首先值得一谈的是他的画，就其职业讲，他是业余画家，但其画的成就和名气，却又远远超过了他的本业。周遐寿在《鲁迅的故事》中"陈师曾的风俗画"一节说："陈师曾的画世上已有定评，我们外行没有什么意见可说，在时间上他的画是上承吴昌硕，下接齐白石，却比两人似乎要高一等，因为是有书卷气。这话虽旧，我倒是同意的，或者就算是外行人的代表意见吧。"这话基本上是说在本质上的。当然，这也有相对的客观原因，陈师曾出身名门，从小就受到家中的学术影响，书自然是读得极好的。到日本留学，读高等师范，不但受到世界潮流的影响，而且受到革命思想的影响，在这样的基础上致力于画，他天分又高，不几年便大有成就，不但笔力高古，而且画境亦不同于凡响，画格亦迥异于时流了。

论画，师曾先生在六七十年前，是海内外闻名的大家，山水、花卉、人物，无一不能，无一不精，前人评论其画云："所作山水，多肖黄鹤山樵（元代王蒙），花卉则视华新罗（清代华嵒）为乾劲，人物变陈章侯（明代陈洪绶）之法，而以粗笔出之，竹石亦极简妙。"这些评价是较为简明而扼要的。其实论师曾先生的画，其独特处还不在于这些。而更重要的是他画中所表现的创造性和思想性，这是别的画家所没有的。

他传世的绘画，除手迹外，有影响的《师曾遗墨》六辑。有《北京风俗图》二册，属采风之作，惟妙惟肖，共三十四种，每幅上均有贵筑姚茫父题自作词，署端曰："菉猗室京俗词题陈朽画。"因师曾先生别号"朽道人"。另外还有陈孝起、程穆庵、何芷舫等人题句，琉璃厂淳青阁印行。这三十四幅风俗图的细目是：

一、《旗下仕女》　　二、《糖葫芦》　　三、《针线箱》

四、《拾穷人》　　五、《坤书大鼓》　　六、《压轿妈妈》

七、《跑旱船》　　八、《菊花担》　　九、《煤掌包》

十、《磨刀人》　　十一、《蜜供担》　　十二、《冰车》

十三、《话匣子》　　十四、《掏粪夫》　　十五、《山背子》

十六、《二弦师》　　十七、《丧门鼓》　　十八、《赶驴夫》

十九、《火煤掸帚》　　二十、《老西儿》　　二一、《泼水夫》

二二、《算命瞎子》　　二三、《觿篦手》　　二四、《橐驼》

二五、《慈航车》　　二六、《喇嘛僧》　　二七、《糕车》

二八、《人力车》　　二九、《顶力》　　三十、《烤番薯》

三一、《墙有耳》　　三二、《大茶壶》　　三三、《执事夫》

三四、《打鼓桃子》

所画都是六七十年前北京市内常见的,现在这三十四种基本上都没有了,或为其他东西所代替了。如《泼水夫》,推着水车,拿着长柄木勺在街上泼水的,现在都为机动洒水车代替了;如《顶力》,用一块一尺来长的木板,垫在颈部,为人顶着搬运贵重重物,如嫁妆、红木家具等,俗名"扛肩的",实际是一种特殊的搬运工,现在也早已没有了。因而这些风俗画,现在即使给人们看,也很少人理解了,但在当时画这种画是很有意义的。《鲁迅的故事》中"陈师曾的风俗画"一则中说:

其第十九图送香火,画作老妪蓬首垢面,敝衣小脚,右执布帚,左持香炷(按:此实际不是香炷,而是用火纸搓的可把火焰吹燃的"纸媒",是给人点烟的,过去吃水烟的人都用此。遐寿老人平生不吸烟,可能偶然忽略了此点),逐洋车乞钱,程穆庵题曰:"予观师曾所画北京风俗,尤极重此幅,盖着笔处均能曲尽贫民情状。昔东坡赠杨耆诗,尝自序云:女无美恶富者妍,士无贤不肖贫者鄙,然而师曾此作用心亦良苦矣。"其实这三十几幅多是如此,除旗下仕女及喇嘛僧皆是无告者也,其意义与"流民图"何异。

这对师曾先生的画的社会意义说的是很清楚的,这也正是他不同于其他画家的地方。蒋兆和氏后来画的巨幅《流民图》以及《卖茶水的孩子》等名作,应该说是受了师曾先生的影响。所以这"风俗图"后来也并未成为"广陵散",只是比较少罢了。

夏天在北京听黄苗子、姜德明两同志说,师曾先生《北京风俗图》的珂罗版现在还在,如能找到会印珂罗版的老艺人,现在可能还能印。据说只是现在这种老艺人很难找了。

师曾先生的绘事名作,尚有《妙峰山进香图》,画当年四月间妙峰山朝山进香的盛景,山峦风景、香客情状、各尽其妙,是宋人《清明上河图》的遗意。还有《美人弹箜篌图》,画红衣美人抱箜篌而弹,风韵直追唐人。这些名图在当时不但国内闻名,而且也载誉海外,日本艺术界也十分赞赏。不过几经秦火,现在则不知是否尚在人间了。

师曾先生当年除在琉璃厂各大南纸店挂笔单卖画外,还从事美术教育工作,是北京艺术学校教师、北京大学画法研究会的导师(沈尹默是书法研究会导师,与之同时),现在不少老画家如李苦禅、王雪涛、潘渊若等位,还都是当年师曾先生的学生,今天则都是"白头门生"了。师曾先生对于绘画艺术的贡献,除以上所谈者外,其流风仍有可述者。当时是北京画家云集的时代,而且大多都是诗、书、画三绝一身兼的大家。师曾先生同一时群彦都有着深厚的友谊,前一辈的如姜颖生、林琴南,同辈的如姚茫父、王梦白、齐白石、陈半丁、金北楼、周养庵、颜韵伯、萧谦中、罗复堪，其后汤定之、汪慎生等。当时张大千尚未到北京，徐悲鸿尚未学成归国，溥心畬还在戒坛寺苦用功呢。齐白石较陈师曾年长二十五岁(齐一八六四生，陈一八八九生)，而齐白石后来享极高之声誉，还是得力于陈师曾。辛亥之后，齐白石初到北京，知者尚少，且多画工笔仕女，耗时费力，不易取胜时流，后来陈师曾劝他改画大写意，又为他筹办去日本东京开展览会。齐白石听了陈师曾的话，其后在东京开的展览会极为成功，数百幅画销售一空，引起日本艺术界的极大兴趣，齐白石的声誉在国内外一下子雀起了。但这和陈师曾的赞助是分不开的。以上这都是陈师曾先生对培育艺苑人才所做的贡献。

除此之外，还有对其他艺术工艺品的创新，也起了很大的影响。北京琉璃厂的水墨印信笺，在清代虽已风行，但很少特殊的套色花卉。陈师曾时代，陈师曾、姚茫父、齐白石、王梦白等人，大量地给琉璃厂各大南纸店绘制笺纸画稿，使琉璃厂的水墨彩印笺纸，出现了划时代的新面貌。鲁迅在一九三二年二月五日写给郑西谛先生的信中说："去年冬季回北平，在琉璃厂得了一点笺纸，觉得画家与刻印之法，已比《文明斋笺谱》时代更佳。譬如陈师曾、齐白石所作诸笺，其刻法已在日本木刻专家之上。"这就是鲁迅先生计划印制有世界艺术价值的《北平笺谱》的缘起。这与师曾先生当年在琉璃厂大力提倡、热情绘稿是分不开的。另外还有一事，现在很少人谈到，就是当年琉璃厂的刻铜艺术，刻制白铜墨盒镇纸等等，最著名的西琉璃厂路南的同古堂的张樾臣，其艺术成就，也是和陈师曾先生有密切关系的。铜墨盒在清代光绪年间，最出名的制作者是陈寅生，他刻铜的绝技是刻阴文小字，在一个小墨盒上刻一篇朱柏庐《治家格言》或一篇王羲之《兰亭序》。在陈师曾时代,同古堂张义臣把陈师曾、姚茫父、齐白石等人的画幅刻在墨盒和镇纸上,不但刻阴文,而且刻阳文,把刻扇股用的刻竹的"沙地留青"法,用在刻铜上,把写意花卉、翎毛、草虫刻在铜上,别具雅趣,成为一代足以传世的艺术品,这和陈师曾先生的启迪帮助是分不开的。他和张樾臣是很熟的朋友,鲁迅先生不少图章、铜墨盒都是从同古堂张樾臣那里买的,有不少是托师曾先生代买的、代刻的。《鲁迅日记》中有不少这方面的记载。

师曾先生除去绘画艺术而外,其书法和金石篆刻也是极有成就的。他给鲁迅先生刻过不少印,其印文见于《鲁迅日记》记载的有一九一五年小铜印,文曰"周",一九一五年收藏印,文曰"会稽周氏收藏",一九一六年"俟堂"印,一九一九年"会稽周氏"印。周遐寿在《鲁迅的故事》中说:"师曾给鲁迅刻过好几块印章,其中刻'俟堂'二字的白文石章最佳。"这些图章都保存着鲁迅纪念馆中。所谓"金石长寿",至足以教育后人。两位先生虽已去世多年,但其友谊仍足以同此金石,昭示来者了。

有人评价师曾先生治印笔画雄杰,平视缶庐(近人吴昌硕)。这是因为师曾先生对于治印,并不专师徽派或浙派,但十分重视赵撝叔和吴昌硕,他在《题茧庐摹印图》诗的跋语中说:

> 吴让之、邓完白得力于禅国山、开母庙及汉碑额,当时号称徽派。效其体者,益为修削,遂至俗恶。
>
> 撝叔(清末赵之谦)若程不识,缶庐若李广,各极其能事,吾与茧庐盖取法于二家云。

其诗的第二首云:

下窥两汉上周秦，不向西泠苦问津。

赵整吴齐参活法，瓣香分蓺亦艰辛。

　　从所引跋语及诗中，可以看出他治印的师承和主张。有人认为他"平视缶庐"，是不无原因的。

　　师曾先生的父亲是名诗人散原老人，岳父范肯堂先生也以诗名家。虽然作诗不能遗传，但家庭教育的影响是十分重要的。何况师曾先生直接的师承也是出自名家，他早年受业的老师是湖南湘潭人周印昆，名大烈，也是一位奇人。他诗书金石，无一不精，三十岁以前，僻处乡间，辛亥后到北京做议员，和姚茫父、梁任公至交，生前自营圹地于西郊红石山，预先写好"碑"、写好"记"，并题诗云："步步皆吾土，行行未觉宽。路寻红石下，山起白槐端。（自注：山种刺槐，春间白花。）畚锸随身在，须髯拂世残。了然无剩物，盖后只柴棺。"单只这首诗，亦可想见其人了。陈师曾先生早年就是向他学的。后来到南京、到日本，克承家学，于诗始终未废，而且学问日增，眼界日阔，其诗境也更为深邃淳真了。在北京教育部任职时，除去绘画、书法、篆刻誉满京华而外，其诗名也是传遍士林的。甲寅（一九一四年）冬天，当时一些著名诗人陈石遗、黄晦闻、林宰平、陈师曾等在宣南法源寺举行祭祀宋代诗人陈后山的活动，会后作诗，师曾诗被评为第一。陈石遗老人赠他的诗，其中有句云："诗是吾家事，因君父子传。"三人都姓陈，说得十分巧妙，一时传为艺林佳话。

　　师曾先生的诗，在他去世之后，叶玉虎先生从其家中觅得遗稿，予以付梓。在其所作的"序"中记道："师曾既殁之三年，恭绰从其家得遗诗两册，以属吴君眉孙，吴君属弟妇江南蘋女士手录付印。"并述其友谊云："余年十九，识君于南昌……"等等。这是两册印得十分雅致的书,封面题端是贺启兰,题为《陈师曾先生遗诗》。书是手写体付梓,最后题:"传画女弟子钱塘江采写。"除去"序"而外,还有吴眉孙的"跋",款署"镇江吴庠跋"。"跋"云:

> 师曾既殁,旧京朋好为景印其所画山水兰竹花卉若干帧,复搜求刻印若干方,聚刻为谱,虽力有所限,要大概足以传其人矣……师曾恒言:生平所能,画为上而兰竹为尤,刻印次之,诗词又次之。盖称心而出之也。然晚近诗坛,当分据一席,则又非一人之私言。

其书一九三〇年出版,去师曾先生之去世已七年矣。白绵纸影印,江南蘋女士的工笔小楷写得极为漂亮,可惜现在这种书很难看到了。现引师曾先生两首诗在后面,以见其当年的风神。其《北京大学画法研究会同人崇效寺看牡丹》诗云:

> 还将春服赏春情,迤逦回车又出城[①]。
> 列坐朋簪期凤诺,频年踪迹笑浮生。
> 临风欲谢看仍好,倚树微酣画不成。
> 留取虚堂遮佛眼,人间红紫已分明。

> 注:前日同定之到此。

《题画萝卜白菜》诗云:

> 肥菜霜乾北地甜,胭脂翡翠色相兼。
> 盘餐自养贫家福,钟鼎焉知高士廉。
> 小阁围炉温鲁酒,寒窗嚼雪下微盐。

季鹰枉忆莼鲈美,此味三冬又可腌。

陈师曾先生辛亥后到北京教育部工作,最初住在新华街张棣生院子里,院中有大槐树,故自署“槐堂”,不久即赋悼亡,后来又续弦。续弦之后,在西城根库子胡同买了新房子。其四首《移居》诗中有句云:“小成结构辟双扉,西极西城过客稀。”又云:“自笑裈中能处虱,心悬枝上独承蜩。”又云:“门前几树绿成阴,比似槐堂孰浅深。”“老槐伴我泣鳏鱼,今见携雌复引雏。”从诗中均可想见其在京华时的家居情韵。其长公子陈封可先生留学德国,做过驻汉堡领事,因继母关系,父子间感情不好。

陈师曾先生不幸去世太早了,去世时只四十八岁,是很意外的。《花随人圣庵摭忆》记云:“师曾之殁,为骤患腹疾,讣至,知者罔不怆然。”《鲁迅的故事》在“俟堂与陈师曾”一则中写道:“却不料他因看护老太爷的病传染了伤寒,忽然去世了。”说得都不够详细。去年承师曾先生的学生陈封可先生的好友、现年已七十七岁的潘渊若老先生面告,师曾先生去世的情况大致是这样的:当时先生在北京,散原老人住在南京二条巷。散原老人生病,师曾先生回南京看望,照顾老父的病。后来散原老人好了,而师曾先生却传染了伤寒,却又错吃了药,当疟疾吃了金鸡纳霜,这样几种原因一凑,就一病不起,很快与世长辞了。噩耗传来,北京友人、学生曾为其开追悼会于宣外大街江西会馆。但是查《鲁迅日记》,只一九二三年九月十日记“师曾母夫人讣至,赙二元”。第二年五月三日记云“上午往留黎厂买《师曾遗墨》第一、第二集各一册,共泉三元二角”。其他未记。想在这二则日记中间,就有师曾先生去世及在江西会馆开追悼会的具体时期吧。

注：

陈封可先生后颇潦倒，有一时期，曾在一大学教选修德文，因选课人过少，不久亦作罢。笔者曾约同学选先生的课，以资维持；但选者亦过少。晚年住在宣外江西会馆中。如活到现在，亦八十左右之老人矣。藏有王梦白所画《猴人图》，为王画精品，姚茫父题云："梦白画猴，人力而骑羊也。衣彩则师曾所为，余更补面具。师曾约同赋诗，未就，先逝。越二年，其子封可捡得，仍属梦白乞诗。"其诗云："静江寺里胡孙老，故裔于今当尔雄。假面蒙头真个戏，赚个羊背舞衣红。"并有小注云："元末帝幼贬广西静江府，寓大图寺，道有胡孙献果……"云云。年代久远，现在这张画就不知是否尚在人间了？

关于师曾先生去世情况。去世时年纪，本文仅据部分资料介绍，未作深考。前十年《朵云》所刊江南同志文中记有师曾先生去世时年纪。

十年前去世的陈兼于丈在其《兼于阁诗话》补遗中录有诸家题画诗：陈师曾作《北京风俗图》一册，大抵画于民国五六年间，不知此册现藏何处，有珂罗版，今亦不易得，所画笔墨简冶，形象逼真，最为珍品。在陈大镫（止）、程穆庵（康）、青羊居士（何宾笙）、金拱北（城）数人题句。其中最有趣者：一老人背一笼，手持铁勾，捡破布一图，青羊居士题云："拾破布，拾破布，老夫无日不如此，世间之无弃材，铁勾收入笼中来。"

京俗凡遇婚事，必于亲友家择一寿考多福之妪，先乘花轿诣女家迎新婿，谓之压轿，图作二少妇扶一老妪上轿之状，程穆庵题云："七十老妪百事无，犹着嫁时红绣襦。出门一步要人扶，南至喜家迎阿姝。岂不知尔无愁无难乐有余，尊尔羡尔扶上新人舆。旁观掩口笑葫芦，点缀一幅朱陈嫁娶图。"

有老汉背一小长凳，口吹喇叭，唤磨刀图，陈孝起题云："厨下灯前动叹咨，剪刀在手总迟迟。磨来竟比并州快，如此才能值一吹。"孝起即大镫也。有二人同行背话匣子卖听唱片图，青羊居士题云："话匣子，话匣子，唱完一打八铜子，兄呼妹，弟呼姊，夕阳院落听宫徵，神乎技矣有如此。"大镫题云："绕梁三日有余音，一曲真能值万金。自得留声旧机器，十年糊口到而今。"

抽粪图，程穆庵题云："携瓢荷桶往来勤，逐臭穿街了不闻。莫道人过皆掩鼻，世间清浊久难分。"

冰车图，金北楼题云："世态自炎凉，吾心自清洁。未免效驰驱，不屑因人热。"

斗雀图，青羊居士题云："昔日斗鸡，今日斗雀。在我掌中，亦殊不恶。"程穆庵题云："小人闲居，无以自娱，一饮一啄，且与鸟俱。"

有两人运桶泼水图，青羊居士题云："十日有雨尔闲娱，十日不雨尔街衢。买臣有妻尔独无，奚为呼汝泼水夫。"

瞎子看命上街图，青羊居士题云："迷信迷信，笑我说命。手鼓一通，世人莫醒。我目虽盲，我心尚省。熙熙攘攘，谁参此境。"

收买旧货图，青羊居士题云："朝空一担出，暮满一担归。但敲小鼓响，不用叩荆扉。有时得奇珍，入市腰缠肥。穷老寂无闻，此辈多依依。"陈大镫题云："敲不已，入人耳。此声在门运方否？不尽汝藏声不止。"

仪仗队执旗者图，大镫题云："行步虽旷，了不前进。可以迎亲,可以送殡。为吉为凶,唯命是听。"

叫卖切糕图,穆庵题云:"动地回风尘满城,驱车绕街歌一声。不忧衣寒忧饼冷,男儿事业须早成。"又附注云:"北京市民常用大黄米磨粉,以黄豆、红枣等压制成饼,绕街呼卖,俗名切糕。"

画图题句,俱极风趣,然此等习俗,逐渐消灭,今日殆不可见,亦成为历史痕迹矣。陈大镫故文章伯,程穆庵为顾印愚门人,金北楼大画家,何宾笙,丹徒人,书画鉴赏家,是时与师曾往还最密,尚有姚茫父题一册,惜未之见。

兼于丈所记风俗画题诗甚详,惜余写文时未之见,今补录于此,以飨读吾文者。九八年四月末编书时补录。

姚茫父与陈师曾

姚茫父和陈师曾在七十年前,都名重一时,而今天因种种历史因素,知道陈师曾的或尚多,知道姚茫父的恐怕就要少多了。我看完十二本《弗堂类稿》,抚摸着书衣,不免感慨系之。当然,我也只是臆断,并非做过调查。

十五年前,我写完了《鲁迅与北京风土》一书之后,本想再写一本《鲁迅早期朋友》,可是只写了一篇《陈师曾艺事》,就再未写下去。《艺事》一篇在《文献》上刊载后,收入到前年出版的《水流云在杂稿》中。为什么其他许多著名的人没有写呢?一是有些顾虑,就是有些前辈学人,社会看法不一,誉之者或嫌我写的不够好,毁之者或嫌我写的过于好,这样就容易惹麻烦,还是少写为妙。其实这也罢了,还有第二点,就是介绍七八十年前的前辈,必须有些材料,要各处去找,就比较困难。要时间、要体力、要线索……都很差,因而只能有啥写啥,不能要啥有啥了。比如写陈师曾时,就应该有一部《弗堂类稿》放在手边,作为主要参考资料,可是没有,只好绕着走。有一本《花随人圣庵摭忆》在手边,有些姚、陈友谊的材料,便以一充十,补缀成文了。当时多么想有一套《弗堂类稿》呢?可是没有,奈何奈何?一晃就是十五年,陪福州青年朋友卢为峰兄去苏州闲逛,在旧书店楼上居然买到一套《弗堂类稿》,对我来说,真像见到了几十年前的老前辈又复活了一样,真是太高兴了。对这个名字,因为我从小就是很熟悉的。我六七岁时,初认方块字,父亲桌上就放着一个姚茫父颖的大墨盒子,这个墨盒子,直到今天,虽然不用,仍放在我的一个书架上,每天收拾房间,撑灰尘,总要挪动一下,看看它。先祖父邦彦公的墓志、墓盖,都是他写的。一九六五年还油纸包着,放在北京右安门里仁街家中父亲写字台的抽屉里,我收拾东西,还展开来看了一遍,朱丝格寸许见方的八分书迄今历历仍在目前……这还是民十年前请他写的,当时我还没有出生呢。待到我到北京之时,他已去世了,所以我没有机会见到他。

姚茫父,名华,原字重光,后字一鄂,贵州贵阳人。光绪二十三年丁酉举人,光绪三十年甲辰(一九〇四年)科举制度最末一科进士,和末代状元刘春霖同一科。授工部主事,奉亲居宣南莲花寺,公余研究《说文》金石,好篆隶,习绘事。后去日本留学,入法政大学学法律政治,学成回国,进邮传部船政司任主事,后升邮政司建核科科长。孙宝瑄《忘山庐日记》光绪三十四年四月十三日记:"命驾出诣邮部……乃至邮司,久之,姚一鄂至,对谈良久。"后多次记到姚,如"一鄂于诗,颇高具眼孔"。又如"姚君一鄂和余《新柳》诗四首,皆步原韵,姿度倜傥,神态清新,洇深于诗学者也"。又如"一鄂至,为余书扇,用双钩法临颜帖,姿神隽媚"。看来姚在邮传部中,也是一个多才多艺的人。辛亥后,被选为参议院议员,历四届。后即居于莲花寺卖画、卖字、卖文,以书、画、诗文知名于时。陈师曾是光绪二十九年(一九〇三年)去日本弘文书院留学的,后入高等师范,直到一九一〇年才回国。陈有三个著名老师,从周大烈学诗文,从范镇霖学汉隶,从范肯堂学行书。周大烈是姚茫父好友,同时也去日本留学。在日本就与陈师曾往还有友谊。陈民国二年(一九一三年)到北京,民三(一九一四年)到教育部任编审,并在女高师、北京女师教博物,后教国画。同时以画、金石治印、诗文名著京师。陈师曾师事周印昆（大烈字），而姚进士出身，又留学日本，与周是好朋友，因而按当时人际关系，师曾与姚的友谊是在师友之间的。但实际年龄，姚尚小陈一岁。《弗堂类稿》收诗"甲集"从辛亥后民三收起，第一首是《甲寅题周六、印昆同梁壁园长沙观女剧诗后》，第二首即《丙辰生日示及门诸子并邀翼牟、师曾同作》。甲寅民三（一九一四年）、丙辰民五（一九一六年），据诗及诗注：这一年姚四十岁，陈师曾已四十一，周印昆则已五十四了。诗后注云："去年生日诗云：'相似无闻同一懒。'师曾赠诗云：'四十蹉跎我似君。'"《诗集》又收有题为《丙辰四月二十六日予四十初度，师曾来小玄海作画为纪，并赋一绝，书于扇头，因书此奉答》一诗。诗云：

> 四十蹉跎我似君，不如意事日相闻。
> 何如此老山中住，步出柴门闲看云。

不唯可见二人年龄，亦可见二人交情之深。且起首二句，出语口吻，足可见风义师友之交情了。

《弗堂类稿》所收诗中，与陈师曾有关的诗有数十首之多。从不少诗中均可见二人过从之密，友谊之深，艺术学术之同好，以及当时文人之学养、艺事文宴活动之频繁，兴趣之高，大家之欢乐情绪，是使今天人十分艳羡，而又无法达到的。如《己未三月二十日法源寺饯春，师曾诗先成，遂依韵作书与道阶和尚》诗。法源寺是宣南名寺，但不单纯是一个庙，而自清代以来，就是著名文人看花雅集的地方，黄仲则在庙里住过，龚定庵少年时成天地庙里玩，民国初年，还是继承清代遗风，是文人看花雅集的场所，著名的梁任公、徐志摩招待印度诗哲泰戈尔，就是在法源寺丁香花下作了一夜诗,传为美谈者。不过这事现在知者已少了。法源寺解放后经过数十年残破,现又已整修一新,只是再找姚茫父、陈师曾、梁任公、徐志摩这样的人没有了。己未是民国八年(一九一九年),正是全国名家云集春明,文化活动鼎盛的时代。饯春盛会,姚氏豪情满怀,诗笔如风,写的洋洋洒洒一首七古,不妨抄些句,与读者同赏:

> 连年花时要笔战,碾尘千足来入殿。
> 日下看花不当春,三月风多沙注面。
> 愁中悔放桃李过,犹喜丁香开似霰。
> 忽逢佳会意相逐,好雨转作催诗宴。
> 一策姗然饭后来,迎门老僧骤色变。
> 是时雨止花如洗,往来踯躅恣吾便。
> ……(省略十句)
> 悯忠自昔数名寺,盛时物华花曾见。
> 转眄芳菲逝成水,浮生俯仰信皆贱。
> 百年长是春饯人,此身暂同处堂燕。
> 悲来未胜裁秀句,输与槐堂吟断砚。
> 量诗何用嗟王霸,惋惜前华恫后彦。

诗最后说到"槐堂","槐堂"就是陈师曾的号,辛亥后他初到北京时住新华街张棣生院子,院内有大槐树,因以自号。后到西城根库子胡同买了新房子,有《移居》诗七律四首。北京过去胡同名多是随口叫出来的,有的颇为不雅,如库子原是"裤子",所以陈诗有"自笑裤中能处虱,心悬枝上独承蜩"句,前在《陈师曾艺事》一文中曾引用过。《弗堂类稿》中也有《陈师曾新居四首》,

229

前二首云：

> 画里移家拟就图，庭阴过雨见新芜。
> 逢君欲话城西事，寂寞潜龙劫后湖。
>
> 处处槐堂处处风，南柯日月任西东。
> 小园枝上兰成序，略可安巢大抵同。

库子胡同靠近太平湖旧怡亲王府，光绪出生在那里，清代一降生皇帝的王府，就称作"潜龙旧邸"，不能再让其他王爷住。所以光绪父亲后搬到后海北岸新王府，清末俗称北府。这就是第四句诗的出典。（现在音乐学院附近，太平湖早填没了。过去也绿树成阴，小有风景。姚诗所写，十分潇洒。）

姚茫父、陈师曾都是著名画家，切蹉画艺，二人互相赠画、题画的诗特别多。如《师曾为予写象，简而有神，因题》、《师曾画鸭酒与季常，因赋二十四韵》、《师曾十七竿竹画扇》（七古）、《庚申四月二十六日四十五初度，师曾来以安石榴花、牵牛写扇为记，因题二绝句》、《题师曾荷花幅子》、《师曾一叶蕉，索二十八字》、《师曾牵牛花轴子》、《师曾墨竹卷子》等多篇，不一一介绍了。但有关其平生事迹，或一时艺事、雅玩者，不妨略作介绍。如《师曾继室汪夫人梅花遗墨，何秋江为妇乞诗》，后有自注道：

> 师曾旧题一词，下厡春绮、衡恪二印，是夫妇合璧也。秋江，丹徒人，妇为汪夫人侄，均能画。

陈师曾原配夫人姓范，是南通范肯堂女儿；继娶苏州汪东之姊,亦不幸早逝。所以诗题称"梅花遗墨"。俞剑华著《陈师曾》中说其"工绣、善诗词,相得甚欢,不幸罹病遽殒"等情。"工绣"一般也善画。结合看,不唯见此画之名贵,亦可见陈、汪夫妻生活之艺术气氛了。

当时正是梅兰芳、程砚秋大红大紫的时候,姚茫父、陈师曾和他们过从甚多,馈赠诗画十分频繁。如诗题《玉霜演"一口剑"弹词,余题诗,师曾信笔写剑,奇迹也。既为释龛所得,师曾没,寓书征题,且以为双棠馆一宝矣》,"玉霜"又作"御霜",是程砚秋的字。释龛姓李,福建人,也是当时诗人。不过这已是陈师曾去世后了,故起句云:"精英已逐腾龙去,楮墨欣看故剑存。"一语双关,用"延陵季子兮不忘旧,脱千金之剑兮挂丘墓"典。结句则云"双棠冷泪几回温",释龛也是师曾好友,"双棠馆主"也要频频伤心落泪了。

旧式文人,犹其是两榜出身的进士,他们对中国文字,散体韵体、诗词歌赋,真是太熟练了。记忆力又从幼年受过严格训练,腹笥渊博,因而要诗有诗,要词有词,如果有才气,再与这样的基本功结合起来,那便能成为诗人、词人。就姚华来说,在我感觉,他的词比他的诗,更有味道,更显才气。叶遐庵编《全清词钞》,对其清末邮传部旧同僚,著录了好几位,其中姚华共选了七首。如小词《夜行船》,题为"十一月十八日莲华寺寓斋见月作"。云:

> 碧幕笼寒霜满院,正横窗树杈遮断。菊后觞情,梅前笛意,潇洒一庭清怨。　　向老情怀殊未浅,照相思夜长天远。化水浇愁,匀诗做梦,幽处更无人见。

这样的情怀意境,空灵表现,在新文化大师如鲁迅、胡适、知堂老人等位作品中是没有的。《弗堂类稿》二卷词中,自然也有不少与陈师曾有关的。如《南浦》题为"师曾同赋前题,叠韵答之";《惜红衣》,题为"忆南泊旧游,即题师曾写荷卷子";《南乡子》,题为"王梦白背坐仕女,余与师曾各补景,并填此解";《蝶恋花》,题为"双凤院和师曾韵"。又如《题师曾画石帚词册子》,第一页至第十二页《解连环》、《卜算子》等有十三阙之多。最多是题画的,而且有和师曾同赋长调的,因为陈师曾也是词人。另外也有冶游之作。双凤院在韩家潭,是名班子,所谓"两院(参、众两议院)一堂(京师大学堂)"时代,也正是八埠高级妓院生意最好的时代,姚、陈等人自是常去逢场作戏的。时代烙印,时隔七八十年,白璧微暇,亦不必为贤者讳了。

　　姚茫父的词与陈师曾关系最为重要的是《京俗画》的题词,前后共三十四阙。这组词的重要意义,不只是词的本身,而更应提高到北京民俗历史史料位置,同陈师曾的京俗画一样,从学术历史的角度去评价。姚茫父、陈师曾这些位学人、画家,固然旧学深厚,但又不同于纯粹举人、进士出身的老学者,他们都到日本留学多年,接触过西方学术思想,因而思考问题、观察社会,并不完全是老式的,而是有西方学术思维的。能注意到北京当时社会中下层人物、贫苦无告者、各种市井风俗,也是有独特眼光的,中国传统《诗经》就有十五"国风",有不少风俗史料。汉代武梁石刻,有些古老的风俗画,宋代《清明上河图》,是精美的风俗画等等,但总的说来,这方面的诗歌、绘画以及其他有关风俗的文献流传下来还很少。更多的是抒情书感、咏物遣怀等诗词,大同小异的山水花鸟画、梅兰竹菊画。陈师曾能注意到市井风俗,留下一册三十四幅京俗画,是很不容易,值得珍贵的。或者是受到一些日本江户时代浮世绘的影响，又以自己的风格绘制的。只是画，没有题，读画者如非当时京人，亲眼目睹、熟悉社会者、便不知是做什么，不能理解其历史意义、艺术价值。因而姚茫父的词，题在每幅画上，就相得益彰了。如《瑞鹧鸪》"旗下妇女"云：

> 犹堪背影认前朝，山下焉支色暗销。弄狗何曾知地厌（画中一狗与人相向，吾乡谚云：天厌鸽、地厌狗），生儿不复号天骄。　连镶半臂红衫狭，一字平头翠髻高。最是歌台争学步，程郎华贵尚郎娇（谓玉霜、绮霞）。

民国初年，热闹街头，还可见旗装妇女。"天骄"指清代旗人一生下来就有一份口粮。"连镶半臂"是穿在旗袍外的大镶边长坎肩。"一字平头"是两把头。"玉霜、绮霞"是程砚秋、尚小云，唱《四郎探母》公主要穿旗装、花盆底子鞋学旗装妇女挺直腰板走台步。

又如《天仙子》"夫赶驴"云：

> 三十当门称健妇，才了钮犁初日后。挽成燕尾上京来，龟坼手，风蓬首，钗服着花宽似韭。　信是糟糠无好丑，庑下齐眉曾见否？梁鸿也作执鞭人，闲升白，忙升斗，几日势家呼保姆。

北京现在保姆大多是安徽人，而在世纪前期及清末，则多是京东附近各县如三河、香河、顺义的农村妇女，多是丈夫赶着驴把媳妇送进北京城熟识的"佣工介绍所"（俗名老妈店）介绍去做女佣的,林海音《城南旧事》中写到过。如不配词,只是一个赶驴人和骑驴妇女,不懂的人看画面,还以为是农村送媳妇回娘家的呢。

又如《双鸂鶒》"泼水夫"云:

> 日下香街红软,手里长瓢清浅。应是雨师来缓,点滴从伊浇遍。　乍觉风清尘断,又蹄飞轮辗。隔日午筹初转,劳劳依旧谁管。

现在是洒水汽车洒马路。姚茫父、陈师曾时代是水车前后,后一人用长柄木勺洒水,如江南浇园。如无题词,现在看画人也很难明白了。三十四幅画,三十四首词,不能一一引录介绍,略引三阙,以见一斑吧。遗憾的是这本画迄今未见再版。

姚、陈二人交情太深了,而陈去世太早了。民国十二年(一九二三年)八月七日陈师曾在南京奉侍父亲病后自己发病去世,享年四十八岁,消息传到北京,姚茫父有《哭师曾》七律,题后注"八月十日",大概是十日知道的消息。诗云:

> 年来行迹总匆匆,聚散存亡事岂同。
> 一死成君三绝绝,几人剩我五穷穷。

注:比年穷,丙子死者修文陈敬民国祥,兴义刘希陶显治,并师曾而三。余曾于壬戌之秋,偕师曾作《赤壁图》赋诗。且约以甲子东坡生日,会诸丙子生者,益张其事,抑知其不可得邪?

> 清秋湖海添新泪,隔代文章见故风。
> 未可驴鸣嫌客笑,只堪往事吊残丛。

"驴鸣"用的是魏文帝吊王粲的典故，"三绝"是诗、书、画三绝，"五穷"则不知是用什么典了。其他则都是脱口而出的常用语，用深切感情哀悼艺术同好。师曾去世后，许多一齐参与诗酒书画文宴的友好，纷纷以师曾遗作来求姚茫父加题，诗集、词集中这样的作品很多，每首词句间都表现了无限的惋惜和不尽的哀悼。未便多所征引，只举两阕《水龙吟》，词牌后有题云"印昆以师曾拟香光仿北苑渴笔山水纨扇遗墨征题，是癸丑冬间作。是年师曾始来京师。为赋二阕"。印昆即周大烈，是师曾的老师。香光即明末董其昌，大官僚名书画家。北苑，南唐都城建业，在北苑设画苑，画家董源官北苑使，创笔枯少墨之画法曰"渴笔"画法。癸丑是民国二年（一九一三年）。题目写的十分详细，词的内容也有其针对性。词云：

可怜团扇家家，家珍并数君知否？京尘梦迹，十年堪记，来时癸丑。三绝成名，万回经眼，几人低首。更萧斋一本，师门再叹，比灵运，入都后。　　何处江山如此，尽迷离，乍无还有。烟中渴墨，雨中枯管，任人妍丑。千叠愁心，许多绵渺，只容皱皱。似图中诉我，萦思旧事，又经重九。（其一）

霸才能几如君，不堪名下容谁某。深情陶冶，诗如鲁直，词如石帚。书亦犹人，画都馀事，妙来常有。纵杨云善拟，玄文尚在，问何许，落寞白。　　试数董家山里，一程程，只争先后。相看一脉，未嫌千里（师曾自题记，犹嫌相去千里），怎成孤负。裁缝虎贲，能似已憎多口。（师曾尝问梦白、拱北："画何似？"梦白云："裁缝！"相视莞然。已而"裁缝"之名,偏京邑矣。)叹名存迹往,思思此事,只堪陈朽。
(师曾别号歼。)(其二)

其二注中"梦白"是王梦白,"拱北"是金北楼,均当时名画家。"歼"是即朽的古字。陈师曾去世后,九月间,北京文化艺术界在宣外江西会馆为陈师曾举行追悼会。姚茫父有评价陈师曾艺术成就的演说。俞剑华所写《陈师曾》一书中,已引用。讲演辞中,并说曾写过《朽画赋》,专评陈师曾画。并未说到这两首词。实际这两首词,是以词的形式,综合地评价了陈师曾的艺术才华和诗词书画的综合艺术成就。而且又将二人的深厚情谊表现在词句中,其一结句之"似图中诉我……",其二结句之"叹名存迹往,思量此事"等句,把逝者与生者的感情,生动地结合在一起了,较讲演词、《朽画赋》更为真切感人。

《姚茫父与陈师曾》一文,录这两首词,就可以作一个结束了。陈师曾去世时四十八岁,姚茫父是后死者,但活的岁数也不大。民国十九年六月中风再发,一天就去世了,也只活了五十四岁。《弗堂类稿》三十一卷,是由其门人王伯群编辑印刷出版的。墓志铭是姚的好友、陈的老师湘潭周大烈写的。画家一般都长寿,而这两位博学多才的画家,却活的岁数都不大,没有为后人留下更多的艺术作品,艺苑千古,也未免太遗憾了。

一九九五乙亥立冬于浦西水流云在延吉新屋晴窗下记

常熟才子杨云史

张菊生（元济）先生解放初写过一篇《戊戌政变的回忆》，其中有一段写道：

> 被捕的"六君子"，上谕交刑部严刑审讯，十三日绑赴骡马市大街，处以死刑。杨崇伊的儿子也是通艺学堂学生，他跑来告诉我。看他面有喜色，不知是何居心……

张菊老以春秋笔法，记下杨崇伊儿子当时的态度，是十分厉害的。这是谁呢？先略介杨崇伊，再说他儿子，也就是题目所说的"常熟一才子"。

杨崇伊，字莘伯，常熟人，光绪六年庚辰二甲进士，授编修，戊戌时任广西道监察御史，是荣禄的私人。戊戌八月初三日，至颐和园给西太后上奏折，说康有为、康广仁、梁启超……坏话，说"大同学会蛊惑人心，紊乱朝局"，请慈禧"即日训政，以遏乱萌"。第三天八月初六"戊戌政变"，康、梁出逃，"六君子"就被捕就义了。因此这杨崇伊是"戊戌政变"的首犯了。他儿子又是谁呢？就是后来吴佩孚幕中的名诗人杨云史。

杨云史原名朝庆，后名鉴莹，又更名圻，字云史，一字思霞，又字野王。生于同治壬申，即一八七三年。先娶李鸿章孙女，即李经方之女。婚后八年庚子，李鸿章孙女去世，据杨云史自撰《谥妻记》说，八年中已生三男、四女。杨丧妻三年后，又娶漕运

237

总督徐文达长女徐霞客(檀)为妻。时在光绪廿九年癸卯,住扬州。后随杨云史常熟、北京、南洋……二十余年,杨云史佐吴佩孚幕府,驻军岳阳时,她死在岳阳。后印之《云史悼亡四种》,除《谥妻记》外,收有悼亡诗词挽联等。

　　杨云史秀才出身,即在京为詹事府主簿。同时在张元济等人所办之"通艺学堂"学英文,后为户部郎中。中举人,调邮传部、度支部。光绪三十四年秋,李经方出使英国,奏调杨云史随赴新加坡,居南洋五年,辛亥革命,回国居上海、常熟。民国二年,又到北京。袁政府仍催其为新加坡总领事。但杨未就,经营实业,南洋有橡胶园,在国内办企业,张勋等人都有十万银元投资,但因洪宪称帝、张勋复辟、欧洲战争后橡胶业一落千丈,所以杨云史的商业失败了。但住常熟虚霩园,林木池沼,士大夫乡居生活,十分悠闲。民国十年后,因潘燕生(即后来做汉奸的潘毓桂)的介绍,到江西督军署工作,不久,辞归,后即应吴佩孚电招,去洛阳入吴佩孚幕。北洋政府靠各省军阀武力支持,控制北京北洋政府的武力最大的是直、皖两系。其他的军阀,奉系差不多,晋系、四川、云南等地军阀力量均差一些,广东革命武力尚未形成。这时北洋直系军事领导人吴佩孚,坐镇河南洛阳,力量最大,康有为送吴五十寿联:"嵩岳龙蟠,百岁功名才过半;洛阳虎踞,八方风雨会中州。"杨云史应吴佩孚之招,到洛阳入吴幕府之时,正是吴实力最强的时候。北洋政府曹锟在其支持下贿选当上总统,想武力消灭其他军阀,统一全国,先打奉系张作霖,结果冯玉祥倒戈,直系失败,吴佩孚乘军舰逃入长江至汉口,又想东山再起,几经挣扎,终于无用。北伐时吴逃到四川,带其残余卫队及幕僚,回到北平(北伐胜利后改北京为北平)。实践其诺言:不出洋、不入租界、不娶姨太太。住到东城王府大街北什锦花园做寓公。跟随他的少数警卫人员、幕僚等不少也住在北京,每月还去他府上一两次,据说每月还关饷一元大洋。杨云史自入洛之后,一直在吴幕中做高级幕僚。大战役、大失败,均追随不离。吴下野在什锦花园做寓公,他也在北京住北船板胡同做名士,卖字卖画。"七七"日寇侵华,北平沦陷,吴仍在北京,杨也仍在北京。南京政府退到重庆,杨代表吴经香港去重庆接洽事情,因年事已高,又有鸦片嗜好,在香港一病不起,客死香岛。杨的儿女很多。据《兼于阁诗话》记:"云史避地香港,赁庑金比利道月仙台。斋中犹悬吴所书:'天下几人学杜甫,一生知己是梅花'一联。知其不忘故主也。"

杨一生有诗名,早在吴佩孚幕中,即印有《江山万里楼诗词钞》,由吴佩孚题签作序;康有为也作序,并为题"绝代江山"四字。人目杨云史诗为"史诗"。吴佩孚几次大战役,杨均有诗记载。一是民国十一年春天,张作霖率奉军入关,占据天津、北京附近。吴佩孚率军自洛阳移师河北,大败张作霖兵于长辛店,再败于滦县,数日之间,破奉军八万,张作霖退出关外,有名的直奉战争,以奉军失败而告终。杨有《军中诗》四首纪此战役。最后一首道:

夜半东风起,军中万马鸣。用兵不在众,卷甲及平明。
百战增诗力,三边破竹声。胡天飞鸟绝,不敢近长城。

在四诗的解说中,替吴吹嘘,说"公所至,商民争犒军,酒食山积,夹道纵观,争欲见颜色。战胜之威,从军之乐,我知之矣"。其得意可以想见。可惜好景不好,两年后的秋天,即民国十三年秋第二次直奉战争,起因是浙江卢永祥被南京齐燮元打败赶走,卢向张作霖求援,张又想报两年前的仇,便举兵十二万打山海关。北京曹锟政府派吴佩孚为总司令,吴带一旅精锐先到北京,于北海四照堂设"讨逆军总司令部",调遣各路军队会师山海关,四路大军、十路援军……二十余万马、步、炮、辎、工以及飞机、海军,大有一口吃掉张作霖之势。可是变起萧墙,吴的大将冯玉祥自热河率第三路军趁吴在秦皇岛、北京空虚之际回师北京,俗话叫"倒戈",吴一下子垮了……杨随吴军次,从吴一同海路逃至武昌,于黄海舟中写《榆关纪痛诗》十首,前有长序。记此战关键,吴军攻山海关未下,想从海上至葫芦岛登陆,直捣沈阳。张作霖后方无兵,十分恐惧,急派人"至承德赂玉祥使倒戈,约券千万为寿,而先辇二百万。玉祥果利其多金,许之……"这是北洋政府实力垮台的关键性一仗,此后,控制过北京政府的直系、皖系两派均无实力。奉军、晋军、西北军等又混乱了两三年,便是北伐了。当时冯倒吴戈后,奉军张作霖入关,至天津,冯去迎接,张即派李景林解除冯武装。杨诗序中记前后过程十分详细。后吴被困鸡公山,杨有《鸡公山感怀诗一百韵并序》。后吴驻黄州,驻岳州、岳阳,想东山再起,杨都有诗。此时吴亦较闲,吴亦时有和诗。吴是"北洋三秀才"之一,小诗亦多可喜者,录二首于下:

为谋统一十余秋,叹息时人不转头。

赢得扁舟堪泛宅,飘然击桧下黄州。

注:时像幕星散,惟圻侍左右而已。

水满长江酒满卮,春山如笑语如诗。

东风吹绿黄州岸,自起开窗画竹枝。

注:示云史。

记杨云史而引吴佩孚的诗,亦更可见杨的知遇之感。

杨云史父亲是"戊戌政变"第一个向西太后检举康、梁的人,二十多年过去了,民十二年,吴佩孚五十岁在洛阳过寿,康南海是迎接来的贵宾。杨云史接待贵宾,十分尴尬,在《送南海先生》四首律诗、四首绝句前言中写道:

> 癸亥暮春之初,吴将军五十寿,四方诸侯宾客会于洛阳者七百人,南海康先生先三日至,延上座……于他处见余北游诸诗,哀余之志,誉为诗史。时宾客数百皆欲一见颜色,先生亦既厌之,独引余作清淡,绵绵然若针芥之相报,书"风流儒雅"四字见赠,意殊爱我。余则以戊戌政变,先公与先生政见不合,弹劾先生至出亡,未敢作深谈,且直告之。先生则笑曰:此往事耳!政见各行其志,何足介意。况君忠义士,何忍失之!愿与君订交……余感先生爱我之真挚,至不以怨家为嫌,其气度迥非常人所及,慨念今昔,纷忧斯集。乃赋诗以报其意,先生盖伤心人也。

八首诗未便全录,引第一首七律,以见其感慨功力:

> 犹向人间识孔融,西游河洛莽春风。
> 杂花生树迷金谷,残照当楼指汉宫。
> 自古浮云连北极,至今驿路接关中。
> 揭来百感都非是,不为伤春怨道穷。

称杨云史诗为"诗史",不只是因他从吴佩孚作幕,都有诗记吴的几次大战役及失败经过,更重要的是他有《檀青引》、《天山曲》《长平公主曲》等多首长庆体,有长序的记清代史实的歌行,以及《癸丑北游诗五十首》的记清代历史的纪事组诗。这都是《江山万里楼诗词钞》中重要作品。十四五年前,苏州钱仲联老先生编写《清诗纪事》,要找《檀青引》,王西野兄曾把我的《江山万里楼诗词钞》借去,为什么钱老特别要此诗呢?因此诗前附有《檀青传》,传中说檀青姓蒋,北京人,工南北曲,善弹筝吹笛,咸丰年间在圆明园侍奉咸丰,咸丰特别喜爱。杨云史廿一岁时,在扬州见到他,宴席间清唱,声泪俱下,知道杨云史从北京来,为他讲说圆明园旧事道:

> 咸丰九年三月某夕,牡丹堂牡丹盛开,月出。上敕诸美人侍夜宴,置酒赏花于镂月开云之台。春寒未解,以紫貂荐地,宝炬千百,珠翠瑟瑟,靓妆如云,召演明皇沉香亭故事数折。花月之下,春光如醉,歌声遏云,不能自已。上顾诸美人嗟赏,赐伽楠牟尼、碧玉带钩各一事、西洋文锦两袭。内官引余跪花阴谢恩,春露滴云鬟,舞衣犹未脱也。由今思之,四十余年矣……

这是光绪十一年第一次见面,檀青最少五十多岁了。其后光绪二十三年杨又见到檀青,继续写道:

> 今岁秋复见之青溪花舫,哀音怆怆,益老矣。尝读少陵《逢李龟年》诗,于流离之况,寄家国之恨。余悲檀青之与龟年同一流落也,乃为传而长歌之。

杜甫的诗是绝句,而他的诗是长歌,一千多字,词藻感慨均

242

不让王湘绮之《圆明园词》，不妨引其起首数句看看：

> 江都三月看琼花，宝马香车十万家。
>
> 一代兴亡天宝曲，几分春色玉钩斜。
>
> 玉钩斜畔春色去，满川烟草飞花絮。
>
> 都是寻常百姓家，欲问迷楼谁知处。
>
> 高台置酒雨溟溟，贺老弹词不忍听。
>
> 二十五弦无限恨，白头犹见蒋檀青。
>
> 雕栏风暖凝丝竹，筵上惊闻朝元曲。
>
> 其时雨脚带春潮，江南江北千山绿。
>
> ……

陈兼于丈《兼于阁诗话》中称其"才气纵横者，皆不主一家，其古体……皆近元、白长庆之体"。亦足可媲美王国维的《颐和园词》。《兼于阁诗话》中称许他的"近体则在樊川、玉溪之间，固多唐音也"。当然其诗钞中更多的还是近体。杨云史是老洋务派，不同于只从科甲出身的八股人物。他在光绪中叶青年时即先在同文馆，后在张元济等人办的通艺学堂学好英文，又考中举人，又有李鸿章大儿子李经方是他岳父的靠山，所以做了驻新加坡总领事，一住五六年，这个时期的诗很多，长诗如《南溟哀》、《哀南溟》、《爪哇火山诗》、《西漠行》等，前面都有长序，述光绪初，曾纪泽出使英国，始设新加坡领事，庚子后，又遣杨士琦、王大贞、赵从蕃相继抚慰。当时南洋各岛华人共五百余万，于槟榔屿、仰光、拔泰维亚、巴东、泗水等地都派了领事官。对历史上华侨情况，及使节派遣的历史都有记载和咏诵。当时南洋群岛，种橡胶园十分发财，杨宣统元年丁父忧回苏州，第二年又去新加坡,集资二十万元,成立公司,经营橡胶园三千亩,都是开辟原始森林栽种的,直到辛亥后,还继续经营,张勋还投资十万元。但欧战后,国际上橡胶价格大跌,杨氏所经营橡胶园无法交地税,土地充公,杨之公司破产矣。

杨第一位夫人,李经方女儿是才女,早去世。续娶漕运总督徐仁山女儿名檀,字霞客,也是才女。跟随他到新加坡,住处十分优美,在其《谥妻记》写道:

> 既至星洲,卜居东陵之麓,山海幽深,水木明瑟。槟榔中幽筑数楹,绿阴如涌,颜之曰"绿墅"。夫妇吟啸其中,终岁春夏,园亭清旷,风月殊佳。案牍之暇,陈其书籍,时为高咏,且习胠卢文字,夫人伴坐万绿中,自课两幼儿读,终日相对于疏帘、文簟之间,居一年皆能作蛮语……后得蓝氏水园,尤幽胜,复迁居之。夫人工陈设,善烹饪,宾客多乐就余饮食……自戊申至辛亥五六年间,幽居海岛,晨夕相对,理乱不闻,苍然物外。当是时,苟无去国之嗟,思亲之切,则将终老是乡,作始迁祖于南溟矣。此为余夫妇少年最乐时也。

从文中所述,可以想见其在新加坡做总领事时,夫妻侨居异域之乐。这一时期除长诗外,近体诗亦很多,正如各家所评,均幽丽清逸,有仙气,与黄遵宪《人境庐诗》新加坡诸作比较,均在伯仲之间。辛亥后,杨氏回国,居原籍常熟,先住其表兄曾孟朴虚霩园,有石花林、池沼林木,十分幽美。后又自建新居于九万圩,有翠微楼、花木房栊等建筑。其《新居早起》前言中道:

> 己未(即一九一九年)十一月由虚霩园移居九万圩今

宅,壁下得元代旧砖一,纪至元元年筑圩事,地名新百万圩,今名九万圩,盖必复有旧百万圩,方言讹旧为九也。因仍古名。

常熟是江南鱼米富庶,风景名胜之地。不但有虞山、尚湖,且名家辈出,私家园林亦多,杨氏家居,亦多游赏遣兴之作。民二、民四之间,亦去北京数月,与袁寒云多唱和之作。民国四年,王湘绮去北京任国史馆长,杨有《呈王湘绮》诗。序中说"幼读湘绮书……今岁入都得见,人中龙凤,拳拳先谊,殷然奖许,不以圻为不才,为述世变本末,相与慨叹,真名士气,大异寻常也"。正如《兼于阁诗话》所说:"遗老遗少,无时无之……其《江山万里楼诗》,亦满纸黍离,盈篇麦秀。"从其与湘绮老人见面时,"述世变本末,相与慨叹"中,可以想见其无可奈何之思想。而后来追随吴佩孚,亦正是南洋橡胶园破产,金尽貂敝之时,感吴知遇,一直追随到老。三十年代前期,在北京卖字卖画,前面已经说过,就不再多说了。

杨云史的弟弟一直住苏州,在嘉兴有纸厂,六十年代初还健在。杨的一个侄子,即其弟弟的儿子,名杨醒石,中英文都好,在沪东一中学教语文、英文,比我大六七岁,也是从小北京长大的。住处较近。和我成为朋友,常常见面,讲说北京旧事。还送过我一套线装《江山万里楼诗词钞》。他孤身一人,住在学校,喜欢喝酒,"文革"后仍住在校中,自己没有家,其后即病死在学校中了,十分凄凉。我偶想起这位朋友,也颇感慨。在介绍杨云史长文的后面,附带一笔,也算对他的"思旧赋"吧!

丙子十月初冬于延吉水流云在新屋南窗下

附记二则：

一

常熟另一诗人孙师郑为翁同龢门生。与杨云史是好友，在京创瓶社纪念翁氏，因翁氏号"瓶庐"，《江山万里楼诗词钞》有两诗和孙氏者。一首诗题云：

> 今年四月二十七日，为翁文恭相国九十生日，师郑眷念师门，特于陶然亭创瓶社征诗，岁以为例。来书示名流诗并属题。

共七绝三首，其第一首并注云：

> 知己输君感子期，文章误我十年迟。
> 春风不及称桃李，我亦江南第一枝。
> 师郑以癸巳顺天乡试第二入选，俗称南元，盖北闱解元，例须直隶籍也。故文恭赠联，有孙竹江南第一枝之句。余亦以壬寅北闱第二名入选，惜文恭已放归，不及列门墙为恨。尝侍家大人谒文恭于湖上，奖饰备至。谓余三百人中最少年，以远大相期许。

按，癸巳为光绪十九年，正是甲午战争的头一年，翁正得西太后重用。其第二首及注云：

> 放棹湖山黄叶村，翠微语罢近黄昏。
> 谁怜白鹤峰前月，不照君门照墓门。

> 庚子随先公谒文恭于鹤峰墓庐,以余自京师来也,问朝
> 事,一言三叹。兴辞送客,已满庭山月矣。

此诗及注,与翁"错认秦淮夜顶潮"词对照看,可想见翁之暮
年心情,且均有画意。

二

杨云史且是多情种子,近读《吴宓日记》民国十七年五月十
九日记云:

> 晚读《杨云史(圻)悼亡四种》,有情有色,现今不可多
> 得之文章也。

吴雨僧对其评价颇高。前年秋回北京,与福州青年友人卢
为峰兄逛琉璃厂中国书店,卢无意中以八元人民币购到此书,报
纸排印本,深灰纸封面,朱彊邨(孝感)题《云史悼亡四种》。内
收《杨圻谥妻记》(吴佩孚题端)、《猿肠集》(朱孝感题端)、《悼
亡诗》(自题端)、《哀思集》(夏寿田题端)。第一种记载最详,文
字哀艳,骈散兼行,记其早中期婚姻状况及经历。杨先娶李鸿章
之长孙女,光绪十八年壬辰结婚,光绪二十六年庚子卒,生男三
女四。光绪二十九年癸卯,又于扬州娶安徽南陵才女徐檀字霞
客为继室,漕运总督、福建按察使徐文达长女。且系扬州盐商,
产业第宅甲江都。徐随出使新加坡,住数年,诗词甚多,收《猿肠
集》中。吴佩孚被冯玉祥倒戈山海关失败,逃到岳阳,杨随吴军
次,其夫人徐亦自常熟到岳阳,数月后即病逝岳阳,杨极为悲痛,
为撰《谥妻记》。书前有照片多幅,多影印之吴佩孚、康有为挽
联,均可观赏。可作杨文附记录之二。

江亢虎其人

　　"读书越多越蠢",过去我常常怀疑这句话,近日看闲书,看到了江亢虎的资料,不禁哑然失笑,这位老先生真有点像是个"读书越多越蠢"的典型人物。六十年前"七七"、"八一三",日寇相继在北平、上海对我国发动侵略,中国政府、人民决心抗战,虽然节节败退,但是士气昂扬。有志青年都争上前线,不少知名人士都陆续辗转去了后方。有些北平、上海等地走不了的名人,为逃避战火,有特殊条件的,远赴美国,甚至早在前几年就去了美国,也有一些人去了香港。但就在此时,在美国教书近三十年的江亢虎氏,却辞去了美国加利弗尼亚大学教授位置,响应汪精卫之鬼话,由美洲坐船东来,先到香港,后到南京,发表宣言,参加南京伪政权,做了汪精卫的考试院长。直至汪精卫死后,日寇投降,伪政权解体,江才离开,溜到北京,想在北京做寓公,但被以汉奸罪逮捕,解到南京,打汉奸官司,当时已六十四岁,比知堂老人还要大一岁,结果还被判了个无期徒刑。先在苏州老虎桥监狱执行,解放后押解到上海提篮桥监狱,直到一九五四年底才病死在狱中。放着美国教授不做,却回到沦陷后的南京做空头的汉奸考试院长,最后吃官司到死,想想真也叫人难以理解。知堂老人现在读者甚多,知道其当年处境艰难,不得不下水者较多,虽汉奸罪名难以洗刷,但多能予以同情和谅解。而对江亢虎,则知者已少,颇可作一介绍,作一比较。因为在抗战时期,远走美国的大知识分子不少,如林语堂氏、赵元任氏、山西冀贡权氏等位,而自美国回来做汉奸的却只有江亢虎氏一人,真所谓是咎由自取,吃汉奸官司虽有点可笑、可怜,却一点也不冤枉了。

江亢虎,江西弋阳人,原籍安徽旌德,别号康瓠、素宪。清末贡生,即秀才。后又到美国留学,学的是法律,最后取得美国一所很有名大学的法学博士学位。世纪初,清代末叶的留学生故国情深,国内政治也稳定,没有留在美国等绿卡(自然过去也没有)当美籍华人的愿望,也没有回到国内当右派挨整的顾虑,因而江亢虎取得博士学位,便急急忙忙回国报效朝廷了。正是光绪三十几年,江亢虎二十几岁,庚子后那拉氏有上谕,留学外洋的优秀子弟,回国后,均按成绩赏给进士、举人、贡生各科目。(见《郑孝胥日记》光绪二十七年七月所记引五月二十三日皇太后懿旨。)江亢虎回来,因有博士学位头衔,便予以洋进士头衔,在刑部当差,以主事任用,后升员外郎,兼京师大学堂教习,并兼北洋编译局总办、《北洋官报》总纂。宣统年间,在北京、天津两地讲洋务派各项主张,江亢虎是十分有名的。"慷慨歌燕市,从容作楚囚。引刀成一块,不愧少年头。"当年在北京银锭桥(一说是甘水桥)埋炸弹炸摄政王的汪兆铭,是名满天下的。当汪兆铭在北京活动的时候,就认识了江亢虎,二人建立了友谊。汪炸摄政王失败被捕后,江亢虎也成了重要嫌疑犯,幸亏清政府对汪宽大处理,江亢虎也未受影响,这样在北京汪、江二人的友谊就更深了。

不久辛亥革命发生了。大清帝国一下子变成了中华民国,先在南京孙中山成立临时政府,这就揭开了"民国"的帷幕,接着在北京三月初十日袁世凯正式总统履任。当时人们常学日本人称"君"的样子,废除清代称大人、老爷的叫法,而称某君、某君。于是有人便说笑话道:"倒了一个皇上,倒出现了四万万个君……"民国元、二年间，人人都能当"君"了。思想纷呈，英雄群起，仿效外国，成立政党，一时各种政党都出现了，什么民主党、共和党、老同盟会改组成立的国民党、统一党、进步党、保皇党、宗社党……这时这位江亢虎氏居然鼓吹社会主义，成立了社会党，在林林总总的政党中，也占一席之地。当时虽然没有其他党人名气大，但后来也常为人说起。江氏大概是中国最早鼓吹社会主义学说者之一，但在民国二年，就被袁世凯以武力解散了。一九三九年十月江氏自美归来，参加汪伪汉奸政权，发表一份"时局宣言"。一开始就说：

> 亢虎自民国二年中国社会党遭武力解散，即亡命海外，专力文化学术教育之事……

后在抗战胜利后，江氏沦为特种刑事庭阶下囚，以汉奸罪受审后，自写之《申请再申书》第六点尚云：

> 新经济政策乃临时建议，按照每年物产发行代价纸币，历二十年更新一次，正为抵消物产耗损，防止通货膨胀，本国父钱币革命之精神，觅现代社会主义之学说，且对外通商，何以谓之供敌？条陈意见，何可视为实行？……

江亢虎连给汪精卫上的建议，也扯上所谓的"社会主义"。而且他是法学博士，又是清代八股老手，文章都是自己写的，"何以"、"何可"两问，简洁有力，自可视为刀笔名文，但还是开脱不了他的汉奸罪名。至于他在世纪初有哪些社会党的言论，因而被袁世凯武力解散，一时就说不清了。但看民国初年在美被刺身亡的名记者黄远生《远生遗著》一文中记载："民国二年八月……社会党首领陈翼龙枪毙"的新闻，也可想见江亢虎氏当年"亡命海外"的紧张了。可惜在厚厚的两本《远生遗著》中，虽所论都是民国元、二年间北京政坛的新闻，却再未发现江亢虎及其社会党的其他资料。

按照《审判汪伪汉奸笔录》一书中所收江亢虎接受审判时的《自白书》所交代：他流亡海外后，到欧洲游历，到美国、加拿大教书，先后担任加州大学汉文教授、美国国会图书馆东方部主任、加拿大中国学院院长等职。由民国二年直到民国二十八年秋，才回到香港，又到南京投靠汪精卫政府做汉奸。北京有家，太太是精神病，美国有家有妾等等。说的好像他多年远在美国，从未参加国内政治活动。实际上并不是那么一回事。民国十四、五年间，孙中山先生自广东北上北京时，江亢虎就在北京十分活跃，因当时汪精卫正在北京，孙中山病逝北京，《总理遗嘱》就是汪写的。这时江亢虎也追随汪在北京活动。四川学人吴虞《日记》中多次记到他。在一九二四年八月间，孙中山先生未到北京时，江亢虎已到北京，筹办南方大学北京分校，任校长。教务长为江西人车盘尘。请吴虞教"诗赋"，吴引北大为例，诗、赋分任，每周各一小时。年底，中山先生到京，直到次年三月病重去世，江亢虎均在北京活跃。吴《日记》记有《东方时报》"走江湖的大走运"一条，称"江亢虎为江岸上的老虎，胡适为出塞的昭君"。江与胡适并列，可见其当时在北京之知名度。吴记中谓之曰："可谓妙语。"其后数月间，三月十一日、四月十一日、五月十九日，几次记到江亢虎，又在华美餐馆宴会，又请江亢虎为其所编书目题签……其后即再未记到江，一跳就是一九三七年。这期间，江大概的确是都到美国、加拿大去了。据江亢虎《自白书》，其大女儿江兆菊是医学博士,抗战后到成都,任华西大学医学院产科主任。而奇怪的是:早在一九三七年八月,吴虞已回到成都,"七七事变"已开始,吴《日记》中却记着江亢虎、章衣萍、孙俍工等人几次来拜访他,他还送给江《吴虞文录》、《秋水集》等自己的著作,一同逛公园、吃馆子,当时江亢虎要留在成都,就成了先平、津、京、沪教育界逃难到成都的学人了,再讲讲"社会主义",守在成都,直到抗战胜利,甚至到解放,那学术史上,也许留下点名声。真不知他当时为何而去? 后来又为何而走? 回香港、到南京,做"汪记"政府的考试院长。抗战胜利,一九四六年被判无期徒刑。解放后,在上海提篮桥监狱服刑,直到一九五四年底以七十二岁老人才病死狱中。观其一生,真有些够糊涂的可怜了。而在本世纪留学美国的大博士中,在混乱的政潮中,其糊里糊涂送命者,尚不只江亢虎氏一人,能不令人深思而长叹息乎?

前写《关于江亢虎》一文,对江某学历等情况主要根据江苏古籍出版社出版的《审讯汪伪汉奸笔录》中江之《自白书》及《侦讯笔录》,均欠完全确切。现又根据《文史资料选辑》总一〇八辑宫廷璋《罗素、杜威与江亢虎在湘演讲的反响》及总一二一辑完颜绍元《江亢虎若干史实辨误》二文,综合补充如后:

江亢虎首次去日本,在光绪二十七年,并非留学,而是考察政治,为时半年。去之前,已随东方学社中岛裁之学日本语文。回国后入北洋总督袁世凯幕,被聘为北洋编译局总办、北洋官报总纂。光绪二十八、九年间又去日本留学,光绪三十年回国,任刑部主事、京师大学堂日文教习。宣统年间,江又去法国,比利时游历,受无政府主义、第二国际等影响,讲社会主义。宣统三年回国,去杭州女学联合会讲《社会主义与女子教育》。浙江巡抚增韫劾其言行为"祸甚于洪水猛兽",江回上海租界,因之大大出名。

民国后,江亢虎改组社会党,曾谒孙中山,在崇明东沙农场办地税归公的官办"社会主义"试验场,并向袁世凯写信表白其"中国社会党"宗旨,去京见袁世凯。第一届国会竞选,社会党十分活跃,得三十个议席。一九一二年曾被逮捕,又释放。一九一三年袁世凯解散社会党,江远走美国,在加利福尼亚州立大学教中国文学。五四后,江又回国。通过徐世昌领到护照,游历苏联,正值苏联由军事共产主义转入新经济政策之时。他归后宣扬"新民主主义"、"新社会主义",出版《新俄游记》。湖南赵恒惕认为可利用来抵制共产主义思潮,所以请罗素、杜威、章太炎、吴稚晖、江亢虎等人来讲演。江亢虎第一天讲《新民主主义》,第二天讲《新社会主义》,其讲演词均收在南方大学出版社出版的《江亢虎博士讲演录》中。

二文记江亢虎一九三三年秋天又回国,但未记江亢虎筹办南方大学的时间,及江亢虎去成都事。再江亢虎何年得美国何校博士学位,均未写明。

江亢虎《自白书》中所说"妾卢氏,美国籍,现在美未回"。据二文记载,"卢氏"中文名卢岫霓,乃著名幼稚教育家蒙梭马利的弟子。

根据各种记载说明,江亢虎是第一个在中国讲"社会主义"、"新民主主义"的人。

史学家柯昌泗

说到柯昌泗的名字,现在知道的人大概不多了,但他当年的确是一位饱学之士、历史专家。台静农先生在《辅仁大学创校点滴》中说:

> 史学世家柯昌泗先生在史学系任"历史地理",这不是当时各大学普通开的课,因为研究这门学问的人太少的关系。燕舲记闻浩博,天资极高,不仅精于"历史地理",于商周铜器亦有研究,拓片收藏也多。但此君喜欢作官,入辅大以前在山东作过道尹,后来又参加察哈尔省政府作教育厅长。

柯昌泗先生字燕舲,台先生此记十分简明扼要,十分尊重、肯定其博学,却又十分遗憾其官瘾过大。真可说是春秋之笔了。

我和柯先生认识是在五十年前,当时他在日伪师范大学当史学教授,家住西城沟沿广宁伯街西口路北高台阶大门中。我去过多次。先生对学生十分客气,十分健谈,一点架子也没有。记得第一次见面说到我籍贯时,他马上便说:"你们灵丘不错,有两通魏碑,在角山寺……"接着具体介绍了这两通碑的情况,真可以说是如数家珍了。可惜我当时年幼无知,对于北魏历史,金石碑帖知识太欠缺了,柯先生这一席话,几乎是对牛弹琴了。直到后来我读了《北史》、《魏书》,才想到柯先生的渊博,真想再和先生谈谈,可是已晚了……真是无可奈何,而且柯先生不只一次和我谈到灵丘魏碑的事,直到四九年春天在天津中街重见时,老先生还又兴奋地谈起灵丘魏碑的事。

先生为什么这样津津乐道魏碑呢?这种金石家、史学家的学术爱好,一般人是难以理解的。不妨引一段柯先生写给陈援庵先生的信,以想象这些前辈学人的学术友谊。函云:

> 援老函丈:旧都祗役,得谒门墙,私幸至慰。国庆后匆匆返任,未获再为走辞,歉怅无似……前所遣打碑人已归自云冈,据言题字之石有四五处,皆在半岩,秋寒风劲,架拓难施。兹先将蠕蠕国《可敦造像记》一石拓竣,谨即驿呈清鉴。已嘱此工驰往蔚州,椎拓辽金国书幢碣,拓成当再奉寄。惟闻此等幢碣有数十种之多,倘荷平市各大学图书馆鸠资伙助纸墨,俾得尽量多拓,必能补掇古、艺风所未赅者,前已略为视缕,伏乞长者赐以倡率为叩。专此顺请道安惟照不庄。后学柯昌泗谨肃。十月十二日。辅大诸同仁乞便中代候。

这是一九三六年柯任察哈尔省教育厅长时写的信,信中所说代陈援庵先生派人去大同云冈、蔚县等地拓碑的事,当时察哈尔省会在张家口,离大同、蔚县及我的家乡灵丘等地都不远,看来他在教育厅长任上,对这些地方古迹文物,是作了一番调查的。值得拓的北魏、辽、金碑碣经幢等物很多,有文献学术价值,而且不少是前人所未见者。所以他写信建议援庵先生倡导当时北平各大学出钱,把这些石刻都拓下来。因为拓这些古物有时是很费钱费劲的事,不少石刻都在偏僻的山中,访求困难,即使访到,有的摩岩石刻,或在峭壁上,或在石洞顶,几丈高,需要搭架子才能拓到,架子工、拓工都要专门手艺人。读清人黄小松的《嵩洛访碑记》,就知道这项工作是十分艰苦、费工费钱的。当时北平各大学,北大、清华、燕大等校,都经费充足,有力量办这样的事。所以他既为援庵先生拓了一些,又寄希望于援庵先生,希望大规模去拓。此信亦足以看出柯昌泗先生于做官之余,对历史金石学术兴趣之浓厚了。可惜的是,他学问好,学术兴趣极为深厚,在当时不少大学都当过教授,却对著述十分懒,没有著述流传下来,真是遗憾了。至于台先生说他"喜欢作官",恐怕还另有原因,就是他家的开销似乎很大,而且他有嗜好——当时对一些吸鸦片烟的老先生照例这样称呼——作教授当时三百多元,一般消费、养家、买书、请客、坐包月车等等,这些自然很富裕了。但如摆官谱、玩古董、摆烟灯,那恐怕就不够了。近五十年前的沦陷时期,老先生还跑到徐州作秘书长,胜利前夕,又回到北京,后来到天津周家去作私人秘书。一位博学多闻的学者,历史地理专家,在混乱的时代中,就这样没没以终了。十多年前,有人托我整理孙墨佛的《书源》原稿,有一册民国二十四年商务印书馆印的序,共十篇,第一篇是先生父亲柯凤老的,最后一篇是先生的。再有《陈垣往来书信集》,收有柯凤老六封信,昌泗先生三封信。再有十年前陈兼于丈面告:《旧都文物略》中,民国二十六年北平市长秦德纯的序言,是昌泗先生任秘书长时所拟,写也是他写的。我所见到的柯昌泗先生身后文字,只有这点,比起他尊人柯凤老的《新元史》,那真是不可同日而语了。柯凤老二十年代初,写给陈援庵先生信云:

　　远庵仁兄先生左右:……小儿昌泗大学文科毕业,思觅一教席以维生计。左右学界宿望,乞为之嘘枯。现届放暑假，以后更易教员，敬希留意为荷。此请著安。弟柯劭忞拜。十六日。

又一函云：

　　示悉。小儿系文科大学毕业生，国文、经学、史学均能勉强胜任，乞费心埏埴为荷。日内即令其上谒，面聆教诲也。此复，即请远庵仁兄大人著安。弟忞顿首，二十七日。

从信中可见昌泗先生最早到辅仁大学讲"历史地理"，是柯凤老写信向援庵先生介绍的。不过二信都无纪年，因而不知是哪一年的信。按援庵先生民二当选众议员定居北京，民十年末任教育部次长，民十五年始任辅大副校长，柯凤老自民三先任清史馆代理馆长，后任馆长。这信自是在馆长任上写的。但哪一年却不清楚。不过不是昌泗先生京师大学堂初毕业时的求职信，而是他作徐世昌大总统府秘书后赋闲时的求职信。因当年他最爱吹嘘他京师大学堂以优异成绩毕业后，就到总统府做秘书的往事，谈起来眉飞色舞，而对在辅仁教书的事却很少提到，这总还是当年旧知识分子"学而优则仕"的余毒在作祟吧。其尊人柯凤老是徐世昌翰林同年，晚年关系最好，为徐主持的晚晴诗社社友，徐写诗常常就正于柯。徐作大总统时，昌泗先生正毕业，老同年长子，又是饱学英才，自然很快延揽入幕府了。昌泗先生对之有知遇之感，所以津津乐道，官瘾亦从此始矣。

昌泗先生在旧时政界、教育界、学术界交游甚广，不少学人都佩服他的博学，却又惋惜他没有著作，瞿蜕之给徐一士《一士类稿》写的序言中，还特别提到他说：

以我所知,留滞诸友之中,胶西柯燕舲君,于正史、稗史各人物亦均能如数家珍,乃至金石、图录、载籍、流略、推步、占象、州郡、山川种种难于记忆之事皆罗于胸中。尤熟于历代之特殊制度,凡是别人认为佶屈聱牙不能句读的典章文物,都能疏通证明如指诸掌。与徐君可谓一时二妙,惟柯君不屑于著述为可惜耳。

柯昌泗是柯劭忞长子,劭忞二子名柯昌济,也是金石专家,在北京图书馆工作,名气没有昌泗先生大,但学问更专,与商承祚、容庚、唐兰等位齐名,是罗振玉、王国维等古文字大师的继承者。至于台静农先生说的"史学世家",那自是指柯劭忞。柯劭忞,字凤荪,旧时学术界习惯称柯凤老,是近代北方极著名的史学家。山东胶县人,七岁就会咏诗,有"燕子不来春已晚,空庭落尽紫丁香"之句,人目之为神童。光绪十二年进士,入翰林。光绪三十二年,赴日本考察学务。其所著《新元史》,成就极大,日本东京帝国大学授于博士学位。审查者是当时日本史学名宿东京帝大教授箭内亘博士。徐世昌作大总统,明令将《新元史》列为正史。辛亥后,清史馆成立,柯继赵尔巽为清史馆馆长。日本设东方文化事业总委员会,聘柯为委员长。直到民国二十二年才去世,享寿八十四岁。在三十年代初,几乎成为史学界的泰斗了。

柯凤老夫人是吴汝纶氏女儿。吴是桐城派古文的最后继承人,保定莲池书院的山长,对北方学术影响甚大。其侄女吴芝瑛,是小万柳堂主人廉南湖夫人,又是鉴湖女侠秋瑾至友,在本世纪初是有名的才女,名气甚大。柯老夫人名吴芝芳。柯凤老小儿子名柯昌汶,娶的是曲阜衍圣公孔德成氏姐姐孔德懋女士,著有《孔府内宅轶事》一书,书中还提到结婚迎亲时,柯凤老因病不能去曲阜,由柯昌泗先生代替家长陪同幼弟来迎亲的。这是整整六十年前的旧事了。当时昌泗先生正在辅仁任教,而柯凤老也就是在这一年作古的。

按中华书局近日出版考古学专刊丙种第四号《语石　语石异同评》一书,叶昌炽撰,柯昌泗评,是柯燕舲先生一部重要著作,足见先生学识功力。通识清样后附记。云乡志。

《旧都文物略》小记

　　在上海福州路旧书店无意中买到一本宝书——《旧都文物略》,说是无意,实际还是有意。记得是一九八三年夏,有一天我在上海旧书店楼上随意浏览,看到一位店员从库房中拿出一些几十年前的旧书给一位外省的买主看。我眼尖,一眼看到这本宝书,心想可能要被买走了,多么可惜呢? 不料这位买主,根本不注意它。我在一旁注视着,未敢多嘴,生怕一说,他反而要买了去。直到这位顾客走了,我才上去搭讪,花三十元把它买下来。那位外省买主,大概是什么单位图书馆的采购人员吧,不注意它,是难怪的,因为这已是足足半世纪之前的东西了。现在不要说年纪轻的朋友们不知道这个书名,即使年纪比较大的知道的恐怕也很少了,只有专门研究北京历史文献的人,或许还知道它。这样的书,我在今天,居然能于无意中得到,岂非正如金圣叹所说:一大快事乎?

　　前两年出版的沈从文老先生所编《中国历代服饰图集》,是一本精美的巨册图书,有九磅重;我这一巨册,全部厚铜版纸影印,其重量也决不比沈先生那本轻。以重量来比较书,似乎是奇谈,但却可以给看不到这本书的读者一个比较形象的思维,起码可以感觉到这书的厚度了。

　　这是一册加厚蓝色硬封面,边上用朱红缎带穿系的巨型画册,照片四百多幅。封面书名乃二三十年代间北京著名八分书法家张海若氏集汉《衡方碑》,古拙可爱,图章六字:"海若集汉碑字"，为砖文八分，不作篆书。与书名配合协调，极为典雅。字均烫金，经历了半世纪，书面已破旧，字仍有光。这是用纯金金箔之故，如果是用铜粉代替，早变黑了，所以真金可贵。如果假的，虽然一时也光灿灿，但难以持久啊——这不也似乎是真理吗？

　　书中共分十二门。即"城垣略"，记城垣沿革、内外城、宫城等。"宫殿略"，记故宫、三大殿等。"坛庙略"，记天坛、地坛、先农坛、太庙、雍和宫等。"园囿略"，记中山公园、北海、颐和园等。"坊巷略"，记内外城街巷、胡同。"陵墓略"，记十三陵，历史人物坟墓、僧人浮屠等。"名迹略"上下，内外城及郊区名胜古迹百数十处。"河渠关隘略"，记城郊河渠、长城、居庸关等。"金石略"，记石经、石鼓、名笔等。"技艺略"，记建筑、雕刻、景泰兰、制灯、象生花朵等。"杂事略"，记礼俗风尚、生活杂事、戏剧评话、市井琐闻等。

　　每一略后，除文字说明外，最值得重视者，即为所附照片。而且可以说是以照片为主。编辑者是当时的"北平市政府秘书处"。印刷者：故宫博物院印刷所。那时故宫印刷所专印珂罗版，人员虽然不多，但印刷技艺极为高超，制版网线极细，墨色极佳，虽经半世纪，这些照片，都如新拍摄者。印刷好之外，再有一个原因，就是当时制版的底片，都是八寸、十二寸底片单张拍摄。制版时用大底片缩小，不同于今天用很小的反转底片放大。今天甚至常用"一三五"照相底片做版，那效果就更差了。当然我指是一般做版，高级的另当别论，而一般印刷厂都做不到。这些照片中的景致事物，今天不少都已没有了。如从《清明上河图》中见宋代宣和年间之汴京，从照片中可见"七七"前之北京风貌，弥可珍焉。

这书是在什么样的情况下编纂的呢？先引几句序中的话，以见其编纂主旨：

> 主旨在发扬民族精神，铺叙事实，藉资观感。文则辩而不哗，简而能当，诚一时合作。览古者倘手兹一编，博稽往烈，固不止为导游之助，而望古兴怀，执柯取则，或亦于振导民气，发扬国光，有所裨乎？

表面上说得很明白，是为了导游而编辑的。当时主要出售这本书的，不是各处书局，而是中国旅行社。当时中国旅行社总社在上海，各大城市如天津、北平、杭州、广州等地都有分社。都寄售这本书。书的定价是八元，当时折合黄金市平八分，约合现在美金三十多元，以国际价格来看，这书的价格是十分便宜的。如果以现在物价标准，不论国内还是国外，以同样价钱印同样标准的精美画册，恐怕是很难办到的。此书的印刷年代，正是世界经济不景气的年代，各种东西以及人工都非常便宜，印刷者的技艺和态度都非常认真，所以能印出如此精美的画册，说来也颇有感慨：半世纪过去了，某些印刷物反而落后了，其故安在呢？

书中文字全部用文言撰写，如"园囿略"开头写道：

> 前代园囿之著者，在内为三海；在郊为畅春、圆明、清漪、静宜、静明、颐和诸园。今世易时移，畅春、圆明、清漪，先后鞠为茂草，静宜、静明仅存外廓。劫余楼殿，只余二三。又自帝制倾覆，废皇徙居，旧日之三海、颐和诸园，均已次第开放。而社稷坛自民初即经政府整理，点缀风景，改为公园，为旧都市民唯一走集之所，春花秋月，佳兴与同，甚盛事

也。兹述园囿:首中山公园,次中南海,次北海,次景山,次颐和园,次玉泉山静明园,次南苑,凡昔日帝后游幸场所,今皆为市民宴乐之地。爰述梗概,以资导游。

这种文字共十五万多字,而且没有标点,给现在的读者来看,那是十分困难的;而在当时,一般知识阶层,具有中等文化水平的人,也都能读懂这样的文字。不然,如在当时就以为太古奥了,也没有读者,岂不影响书的销路吗?但是时隔半个世纪,在历史的长河中,虽不过是瞬间的事,而正如古人游仙诗所说"洞中方七日,世上已千年"了,客观世界变化太大了,这种文字的读者也越来越少了。书中在每一"略"之前,有一段十分简明的小引,是用"四六"骈文写的。我引首尾"城垣略"、"杂事略"小引各一段,并加标点,使读者欣赏一下这种比较古奥典雅的文字:

卫民建邦,上肇神禹;气凝后土,法范紫宫。拓卢龙燕蓟之区,聚梯航担簦之众,人文渊蔚,财物阜充,辽、元据为兴都,明、清于兹奠宅。郁葱万堵,回环九闉,沿革异形,基疆变古,五朝王会,高控中枢,四达康衢,屹为重镇。论政识冲繁之故,占风验局镉之雄。作城垣略第一。

云林荟谈,兼收朝野;《酉阳杂俎》,不遗洪纤。阅俗有今昔之观,进化考推迁之故。旧都富色香之古趣,占文明之中心。四方矜式所尊,细流盈科而进。烛龙照海,遍发光芒;琐结营巢,各饶蹊径。著昏丧之丰俭,可知因时以咸宜;备雅俗之游观,亦觉得心而应手。大邦物象,犹识千秋礼意之存;小技丸蜩,足补一编稗官之史。作杂事略第十二。

读者试看,这样的文字,如果不加标点,一般读者,不要说理解,恐怕连句子也读不断了。但另一方面也感到,当时尚不乏写出这样文字的手笔,如今则恐怕很难找到这样的作者了。如果从两面看,是得呢,还是失? 一时也难说清。可惜只能引几句给读者看看,在短文中不能多作解释,未免太遗憾了。如改写为语体文,那文气味道又完全两样了。纵然看明白意思,也是简单化的明白,并不真能领会、欣赏原文的芬芳,终究隔着一层。看来根本的还是应提高部分读者的水平。不然,又谈什么继承,一部《文选》,恐怕要一个读者也没有了。

　　五十年前,编印《旧都文物略》的时期,也正是《宇宙风》杂志出"北平专号"的时代,当时侵略战火,由关外蔓延关内,平、津危机,迫在眉睫。这些文字的写作、书籍的编辑,虽然文白不同,雅俗各异,但都由于同一的爱国心,现在翻阅旧籍,回顾前景,是很值得人深思的。

　　《旧都文物略》的出版年月是民国二十四年,即一九三五年冬,书后印的编辑者是"北平市政府秘书处",当此书编好付印时,正是当时新旧市长交接的时候,所以书前印了两篇序,第一篇是旧市长杭州人袁良字文钦的序,第二篇是新市长山东人秦德纯字绍文的序。袁良是"何梅协定"之后,以黄郛秘书长的身份继黄郛出长北平市的。秦德纯则是随宋哲元的政治势力去接替袁任市长,在一九三五年岁尾,其后一年又七、八个月,便"渔阳鼙鼓动起来","七七事变"发生,日寇侵略军长驱直入,北平沦陷。燕京市民便进入了老舍先生所写《四世同堂》故事的时代。所谓"南渡衣冠轻社稷,中原父老望旌旗"。那位秦市长便也随着宋哲元等几位遑遑而去了,一去就是八年多。胜利之后,才又作了什么参谋长,坐着雪亮的大汽车回北京又看了看,便又溜了。当年大官编书写序,自然不会亲自动手,还多少有些颜面之忌,怕写不好出丑,所以都是别人代笔的。袁的序言是其秘书长、著名诗人陈宝书执笔,书写影印。陈字濂生,又字濠省,湖北汉阳人,是名诗人程子大字颂万之婿。翁婿两人都是五十多年以前,《大公报》旧诗专刊《采风录》的健将。印出来的序文是袁良署名盖章,但文与字都是陈宝书的,现知者极少,于此说明,以存半世纪前之真相吧。

一朝天子一朝臣,此书本来是袁良的幕僚编的,秦德纯接任,书尚未印成,便也插一手,挂个坐享其成的名,便让他的机要秘书柯昌泗字燕舲也写了一篇序,附在袁序后面,也算留点小名气了。不过还比较实事求是,未掠袁良时代编辑之美。只是说:

> 书既成,方始付印,适袁君去职,余继任伊始,披览目例,以为虽不如志乘之周详,尚能繁简适中,洪纤略备,亟命赓续赶印,俾底于成。

秦序也是影印,字也是柯燕舲先生写的,八分小楷,有《乙瑛碑》笔意。柯是近代著名史学家、《新元史》的作者胶州柯凤荪的长子,早年毕业于京师大学堂,学问渊博,可惜一直热衷仕宦,又沾染了不良嗜好,结果潦倒以终,也没有著作流传下来,和去年去世的谢国桢先生是极好的朋友,而刚主师勤奋治学,终生不渝,著作等身,为后人留下不少珍贵的文化遗产。而燕舲先生却什么也没有,这样一篇序,还署着大官的名字,这里如果不说,世间又有谁知道他曾经为《旧都文物略》写过序呢?

谢刚主先生、柯燕舲先生都是我的老师,而且我得侍燕舲先生绛帐,远在四十多年之前,先生那时还住在西城广宁伯街。因为我是灵丘人，记得先生第一次见面，就对我说灵丘有几通魏碑，都在什么地方，什么庙，历历如数家珍。当时我知识浅陋，并不知道北魏拓跋氏和灵丘的关系，只感到先生学问渊博。直到若干年后，我读完《北史》、《魏书》，知道一点灵丘在北魏时期的重要地理位置，对先生所说，理解才更深入，而且知道先生金石学的造诣也十分深湛，可惜我直到今日，对金石学所知亦极有限，真感到辜负了先生当年的启发。一九四九年春天，在天津见过先生一面，又谈起魏碑的事。其后南北睽违，再未与先生见面。生平在京沪两地，和我在学术上谈故乡灵丘者，只有先生一人。回忆前尘，历历如在目前，真是不胜感慨系之。在此闲扯几句，聊当对先生的一点纪念吧。

《旧都文物略》的主编是汤用彬先生，是后来任北京大学文学院长的汤用彤先生的哥哥。汤用彬先生，字冠愚，号颇公，湖北黄梅人。清末译学馆毕业，后又在京师大学堂修国史。民国初年，第一、二届众议院湖北议员，总统府机要秘书，国史馆协修，国务院国史编纂处处长。政府南迁后，在北平市府任职，生于一八七六年，逝于一九四九年。编辑是彭一卣、陈声聪。编审是陈宝书、吴承燕、金保康。编辑人员虽少，但只用了五个月就把书编好了，这种速度和质量，今天又如何能想象呢？

汤用彤、汤用彬二位先生都已下世有年矣。用彤先生长北大文学院，也正是我即将毕业的那年，我的毕业证书上，就盖的是用彤先生的签名橡皮图章。其实我还提这张破纸做什么呢？因为就是这样一张不值分文的破纸，在那众所周知的年月里，也是罪证，被那些"英雄们"连踢带骂，监督着火烧了。真有些如张岱所说："名心一点，坚固如佛有舍利；劫火虽猛，攻之犹未破焉。"其然，岂其燃乎？

用彬先生编《旧都文物略》时,则我还是个孩子,现在翻阅这本书,也真不胜逝者如斯夫之感了。

用彬先生在编辑后记中说:"导游之作,不难于博采,而难于征实,居一室内,发箧陈书,分类付钞胥,两三写生足以举矣。而其方向之舛误,古今建筑之异形,极于陵谷变迁,山河改易,绝不一为征考,而曰:以导游也,不亦愼乎?"愼,音颠,就是颠倒的意思。后记中这些话,在今天读来,有两点意思可取:其一,即五十多年以前的人,也已注意到旅游资源的保护、开发、利用,编制此巨册,以作北京导游的指南,这不能不使今人佩服他们的先见。其二,是不单依靠书籍,而重视调查、重视实际情况,即所谓"征实"。因而他们在编辑过程中,带着照相机,到处实地摄影,给后代留下十分珍贵的资料。而且时值盛夏,正如汤用彬先生在"编辑后语"中所说"他们"彳亍暴烈日中,或踞坐殿头树下,岩畔草间",据书查考,拍摄实景,其辛苦之情,亦可想见了。

时隔五十年,当时三十岁的人,现已八十高龄,因而此书编者,差不多均已登"录鬼簿"矣。但也有硕果仅存,珊珊玉骨,游戏人间者。近年在香港《大公报》《艺林》专刊上,连续发表《兼于阁诗话》的陈声聪老先生,不就是当年编者之一吗?陈老是福州人,字兼与,或作兼于。我少年青年时代在京华,作为清末邮传部尚书陈玉老后人的房客,达十三四之久,与福建人有特殊缘分。近年在沪,有缘又认识了兼于丈,荷蒙不弃,以后辈相许,时赐教益。老人九十高龄,二十年代、三十年代均在北京工作,听谈京华掌故,浑如听天宝旧事,相与叹喟,不胜时光流逝之感。编《旧都景物略》时,兼于丈任市长机要秘书,可翰墨之职。我买到这本书后,没有回家,立即拿了到茂名南路给老先生看,请他题字。老人看了,十分惊喜!真有如游故地,如对故人之感。书

留在兼于丈处有一周之久,便题好了。是两首绝句和一段跋,诗云:

> 平上通渠筑路长,一番金碧亦周章。
> 堂堂此意何人会,御敌无兵策救亡。
>
> 当时腥秘满城阗,属笔仓皇傍战尘。
> 如过黄垆增腹痛,孤存犹滞北归身。

跋云:

> 云乡先生顷自冷摊购得此册,以予附编者之末,携来相视。距今五十年,同寅诸公,无一存者,塘沽协定之后,平津阽危。袁公文钦时绾市政,以北平为五朝国都所在,文物繁富,欲使成为游览区,一新世界耳目,以压日人野心,颇事整修,并有斯著,事虽不济,志犹可取,今已无人知者,属为题墨,因并及之。癸亥清和,兼于陈声聪,时年八十有七。

五十年旧籍,又得原编者题跋,这是多么值得珍贵的文字因缘呢?而且诗和跋都那样典则,真有炉火纯青之感。只"冷摊"二字,便回味无穷,充满了京华的思旧之感。读《鲁迅日记》,常常记载逛小市的事。没有逛小市、逛厂甸的经历,谁又知道"冷摊"的味道呢?自三百年前王渔洋逛慈仁寺,到鲁迅先生逛小市,这期间,"冷摊"二字,就包孕着京华几百年沧桑,连系着数不清的典籍文物,飘荡一种特有的文化气氛!

兼于丈因谈《旧都文物略》,说到袁良氏,此人也是当年风云一时的奇人,颇有可记述者。

一九二八年北伐后，北京曾改变建制，称"北平特别市"，直到三七年"七七事变"，前后担任市长者，有何其巩、黄郛、袁良、秦德纯等数人，现在回过头来看，时隔五十余年，可稍作客观评价，似乎还数袁良多少做了一些事。拆除皇城城墙、清除各处垃圾脏土、修北京最早的柏油马路，除城里的而外，还修了西直门直通颐和园的路，路面尽管很窄，但也不错了。当时汽车不多，清华、燕京两校老式大型客车，日日奔驰于这条路上，也很给师生带来了方便。凡此种种，都是在一九三三到三五这两三年中完工的。

袁良，字文钦，杭州城里人。年幼时家里十分贫寒，读了几年书，便到一个店铺里学生意。袁为人聪明、勤快。清末杭州拱辰桥一带有一小片日租界，有不少日本商人，他被一个日本商人看中，就雇用他在日人商店佣工，不久便带他到日本东京、神户一带经商，他同日本一样，成为日人商店中一员。日俄战争发生时，袁良正是青年，也被征入伍，成为一个日本兵，随部队到中国东北与俄军打仗。日俄战争结束，日本战胜，妄图全部攫取帝俄在东北之利益，贪心甚炽，清政府与之交涉。当时清朝在东北的高级官吏为赵尔巽、徐世昌等人。袁良此时，离开日本军队，经人介绍，认识徐世昌。徐世昌大为赏识，便派其担任与日人交涉之职。袁因在日多年，对日风俗朝政十分熟悉，又语言通畅，形同日人。且在日本军队当兵，随军打仗，一切皆知，因而据理力争，交涉十分得力，事情结束，袁即被徐任为高级幕僚，被保举为候补道。

辛亥之后，徐世昌任大总统时，总统府有八名参议，每人每月八百元现大洋薪水，但是一点事儿也没有，人称"八洞神仙"，袁良是其中之一。

一九二八年政治中心移到南京后，袁良与黄郛过从极密。"何梅协定"之后，黄任北平市长，后因日人制造华北特殊化，排挤南京嫡系势力，黄去职而袁继任。

袁任北平特别市市长时，著名评戏演员白玉霜在珠市口开明戏院演出，因贴色情戏《拿苍蝇》等，为袁赶出北平。袁卸职后，做沪上寓公，适逢白在沪演出。袁往观，戏后并宴之于某酒家，白问袁，前后矛盾何甚？袁答云："当日你在台下，我在台上，不得不那样；今日你在台上，我却在台下，不必再那样，应该这样了。"袁的这番妙语博得满堂彩声。袁直到五十年代才下世。

兼于丈还说：当年编《旧都文物略》，对后面"技艺略"、"杂事略"两篇，本有周详的计划，要把当时北京还存在的各种特殊工艺、风俗、戏剧、特产、饮食，市廛等做大量的调查，用照片和文字记录下来，后因袁氏去职，编辑经费无着，人员星散，未调查的未及继续调查，已调查拍摄的大量照片，也未及继续编辑，便匆匆结稿付梓。所以后面不但没有"市廛略"、"饮食略"、"物产略"、"风俗略"等等，而且"技艺"、"杂事"二略亦十分单薄，不得不引为憾事了。

有哪家出版社，该重印《旧都文物略》呢？恐怕有谁肯提供经费，不怕赔钱，而那些精美的铜版、珂罗版，也无法重做了。因而我的这本破书，更有敝帚自珍之感了。

一九八六，丙寅惊蛰日改旧稿于灯下

读《荷堂诗话》

　　《荷堂诗话》出版了,作者陈声聪先生,字兼于,号荷堂,又号壶因老人。在七十年代后期、八十年代前中期,上海文化界,一些爱好诗、词旧学的人士,是不陌生的。老人在其茂名南路家中,每周五都有一个小小聚会,诗词唱和、书画赏玩,为中国传统旧学造成一点影响,虽然不大,但也不绝如缕,现在还有不少健在的老人,当年是这些雅集的座上客,仍可回忆传统,讲述遗文。我因远在沪东,整天忙乱,未能参加这些小小聚会。但与兼于丈十分投缘,过从亦多。一九八七年是农历丙寅,老人歌颂虎年改革开放的新形势,春节前写了一副大对子:"新开虎步;再展鸿图",裱了挂在南京东路朵云轩橱窗中,颜体大字,十分浑雄有力,行人多驻足而观。老人还用收藏的梅红旧笺写了一小幅寄我作春帖子,词句完全一样,现仍放在抽屉中,可惜这年年底老人就以九十高龄作古了。遗留下来的是遗墨、遗稿、著述和后人的思念。

　　七十年代末、八十年代初,老人以耄耋之年,勤奋著述,在香港《大公报》《艺林》连载《兼于阁诗话》,后来汇编成集,由上海古籍出版社出版。出版后很引起学术界注意。评者谓《兼于阁诗话》可媲美老人同乡前辈陈石遗的《石遗室诗话》。当时我手边没有此书,未能比较。去秋在苏州书肆,偶然买到一部《石遗室诗话》,闲来常常翻阅,感到本世纪初到二三十年代,所谓同光后劲,不少老诗人都健在,所以《石遗室诗话》中,写的都是同时人,引诗论诗,自是老到得体。兼于丈写诗话,已在七八十年代,老诗人凋零殆尽,自然困难就多多了。而且社会上旧学也无法与世纪初前期可比,因而感到《兼于阁诗话》的出版,更见功力,更有意义。

《兼于阁诗话》所记都是近现代已去世的人。出版后,老人又着手写《荷堂诗话》,所收大都是当时健在的爱写旧体诗词的南北学人的作品。陈九思先生序中说:"先生以九秩之年,毅然秉笔……越二载又成《荷堂诗话》十余万言,海内能诗之人,虽不能网罗悉遍,然亦甚不易矣。"以九十高龄之人,尚能勤奋著述,不唯令人敬佩,亦可见其对祖国传统旧学的痴迷。又赶上改革开放的好时代,才能出版这样的书,自然也十分不易。幸得福州青年编辑卢为峰君的努力,方能直行排版,繁体印刷,八次校对,才得见书。然去老人作古,已九年矣。文字因缘,虽系个人,亦关系国家社会,此书出版,对精神文明建设、传统文化继承均有一定好处。因敬书小文介绍之。

《北平笺谱》史话

——鲁迅先生逝世五十年祭

一、前　言

在拙著《鲁迅与北京风土》第一篇,标题就是《从〈北平笺谱〉说起》。文章开头云:

> 厂肆更谁来访笺,版杨名字迅翁传。
> 海王村畔秋阳淡,风景依稀似昔年。

这是我前两年回北京经过琉璃厂时,偶然写下的一首绝句,是怀念鲁迅先生在琉璃厂访求笺纸和郑西谛先生编印《北平笺谱》的事。"版杨"是"板儿杨",板儿杨和张老西儿是两位刻制水印笺纸木版的高手艺人,因编印《北平笺谱》而将姓字流传下来,成为艺林佳话。

鲁迅先生一九三三年十一月十一日给西谛先生的信中有一段写道:

> 板儿杨、张老西之名,似可记入《访笺杂记》内。借此已可知张□为山西人。大约刻工是不专属于某一纸店的,正如来札所测,不过即使专属,中国也竟可糊涂到不知其真姓名(况且还有绰号)。

在这段话中，鲁迅先生是很有感慨的。觉得这样的高手艺家，竟至连名字也不为人所知，仅以绰号著称。其实这种情况，也有其另外一方面的原因，就是因技艺而出名，如过去北京"样子雷"、"快手刘"等等，也就是因为他们画房样子、变戏法等高超技艺，得到了以上的绰号，真名反为所掩。就以琉璃厂而论，当时也还有"古钱刘"、"宋版刘"等人物。"板儿杨"所以出名，也是这种情况。至张老西儿，那是因为张是山西人。过去北京称呼山西人，习惯叫"老西儿"，其中有玩笑的成分，也有亲热的成分，如再亲热点叫声"西儿哥"。但一般称呼"张老西儿"，也没有什么，只是叫久了，真名也为这一"官称"所掩了。

鲁迅先生编制《北平笺谱》的缘起，是与先生很早就爱好绘画、版画分不开的。古诗说："十样蛮笺出益州"，但是先生没有到过四川成都一带，成都很出名的"诗婢家"的水印诗笺也未见先生提起过。当时上海、杭州、广州的笺纸，先生都收集过，认为都不及北京的好，所以只印了一部北京的。

先生自从一九二六年八月二十六日南下后，以后一共回过两次北京(当时叫北平)，每次都到琉璃厂搜求了不少的信笺。第一次回京，一九二九年五月二十三日记道：

……从静文斋、宝晋斋、淳菁阁搜罗信笺数十种，共泉七元。

同月二十八日记道：

……往松古斋及清秘阁买信笺五种，共泉四元。

第二次回京，一九三二年十一月二十三日记道：

……往琉璃厂买信笺四盒。

一九三三年二月五日给西谛先生的信道：

　　去年冬季回北平，在琉璃厂得了一点笺纸，觉得画家与
刻印之法，已比《文美斋笺谱》时代更佳。譬如陈师曾、齐白
石所作诸笺，其刻印法已在日本木刻专家之上，但此事恐不
久也将销沉了。

　　信中随后说到"自备佳纸"印刷笺谱的事，这便是印刷
《北平笺谱》的准备和缘起了。鲁迅先生对当时琉璃厂笺纸
的评价是非常高的。后来在先生与西谛先生的努力下，《北
平笺谱》便于一九三四年初出书了。第一次印了一百部，第
二次又印了一百部。当时先生曾给西谛先生的信中幽默地
说道："至三十世纪，必与唐版媲美矣。"其实用不了那么久，
到现在虽然只有四十多年，这笺谱便早已成为难得见到的
文物了。而这十分珍贵的文物，便是搜求琉璃厂各家南纸
店，如荣宝斋、清秘阁、淳菁阁、松古斋等水印木刻笺纸印制
的，在文化艺术史上留下了珍贵的一页佳话，在文化艺术典
籍中留下了多少部精美的珍品，时至今日，虽非唐人写经、
宋元佳椠，总也可以和明版、康版媲美了。

　　关于《北平笺谱》，在以上这段文章中，我基本上已作了一些
介绍。但因限于该书的体例，谈得比较简单，不能使读者对《北
平笺谱》有更多的了解，是很遗憾的。而更遗憾的是《鲁迅与北
京风土》一书出版不久，便已售完，因而这关于《北平笺谱》的简
略介绍，现在一般读者，也难见到了。为此我想就前文未尽未详
者，再作一些补充，今年是鲁迅先生逝世五十周年纪念，就以此

小文作为小小的纪念吧。

二、释"笺"

从哪里说起呢？我想还是先从"笺"字说起吧。"笺"为何物，现在明白的人恐怕已不多。如果问《北平笺谱》四字如何解释，那各大学文史专业的学生，或者也包括一些教师，恐怕也都不能解释了。鲁迅先生五十三年前在写给郑西谛先生信中所说的："但此事恐不久也将销沉了。"不幸而早已言中了。先生的见解和预感是那样的敏锐。其悲哀又岂止是局限于小小的笺纸，似乎要联系到整个的文化与文明了。

近日在友人处，看到他收到在哈尔滨举行的某个历史文学名著的国际学术讨论会的请柬，信封上像法院的传票一样，只写收件人的姓名，既不写"同志"，也不写"先生"，不禁想起前年去世的版本目录学家、词人吕贞白老先生。他生前收到一位研究生的来信，信封上也只写他老先生的名讳，更无任何称谓。老先生气得大为跳脚。因为老先生还是以文明的眼光看待他的研究生，收到这样"勒令"和"传票"般的信封，感到受了很大的侮辱，火冒三丈了。而那研究中国古典文学名著的国际学术讨论会的工作人员、研究中国版本目录学的研究生，居然连个信封也写不来，那又该是多么可叹又可悲的"怪事"。对于这样的"学术"、"研究"等等，除去"闭眼鼓掌"之外，还能说什么呢？

信封都写不来，还谈什么信纸？信纸者，古名即"笺"也。更何况《北平笺谱》呢？——写至此，不免更有寂寞之感了。

"笺"——中华民族文化长期历史发展、高度结晶之一的"笺"，难道真的如鲁迅先生所说，永远"销沉"了吗？

笺,古文作"牋"。原义见《说文》,是"表"、"识"的意思,也就是说明、解释的意思,所以汉代郑玄注释《诗经》,称作《诗·郑氏笺》。进一步引申义:百官上书奏明某事曰"笺";这也是汉代的用法。再进一步引申义:精美题诗、写信的小幅纸曰"笺"。再进一步:书信本身亦可称"笺"。

　　笺,或叫"笺纸",作为精美信纸的另一名称,来源也很久了。有名的唐代"薛涛笺",其制在于公元八百年前后十数年之间,这已是一千一百八十年前的事了。何况以"笺"名笺,还远在薛涛之前呢。中唐时李肇《唐国史补》记云:

　　　　纸有蜀之麻面、屑末、滑石、金花、长麻、鱼子、十色笺。

　　唐末李匡乂《资暇集》(收入《颜氏文房小说》中,书藏北京图书馆善本室)记云:

　　　　松花笺代以为薛陶笺,误也。松花笺其来旧矣,元和初,薛陶尚斯色,而好制小诗,惜其幅大,不欲长,乃命匠人狭小之。蜀中才子以为便,后减诸笺亦如是,特名曰薛陶笺,今蜀纸有小样者,皆是也,非独松花一色。(按,《四库全书总目》对此书有按语云:"蜀妓薛涛,见于唐人诗集者,无不作'涛',此书独作'薛陶',显为讹字。")

　　据以上所引,可见"笺纸"之名,早在唐代已十分普遍。不过当时的"笺",和《北平笺谱》所收的笺还不是一种东西。简单说:《北平笺谱》的"笺",是木刻水印信笺,而唐代"薛涛笺"则是小幅彩色笺纸。

笺是纸制的，而我国做纸原料，主要是竹、木、棉、麻，而制纸浆又要好水，四川山多水好，竹木茂密，因而从古就出好纸。元时费著撰《笺纸谱》所记都是"蜀笺"，因而有"十样蛮笺出益州，寄来新自浣花头"的说法。盖蜀州自古即以制笺著称，而薛涛又有创造精神，其制更精，故后世"薛涛笺"、"蜀笺"，便一而二，二而一了。实际"薛涛笺"只是粉红色小幅笺纸，李商隐诗所谓"浣花笺纸桃花色，好好题诗咏玉钩"；晚唐韦庄《乞彩笺歌》所谓"留得溪头瑟瑟波，泼成纸上猩猩色"，都是指粉红色。但蜀笺色彩很多，元时费著撰《笺纸谱》记云：

> 其一薛涛，以纸为业者，家其旁。锦江水濯锦益鲜明，故谓之锦江。以浣花潭水造纸故佳，其亦水之宜矣。江旁系白为碓，上下相接，凡造纸之物，必杵之使烂，涤之使洁，然后随其广狭长短之制以造，研则为布纹，为绫绮，为人物花木，为虫鸟，为鼎彝，虽多变，亦因时之宜。

又记云：

> 纸以人得名者，有谢公，有薛涛……谢公有十色笺：深红、粉红、杏红、明黄、深青、浅青、深绿、浅绿、铜绿、浅云，即十色也。杨文公亿《谈苑》载：韩浦寄弟诗云："十样蛮笺出益州，寄来新自浣花头。"谢公笺出于此乎？涛所制笺，特深红一色耳。伪蜀王衍赐金堂令张蠙霞光笺五百幅，霞光笺疑即今之彤霞笺，亦深红色也。盖以胭脂染色，最为靡丽，苑公成大亦爱之。然更梅溽，则色败萎黄，尤难致远，公以为恨，一时把玩，固不为久计也。

278

综上所引，可知古代所谓"十样蛮笺"，其一是色彩多种，其二花纹是"砑"制，即压成的凹凸花纹。后来有进一步在纸帘子上加花版，可制出有暗花的。但这些还不是《北平笺谱》中所收的木刻、水印笺纸。

木刻水印笺纸的出现，是随着印刷术的广泛使用和进步而出现的。薛涛制笺时代，还没都使用印刷术呢。

木刻水印笺纸是明代后期出现的。我国的文化艺术用品，到了明代，发展到一个高贵、雅贵的高潮，木制家具、文房用品、瓷器陶器等等，其制作之精美，远迈前代。笺纸也是如此。文震亨《长物志》记云：

> 古人杀青为书，后乃用纸……蜀妓薛涛为纸，名十色小笺，又名蜀笺。宋有澄心堂纸，有黄白经笺，可揭开用；有碧云春树、龙凤、团花、金花等笺；有匹纸，长三丈至五丈；有彩色粉笺，及藤白、鹄白、蚕茧等纸。元有彩色粉笺、蜡笺、黄笺、罗纹笺，皆出绍兴；有白箓、观音、清江等纸，皆出江面。山斋俱当多蓄以备用。国朝连七、观音、奏本、榜纸俱不佳，惟大内用细密洒金五色粉笺，坚厚如板，面砑光如白玉，有印金花五色笺，有磁青纸如段素，俱可宝。近吴中洒金纸，松江谭笺，俱不耐久。

文震亨是吴门画派大画家文徵明的孙子，艺术世家，极为讲求生活艺术，韵致高雅，所谈无物不达到最高艺术境界。试看其论笺纸，源源本本，十分瑰丽，而其所谈亦只五色笺、印金花笺，而尚无木刻水印笺纸。

清代乾隆时钱泳《履园丛话》记云：

笺纸近以杭州制者为佳，硾笺、粉笺、蜡笺俱可用，盖杭粉细、水色峭，制度精，松江、苏州俱所不及也。有虚白斋制者，海内盛传，以梁山舟侍讲称之得名。余终嫌其胶矾太重，不能垂久。书笺花样多端，大约起于唐、宋，所谓衍波笺、浣花笺，今皆不传。每见元、明人书札中有印花、砑花，精妙绝伦者，亦有粗俗不堪者，其纸虽旧，花样总不如近今。自乾隆四十年间苏、杭、嘉兴人始为之，愈出愈奇，争相角胜，然总视画工之优劣，以定笺之高下。花样虽妙，纸质粗松，舍本逐末，可发一笑。

据此可知，乾隆之际印花信笺已经越来越美妙，所谓"花样总不如近今"，可以想见其发展盛况。盖木刻水印笺纸发展到乾嘉之际已近二百年了。

现在传世的花笺，有明代天启年间（一六二一年——一六二七年）吴发祥所制《萝轩变古笺谱》上册九十八面，下册九十面。崇祯时期著名的《十竹斋笺谱》，再后李渔所制《芥子园名笺》等等，都是既一脉相承，又不断发展的名笺。

当时制笺者，既争奇斗胜，又竞争剧烈。下面引李渔《一家言》中的一些话，亦可见当时笺纸市场竞争之一斑，也是印刷、板画、木刻史中的好材料。文云：

笺简之制，由古及今，不知几千万变，自人物器玩，以迨花鸟昆虫，无一不肖其形，无日不新其式，人心之巧，技艺之工，至此极矣……我能肖诸物之形似为笺，则笺上所列，皆题诗作字之料也。还其固有，绝有本无，悉是眼前韵事，何用他求。已命奚奴逐款制就，售之坊间，得钱付梓人，仍备剞劂之用……已经制就者,有韵事笺八种,织锦笺十种。韵事者何:题轴、便面、书卷、剖竹、雪蕉、卷子、册子是也。锦纹十种,则尽仿回文、织锦之义,满幅皆锦,止留縠纹缺处,代人作书,书成之后,与织就之回文无异。十种锦纹各别,作书之地,亦不雷同。惨澹经营,事难缕述,海内名贤欲得者,倩人向金陵购之……金陵承恩寺中有"芥子园名笺"五字署门者,即其处也。

这段文章,等于卖笺的广告。而值得注意的是:崇祯十七年印著名《十竹斋笺谱》的胡正言,字曰从,徽州人,也是流寓金陵以制笺、篆刻为业的。可以推想当时金陵在这一个时期,从事这一行业的人很多。当时没有"版权法",同行之间互相剽劫版式的自然不少。李笠翁为了保护自己"芥子园笺纸"的版权,在文章后面,还有一段特别的声明道:

是集(指《一家言》器玩部)中所集诸新式,听人效而行之。唯笺帖之体裁,则令奚奴自制自售,以代笔耕,不许他人翻梓,已经传札布告,诚之于初矣。倘仍有垄断之豪,或照式刊行,或增减一二,或稍变其形,即以他人之功冒为己有,食其利而抹煞其名者,此即中山狼之流亚也。当随所在之官司而控告焉,伏望主持公道! 至于倚富恃强,翻刻湖上笠翁之书者,六合以内,不知凡几,我耕彼食,情何以堪,誓当决一死战,布告当事,即以是集为先声。总之天地生人,各赋以心,即宜各生其智,我未尝塞彼心胸,使之勿生智巧,彼焉能夺吾生计,使不得自食其力哉?

李渔的语言，多么咬牙切齿，正说明虽笺纸之微，在制作、销售上竞争多么剧烈。这一方面说明当时买笺纸者多，考究用名笺者多，这是文化艺术高度发达的具体表现之一。另一方面说明制者多，卖者多，互相又有竞争，促使这一工艺的不断发展。有人说：明代末年在江南一带，是中国资本主义经济萌芽的时代，有不少迹象可以表明。那李渔的强硬的保护"芥子园笺纸"版权的声明，也可说是一份具体的证明资料。

不过《萝轩变古笺谱》也好，《十竹斋笺谱》、《芥子园名笺》也好，都有共同之点，就是花纹高古、纤小、细雅，简言之，都是工笔花卉折枝、山水小景，这迥不同于鲁迅先生印的《北平笺谱》，而《北平笺谱》的花纹，主要都是写意花卉、草虫、山水等。为什么呢？原因也很简单，在明代名笺盛行之际，写意画的启蒙大家八大山人、新罗山人等人的画风，还未广泛风行。而仿印这种画的技法，自然更无法出现了。

北京琉璃厂制笺业，也同古书、古玩等行当一样，在清代初、中叶，即乾隆、嘉庆之际，多是南方人，这在益都李南涧《琉璃厂书肆记》已有记载。《红楼梦》第四十八回薛蟠当铺总揽张德辉回南方探家时说："今年纸札、香料短少，明年必是贵的……赶端阳前，我顺路就贩些纸札、香扇来卖……"这正反映当时北京南纸业的情况。钱泳《履园丛话》所说花笺"自乾隆四十年间苏、杭、嘉兴人始为之"，这些笺纸自然也要运到北京来卖，所以北京一直后来仍叫"南纸店"，原来大多是南方人经营，发卖南纸。十九世纪后期，江南爆发了太平天国战争，连续十余年，江南人正常来京贸易的渠道受到影响，北方制笔、印书行业的衡水、深县、冀县、南宫、束鹿等河北省（旧时叫直隶省）中南部的人，大量进入琉璃厂，从事各种文化艺术商业。

清代末业，文人也很讲究用笺纸，尺牍、诗札由用纸、格式、书法、辞章都极为讲究。但当时有一种风气，文房用品多以翰林院新翰林的喜尚所趋。那时翰苑中最讲究用梅红笺，即把宣纸染成梅红笺，再印上朱丝格，或砑成暗格，印上朱丝博古图，如汉瓦纹"延年益寿"、"长乐未央"、双鱼纹、古镜、古钱等。因据北宋乐史《太平寰宇记》载："薛涛十色笺，短而狭，才容八行。"所以自古以来，信笺印格子都印"八行"，这样"大八行"（信的代称）、"八行书"（写信字体专称）都变成专用名词了。

庚子之后，直到民国初年，海禁大开，科举废除，官场和文人学士间，仍然十分重视尺牍、八行书，不要说高级文人，即一般文人之间，也讲求此道。也讲究笺纸，但已不重梅红，而大多用白色的了。一般官派的白宣纸朱红丝栏八行，高雅的用花笺，但是仍多素雅工细小折枝花卉，把写意折枝花卉、草虫、翎毛、山水小品，用多块版，分别套色印制花笺，使画面不但多种色彩，而且水晕烘开，好像在深浅浓淡之间，完全出于画家绘制一样，这是北京琉璃厂南纸行二十年之间发展起来的新工艺。这种工艺较之郑西谛先生《重印十竹斋笺谱序》中所说的"饾板、拱花之术相继发明，亦有先以墨色线条勾勒人物、山水、花卉之轮廓，而复套印彩色者，但以仿北宋人没骨画法者为主"等技法，有了十分大的发展。这正是鲁迅先生说的"觉得画家与刻印之法，已比《文美斋笺谱》时代更佳。譬如陈师曾、齐白石所作诸笺，其刻印法已在日本木刻专家之上"等句所指了。

以上由唐代薛涛笺，说到鲁迅先生印《北平笺谱》时北京琉璃厂的笺纸，漫长的岁月，绵绵一千余年。笺纸微物，一脉相承，而且代有名制，代有发展，《北平笺谱》又集其大成，这是多么值得深思的事呢？

也许有人说，你谈鲁迅先生印《北平笺谱》，而先拉拉扯扯说了许多笺纸闲事，岂非离题太远，这究竟是什么意思呢？这要在下段中略加说明。

三、印"谱"

记得有人说：造纸工艺的发展和印刷术的进步，标志着一个民族文化的发达。因而笺纸微物，似乎也标志着它是我中华民族悠久历史上光辉灿烂文化结晶之一。人类文化的发展、民族文化的发展，应该永远是历史总和的不断增加，而绝不是割断历史，呵佛骂祖的无知妄说。

鲁迅先生是我国新文化的旗手，是掌握了中国历史文化总和，又拿来了外国文化借鉴，而创造和发展，推动历史文化前进的人。他来自旧阵营，又反戈一击，更击中封建毒痈的要害。他在三味书屋时读熟"五经"，又加读了《尔雅》，在东京听章太炎先生讲《说文》，在北京北洋政府教育部时，读汉碑、抄汉碑、研究金石，在北大、女高师讲《中国小说史》，晚年在上海，为了革命需要，以杂文为武器，进行战斗，但仍常常感叹没有条件安静下来写一部"中国文学史"。在紧张的革命文化战斗生涯中，还约郑西谛先生积极印刷《北平笺谱》，并发出"但此事恐不久也将销沉了"的感慨。这些正说明先生对中国传统文化中精华部分的敏锐区分和深刻爱恋。郑西谛先生在《北平笺谱》序中说：

鲁迅先生于木刻画夙具倡导之心，而于诗笺之衰颓尤与余同有眷恋顾惜之意。

对外来的好的还加倡导,对本民族的好的东西自然更加"眷恋顾惜"了。

这正是取其精华,弃其糟粕,即正要有所取、有所弃、有所爱、有所憎。在继承一些、拿过一些的基础上,再加以区分,才能真正在取、弃之间,爱、憎之间,提高识别力,有所区别,有所选择。在一无所知的情况下,还谈什么选择呢? 最方便的:便是否定一切传统的东西了。"销沉"者,又岂止"诗笺"哉?

《北平笺谱》印制,首倡是鲁迅先生,一九三三年二月五日写给西谛(郑振铎)的前面已引了一半,其后面谈到具体印制时道:

> 因思倘有人自备佳纸,向各纸铺择尤(对于各派)各印数十至一百幅,纸为书叶形,采色亦须更加浓厚,上加序目,订成一书,或先约同人,或成后售之好事,实不独为文房清玩,亦中国木刻史上之一大纪念耳?
>
> 不知先生有意于此否? 因在地域上,实为最便……

先生为什么不找别人,特地找郑西谛先生呢? 因为西谛先生当时正送给鲁迅先生三本新著,即最著名之插图本《中国文学史》,开明书店出版,绿色封面,封面上有钟和指钟的图案。书是托鲁迅先生三弟乔峰先生拿来的。其时乔峰先生在"开明"工作。这部《中国文学史》的特征,是把古书中的插图,最多是明版戏剧小说的木刻插图印在书中,作为插页,十分珍贵。鲁迅先生看到这些可爱的插图,自然联想起心爱的诗笺,这可能是早已想印制笺谱了;也可能是忽然受到启发,总之是引西谛先生为同好了。所以写信约西谛先生共成斯举。当时西谛先生在北京教书,鲁迅先生则在上海,所以信中说"在地域上,实为最便"了。

西谛先生的确是鲁迅先生的知己同志,接信后便在北京琉璃厂开始访笺了。这时先生家住城里南池子,每天授课之余,先到琉璃厂各大南纸店中选买笺纸,然后抱着一大包笺纸兴冲冲地坐上包车回到南池子寓所,于灯下展玩之,心中感到无限欣慰。这些甘苦故事,后来先生写了详细的《访笺杂记》,这是晚近有关琉璃厂的一篇重要文献。其历史意义直可比乾隆时李南涧的《琉璃厂书肆记》和近人缪荃孙的《琉璃厂书肆后记》,可惜孙殿起氏《琉璃厂小志》没有把这篇东西录进去。可能因为比较晚,或因是笺纸而不是书的原因吧。

　　当时琉璃厂出售自印木刻诗笺的南纸店很多,西谛先生访笺时足迹所到,就有荣宝斋(西琉璃厂中间)、松华斋(琉璃厂)、静文斋(琉璃厂中间)、清秘阁(西琉璃厂路南)、荣禄堂(琉璃厂)、松古斋(琉璃厂中间)、淳菁阁(琉璃厂中间)、宝晋斋(东琉璃厂路北)、懿文斋(琉璃厂路北)、成兴斋(杨梅竹斜街)。以上所举,不过是《北平笺谱》所选中编入谱中的字号。即以琉璃厂而论,南纸铺亦远不只以上数字,知名者尚有宣元阁、晋豫斋、翊文斋、敏古斋、万宝斋、松雪斋、松竹斋、宝文斋、秀文斋、诒晋斋等家。鼎盛时期的琉璃厂,是现在人很难想象的了。

　　南纸铺这行买卖,现在基本上已为时代所淘汰了,仅存者如北京荣宝斋、上海朵云轩等等,也只重在接待外宾、国内除极少特殊地位的顾主而外,一般人已无多大关系;偶然来个把一般顾客,也花不了多少钱,反而要打扰柜台里面那些悠闲的营业员的休息和清兴,自然要遭到他们的冷眼和讨厌的面孔,那只怪你不知趣。所以我是很识相的,积习所好,偶然进去看看,也只是轻轻地进去,轻轻地出来,决不敢惊扰他们,至于那写着英文、日文只接待外国人的门,那更是看也不敢看,自觉地低头而退了……

鲁迅先生三天两头逛琉璃厂的时候,郑西谛先生在琉璃厂访求笺纸的时候,是没有这样的"门"的!

南纸店卖纸、笔、墨、砚、书、画、印章、颜料、扇子等等。当时由总统府、国务院到豆腐店,公私函件来往,都习惯用旧式中国纸张,毛笔书写,包括大中小学的教员和学生,如果再往前一些,写英文也是用毛笔写外国字。我亲眼见过不少老辈都有此习惯。因而毛笔信笺的销售量很大。笺纸种类很多,最普通的是毛边纸等印的各种"八行",所说"各种",是指带框的、不带框的(即不留天地)、细格、宽格、粗丝、细丝、大幅、小幅。比较高级点的,便用绵帘、连史、单宣、夹宣、甚至洒金、发笺等高级纸张制,也有先把纸染成梅红、虎皮等颜色再印制,也有不印明显的朱丝格,即红格子,而用砑光印成暗格。再考究的,就是印花笺纸了。同是印花笺纸,也有粗劣的、精美的、高雅的,同样也多种多样。

印花笺纸的印制次序是画稿、雕版、刷印、裁齐、装匣等几道工序。最后也分笺纸好坏,最普通只是四十张或五十张一扎,用纸条一束便可以了。好些的装纸匣,再好蓝布匣,最高贵锦匣。蓝布匣最高雅。当然匣子越考究,里面的笺纸也越精美。而一般布匣和锦匣装的都是一样的。郑西谛访笺时,纸匣(内装四十或五十张)一元到一元五,布匣二元到三元。这种笺纸不单卖一张两张,要买就是一匣。而一匣四十张,并不是四十个花样。一般或四种花样或八种花样。因而每次选购三五十种花纹,便要买十来匣信笺,捧在怀中,也就是《访笺杂记》中说的一大抱了。

早期各纸铺找画师画稿,画师在画稿上题款,都要写"某某为某某斋主人作",或者写"某某斋主人制,某某作",画师完全是为南纸铺的店主服务的。一九三三年十月二日鲁迅写给西谛先生信中说:

李毓如作，样张中只有一家版，因系色笺，刻又劣，故未取。此公在光绪年中似为纸店服役了一世，题签之类常见其名，而技艺却实不高明，记得作品却不少。先生可否另觅数幅，存其名，以报其一世之吃苦。

类似李毓如等画师，就是专为南纸铺服务，而所入却无几的可怜画师。前引信中说"光绪年中"、"服役了一世"等等，后人看了，以为他在清代就去世了。实际他最少在二十年代初时还活着，手头有本民国九年版商务印书馆编的《实用北京指南》，在书家栏内，就有"李毓如"住"堂子胡同"。同栏第一名是"陈师曾"，后注"兼写刻"，住"安福胡同"。那时师曾先生还未移居到"库子胡同"，还没有写"自笑裈中能处虱，心悬枝上独承蜩"的妙诗呢。

诗笺自林琴南、陈师曾二位大家之后，才境界大开，精美日进，也改变了过去南纸铺店主指使画师的局面，而由画家指导南纸铺，纸铺仰仗画家的大名和社会地位。这种情况，在《北平笺谱》鲁迅先生的序言、西谛先生的序言中都明确地提出过。

有了画稿，便要刻成木版。单色印刻一块版，套色印要按不同颜色部位，刻几块版。木板用枣木、梨木等木纹细腻、而又坚硬韧性的木头。纹理粗、松、软不行，硬而脆也不行，要便于受刀。刻工不是现在的木刻版画家，刻工是以刻木版书为主的刻字工匠，这是自五代以来，与我国文化事业关系极为密切的工匠。手艺大有高下，高手不但刻一般印刷体字（即所谓宋字），而且刻真、草、隶、篆各种字体，以及各种书画，明版小说、戏剧中留下了大量精美插页，不少刻工都在工艺史上留下了姓名。徐珂《清稗类钞》中"工艺类"记云：

苏州专诸巷有刻版者曰朱圭,字上如,雕刻书画,精细工致。以河南画家刘源所绘《凌烟阁功臣像影》而雕刻之,尤为绝伦。

同书又记套色版云:

朱墨本,俗称套版,以印墨一套,印朱又一套也。广东人仿印最夥,亦最精。有五色者,武英殿本《古文渊鉴》亦五色。考其原起,则实明万历时乌程闵齐伋所创也。

南纸铺没有刻版工人,要发给刻字工,刻版工都散住在琉璃厂附近。如鲁迅先生信中说的"板儿杨"、"张老西"等几位。他们的生活是很苦的。清末《爱国报》所印《燕市积弊》中记道:

刻字的手艺,本来甚苦。年岁或老或小的人,全都吃不成。每刻一板,分两道手,有伐刀、挑刀的分别。伐刀管刮板、上样、拉线等事,把字的正面伐好,交给挑刀去挑,挑刀把反面儿挑得,外带铲空(就是没字的空格)。乱前(指庚子之前)每百宋字,才挣五百当十钱。顶好的手艺,才能了零碎儿,如名戮、票板、花信笺之类。

从以上记载,可见能刻印花信笺版的刻工,是昔时刻工中手艺顶好的。

南纸店把画稿发给刻工刻好,拿回来即可印制彩笺。印工是南纸铺自己的。花笺一色的多,二套色的较少,三套色、四套色的更少些。印时,木版仰放,刷色,铺纸,再用板毛刷轻刷一遍,掀起,如只印一色,便是一张。如印套色,要如此两三遍才能完成。

颜料用国画颜料:赭石、花青、藤黄、胭脂、朱砾、丹朱等,颜料中都要对胶,自然还要用墨,加水,所谓"烘花",印制时浓淡、水晕之间,工艺要求也是很高的。

因此一张诗笺的雅俗、高劣之间,是大有轩轾的,其间画稿好坏、刻手高下、匠工优劣都有密切的关系。

郑西谛先生在琉璃厂访求购买了大量笺纸,各拣样张,寄给上海鲁迅先生。一九三三年十月二日鲁迅回云:

> 笺样昨日收到,看了半夜,标准从宽,连"仿虚白斋"笺在内,也只取得了二百六十九种,已将去取注在各包目录之上,并笺样一同寄回,请酌夺。大约在小纸店中,或尚可另碎(按鲁迅先生原信写作"另碎",一般亦可写作"零碎")得二三十种,即请先生就近酌补,得三百种,分订四本或六本,亦即成为一书。倘更有佳者,能足四百之数,自属更好,但恐难矣……

关于书名及内容编排,鲁迅先生在同一信中也作了详细的说明,文云:

> 书名。曰《北平笺谱》或《北平笺图》,如何?
>
> 编次。看样本,大略有三大类。仿古,一也;取古人小画,宜于笺纸者用之,如戴醇士、黄瘿瓢、赵㧑叔、无名氏罗汉,二也;特请人为笺作画,三也。后者先则有光绪间之李毓如、伯禾、锡玲、李伯霖,宣统末之林琴南,但大盛在民国

四五年后之师曾、茫父……时代。编次似可用此法,而以最近之《壬申》、《癸酉》笺殿之。

前信曾主张用宣纸,现在又有些动摇了,似乎远不如夹贡之好看……

从上面所引信文中,可以看出:《北平笺谱》之成,倡议者是鲁迅先生,访笺购笺者是西谛先生,而选稿、编审者又是鲁迅先生,后来在北平具体编选、联系印刷等等,出版成书者,又是西谛先生。二位通力合作,艰苦经营,京、沪两地,往返了若干次的邮件与邮包,为中国文化事业,为世界艺术史,立下了一块丰碑——《北平笺谱》出版了!

一九三四年《鲁迅日记》一月二十二日记云:

晚西谛至自北平,并携来《北平笺谱》一函六本。

由一九三三年二月五日鲁迅倡议算起,到出书不足一年;由同年十月二日鲁迅先生编定二百六十九种时算起,到出书之日,只不过三个来月,就印出这样有历史意义的书,这是五十多年前的速度。半个多世纪过去了,祖国发生了翻天覆地的巨大变化,现在一讲就是八十年代信息爆炸时代的速度,而印一本最粗糙的书,最起码也要一两年……这个难题,谁能解答呢?恐怕远远超出“世界三大难题”之外,任何大数学家也难解答吧!

闲话少说,言归正传。

前文已引迅翁名言“必与唐版媲美矣”,我文中还说“时至今日”、“可以和明版、康版媲美”的话,谁知事实上远不止此。在我写这篇小文时,想借来重新拜读一下,就为此大费周章。先找贾植芳先生,想向复旦大学图书馆借阅,一查,没有此书。后找上海图书馆善本部,也只有《十竹斋笺谱》和《北平荣宝斋诗笺谱》两种,《北平笺谱》没有。心想鲁迅纪念馆中一定可以借到,于是托朋友打电话去问,并且言明只在馆中看,能够看二三十分钟也好。结果大失所望,回答十分干脆:不借!要有领导首长的批示……展品一动便要消毒……咱们穷教员哪里又能高攀到领导首长的批示;再说也怕担急性传染病的嫌疑被消毒……便默默打消了借阅的念头,虽然也算是一个"鲁迅研究学会"的学员,但到底是一个微末之辈呀!在享有资料专有或近水楼台的人眼中,你又算什么呀!还好,天无绝人之路,经友人蔡耕兄之介绍,在上海人民美术出版社资料室看到了这部久别的"与唐版媲美"的宝书,不禁故旧之情油然而生,恍如又坐在汉花园北大图书馆楼上、文津街北图楼上大厅里……安安静静地翻阅着,鲁迅先生的形象,西谛先生的形象,琉璃厂的街景,绘制者白石老人的矍铄笑容、飘洒银须,大千居士的大布袍褂、墨黑的大胡子,雪涛先生的黑仁丹胡子、玳瑁边墨镜……这些都一一在我眼前浮现而过。

《北平笺谱》先印一百套,预约价每部十二元。这在当时价值,约合一钱二分黄金的市价。一九三三年十二月号《文学》上刊有鲁迅先生撰稿的告白云:

> 中国古法木刻,近来已极凌替,作者寥寥,刻工亦劣,其仅存之一片土,惟在日常应用之"诗笺",而亦不为大雅所注意。三十年来,诗笺之制作大盛,绘画类出名手,刻印复颇精工。民国纪元,北平所出者尤多隽品,抒写性情,随笔点染,每入前人未尝涉及之园地。虽小景短笺,意态无穷。刻

工印工,也足以副之。惜尚未有人加以谱录,近来用毛笔作书者日少,制笺业意在迎合,辄弃成法,而又无新裁,所作乃至丑恶不可言状。勉维旧业者,全市已不及五七家,更过数载,出品恐将更形荒秽矣。鲁迅、西谛二先生因就平日采访所得,选其尤佳及足以代表一时者三百数十种(大多为彩色套印者),托各原店用原刻版片,以上等宣纸,印刷成册,即名曰《北平笺谱》。书幅阔大,彩色绚丽,实为极可宝重之文籍;而古法就荒,新著代起,然必别有面目,则此又中国木刻史上断代之唯一之丰碑也。所印仅百部,除友朋分得外,尚余四十余部,爱以公之同好。每部预约价十二元,可谓甚廉。此数售罄后,续至者只可退款。如定户多至百人以上,亦可设法第二次开印,惟工程浩大(每幅有须印十余套色者),最快须于第一次出书两月后始得将第二次书印毕奉上。预约期二十二年十二月底截止。二十三年正月内可以出书。欲快先睹者,尚希速定。

对于此版目的、印刷发行情况,在广告中都说得很清楚,我引用原文,就不必再多作解说了。第一版一百部,第二版也是一百部,但前后有很显著的差别。即第一版一百部,每部都有鲁迅、西谛二先生的亲笔签名,第二版便没有了,"人美"资料室所藏,是第二版的。

共三百四十幅,分装六册,瓷青纸书衣,线装,年久褪色变浅了。每页只正面印诗笺花纹,反面是白纸。外有蓝布书套或夹板,"人美"资料室所藏,是夹板书函。

各册书衣上书签题端,是沈兼士先生所写《北平笺谱》四字,第一册扉页,亦即"引首",是沈尹默先生所写《北平笺谱》四大字,楷书,未作二王笔意,而近似率更令。

印在书最前面的是鲁迅先生的序,由魏建功氏书写。最后署款为:"鲁迅序,天行山鬼书",有"独后来堂"阳文章,年月写"千九百三十三年十月三十日",未写"民国"几年,更未写"干支"。《鲁迅日记》一九三三年十月三十一日记云:"上午寄西谛信并《北平笺谱》序一篇。"《鲁迅书信集》一九三四年一月十一日给西谛信云:"天行写了这许多字,我想送他一部。如他已豫约,或先生曾拟由公物中送他,则此一节可取消。"都是指这篇序的。为什么要找魏建功写呢? 也是鲁迅的主张。一九三三年十一月三日信云:"签条托兼士写,甚好。还有第一页(即名"引首"的?)也得觅人写,请先生酌定。但我只不赞成钱玄同,因其议论虽多而高,字却俗媚入骨也。"十一月十一日信云:"序文我想还是请建功兄写一写。"以上所引,是本书题签、题引首、书写序言的一段公案。而魏建功先生是钱玄同先生的大弟子,书法全学玄同先生。玄同先生去世后,魏将钱手札影印出版。扉页题云:

先师吴兴钱玄同先生手札

弟子魏建功敬藏

字体和所写《北平笺谱》序言一样,是带有章草笔势的八分。猛一看,很像玄同先生所写。鲁迅所说,当时偏见,只是个人看法,不能据为定论。魏未署真名,有深意焉。

鲁迅先生序后面,是西谛先生的序。西谛先生的序是郭绍虞先生所写。末署:"二十二年十二月长乐郑振铎序,吴县郭绍虞书",有"照隅室"朱文章。当时绍虞先生正在燕京大学任中国文学系主任。

两篇序及前面目录，都是墨笔书写，珂罗版影印。鲁迅先生曾在信中夸当时故宫博物院印刷之精美云："故宫博物院之版虽贵，但印得真好，只能怪自己没有钱。每幅一元者，须看其印品才知道，因为琉璃版也大有巧拙的。"不过后来这序和目录，究竟是故宫印刷厂所印，还是"每幅一元"的便宜店家所印，就不得而知。遗憾的是，耆旧凋零，像这一类的故事，已无处可问讯了。

目录所列，第一册是博古、花卉蔬果、古钱、罗汉、古彝等仿古笺，第二册之后，除"南田遗制"小品而后，都是画师为纸铺作稿所刻者了。按时代顺序排列，都写画家名字，不写别号。收入谱中者，有戴伯和、李伯霖、李钟豫、王振声、刘锡玲，在此之后，便是李瑞清（清道人）、林琴南（畏庐老人）、陈衡恪（陈师曾）、金城（金北楼）、姚华（姚茫父）、齐璜（齐白石）、王云（王梦白）、陈年（陈半丁）、张爰（张大千）、溥儒（溥心畬）、吴徵（吴待秋）、萧愻（萧谦中）、江采（江南蘋）、马晋等人。

在目录中除去有画家的名字而外，也写了刻工的姓名，如"花果，四幅，陈衡恪画、张启和刻"，画家与刻工名字并列。文章一开头曾提到"板儿杨"、"张老西"等，鲁迅先生感慨他们只有绰号，人不知其姓名。实际他们都是有名有姓的人，张老西名张启和，山西人，家住琉璃厂西门，是手艺极高的雕版艺人，陈师曾、姚茫父的画稿都是他刻的，去世后，继起者名张东山。"板儿杨"名杨华庭，也是名刻工。此外尚有刻工萧桂、杨文、李振环等人。

为什么特别提到刻工呢？因为我国自宋、元印刷术发达以来，就特别重视镌板艺人，书板好坏，精美与否，除写、画之外，主要看刻，何况雕刻画家的画稿，更显镌板之技艺高低。西谛先生在序言中特别提到"恒板有三难"之说，即一："画须大雅又入时眸"；二："镌忌剽轻，尤嫌痴钝，易失本稿之神"；三："印拘成法，不悟心裁，恐失天然之韵。"这个标准，不但是诗笺，我想任何木刻、版画也都是实用的。

笺谱三百四十幅，在此无法一一介绍，但不妨选择较有代表性者，略作介绍。

鲁迅先生说他不高明，又为他惋惜过的那位李毓如，在《笺谱》中选了他四幅，代表光绪时一般诗笺。四笺都是折枝花卉，依次是："江南梅讯"梅花，印作淡粉红色："国香清韵"，淡绿，兰花；"秋菊有佳色"，淡黄，菊花；"劲节干云"，淡蓝色，即花青竹。四幅除以上所题之词外，署款均为"毓如为静文斋主人作"，是专为店主所作。四种色彩，但都是一色，也不分深浅，说明只是一块板所印，不是套版。内容是习见的"梅兰菊竹"，但所画还萧疏有致，看上去不俗，所以被鲁迅先生选中了。

光绪时还是科举时代，不少内容与科举有关。有一组"童戏"笺，题作"宝晋斋主人制，朱良材作"。共四幅，题字是："金吾不夜"、"戏作迷藏"、"蜀江得鲤"、"胪传式（即"一"字）甲"。所画都是儿童，很有情致。"金吾不夜"，用元宵节金吾不禁之典，画两个儿童玩花灯。"迷藏"不必多谈。"蜀江得鲤"，画面是右上方，一株高大桂树，正开着花；左下方，两个儿童跪在地上探头看着一个鱼篓，面有喜色，表示篓内有鲤鱼。画面喜色象征了考中举人。乡试考举人正是八月半桂花开的时候，所以叫"蟾宫折桂"，而得中之后，又如"鲤鱼跳龙门"，传说由鱼就变成龙了。但为什么用"蜀江"呢？"蜀江水碧蜀山青，圣主朝朝暮暮情"，这是白居易《长恨歌》中名句，蜀江是指四川的江，如何与考举人联系呢？显然不是，那么如何解"蜀江"呢？按此四字如改作口语，就是"独一无二地在江中获得鲤鱼"，有"独占鳌头"之意，画中两个儿童，意在鼓励在考举人时竞争。因"蜀"，古训即"弌"，也就是"独"。《方言》："蜀、弌也，南楚谓之独。"注云："蜀犹独耳。"钱绎《笺疏》云："《广雅·释诂》：蜀、弌也。弌，古文一字。"画家在这里掉书袋，卖"关子"，题作"蜀江得鲤"，给那些不读书、自称为画家的伧父看来，恐怕十个有十个要作是"四川江中钓鲤鱼"了。在今天说来，这难道只是个人的可笑与可悲吗？另一端"胪传弌甲"，画面左上部是几枝芦苇，新出水，萧疏有致，画面右中部，半个船头，两个儿童，蓑衣箬笠，向前探身，手持细竹竿吊一破蒲扇赶鸭，画面左下角，水纹和鸭，向前急流、急弯，画面用"春江水暖鸭先知"表示春天，向前急赶，似乎是听到消息，急于归家看喜报。北京会试、殿试在春天，"一甲"是殿试前三名，即状元、榜眼、探花，赐进士及第。科举时代殿试后，发榜时，宣制唱名曰"传胪"。所以画名"胪传一甲"，就是颂扬会试、殿试得中前三名的意思。

　　清新淡雅的是冷香的《月令笺》，共七幅，依次是"鸣鸠拂其羽"、"温风至"、"螳螂生"、"凉风至"、"苦菜秀"、"蟋蟀居壁"、"白露降"，构图简洁，意境极高，才华、胸襟、学问、功力四要素益然纸上，视今胸无点墨、铜臭熏天、自以为是之俗手，直不可道里计也。画面有人物小景，也有花卉草虫，如"温风至"，画面左方一水墨芭蕉，下山石，一士子背面科头而坐，意态闲适之趣如见眉目。而"苦菜秀"，则在画中一水墨写意青菜，根须茎菜用墨层次洒脱，虽妩媚有余而苍老不足，然似较白石老人所作更中看。因后人学白石老人者，用笔发墨都粗劣不堪，乌黑一团，久看生厌。冷香所作，虽稍嫩，但系规矩中所出，非走江湖卖膏药也。画面菜斜置，由根到叶，此外更无一物，构图十分高古。"螳螂生"是七幅中画的最漂亮的,一朵丝瓜花,几片叶子,螳螂立在花后藤上,藤丝下垂,用笔极活,楚楚有致,使人有秋风满纸之感。可见这位冷香画笔十分全面,的是大家。

女画家素筠女写四幅花鸟:"绿鸟闻歌鸟"、"卷廉花露浓"、"潭静菊华秋"、"寒香一树鸟"。工笔花鸟,很细,亦代表一时风格,虽无甚特殊之处,但韵格高雅,非俗手能比。且这人是十分有名的,这就是著名的陪西太后那拉氏作画,并为之代笔的缪太太。枝巢老人《旧京琐记》记云:

> 孝钦宫中有一女清客,即缪素筠,俗呼之"缪太太"。缪,滇人,早寡,工绘花鸟。孝钦闻之,令供奉内廷,时令代笔。月赐十金而已,以缠足故,日随乘舆,甚以为苦,三五日得一休沐。邻人李某,与缪亲戚串,余得一晤焉。时已五十许,谈论有林下风。人极谨慎,供御书画外,不干涉一事。

从枝巢老人记载中,可以想见其为人。

按鲁迅先生所论,诗笺至林琴南、陈师曾而后大盛。谱中选入亦多。与前面所介绍者,格调大不相同,其艺术境界有明显的上下床之别。

畏庐老人所作是近代境界极高的文人画,师法南宗,用笔萧疏有致,所选都是山水小品,写宋人词意,高古处如倪云林。如一幅吴梦窗之"竹槛灯窗,识秋娘庭院",画面左方几枝秀竹,竹下小室轩窗,构图十分简洁,而章法笔法,极为高妙。秋情满纸,只此数笔,便把观者引入词境了。又如"斜日起凭栏,垂杨舞暮寒",柳丝从画面右上方下垂,飘拂水阁之上,轩窗高敞,栏杆静寂,柳丝不多,而极神韵,有凉风吹拂之感。画家议论,有"画人难画手,画树难画柳"之说,而且柳丝越少、越长越难画,近代画家中,余所见唯畏庐老人及大千居士,能笔随意到,画出柳丝之神韵,他人不足道焉。

师曾先生的画最多,梅竹、花朵、山水、罗汉、字笺均有。每种均数幅。"梅竹"中有一幅,秃笔泼墨作老干,一小枝上挑,一大枝下斜,大圈三五花,意到神到而已,奇趣极似八大、新罗章法。师曾先生大概自己极为得意,右下方题云:"空山梅树老横枝,朽道人神来之笔。"不过这种画,一般人不能欣赏。

师曾先生有一组花果,以另一种笔法出之,用笔极简,而意境极真,任何人看了,都感到喜爱,生活气息极浓,与前面所说"老梅",好像是两个人的作品,而却出自一人之手,真使人感到大师笔下,无所不能。这组画都是套色所印,印工极好,画面色彩飞动处,有阳光雨露之感。如一朵秋葵,黄花含苞未放,叶子只两片,一大者在花右侧,一小者在左方花蒂处,位置有立体感,而着花似沐浴在淡淡的秋阳中。又如蒲公英,大小并立,两朵小黄花,下面绿叶平铺,亭亭直立,如此不起眼的小草花,一入先生笔下,便赋予永恒的艺术生命。昔人论画云:先师古人,后师造化。如先生者,直是以画笔司造化之功了。其他如朱柿、樱桃、紫葡萄……均各尽其妙。印章有"槐堂"、"朽道人"、"陈朽"等多种。

溥鸿,号心畲,是清代恭亲王奕䜣的孙子,有"旧王孙"印,擅山水。笺谱中收入他的作品也不少。如"轻罗小扇扑流萤"、"新雁过妆楼",着笔超脱,意境亦均淡远。不过现在知道他的人不多了,而当时与张大千有"南张北溥"之目。

白石老人齐璜的作品,收入笺谱的自然很多。老人的花卉、草虫,一般书刊上见到的较多,这里不再赘述。《笺谱》中收有四幅老人仿八大山人的人物,极为有趣,用笔犷达中有妩媚,简单处见细微,妙入毫端,传神阿堵,晚近非白石老人不能为此也。一曰"何妨醉",画一童子扶一宽袍醉人,童子在醉人左腋下,上半身全为醉人衣袖所掩。童子吃力状,醉人糊涂状,均从身体姿态及眉目神情表示,而水墨淋漓,笔锋极粗极简。"也应歇歇",画一醉人依葫芦斜坐,双目微闭,意态闲适。"偷闲",画一长髯老人,安详地坐一凳上休息。"可笑亦可笑",是四幅中表现神情最活泼的。一朴实汉子,两手一摊,喜态、笑容浮现眉宇嘴角,姿势极准,不唯生活气息极浓,且此汉善良之态,如见肺腑,八大山人原作未见,只白石老人此幅,亦是神来之笔,足以千古了。

"金石气",这三个字可能现在艺术界的人很难理解了,这同"书卷气"一样,糅合于画家的胸间笔下,其画格自然出众,气韵自然超凡,即所谓似不识人间烟火者也。《北平笺谱》中不少幅作品,都是有金石气意味的。首先表现特殊风格的是李瑞清,即清道人,他所作笺纸,都是中间一座古拙造像,四周淋漓尽致地题满他那种从汉碑变化出来的字。如一坐像,先用粗笔勾勒一如人趺坐之锐角不规则三角形,在顶端左方,斜画一侧面罗汉头像,既古且怪。此像端坐正中,四周题云:

造象经云:若有人以土木胶漆,金银铜钱,缯彩香石,铸雕绣画佛像,乃至极小如指大,获种福。余年以五十,黄冠为道士,非求福褆,但愿早日太平,一切众生,永离苦海,余得消摇观老圃黄花耳。清道人记。(按,"年以五十"之"以","消摇"等均按原作照录,不作改动,以免失真。)

在此跋后,镌"黄龙砚斋"白文章。

另一幅摩古造像,题云:

> 永平四年,岁在辛卯,四月八日,李永义等为现存眷属敬造弥勒像一躯,但愿共登乐土,所愿从心。阿某白(文章)。

还有一幅背面趺坐罗汉造像,题句十分有辛辣味。辞云:

> 佛背坐无忧,林中一切众生浮沉苦海,水堕恶趣,谁云我佛慈悲耶!

胸际有经纶,笔下无俗韵。这种题跋,又岂是一般市井画匠能望其项背?

金石气融入书、画中,自清代乾嘉之后开始盛行,如金冬心、翁方纲、伊秉绶诸名家,莫不有自己的独特风格,清末民初之际,继武者亦大有人在。清道人而后,姚茫父是其代表人物。《北平笺谱》中,除选其花果、山水诸作外,还选了他不少临唐墓砖造像图,十分别致高古。造像皆侧面立像,姿态丰满,是唐代仕女特征。造像身躯衣服均用淡墨勾勒,而在人物双颊点两大点胭脂,夸大突出之处,古趣横溢,边上各有题款,如一幅题云:"专墨馆藏唐画壁砖,茫父。"举此以见一斑。茫父也有不少罗汉造像,不一一介绍了。

鲁迅先生在谈到编辑体例的信中,西谛先生在序中都说:壬申、癸酉殿其后,一九三三年壬申,一九三四年癸酉。壬申猴年,癸酉鸡年。

即按次序选了王梦白、陈半丁、吴待秋、萧谦等人所画笺纸后,在结尾几幅选了动物画猴和鸡。当时荣宝斋印有十二生肖的诗笺,都是选名画家画的版,记得有白石老人画的鼠,一幅素纸,只在纸中间画了一个小耗子,很少,极为有趣。而《北平笺谱》中未把十二生肖全选入(不过荣宝斋十二生肖诗笺也不全,记得好像是没有蛇和猪,大概这二位难以表现吧,这两个生肖的朋友难免"失望"了),只选了猴和鸡。陈少鹿的"红枫白猿"是一幅十分漂亮的画,不过带有西洋和日本画的风味,《北平笺谱》中带有一点外国味的画,只此一幅。癸酉的鸡,一幅是白石老人的立在纸中心两只水墨小鸡;一幅是王羽仪先生的立在纸中心的五彩大公鸡。大公鸡是用朱红、黄、墨、花青等深浅六七种颜色套印的,鲁迅先生在"广告"中说了套色有十道的,这五彩大公鸡,可能也是其中之一吧。

洋洋大观的六册《北平笺谱》,由第一册开始"博古笺",到六册癸酉大公鸡,三百四十幅笺纸,不只是记录了本世纪前期,包括上世纪末,北京画家的艺术珍品,而更重要的是记录了那个时代的文化、文化……再说一个:还是文化! 历史,不全是政治上的你争我斗;历史,也不全是"事如春梦了无痕"的一片空白;历史,是千千万万人的生活,它都是实在的,有丑的,也有美的;有恶的,也有善的。《北平笺谱》,应该也是美的、善的,实实在在的历史印痕吧! 这是鲁迅、西谛二先生留给我们的。

鲁迅先生一九三四年一月十一日写给西谛先生的信中曾谈到某些人道:

    ……这些东西,真是"前不见古人,后不见来者",吃完许多米肉,搽了许多雪花膏之后,就什么也不留一点给未来的人们的——最末,是"大出丧"而已。

这话说得多么深刻呢？遗憾的是，世界上这种"前不见古人，后不见来者"的人，似乎太多了——因而《北平笺谱》才成为珍品，也因而《北平笺谱》今天已极少人提到了。

这已是半个多世纪前的事了。今天翻开这六本辉煌的文献，不禁也黯然神伤，老辈几乎都凋零殆尽了。

而值得庆幸的是，《北平笺谱》中的作者，迄今仍有硕果仅存者：如江南蘋（采）女士，是陈师曾先生的女弟子，今仍健在，前两年还发表长篇纪念师曾先生的文章。再如王羽仪老先生，去年还在香港三联书店和日本东方书店同时出版巨型画册——《燕京风俗》，端木蕻良配诗。日译本由内田道夫教授监修、译诗，由臼井武夫老专家解说。因我在报上写短文介绍过此书，羽仪老前辈还客气地写了信来，并千里迢迢由北京寄来老先生特地为我画的一幅石榴，那火红的石榴花，也像《北平笺谱》那幅五彩大红公鸡一样热烈。新的形势使历经沧桑、硕果仅存、当年画过《北平笺谱》公鸡的、八十多岁的老画家，又出版了巨型画册《燕京风俗》，这正说明了祖国文化的光芒，仍然未被"扫光"，这是多么重要的呢！这不是值得我们特别祝贺的吗？为了祖国的文化，为了文化的未来，也为了老画家的长寿……

四、余　韵

在《北平笺谱》出版之后，西谛先生又提议印《十竹斋笺谱》，一九三四年二月九日鲁迅复西谛先生信云：

先前未见过《十竹斋笺谱》原本，故无从比较，仅就翻本看来，亦颇有趣。翻刻全部，每人一月不过二十余元，我豫算可以担任。如先生觉其刻本尚不走样,我以为可以进行,无论如何,总可以复活一部旧书也。

后来翻刻印行《十竹斋笺谱》在二先生倡导经营之下开雕了,底本用通县王孝慈藏本。在扉页上印有告白云:

> 中华民国二十三年十二月版画丛刊会假通县王孝慈先生藏本翻印,编者为鲁迅、西谛,画者王荣麟,雕者左万川,印者崔毓如、岳海亭,经理其事者北平荣宝斋也。纸墨良好,镂印精工,近时少见,明鉴者知之矣。

但是这部印得很慢,西谛先生在《重印十竹斋笺谱序》中说:"历时七载,乃克毕功,鲁迅、孝慈二先生均不及见其成矣。"盖二位先生早已去世,且成书之时,已是"渔阳鼙鼓动地来,惊破霓裳羽衣曲"的沦陷之后,《北平笺谱》的余韵,已是"故国不堪回首月明中"的往事,如梦如烟的回忆了。

在出版《北平笺谱》的同时,荣宝斋南纸店也以其藏版印了《北平荣宝斋诗笺谱》二册,萧谦中、溥雪斋题字,寿石工序。不过类似笺纸样本,其书卷气较之《北平笺谱》自然差多了。

这些都是半个世纪前的往事了,自此之后,余韵之绝响者已久矣,嗟夫!

未来如何呢?尚可等待乎?

一在于中国传统文化之重放光芒;二在中国人民经济力之实质上的增长。此二者必须结合之,互相扶助……如此,则或许会讲究更佳美的诗笺,不然,《北平笺谱》的余韵将真地如鲁迅先生所说:"不久恐此事也将销沉了",而且是永远的销沉,那是多么可悲的——而且是民族文化、艺术的悲哀呢？

　　据闻有出版社印《十竹斋图谱》者，定价有千五百元之巨。这较之鲁迅先生印《北平笺谱》时代的价格，以国际实际黄金价格换算，也超过好几倍了。这自然是卖给外国人，换取外汇。而国内纵使有一二买者，也是凤毛麟角，一般人是不会买的。而中国历史文化的精华、一切结晶，不也是应该为今天及未来的中国人民的文明服务的吗？不是也应该为丰富他们的生活而服务吗？难道永远是换外汇的工具，供外国财大气粗的猎奇者的愚昧的赞赏吗？我预祝这种现象早日得到改变！

　　今年是鲁迅先生逝世五十年祭，谨以此文作一点微小的纪念吧！

　　一九八六年丙寅重五后一日，于水流云在轩阁楼卧处于读书灯前，雨声如注，文思又如雨点，淅淅沥沥，茫然怅然，已写了十日矣，今日完篇，计七十页。忆任公曾云：笔端时带感情，此文结尾处或有火气，戒之！戒之！云乡志。

夏、叶《文章讲话》

时间真快,叶老圣陶丈作古已经十年了。最近有朋友送来《文章讲话》的复印件,让我写篇读后介绍的文字,我不禁想起十年前老夫子去世时的情况。这年一月份我因事去北京,到京几天之后去东四八条看望老夫子,老人已住医院了。在京办完事回沪之前,打电话去问讯老人病情,说是还可以。但我回沪第三四天早晨,一开电视看新闻,就见到播放老人的故世照片,忽然感到愕然……现在展读这份一九三八年二月开明书店出版的《文章讲话》复印件,下面注着一行小字:"与叶圣陶合著。"寒窗凝思,又像十年前看到电视荧屏上老人的故世照片一样,真不胜人天永隔之感了。心想,这就是历史,每个人都在写历史……

这书是六十年前出版的,为什么加一行"与叶圣陶合著"的说明在标题下,却不印著者的姓名呢? 因为另一作者也就是出版者,是夏丏尊先生。陈望道先生序中说:

> 像丏尊先生和圣陶先生的这部书,不但处处说的很具体,而且还能在几个问题上,披露出自己的独特的见解来的,便是我所希望的陆续出现的书之一。

简单一句话:此书是夏、叶二位合著的。

全书共两部分,前面是《文章讲话》,共十篇。后面是有关中学生国文程度、课外阅读等文章,共九篇。其实前面有关文章讲话的部分,并未说全,仍应有许多话可讲,但却只有十篇,感到似乎甚少,为什么?前面作者在序中说了情况。二三十年代间,上海有一本《中学生》杂志,十分出名。夏、叶二位为指导作文教学,合作写了一个连载文字,题曰《文心》,深入浅出,很受学生欢迎,从中得到不少启发。《文心》连载结束后出了专书,但读《中学生》的读者,感到仍不满足,纷纷来信要求写"文心续篇"。当时二位先生很忙,又不想粗制滥造,敷衍读者,便精心考虑,又在《中学生》上开了一个《文章偶话》的专栏,就指导作文的各个方面写些随笔性的文章。但刊出较慢,每三期才刊出一次,将近两年时间,只刊出了七篇。叶老只写了一篇《开头和结尾》,其他都是夏丏尊先生写的。《中学生》杂志每年暑假,照例停刊两月。序中写道:

> 一九三七年暑假,《中学生》照例停刊两个月,我略得闲暇,就鼓起兴头赶写了三篇,打算从九月号的《中学生》起,连载几期,弥补过去的缺憾。不料"八一三事变"突然发生,一切都变了样子,《中学生》九月号在排印中付诸劫火,截至现在还复刊无望。这新写的几篇稿子,不知在哪一天才能叫读者读到。于是将旧稿七篇和新写的几篇合起来先行出版,改称《文章讲话》……

小小的一本书,也标志着日寇侵略战争的战火创伤,今日重读,能不先此感伤慨叹乎?当时夏先生还留在成为孤岛的上海(当时在太平洋战争前,上海还有租界地,一时尚未被日寇及汉奸政权统治),而叶老则已由苏州逃难,辗转入川,在巴蜀中学担任国文教师……八年抗战开始了——重读此书,首先应想到这点。这虽不是主要的,却是十分重要的。

这本《文章讲话》,简单地说,可以叫作作文指导随笔。一共分作十个小题:"句读和段落"、"开头和结尾"、"句子的安排"、"文章的省略"、"文章中的会话"、"文章的静境"、"文章的动态"、"所谓文气"、"意会的表出"、"感慨及其抒发的法式"。看来作者是有意安排,讲给初学作文者听。先讲句子,逗点,句号。"读"在此也读作"逗",因为我国传统教育,读书是自己在老师指导之下,点句读断句子,这叫"句读之学"。因为传统印书都不加标点,学生从点句、读断句子中学会读书。现在一般没有这种书了。学生读课本,一上来就读有标点的书,看似容易了,而从小也无从锻炼其读书能力,通过自己点句学会读书了,通通变成读书的低能儿了。看似帮助学生,实际害了学生。但现在已习惯如此,不必多说了。这篇一上来还是教学生如何使用标点符号和分段。《开头和结尾》是叶老写的一篇,提的也十分有意思。俗话说:"凡事开头难。"写文章似乎更是如此。老师出个题目,提着笔想半天,不知说什么好? 似乎是开头问题,实际全不是那么一回事,而最根本是个思路、思维方式的问题。题目是客观的存在,不管是虚的、实的概念,都要你针对这一概念的核心,和你理解的程度,去从不同角度展开思维,确定中心。中心有了,开头如何去说,那只是一个语言技巧问题了。老先生说的十分有情趣,还在引文中举了蔡元培先生的《我的新生活观》开头几句作例子:

什么叫做旧生活? 是枯燥的,是退化的。什么叫做新生活? 是丰富的,是进步的。

实际老先生用的还是科举考试八股文"破题"的方法,从字面先抓住中心,确立相对的、辩证的两个方面,然后逐层剖析都好着笔了。实际生活首先靠吃饭,一天三碗饭,是枯燥的还是丰富的呢？是退化的还是进步的呢？虽然我这问题似乎是说笑话,但也是文章另一种写法,即反面文章的开头,所以即使读老前辈的书,也要活读。"文章本天成,妙手偶得之。"文章是没有固定模式的。

书前有陈望道先生的序,序中提到"文章的静境"、"文章的动态"等篇,也包括"句读"、"句子的安排"等篇,都有独特的见解,对中等语文教育做出了一定的贡献。我们阅书中这些篇,对静的描写和动的刻画,都举例说明,说的十分清楚,但在阅读领会当中,要理解写文时行文,本身就是运动,时间的运动,思路的运动,笔端文字的运动,但动的当中,又有静的状态,写文者要善于观察静,要善于理解动,这本身也是辩证的。孔子在川上说:"逝者如斯夫,不舍昼夜。"这就说明眼前的流水,不停地在流着,是日日夜夜在流着,是永恒的动。而苏东坡《前赤壁赋》又说:"逝者如斯,而未尝往也。盈虚者如彼,而卒莫消长也。"这又是永恒的静。"静境"与"动态"二文,能举许多中学生课文中的例子,使学生通过例句的阅读欣赏,理解并学会这种辩证思维方法,学会用语言、文字来表达。后面三篇论"文气"、"意念表现"、"感慨"三篇,都深入浅出,各有特点。在六十年前的读者,一般熟读的书多,引文多是读熟的,自能从举例中,得到深刻的领会。今日的读者,最苦的是记忆中的文字太少,因而在阅读中,更要从所举例子中,反复诵读,才能有更深刻的理解和感悟。因为语言,不管中文、外文,不管白话、文言,越是典范的作品,必须读出声音,才能有深切的联系到自己感情的体会。语文的学习、作文的学习,必须从情感、思维、兴趣入手,而一切文字的感情都是声音体现的，所以读是唯一的基本功。学习别人的文章如此，检查自己的作文也是如此，写的文字通不通，顺不顺，一读便知道。写文章时，写了一半写不下去了，先停住笔，把前面的读一读，自然写下去了。这本书虽然是六十多年前写的，对今天读者说来，仍是十分新鲜的、有益的。

陈望道先生在前面序中说："语言的教育上现在还有许多问题等候大家解决。"六十多年过去了，这个问题，不但没有解决，而且是依然如故，甚至是越来越难。原因很简单，就是不读只讲，越讲越烦，越讲越糊涂，越讲越不知所云。中国两千多年文化教育，不缺少母语教育的内容和方法，缺少的是西方的科学文明。现在小学、中学十二年人文学科教育，真是旷日持久，学生每天背着沉重的书包，不知学些什么？古人说"三冬文史足用"，现在十二年读完，有的人连封简单的信都写不清楚。我当了一辈子教书匠，真是感到惭愧。而且积重难返，下个世纪恐怕也难解决这个问题了。要想解决，恐怕还真的要认真研究一下传统的私塾读书教育的方法。掌文衡者或有此意乎？

末了，再拖一个尾巴，因为书是夏、叶二老合著的。前面开头说到了圣陶丈的思念友谊，却未说到夏老先生的情况，而此书又是二位合著的，而且叶老写的很少，主要是夏老写的。现在的读者，对于夏丐尊先生比较陌生了，因想在结尾处再简单介绍一点夏老的生平，想来对读者也是有益的，只是开头说"拖一个尾巴"，用语未免稍欠雅训，有些抱歉。但这二字多少年也用在知识分子身上，我已习惯了，只是夏老先生去世过早，未能赶上这个时代耳！

夏老先生是叶老的亲家翁，一九四六年在上海病逝，只活了六十岁。现在文坛上可能知道的不多，可是在六七十年前，中学生很少不知道夏丏尊的。一是《中学生》杂志，二是中译本意大利亚米契斯的《爱的教育》。全国不少中小学老师都推荐给学生作为课外读物，我上初一时就知道此书的译者是夏丏尊。而且知道"丏"字的写法，不是"丐"字，从来不会写错。据说此书在开明书店被重版过九次，可见其销路之广，也可知夏老先生当时名气之大了。夏是清末绍兴府秀才，又去日本留学，归国曾在浙江两级师范任职，与周树人（鲁迅）、李叔同等同事。辛亥革命后改为"浙江省立第一师范学校"，同时任教者有刘大白、陈望道诸人，都是一时思想先进之士。"五四"以后，投身新文化运动。后在其故乡上虞办有名的春晖中学，在白马湖畔，风景优美，一时学人朱自清、朱光潜、丰子恺等人都来教学，连俞平伯先生也来白马湖乡间春晖中学担任过半年教员。夏先生后来又到上海办立达学园，但更重要的文化事业是开明书店。三十年代前期，开明书店在上海成为仅次于商务印书馆、中华书局的第三大书局。有不少教科书，都是开明书店出版的。当时开明董事长是邵力子，而常务董事是夏丏尊和章锡琛。开明的业务实际上就是夏、章二位主持的。《中学生》杂志是当时开明销路最广的杂志，指导中学生各门课程、品德教育，尤其是国文、作文，都起到很大的作用。老先生在白马湖滨的书斋名为"平屋"，其文集叫《平屋杂文》，我中学时曾读过，只记得其文章极为平洁可爱，但书的内容我记不得了。六十年代前期，我经常去福州路旧书店，买到过一本夏先生翻译的《芥川龙之介文集》，是洁白的道林纸印的。译笔极为淡雅朴实，是我所见译本中十分爱读的书，尤其后面芥川日记部分，内容到现在还记着。可惜在抄家时被抄走了，后来也未发还，到现在我思念这本书。古人云："亡书久似忆良朋。"我没有见过夏先生，但通过这本书，也浮漾着对先生的思念之情了。

民国笔记二题

一、民国笔记小说大观序言

　　笔记体裁的作品,在我国传统文化浩如烟海的典籍中来源是很早的,数量是极大的。广义地说,圣经贤传中的《论语》,也可以说是一部十分重要的笔记。《汉书·艺文志》说:"《论语》者,孔子应答弟子时人,及弟子相与问答之言,而接闻于夫子之语也。当时弟子各有所记。夫子既卒,门人相与论纂,故谓之《论语》。"所谓"弟子各有所记",就是笔记。但其所记是孔子的言行,是传世最早的书之一。宋朝时又把它编为"四子书"之一,包括在"四书"、"五经"内,就再没有人说他是一部"笔记",而是经书了。其实本质还是笔记的性质。这种体例的书籍,在古代还很多,古老的目录《汉书·艺文志》、《隋书·经籍志》中就记录了不少此类书名,可惜大都失传了。

　　汉魏六朝而后,书籍传世渐多,世有"文"、"笔"之分。广征博引,雅韵丽辞,骈四俪六,《三都》、《两京》,是谓之文;品次人物,讲述轶闻,情之所系,笔之于书,是谓之笔。最著名的就是刘宋之际刘义庆写的《世说新语》,用现代话说,其知识性、可读性、趣味性,真可以说是空前绝后的。不惟南北朝三百年混乱,文献丧失殆尽之后,唐朝开始修两晋、六朝史,是以《世说新语》作为重要材料,即一般读书人,亦莫不爱读此书,所谓"一种风流吾最爱，南朝人物晚唐诗"。六朝风流，几乎成为一千六七百年以来中国知识分子品次标榜的核心，这不能不说是《世说新语》一书的影响。

隋唐而后，宋元明清，典籍纷繁，那笔记之作，就更是汗牛充栋，不知有多少，内容亦极为广泛，几乎无所不包，无所不有，天文地理、历史典章、奇闻轶事、生活琐事、排日游程，以及志怪谈鬼、荒诞不经之小说家言，无不在笔记形式著述包罗之内。而直接以"笔记"名其书者，自宋代宋祁始，其后陆游之《老学庵笔记》继之。而其他笔谈、笔录、札记、琐记，或曰"新语"，或曰"旧闻"，或名"随笔"，或号"漫钞"，甚或"贵耳"、"宾退"、"归潜"、"辍耕"，数不胜数，无一非笔记著述之形式也。其影响传统文化之巨，或超圣经贤传、正经正史而过之，更不要说一切皇帝的圣旨和标语口号。不过以上都是旧语。

略述传统，以当引子，重在说明下面的，即山西古籍出版社要编一套《民国笔记小说大观》丛书，让我为该丛书写一篇序，这对我说来，真有些妄自尊大。因为我虽然出生在二十年代中叶的民国时代，但当我学会写几句半通不通的文言白话时，已是北京沦陷，做亡国奴、"伪学生"的时代了。真是生不逢辰，命焉何如？没有不怕死的冲动和勇气，只能做个普通人，正如诸葛亮说的"苟全性命于乱世"，而蹉跎岁月亦已七十一年矣。细阅编辑送来的书目、书名，其作者大都比我大四五十岁的甚至更多的长者，有些熟识的，音容笑貌，犹在眼前，而太上无情，他们均已走完历史的旅程，均成"录鬼簿"中人矣。俯仰之间，感慨万千。而为这些前辈的著作写序，更是却之不恭，序之有愧。恭愧之间，略陈述数点于读者：

一、本丛书总名《民国笔记小说大观》，这"笔记小说"四字，是"笔记"一词的小范畴,远的如《太平广记》,近的如清人纪昀的《阅微草堂笔记》、袁枚的《子不语》诸书,即"四库"分目中杂家类的小说家,既非今日的所谓"小说"及古代的通俗小说等等,亦非广义的笔记。而本书所选诸家笔记,实际在于广义的"笔记"概念,如"初集"所选十种,无一种为狭义之"笔记小说",此应预先予以说明。其所以总名为《民国笔记小说大观》,特取"笔记小说"四字统而言之,亦取易为社会接受之故。"小说"一词,亦可广义而视之,容易引起读者兴趣。图书分目传统之"四库"分目与今日之新式分目,变化甚大,均有其不合理之处。且新式分目不适于传统文献之处颇多,而分类名词之概念内涵亦不断有发展和新义,因而"笔记小说"之称,亦可广而泛之了。

二、本书总名有"民国"二字,这就有一个历史上下限,自然这个上下限,比起悠久的中国历史,那只是短暂的一瞬。同历史上不少太平盛世、鼎盛春秋,几乎不成比例,但尽管十分短暂,却极为重要,在未来的历史上,也必然要大书特书。其特征基本上可归纳为以下数点:1.结束封建君主统治,进入民治民主的时代,中间又经过一个漫长的专制与民主、新旧势力剧烈冲突及日寇入侵,全民抗战的时代。2.西方文化大量涌入,传统文化受到冲击,自然科学文化迅速增长,传统人文文化受到冲击,由中学为体、西学为用,逐渐到西学为主、中学陵替的时代。3.新旧体制、思潮交替之间,豪杰纷起、强梁横行,各种知识分子彷徨苦闷,思想亦极混乱,流派亦极纷杂。或因人而起,或为人所驱使,甚或远在异国他乡,不保身家性命,能株守牖下,澹泊以终者亦不多……以上历史背景可述者多,略陈三点,可见这些作者的思想趋向。读者亦必须稍知当时之历史背景、政治倾向、人物关系以区分之,对"民国"二字,万不能笼统地认识。

三、是想起一句古话，前人种树，后人乘凉。短短的"民国"，其笔记作者所受的基础教育，文字学养，基本上，有的甚至完全是在清代末年完成的。或者虽进入民国，其所受基础教育，还是旧式的。但大多又不同于清代以前的文人，他们不少人学通中文，又留学外洋，学西方文字知识、科学成果，不少都真正成为学贯中西的学人。这是民国历史的特征。本书所选各家，其学养也正是具有这一新旧特征的，有的甚至完全是清代的举人进士。自然，这也是历史的产物，至此以前没有，未来恐怕也不会再有。

　　四、是所选各书作者所受基础教育、所具备的传统文化素养虽大致相同，但其经历、社会地位却大不一样。如第一辑所选十余种笔记的作者，有的只是一个记者、编辑、教员，一辈子就给报纸刊物写小稿子的老先生，如陶菊隐、郑逸梅、徐一士、徐凌霄几位。而有的则官做得较大，如马叙伦，做过教育部次长、大学校长等。有的是革命者、老同盟会会员，如刘成禹。有的又是贵公子，如瞿兑之，是清末军机大臣瞿鸿玑的哲嗣，老来又十分潦倒。在学问、成就上也大有轩轾，有的较早，如况蕙风，名周颐，光绪五年举人，词曲专家，在晚清词人中是十分重要的一家，就不仅是只在刊物上随便写点文章了。至于今后继续计划出版的各种笔记，那作者就更为纷繁，其出身、学识、社会地位、平生经历，相差就更为悬殊。如袁寒云，是袁世凯次子，不但出身特殊，而且学问也好，但其平生行事又颇海派，在上海时，非遗老，亦非革命派，亦非纯学者，多少沾点帮派边，只是洋场名士耳。如写《春明梦录》之何刚德，清代久任部曹，又外放知府，入民国曾任江西道尹等职，后居沪上为遗老，但人正派，在清代做官时很能干。如写《骨董琐记》之邓之诚，则主要是一位史学家、史学教授，其代表著作为一部《中华二千年史》，《骨董琐记》特其余事耳。在混乱的时代里,有的有文无行、利欲熏心的文人,便为侵略者所收罗,丢掉性命,罪有应得。如《花随人圣庵摭忆》的作者黄濬,字秋岳,学问好,才气也大,官也大,交际也广,但与日寇勾结,"七七事变"初起不久,在南京行政院机要秘书任上,出卖情报,被以汉奸罪处决了。他的书是沦陷时期,瞿兑之为他私人印行的。然不以人废言,他的书是有学术史料价值的,较之某些海上鸳鸯蝴蝶派文人的东抄西摘的文字有价值得多。拟选的书目众多,未便一一介绍了。保存这一特殊时代的笔记著述,亦即保存这一时代各种倾向的历史记录、野史杂记,均足补正史之不足及阙漏,并足供沟通今古,为读者领略前人遗芳,观赏昔人雅韵,使中华文化气氛,得以不断绵延,影响未来,弥深弥远也。

一九九五年八月廿九日邓云乡序于上海浦西延吉水流云在新屋南窗下

二、前三辑琐谈及徐氏笔记

读了二月份《博览群书》中《好书还得好点校》一文的标题,我就深有同感。对现在的无错不成书,只有感慨系之了,何况"好点校"呢？真是希望是希望,事实是事实,甚至有时真是"非不为也","真不能也"。近几十年来的文史教育,小学、中学,乃至于大学,年轻朋友们从来没有受过一些严格的读书、背书、写字、作文的锻炼教育,中学六年读的文言课文本来就少的可怜,毕业之后,不要说文章,就连题目能记住几个呢？……这点点基础基本功,再在大学里听了许多云山雾罩的高论,论文能写几万字,注解能加几百条……而一遇到实际的字呀、文呀、标点呀、史料呀……阅读文言书籍就错误难免了。八十年代初,我的《红楼识小录》出版了,一翻错字真不少,送谭其骧先生一本,附带写了一封信说明错字过多,实在不好意思。谭公回我电话说:"没有关系。看的明白你书的人,有错字一定会看出来。如果看不出错字来,那也就看不明白你的书了,那就错到底吧。时间长了,看的多了,也许会明白?"谭公说话特别风趣,他的高论我固然未敢苟同,仍觉自己书中的错字多,总是不好意思,总是应该校阅订正的错误越少越好。可是青年朋友们限于基础和水平——受的就是这种教育吗? 有什么法子呢? 只好原谅他们了。最近又出了两本书,也还是不少错字,如"京兆布衣",印作"京北布衣",一位老学长打电话来问,说是"知堂老人住的八道湾,明明在西直门里,怎么会跑到'京北'去了呢……"我听了也不禁哑然失笑,可能是电脑跳错,"兆"字很像"北"字,"京兆"误为"京北",编者不知这一特定别号,便随它去了。再有我近年写字也常常出错,前些日子,有人找我写对联,要把"龙缘"二字嵌在联语中,上款是"龙缘阁",而我对联编的嵌字自觉还满意,题款时却题成"墨缘阁"。写好放起,人家来取了,一看别的都好,只是上款错了,只好重写。上次写一首词给友人老太太,她还好心裱了,挂起来看,第一句就有两字不认识,那天我去看望她,她生病刚出院,养的倒不错,指给我看我写的字,一看:"微雨轻寒烟今起早",《蝶恋花》第一句七个字,变成八个字,多写了一个"烟"字,自己也不知道,一看才感到可笑惭愧。这自然是因年纪关系,笔头的错误就增加了……想想自己的错误,也就更同情编辑、校对等各位年轻朋友的错处——自然,不错最好,点校正确最好。可是限于种种条件,这些错误细想有时真是难免的。但更重要的是,即这套民国笔记的确编的不错。说不错,自然要说出点具体理由，并不是因为我为这套丛书写过一篇序，就一味地捧场，夸好。那么说它具体好在哪里呢？下面不妨进一步说明：

即是它选材十分努力，出了一些有历史价值、比较踏实的书。三年前编者张继红先生同另一位先生（好像是原晋先生）到上海我家来找我时，说是要编辑出版《民国笔记小说大观》，让我写篇序，我便答应了，后来就写了序，并在《博览群书》上发表了。约我写序时还征询我应该选些什么书，我们在闲谈时，我随便举了一些，都是几十年我随便翻阅看过的。但限于客观条件，几十年中这些书不为新文化人所重视，甚或视为反动书籍，出版流传极少，除民国初年上海出版者外，其他不是家刻本，就是散见各报章杂志连载，即使偶有铅印本，也极为稀少。由四十年代末、解放后，到八十年代前期，这四十多年前，这种书除旧书店偶有所见外，出版社再未出版过，各大图书馆也多列为禁书不外借。到"十年动乱"之后，就更难见到了，都是"反动透顶"的书，谁还敢看呢？而且一般青年人看翻译小说，看新作家小说、散文等等，谁会看这些书呢？而且看也看不懂呀！所以这些书，即在各个著名大学文史专业中，也多不知道，有的不要说看，连书名作者也不知道。七十年代末、八十年代初，文化出版界迎来了较为宽松的年代，世纪前期一些文化人长寿者还健在，京沪出版界或影印或排印，零星出了一些旧时较为出名而又十分难见的民国笔记，如黄濬《花随人圣庵摭忆》，作品原是刊载于杂志的连载。抗战军兴，黄氏以汉奸罪被处决。杂志刊载剪报被瞿兑之氏收集收藏，于一九四三年印行，只印了五百本，流传甚少。一九八三年上海古籍书店重印，印了八千本，卖四元四一本，卖的也不快，卖了好多年才卖完。但八十年代末、九十年代前期，读史风气忽兴，此书便买不到了，好多外地朋友写信托我买，说明这些书在读者中已引起一定的注意了。再如马叙伦的《石屋余渖》、《石屋续渖》等书，八十年代后期，上海也均影印过。刘成禺的《世载堂杂忆》，旧时也曾出版过，但早已绝版，很难见到。而这些书中，有民国初年出版的，也有四十年代中沦陷区出版的，抗战胜利后出版的。所收书在出版时间上跨度很大，在内容上也不尽一致，分量上也或多或少，打个比喻，每一辑好比一个大拼盘，有荤有素，有多有少，但有一共同点，即都是冷菜。这套笔记，也有一个共同点，即都是文言所写的随笔，所记有长有短，大都是清末民初政坛旧闻、文坛轶事、地方风俗习惯，翻阅便利，翻到哪里看到哪里，十分自由，不爱看可跳过去看另一篇……习惯看古今长篇小说、散文随笔，及“五四”以来新文艺作家作品的人，有点历史癖，想换换口味，随便换一种读读，开始也许感到不习惯，但只要看进去，看个一两种，就会引起兴趣，越看越想看，也是一条闲置了多年的阅读途径。我常感到，中国传统文化，文史不分家，是一种综合的积累和领会，阅读笔记和诗话这一类的书，对提高这一综合水平，是很有效的。而在时代上又衔接着我们这个时代，对于领会本世纪新、旧文化的脉络，是十分重要的，而这又是正规学校，包括旧时的、现代的，在课堂上所不讲的，因而就更为有趣。

　　本书已出版三辑，四辑已见目录，尚未出书。各辑中的书第一辑以辜鸿铭《张文襄幕府纪闻》、刘成禺《世载堂杂忆》、瞿兑之《杶庐所闻录》、《故都闻见录》等书最为重要，最有看头。第二辑中所收徐一士《一士类稿》、《一士谈荟》是名作，但是在八十年代已出版过。陈夔龙《梦蕉亭杂记》、刘体仁《异辞录》也都出版过，比较容易找。而徐一士《近代笔记过眼录》，虽然都是择录别人的著述，却比较少见，印出来较为可珍。因其中所录毓朗弟弟毓盈《述德笔记》、陈庆溎《谏书稀庵笔记》、陈维彦《宦游偶记》等书所记宣统年间北京警察之兴起、山东潍县一带乡土风俗、清末官场厘金等资料均十分可珍，而平时又很难找到这些书。无锡杨寿枏所辑《云在山房丛书》三种，也很有意思，清末、民初前度支部，后财政部不少情况从中可见，平时亦不易看到。还有一本华侨陈嘉庚的《陈嘉庚回忆录》，亦十分可读。可以较详细地了解上世纪末、本世纪初南洋华侨的许多情况，亦甚可珍。第四辑已见目录，其中包天笑《钏影楼回忆录》正、续集都出，分量也很大，是六七十年代香港出版的，内地翻印过，现也不易买到，这是整个这套丛书四辑当中出版最晚的书，有一部分大陆大部解放，作者在台湾所记国民党垮台后仓皇逃窜的事，当时是反动消息，现在已是历史旧闻了。不少亲身经历者，或未经历者当作旧闻看，亦十分有趣。前说黄濬的书也编入此辑，字数也很多，分量也很大，内容十分丰富，文笔亦极流畅。八十年代初我在北京到蓑衣胡同去看黄君坦先生，对其知之甚详，是清末民初直到三十年代前期诗名出众、才学均佳，但又利欲熏心，而政坛十分活跃的人物。其遭遇自是自食其果，而其才则殊感可惜。四辑中有袁寒云的《寒云日记·辛丙秘苑》，亦系多年少见的书，不过分量不多，二书合印只一册，这也是世纪名人，上有其父袁世凯大总统，下有其哲嗣现在美国的高龄物理学家袁家骝博士。本人又是当年自比曹子建的才子，留下一点著作给后人看看，也是很有意思的事。四辑中还有柴小梵的《梵天庐丛录》，也是一部分量很重的书，据说全部近五十万字。作者是四川人。只是我只知此书之名，从未见过。江庸先生是法学界老前辈，他的《趋庭笔记》十分出名，只是数量太少，我旧藏有一本，应继红编辑要求，也提供给他，编印在第四辑中。说完第四辑，再回过头来说第三辑。第三辑中徐珂《康居笔记汇函》、瞿兑之《人物风俗制度丛谈》、何刚德《春明梦录》等书，都是值得一读的书。而最重要的则是徐凌霄、徐一士的《凌霄一士随笔》，这说是一种书，而却是足足五厚册、一百二十多万字的巨著。不是长篇小说，而是一段段的笔记，当时在《国闻周报》上连载的笔记，真可以说是洋洋大观。

徐凌霄、徐一士我很小的时候，就听先父汉英公说起，是掌故名家。当时我年纪很小，只能看《三国演义》、冰心《寄小读者》及《三侠剑》之类的书，对于什么是"掌故"，根本不知道，也没有问过。但是这二位的大名我是知道的。尤其徐凌霄，家中订阅两份报，一份《世界日报》、一份小《实报》。小报上每天有个副刊好像是叫"大观"，还是"畅观"？记不清了。但每天第一条加条框的就是"凌霄汉阁主"的笔记，慢慢有两条说的其人其事有意思时，我也能看懂了，而且感到有趣了，但是很短，每天只有三五百字，看着不过瘾。"七七事变"后，《实报》继续办，只是半月刊停了，而"凌霄汉阁主"的笔记，仍在老地方，基本上每天刊出，只是更短了，而且谈的都是京剧演员的事，今天谭鑫培、明天余叔岩……没完没了，当时我年纪小，也不懂政治原因，也不爱看京戏，所以凌霄汉阁主的笔记，我也就不大注意了。等我读高中、读大学的初期，仍是沦陷时期，在《中和》杂志上读过徐一士的文章，后来又读过他的《一士类稿》，而对于三十年代初的《国闻周报》没有机会读，因而对于长篇连载的《凌霄一士随笔》也没有读过。这样对于一士先生乃兄凌霄汉阁主究竟是不是海内闻名的掌故专家？为何享此盛名？始终怀疑着。这次读了张继红兄整理标点编辑的五大本《凌霄一士随笔》，我才真正了解了这位凌霄汉阁主，的确是名不虚传的本世纪掌故专家，不但对上世纪、本世纪初政坛、文坛、典章制度、名人经历,了如指掌,而且实事求是,凡事存真、求真,文笔简洁洗炼,是以全部力量写此掌故随笔,而且不是以余力为此,"民国笔记"所收数十种书,从内容质量之渊博确实上讲,实无出其右者,因而感到徐氏昆仲作为本世纪掌故名家,的确是实至名归的了。我翻阅其他人的笔记,常常看到的是一些似曾相识或添枝加叶的记载,而在徐凌霄的随笔中,没有这样的陈词,却都是硬碰硬的史料,有时你几十年没有注意弄清白的史实,看他的书会忽然得到。如小时我老家大门上有两块匾额,一是"文魁"匾,我知道是我祖父选青公(名邦彦)中举挂的。另一竖额写着"都阃府",什么意思,我始终不明白。七十年代中,我表兄赵继武在上海,他是大干部,私下常常见面,问我什么意思?我随口乱说了一顿,也不清楚。阅徐氏《随笔》卷一"都司之职明尊清卑"条,才恍然大悟:"都阃府"便是都司府,忽然想到曾祖父梦兆公(名飞熊)捐过武职都司的头衔,这个"都阃府"的额原来是花钱买的,为他挂的。又如小时在北京,出来入去总经过甘石桥孔教会办的孔教大学门前,名叫"大学",却只有牌子,冷冷清清,连个人也没有。据说这是陈焕章创办的,而对陈焕章,我历来听到的和见到的前人记载,都是怪的、不好的,但在徐《随笔》中却有完整的记载,也只是新旧思想作法不同的一位学人,并不如某些军阀官僚之可憎……类似这些篇幅很多,不一一举例了。

徐氏昆仲是徐致靖的堂侄。徐致靖在戊戌时任翰林院侍读学士,上折保过康、梁,一家都参加"戊戌变法"活动。徐氏昆仲其时尚小,在济南读书,清末民初参加投稿,后一直服务新闻界,二三十年代成为掌故随笔名家。凌霄名仁锦,字云甫,为上海《时报》写时评时,署名"彬彬",后改署"凌霄汉阁主"。起名以

"仁"字排行,但徐一士叫"仁"什么,不知道。随梅兰芳几十年的许姬传老先生,是徐凌霄外甥。有其《许姬传七十年见闻录》中收有《凌霄汉阁主自白》长文,有如其自传,是一九三五年写的。徐凌霄逝世于一九六一年。徐一士是哪年逝世的,不知道。《凌霄一士随笔》全用浅近文言行文,文字十分流畅洗炼。为文言白话之优劣曾与胡适之先生多次讨论。但其《自白》是白话写的,却十分单薄,无法与其洋洋洒洒的文言随笔相比了。张继红兄标点整理徐氏《随笔》十分谨慎,遇有怀疑处,不随便乱改,而用括号写一二字在后面,如"以文字与胡等角",他不知"角"字是角力、争执之意,后面加一括号,写一"战"字,实是几十年"战斗"教育的影响。其他类似地方还很多,但这都不能怪他,只怪几十年的教育影响。他电话中说:这些都是他一个人的力量完成的,我听了十分佩服。我相信他通过这些书的编辑出版,水平会有突飞猛进的提高,我向他祝贺!

科学、国学……？

——世纪前期科学家

我有时偶然瞎想，现在世界上，不管什么地方，一个不管什么国籍的中国血统的孩子，不会说中国话，不认识中国字，不读一本中国书，从小上外国学校读书，一样努力学习科学知识，若干年后，一样可以成为一位有成就的科学人才，甚或十分杰出的科学家。现在世界上这样的人已经不少，在未来的世纪中，可能会更多，而这样的学人和中国又有什么关系呢？和中国文化、中国未来又有什么关系呢？这自然很容易理解。但是，如果说中国话，多少有一些中文程度，却献身于现代科学，成为当今的大科学家，就足以影响中国未来，继往开来，开创中华未来文化呢，似乎也还值得考虑。因为中国有五千年延续的历史文化在，不以其精华与现代科学融会贯通，就难以想象中华文化的未来。为此我常常想起上世纪末、本世纪前期一些从事西方科学研究的学人，远的如严几道、詹天佑等位，不必说了，就说本世纪前、中期的若干位吧，似乎还真不缺乏学贯中西的实业家、科学家，这些人都能中能西，能今能古，能科能文，叫得上名字的，如任鸿隽、丁文江、李四光、曾昭抡、顾毓琇、马君武……等位，说起来也还是不少的。

手头有任鸿隽的资料，陈衡哲女士写的《任叔永先生不朽》文中道：

那时在美国的中国学生中,有一部分是受过戊戌政变及庚子国难的激刺的,故都抱负着"实业救国"的志愿。(所谓实业,即是现今所谓科学。)我是于一九一四年秋到美国去读书的。一年之后,对于留学界的情形渐渐地熟悉了,知道那时在留学界中,正激荡着两件文化革新的运动。其一,是白话文运动,提倡人是胡适之先生。其二,提倡人便是任叔永先生。记得他认识我不久之后,便邀我加入他和几位同志们所办的科学社。我说:我不是学科学的。他说:没关系,我们需要的是道义上的支持。

陈衡哲女士是"五四"时期著名的女作家,《小雨点》一书的作者,著名的莎菲女士,是任氏夫人。但这位大名鼎鼎的任鸿隽氏又是怎样一个人呢? 在三四十年代学术界,自然大家都知道,而时至今日,九十年代中叶,不少青年朋友,可能就不知道了。这里先要作一个小小的介绍。

任鸿隽,字叔永,祖籍浙江吴兴,三世前迁四川,所以他出生在四川,生于一八八六年。重庆中学毕业后,先留学日本,参加同盟会辛亥革命,后回国短期任南京临时总统府秘书,又办报,后又留学美国,和胡适之、梅光迪、杨杏佛、朱经农等位关系密切。一九一六年九月他在美国写给胡适的信中说:

> 隽日来仆仆 Tech(麻省理工学院)与哈佛之门,今午始定留哈佛取一 M.A(文学硕士)聊以自娱,然得否未敢知也……

但是后来他并未只满足于文,而又学了自然科学,得到哈佛和麻省理工双学位……终生为中国科学事业而献身了。其主要经历，据陈衡哲夫人《任叔永先生不朽》一文所记，留美回国后任：

北京大学教授；

范静生任教育部长时的教育部司长；

东南大学副校长；

中基会干事长；

四川大学校长；

中央研究院总干事。

其中任中基会干事长的时间最长，前后两届有十六七年。其外所办的社会事业，以中国科学社的时间最长，建树最大，前后四十五年，解放后，任氏参加新中国建设，一九六○年任氏曾写过一篇《中国科学社社史简述》，刊登在全国政协《文史资料选辑》第十五辑中，由一九一四年在美国创建直到解放后的全过程记述非常清楚。在此如详细介绍，文字太多，没有必要，我只举此社开头和结尾的数字，也可看出其发展和贡献。开头只是创刊《科学月刊》，后成立中国科学社，在美国康乃尔大学筹办。入社交股金五元，入社七十人，股金集到五百余元。举出社长任鸿隽、书记赵元任、会计胡明复、编辑部长杨铨（即杨杏佛）。三年后迁回国内，社所先在南京，后在上海陕西南路建总社所。社员至解放时，已发展至三七七六人。一九五九年，社中全部财产捐献于政府，包括房屋及存款、公债等八万三千余元。由开始到一九四八年共开年会二十六次；出版和创办：《科学月刊》三十二卷，《科学画报》半月刊由一九三三年至解放后继续出版，《论文专刊》九卷，有科学丛书、科学译丛；南京、上海两处图书馆；生物研究所、科学展览、奖学金、国际会议、科学图书仪器公司等一系列事业，为中国科学发展作出不少贡献。

任氏长期任中基会总干事,在此对中基会也略作介绍。中基会是"中华教育文化基金委员会"简称。这笔基金是哪里来的呢?就是庚子八国联军侵略中国之后,根据《辛丑条约》,赔款四万万五千万两白银,分三十九年还清,年息四厘,本息共计九亿八千二百余万,后美国首先倡议将此款还给中国办文化教育事业。到一九二四年渐为明朗,付诸实施,其年五月间任写信给胡适道:

> 美国赔款的残部退还中国,此刻已定议了。他的用处,既指定为教育文化事业,科学社的同人以为趁这个机会,主张把美国的赔款,拿一部分来办科学事业,指普通科学研究事业而言,并不要科学社包办,大约也是应该的……

这就是刚开始的情况,信的结尾还嘱胡"请你暂守秘密为是"。其后六月下旬顾维钧(外交部长)公函抄件给胡适云:"承示美国此次退还赔款,我国应先定一原则,即以此款全数作为基金。十一日又接公函,代表各学术团体议决意见三项,谋虑深长。"亦可印证任鸿隽函内容。这笔钱有二千多万银元,基金会中成员主要是任鸿隽、胡适、丁文江、陶孟和等人。美庚款之外,还有英、俄、日、法等庚款,都有委员会管理,用于文化教育事业,分给各学校及文化单位。虽然分配金额由基金会委员讨论通过,但总干事长的权是很大的,因而各处得钱多少,总干事长自然起到一定作用,这就引起各种议论。在《胡适来往书信选》中,有许多封关于基金分配的信,可供参看,在此不必多赘。说来这笔钱还是中国百姓的。每年由关税、盐税截留。

任氏一生是致力于中国科学普及事业的,但任氏旧学根基

深,文学才华富,因而对文学又是十分关心的。早在一九一六年在美国留学时,就有信给胡适议论白话诗道:

> 适之足下:来片均悉。近作白话诗渐近宋人谈理之作,然第一首《中庸》却有误解孔子之处,不然则足下故为削足就履之语,两者皆希望有以改之也。前书及近片所引诸白话诗所以佳者,皆以其有诗情在,不独以白话故也。近人竹枝词亦多有此体,然皆偶一为之,若全集皆作此等语,恐亦不足贵矣……

一九一八年,胡适、刘半农、钱玄同等位在《新青年》杂志上化名"王敬轩"写信演双簧表演新、旧文学之争,任为此事也写信给胡适提出看法:

> 王敬轩之信,隽不信为伪造者……然使外间知《新青年》中之来信有伪造者,其后即有真正好信,谁复信之……隽前书大赞成足下之建议的文学革命论者,乃系赞成作文之法及翻译外国名著事,并非合白话诗文等而一并赞成之,望足下勿误会。……《新青年》之白话诗,似乎有退而无进。如星期前在……避暑出游时,遇物辄作白话诗,每日所得不下十余首,惜不得《新青年》为之登出问世耳。某日擘黄问,如《新青年》之白话诗究竟有何好处?隽答其好处在无诗可登时,可站在机器旁立刻作几十首……特今之问题不在诗成之迟速难易,乃在所成者是诗非诗耳。

任氏一生是科学家,却又是真正懂诗的老知识分子,也写了一辈子诗。他在美留学时,因陈衡哲女士一首小诗:"初月曳轻云,笑隐寒林里。不知好容光,已映清溪底。"喜欢得不得了,说在新大陆发现了一个新诗人,这样结下了一生良缘。

一九二四年秋任氏在南京东南大学游灵谷寺看红叶之后,有词《踏莎行》寄胡适云:

> 篱菊舒黄,庭梧退绡,秋风不管人烦恼,城中做得峭寒新,山头染出秋容好。　　有约朋侪,无心展屏,冲愁直向长林道,红黄看画最关情,隔溪一树和松老。

在信中说:"近得你和在君的信,晓得北京的种种丑状……实在没有办法。"要诗是诗,要词是词,秋山渐老,写景如画,以词寄意,忧及时局……没有旧学基础、文学才能,能办得到吗?尤其结尾两句,灵谷寺的红叶我也看过,"红黄看画"也还罢了,而"最关情"、"和松老"又是为了什么呢?吹皱一池春水,干卿底事?"红黄"是自然色彩,又有何情,只是词人有情,与松盟誓,坚贞共老耳。解放后,词人以老科学家的身份与其经营数十年的中国科学社为祖国、人民政权继续作贡献,然人已垂垂老矣。一九五三年有《壬辰除夕》七律云:

> 急景高风又岁阑,愁怀难遣酒杯宽。
> 百年倏过三分二,世事惊看触斗蛮。
> 每话故交余苦忆,剩胹儿女报平安。
> 案头幸有书兼史,坐对梅花共晚寒。

注:余刚过六十六生日。

这样的学养,这样的襟怀,这样的情韵,不读通两本中国书,长期养成中国传统学养,可以想象吗?但他却是美国麻省理工学院培养出来的科学人才……他一九六一年十一月九日正午病逝于上海华东医院,终年七十五岁。夫人陈衡哲女士为其写了《任叔永先生不朽》纪念文,并有《哀词》多首,现引一首《浪淘沙》如下:

> 生死本相牵,漫羡神仙。多君强矫比中年;树杪秋风黄叶二,容我凋先。　危病忽联绵,一再摧坚;逗君一笑任长眠(自注:在君临危前,我曾以戏言,逗得其一笑,从此遂沉睡日深,不复醒矣),从此无疑无挂碍,不颤风前。

永叔先生活了七十五岁,写到此间,不由想起了另一位与他同时代的地质学家丁文江氏,他于一九三六年一月就不幸去世了,比任氏早去世了二十六年。丁氏生于一八八七年四月,只活了四十九岁。

说起丁氏,我小时候的印象比任氏要深得多,任氏姓名事迹是我后来才知道的,丁氏是我考初中前后就十分熟悉了。那就是因为一本地图。翻开封面,里面有个玻璃纸眼镜,一片红色,一片绿色,看地图时要带上,这样图上黄色山脉深浅处就变成立体的了。这本特殊大地图册就是丁文江主编的。我小时最喜爱,经常一人翻开这本黄硬纸封面的地图册,戴上那副有色眼镜,看那些山脉图,居然像看沙盘模型一样,高高低低真好玩,这样留下极深的童年印象,也记牢了丁文江的名字。至于他字叫"在君",那是多少年以后才知道的了。

丁氏是江苏泰兴人,生于清光绪十三年,西历一八八七年。

五岁即入私塾读书,十分聪明,后因知县湖南人龙研山的建议,十六岁去日本,住一年半,又去英国,先到英国乡间读中学,毕业后入葛拉斯哥大学,先学动物学,以地质为副科。后又以地质为主科,地理为副科。一九一一年毕业,取得葛拉斯哥大学动物学、地质学双学位。这年五月,经海上到越南西贡,乘刚通车的滇越铁路,回到云南,曾自记云:"我在一九一一年五月十日……到了劳开(对岸即云南河口),距我出国留学的时候,差不多整整的七年。"胡适于五十年代后期,著有《丁在君传》,《传》中引了上面这几句丁氏自己的话。同时胡氏自己在《引言》中说:

> 二十年的天翻地覆大变动,更使我追念这一个最有光彩,又最有能力的好人;这一个天生的能办事,能领导人,能训练人才,能建立学术的大人物……

胡氏对丁文江这样推崇,是很突出的。我想不妨从下面几个方面理解。一是地质研究调查工作,几次西南、山西、四川、云南的艰苦旅行,不但成为当代徐霞客,而且又作现代科学调查、测量地形、调查地质。二是建立地质研究队伍,培养地质人才,都负担着组织、指导、领导多方面工作。其所领导的地质调查所,在很短时期,于地质学、古生物学、史前考古学,都取得了突出的成绩,成为世界知名的科学中心。三是丁的组织开创才能、政治干练才能和政治见解。丁为了家累太重,辞去地质调查所所长,出任官商合办资本金五百万银元的北票煤矿公司总经理,前后有五年之久,而与此同时,又在《努力周报》上,大写时事政论文章,鼓吹好人干政,所谓"……天下事不怕没有办法的……最可怕的是有知识、有道德的人不肯向政治上去努力"(引自胡适《丁文江传》）。而他自己一直是向这方面努力的，做了孙传芳的淞沪商埠总办，有如上海市长。第一次建立了"大上海"的规模，与上海领事商团商议收回"会审公堂审判权"，并代表江苏省政府签约。但只做了整八个月的时间就辞职了。其后即北伐成功，孙传芳下台了。第四，也是最重要的，是他的为人，他的科学人生观、与玄学的论战、对中国传统学术、学人的科学评价等等。这应该是更为重要的，在下面想逐条细述之。

一是丁文江是读私塾"四书"、"五经"，学八股文出身的，小时候十分聪明，塾师给他出对子道："愿闻子志？"他应声就对道："还读我书！"十三岁时考秀才未录取，后想到上海投考南洋公学，见县官请保送。县官劝他家送他到日本留学，但到日本一年多并未上学，只是"谈革命，写文章"，后来十八岁去英国才入中学学自然科学，后来考入葛拉斯哥大学，毕业得了动物学、地质学双学位。当时留学东西洋学自然科学的大多有这样经历，就是先读通本国传统古书，才去学西方科学。这是历史特征。

二是他是大家庭出身，有一个哥哥，还有两个同母弟弟，三个异母弟弟，他回国当教授、当总经理，收入虽多，但负担大家庭及出国留学弟弟的费用十分庞大。他弟弟在英国留学，留学生监督秘书说：你可以报请官费，江苏省官费还有空额，令兄不是有钱人，和教育部次长、司长都是老朋友，一说就准。他弟弟将此意告诉他，他回信给弟弟，大意说：你当然有资格申请，但你应知道，比你更聪明、用功、贫寒的子弟不少，他们没有像你这样的哥哥帮助学费，多留一个官费空额给他们……你细想想，是不是还想用人事关系占个官费空额？这都是他弟弟丁文渊文章中回忆的。此可见他的为人态度。

三是他的科学的人生观的提出，与张君劢展开了"玄学"与

"科学"的大论战。张君劢是丁文江好朋友。一次大战后,丁和张及蒋百里等位随梁启超到欧洲考察战后情况和巴黎和会情况。回来后即五四运动之后,提倡科学、民主,所谓"赛先生"和"德先生"。张君劢在《清华周刊》发表文章论"人生观",说是:"人生观问题之解决,决非科学所能为力。"意即"侧重内心生活之修养,结果为精神文明,孔孟以及宋元明之理学"。丁便认为这是玄学与科学为敌,在《独立评论》上发表了洋洋洒洒的长文《玄学与科学》,展开了大论战。丁氏认为真正科学的精神,是最好的处世立身的教育,是最高尚的人生观。虽然论战结果,谁也说服不了谁,但时至今日,总感到科学是不断神速发展,难知的生物学、生理学、心理学,将来也可能有规律、轨迹可求,而立身处世间,实事求是的科学教育,会使人养成独立的科学处世观,起码可以不迷信。近见有人写《张君劢传》,不知如何评论。

四是老辈学人,熟读"四书"、"五经"、诗词歌赋出身,在动物学、地质学等现代科学上他是专家,七年英国留学,由乡间中学到大学,英国语文及学术上的拉丁文自然都有高深的学养。而旧学功力扎实,写文章的本领和吟诗的才华,也仍是文采斐然,如他的时事政论文章、与玄学论争的科学长文。当时对方除张君劢之外,还有学佛学的林宰平、张东荪二位,都是学术权威、文坛健将,大有虎牢关三雄战吕布之势,可见当年丁氏的这枝健笔。现在科学家,在这方面,恐怕是难以想象的。旧文人是出口成章、到处留题的,老辈科学家也还是继承这一传统。现引两首他去世前在湖南地质调查、游南岳时的两首小诗,以见其才情吧:

延寿亭前雾里日，香炉峰下月中松。

长沙学使烦相问，好景如斯能几同。

《宿半山亭》

红黄树草留秋色，碧绿琉璃照晚晴。

为语麻姑桥下水，出山要比在山清。

《麻姑桥晚眺》

梁启超氏是一代文坛领袖人物，晚年领导清华国学研究院，为本世纪培养了许多国学人才，迄今仍有寿近期颐而硕果仅存者，但梁氏学识虽系维新主将，能紧跟时代，领导学术潮流，但毕竟是以中国旧学为主的学人；而留英七年、学习现代科学的地质学家丁文江氏，却十分服膺任公。任公住协和医院，病重之际，他给予特别调护。任公去世，在广慧寺大殓，他是送入殓者之一。追悼会上，他送的挽联云：

生我者父母，知我者鲍子；在地为河岳，在天为日星。

直到八十年代初才出版的《梁启超年谱长编》，也是丁文江氏领衔主编的。以上就是现代地质学家丁氏的生平大略。

我为什么较全面地介绍任氏、丁氏这二位本世纪初熟读"四书"、"五经"，又留学美、英二国的科学家呢？因为我最近读了另一本书，就是任之恭教授的《一位华裔物理学家的回忆录》。他是后于任、丁二位二十年的中国留美学人，出生在北方山西沁源县山村，幼时也读私塾出身，后上小学、中学，考入清华，毕业后去美国麻省理工、费城宾夕法尼亚、哈佛，学电机工程、物理学,最终取得了博士学位。任氏这本书原是用英文写的,后被译为中文,尽管作者在书中写道试图理解中国和西方两种文化的优点和缺点,甚至说:

> 直到我二十岁去美国,完全处在中国传统文化的影响下。可以说我在许多方面是儒家教育的产物……

但整体来看,任氏似乎已是一位完全的西方学者式的物理学家了。再没有上世纪末、本世纪初留学欧美归来的科学家,如任叔永、丁在君等位的那种中国传统文人的感情与习惯,自然也没有那种传统的国学修养与文采了。任之恭教授也是快九十岁的老寿星了。比任翁再晚一辈的留美科学家,中国文人的传统习惯修养自然就更逊一筹了。我曾见一位得过诺贝尔奖金的著名学者的中文题辞,虽然他尽量想表现中国旧学传统的风格,但毕竟力有未逮,在辞句意义上、字迹上,不但无法与前辈科学学人相比,且差距甚远了。努力和愿望是非常好的,但基础差距无法一下子缩短,原因自然不是个人的,而是似乎说明新式教育确实无法承继五千年的传统文化了。

一百年前以及本世纪的开头,那拉氏西太后被康梁、洋鬼子、革命党吓昏了头,被迫推行新政,废科举、兴学堂,接着是辛亥、民国成立、"五四"白话文……"人之初,性本善"、"学而时习之"先换成"人、手、足、刀、尺",又换成"天亮了,弟弟、妹妹快起来",又换成……时至今日,快一百年过去了,新式学校教育似乎最成问题的是中国文史教育了。世纪末与世纪初相比,相差真是如上海话所说:勿是一眼眼!偶阅徐志摩在杭州府中学初一时日记手稿复印件,感到现在真是无法想象了。要想二十一世纪中涌现学贯中西、领导中华文化发展的学术大师,要"西"还比较容易,要"中"恐怕就很渺茫了。有无希望,如何解决,这都是很复杂的大问题,在此就不多说了,因为是说不说一个样的。

杂　谈

八股文与清代教育

　　清代光绪二十七年，即庚子后一年，公历一九〇一年，西太后那拉氏和光绪皇帝在西安行在七月己卯，下诏书："改科举自明年始。罢时文试帖，以经义、时务策问试，停武科。"（见《清史稿·德宗本纪二》）这样，自明代以来、清代二百多年中，教育、考试主要的文体"八股文"，正式宣布取消，迄今已九十四足年，眼看本世纪就要结束，届时八股文这一文体，废除已足足一百年了。看上去时间也不算短。但上溯历史故事一算，这一百年又似乎很短，而八股文这一文体，即使其初期不计算，只经明代成化年，即公元一四六五年以后八股文形式具备算起，到废除时，也已四百三十多年。这已比废除后的本世纪从时间上说，多出了四倍多。而就在这四百三十多年中，全国各地、各个历史时期的名人，凡是从小读书受教育的，没有一个人不是识字、读书后，从学习写八股文开始的，不管他后来做什么，科举考试考得中考不中，或能不能做大官、成大名，开始学习时都是一样的。不妨引些名人年谱，看看当年这些人幼年学习的情况。

　　黄逸之《黄仲则年谱》记云：

　　　　乾隆二十二年丁丑（一七五七年），先生九岁，应学使者试……先生于制举文，自幼即"心愧然不知其可好"，而好作幽苦语。

　　　　乾隆二十九年甲申（一七六四年），先生十六岁。应县

试,兄卒。洪亮吉撰先生《行状》:吾乡应童子试者三千人,
君出即冠其军。

来新夏《林则徐年谱》记云:

乾隆五十六年辛亥(一七九一年),七岁。是年林则徐
开始学做文章。当时有人认为太早,父亲林宾日则认为:
"此儿性灵,时有发现处,不引之则其机反窒,此教术之因材
而施者耳。"(《云左山房文钞》卷二)("做文章"即学做
八股。)

《康南海(有为)自编年谱》记云:

同治二年癸亥(一八六三年),六岁,从番禺简侣琴先生
凤仪读《大学》、《中庸》、《论语》并朱注《孝经》。诸父课以
属对,出"柳成絮",应声答以"鱼化龙",彝仲公亟誉之……

同治四年乙丑(一八六五年),八岁……从彝仲公学,即
在孝弟祠后,始学为文……同治六年丁卯(一八六七年),十
岁……时(学《易》、《礼》)诵经将毕,学为文矣……同治七
年戊辰(一八六八年),十一岁……始览《纲鉴》而知古今,
次观《大清会典》、《东华录》而掌故,遂读《明史》、《三国
志》。六月为诗、文皆成篇。

同治八年己巳(一八六九年),十二岁……时为制艺文,
援笔辄成,但不好之,不工也。

为了说明问题，由清初至清末，就手头所有各家年谱，凡写到幼时学习做八股文情况者，略录数家。而其他各谱只写应童子试、乡、会试年月情况，未写幼年学做制艺事，其实这些虽然未写，亦等于写，因所有考试，都是考八股文，小时不学会，又如何能应付考试呢？如王渔洋《渔洋山人自撰年谱》所记幼年多以"能诗"夸，但在所记"顺治六年己丑，十六岁……与诸兄读书家塾"后补注云：

> 山人兄弟每自家塾归，孙夫人从窗间闻履声，辄呼而问之，儿辈今日读何书，为文章当祖父意否？……兄弟四人每会食，辄谈艺以娱母，夫人为之解颐。

"为文章"是什么文？八股文，"谈艺"谈什么艺呢？制艺，仍旧是八股文。王渔洋生在明末，长在清初，是康熙年间的大名人。洪亮吉、黄仲则是乾隆时代的学者、诗人。林则徐是嘉庆、道光时人，更是大名人，用不着多说。最后康有为，是"戊戌政变"时维新派的领导者，虽然自己说"不好之"，但也是"为制艺文，援笔辄成"的。其实不只这些清代的名人是八股教育训练出来的，就是一些生长在清末，活跃在二三十年代的新文学大师如鲁迅、知堂老人，也都是受过八股文严格训练的，《鲁迅小说里的人物》一书中附有知堂老人"戊戌"年（一八九八年）日记，记有鲁迅当时所做八股文、试帖诗题目。文题是：

《义然后取》

《无如寡人之用心者》

《左右皆曰贤》

《人告之以过则喜》

其时是这年二月,知堂老人因其祖父系狱住杭州,鲁迅仍在绍兴读书,其时已读完"十一经",自在家中做诗文,送去给先生改,另外抄一份寄到杭州。这年三四月间鲁迅已去南京考学堂。但也在绍兴考过童生,而且考得很好,据另一则日记所记:"下午往试院前看县考大案,凡十一图,案首马福田(按,即后来马一浮),予在十图三十四,豫材兄三图三十七。""图"即圆圈,童生榜如此写法,每五十人一圆圈,十一图即五百五十人,案首即第一名,写在一图正中。可见鲁迅当年的八股文做的比知堂老人还好。只是后来都去南京上了洋学堂,未再去考秀才,如再去府考,可能进学成秀才了。胡适之略晚数年,在绩溪老家私塾读完"四书"、"五经"等书,没有开笔学做文就到上海考梅溪学堂了。但他在一则日记中还十分惋惜鲁迅、启明二位不是秀才出身。可见科名荣誉深入人心,虽新学者也免不了。不过这几位虽是本世纪前期的名人,迄今也都已成为历史上的人物了。因而今天在全国十二亿人中,纵然是百岁老人,废除八股文时,也不过是三五岁的儿童,不可能再学做"八股文",一句话:八股文已经绝种了。

八股文是科举考试的文体,读书时除去因家贫或天资太笨,只读个两三年,认识一些字,能记账、写信,即可出外学徒谋生者外,大多家庭富裕或学生天资聪明的,都要不断读上去,争取县考记名、府考进学(成秀才)、省考中举(叫乡试)、京考中进士(叫会试),然后殿试。除殿试外,县、府、省、京城会试,都是以考八股文为主。县、府考比较简单的题目,一般都是"四书"中的一句话,或一个词语,或上句后半句,下句前半句简单的截搭题,叫"小题"。本省考举人,入京考进士,同样出"四书"的题目,但一般都几句连在一起,甚或整章书,或者把不相关的句子连在一起等等,总之比小题要难写得多。正因为考试主要是考八股文,所以教育的精力也放在教会、做好八股文上。八股文的教学内容和步骤,现在一般人很难形象地理解,只靠文字介绍亦难一一说清。而在通俗旧小说中,却有十分形象的描写,如《儒林外史》、《儿女英雄传》等书中的描写,可以使现代读者对于科举考试和八股文学习得到较形象的认识。《红楼梦》也写到这方面的内容,不过不多。近日收到韩国鲜文大学朴在渊教授寄来的一本清人珍本小说《巫梦缘》,写才子王嵩幼年读书情况道:

> ……辰歌已是六岁,送与一个蒙师施先生,教他读些《三字经》《神童诗》,他只消教一遍,就上口了。学名唤做王嵩……不消两个月,《三字经》《神童诗》就读熟了……竟买《大学》《中庸》与他读,增至每日四行,又每日五行,只是午时就背,再不忘记了。先生一日又出一五字对命他对,道是"只有天在上",王嵩应声对道:"更无山与齐。"……从此不时讲几句《大学》,教他复讲也都明白,一连读了三年,"四书"读完了,又上《毛诗》。这年九岁,先生教导他做破题,不消两月,竟有好破题做出来;又教导他做承题,越发易了。只有起讲,直做了半年,方才有些好处……买一部南方刻的小题文字……把与王嵩读,又讲与王嵩听,倏忽光阴又过了二年,王嵩已是十一岁,竟开手做文字了。不但"四书"、"五经"读得烂熟,讲得明透,连韩、柳、欧、苏的古文,也渐渐看了好些了……又读了二年,已是十三岁了。做的文章不但先生称赞,连别人看了,真个人人道好……州官笑道……沉吟了一沉吟,道:"求面试,求面试,我就出'如不可求',你去做来!"王崇不慌不忙,伸纸和

墨,顷刻成篇,递上与州官看。州官展开一看,字画端秀,已自欢喜了,看了题,起句道:"不求则未有一可者也,而况求富乎?"州官提起笔来密密圈了,又看到中间,更加警妙,句道:"天下贪夫百倍于廉士,而贫人百倍于富人。"州官拍案叫绝道:世间有这般奇才……

　　原文描绘较细,引文因限于字数,省略了一些无关的字句,只看清当时儿童入学,如何识字读书,学做八股文就够了。所记如何引导教育,哪些步骤,由浅入深,写得很清楚。

　　八股文有不少严格限制,但与传统文化教育有着密切关连。一是题目全出自"四书",而且规定三道题中必须有一道《论语》,因此所有读书人从小就要把"四书"读熟背诵,再加"五经"、唐诗、唐宋古文,掌握中国传统文化的经典著作,这样也锻炼出惊人的记忆力。二是八股文中间几股,都是不同于骈文的对偶文字。这就使学生在思维上必须习惯于想到任何事物的两个方面,而不是孤立的、片面的一方面。在语言文字上,识字之初就要辨别平仄、虚实、字义等。三是从破题、承题、起讲到完篇逐步训练,使学做八股文的人从小就受到由浅入深的起、承、转、合完整思维的训练,客观上就是逻辑思维训练。近人钱基博先生写《中国现代文学史》,把逻辑学与八股联系起来说:"然就耳目所暗记,语言文章之工,合于逻辑者,无有逾于八股文者也。"四是由于是以"四书"作为最根本的教学内容的,所以孔子的言论,儒家的道德观、处世哲学、伦理观念,从小就无形地进入每个人的头脑,在思想上起到主导作用。所有这些,对中国基础教育、文化延续发展等方面是起到积极作用的。

　　八股文教育是明、清两代五六百年中行之有效的教育形式。

它沿袭自唐以来的科举制度，又经宋代理学、朱熹而后确定的儒家的经典内容，经元、明逐渐形成一整套为其考试内容、形式配套的教育体制。就教育场所而言，既有私人私塾、家塾、义学的普及，又有公家的县、府、国学，及各省、各大名城的书院。这样，在客观上就为国家保证了优秀、杰出人才的不断有序的、和平的出现。同时，又因为其考试制度是由全国各地按比例普遍地逐层遴选上来，法律规定各项考试都十分严格，因而人才的遴选、官吏的任命，相对来说，比较公平合理。社会上都以科名为荣誉，并认为这是以个人才学努力得来。

中国历史上没有现代西方教育，只有传统教育。人们今天应以现在的思想水平分析历史上的客观实际，认识其本质及历史作用。而不应以现在的教育模式来比较、否定历史上教育、考试等各项已消失的东西。更不宜不看历史实际，只是某权威如何说，便据为定论，随声附和。总之，八股文只是一种考试文体，清代叫它"敲门砖"，考试得中，就把它丢了，只起到教育文化、训练文字、锻炼思维的作用。它并不代表明、清两代政治、文化、思想、学术的一切。把它与一切封建腐朽画等号，激于情绪，说什么"八股文已经死了，但它还活着"，把它和一切"假大空"联系在一起，甚至把"提前进入共产主义"、"两个凡是"的账也算在近一百年前已废除了的八股文身上，大有耸人听闻的味道。以上只是我的肤浅认识，不过能在今天这样的学术环境中提出来，还是很欣慰的。

《眉园日课》书后

　　出版了一本《清代八股文》小册子,虽然对这一延续了五百来年,对教育、政治、文化等等关系极为重要,且系唯一的教育、考试手段文体,有点初步的认识,但说来还是十分浮浅的,距离真正理解它,即使是懂得一点皮毛,那也还差的很远很远……而且就今天的客观水平说,要想弄懂这一文体,即使学会作一篇极普通的八股文,最起码的完篇,恐怕也是不可能的了。况且学会了也没有用——如果有人今天学会屠龙术,那恐龙蛋孵出小恐龙,长大猖狂作孽时,那会屠龙术的人,说不定还真可以抵挡一阵子,免得再蹈不抵抗主义的覆辙。而学会八股文,除去泛酸发臭而外,就再无用处了。何况那么难学,今天根本学不会了呢?但也还只剩一点历史趣味……

　　就凭这点历史趣味,我居然无意中买到一部嘉庆八年(一八〇三年)刻板,平阳徐后山评选的《眉园日课》。这是一部近二百年前清代鼎盛时期的标准八股文选集,十大本,而且大体完好,除第一本钉书的珠子丝线年久已断损而外,其他各册钉书丝线也完好无损。在世界翻天覆地、神州几度秦火之后,居然被我无意中买到这样的书,真是惊喜若狂了。为此我对此书必须写文作一详细介绍。

　　先说选者,徐后山何许人耶?在全书总"自序"写道:"嘉庆四年,岁次己未二月花朝,平阳徐昆后山题于东城饮醇汲古之庐。"

原题无标点，标点是我加的。据选者自署：他姓徐，名昆，字后山（这"后"是皇天后土的后，可不是简体字。简体字把许多文献古书弄的乱七八糟，常常莫明其妙，至此不得不加说明）。嘉庆四年是公元一七九九年。己未是这一年农历干支纪年，二月花朝是二月十二日，宋人《诚斋诗话》："东京以二月十二日为朝。"宋人旧俗，清代依之。"平阳"是选者籍贯，山西平阳府，治临汾，辖临汾、汾西、襄陵、太平、翼城、曲沃、岳阳、乡宁、浮山、洪洞十县。序后三方图章：第一方白文"徐昆后山"，第二朱文"家在襄陵汾水之间"，第三方"己酉庚寅辛丑"。第二方章可确定他是山西平阳府襄陵县，现在叫襄汾县，在临汾南。据第三方章，基本上可确定他是己酉年、庚寅月、辛丑日生人。"己酉"上溯是雍正七年（一七二九年），到嘉庆四年（一七九九年），经过七十年，说明这序是他七十岁时写的，到书刻成时，他已七十四岁了。

书有两篇当时十分著名的权威人士的序，第一篇是朱珪的，第二篇是沈初的。据第二篇沈初序一开头说："徐子后山乃吾友竹君先生弟子，余典试南宫，辛丑所取士也。"

"竹君"是大兴朱筠的字，是朱珪的二哥，朱珪序中也说："后山为先兄竹君高弟……"，不过这当待后面再说，先说他捷南宫的事。沈初，字景礼，浙江平湖人，乾隆二十八年癸未榜眼（殿试第二名及第），乾隆四十六年辛丑（一七八一年）任会试同考官。其时主考是礼部尚书德保，字仲容，满洲正白旗人，丁巳进士。同考官还有吏部侍郎谢墉，字昆城，浙江嘉善人，壬申进士；副都御史吴玉纶，字香亭，河南光州人，辛巳进士。考官是临时差事，各人都有自己任职的官。沈初当时是兵部侍郎。徐昆就是这一科中的进士，所以说："余典试南宫，辛丑所取士也。"这是清代乾隆时十分有名的一次会试。苏州著名的连中三元的钱棨，字湘舲，就是这一科的会元、状元，是五年前乾隆四十四年己亥恩科江南乡试的解元。这三个第一实在不容易。据《清史稿·高宗本纪十三》：是科共中进士一百六十二人，只钱棨姓名写作"赐金榜等……"。金榜就是钱棨。①

徐昆的书是八股文选本，所以他中进士的这一辛丑科的题目，不妨从法式善的《清秘述闻》卷八中摘录下来：

文题:《所藏乎身》一句

《子曰女奚……》二句

《孟子曰待 民也》第三是截搭题

诗题:《王良登车》，得"行"字

只可惜徐昆中进士的墨卷，未选入书中，自然无处寻觅了。徐昆中进士时已五十二岁了。

徐昆长期生活在北京，年轻时家中十分富有，沈初序中称其为"少年豪富"，曾经一天之内，帮助八位友人六千四百多两白银无吝色。当时可折六百多两黄金，在今天国际上，也不是个小数目了。面对这几本破书，想想这位选文刻书人的豪举，二百多年前的形象，真是无法形容了。但是他在刻书时，家道已中落，穷了。书名所以叫"眉园日课"，也是思念过去，缅怀昔日盛景的意思。在序后附有他的《眉园说》，文中说：

> 癸卯秋，得海宁中堂旧第，甲辰，创萱喜堂为迎养慈闱地，堂西为培兰轩，南为鄂华吟舫，东绕小廊缭而南，辟畦而

---

① 按，金榜，歙县人，乾隆三十七年状元，见《清史稿·高宗本纪十三》；十三，钱棨，乾隆四十六年状元，见《清史稿·高宗本纪十四》。此处作者误记。——编者注

西，除后圃，插竹篱。正北作读易山堂，西设听莺馆。堂东放藐姑射堆小山，出洞口为石琴山房。南建方亭为谈雅亭，亭前一池架小桥，种竹，号翠沄池。复绕而东，为茗香亭，南小池种芙蕖，为蓉镜船庐，又西北为紫云内室，穿职思堂而东，前绕竹篱，由廊入为亦桐书屋，南为六皆家塾，环种竹树，杂以卉葩，为板舆看春地。乙巳夏四月十一日慈亲入都，晨皆侍养，而园未有名也……犹子阿彤方四龄，能咿呀而语，闻客谈，忽摹额向余曰："园径小而曲，似儿之眉，何不名曰眉？"余喜其名之新，因定之曰"眉园"。或请其义？余曰："眉，一也。得水则湄，得山则嵋，得木则楣，皆取其缭曲而小，得名于瀕、涯、峨、嵝、粲、笻之间。至于街名香室，巷号夕阳，春初景阳，韶媚万状，则又谓之媚。吾不能于长安市上，做薛鹤野三分水、二分竹、一分屋之说；又不能如老莱子之莞葭为墙，蓬蒿为室。学吾家勉公穿池种树，少寄情赏，因花鸟之媚兹豁，云林之眉月，名之曰眉，以印阿彤抚额之语亦可乎？"言未竟，萱堂呼之曰："儿来，取义不必旁通，春酒介眉，此正解也。"自领慈训，觉傍池石气，环砌花光，皆有寿意焉。

说了半天，很简单，实际就是给他母亲作寿，取"以介眉寿"之义名为眉园。但是这园子照前面所介绍，的确不差，几乎可比大观园，犹子为园命名，不也像宝玉的神情吗？读者可作比较。癸卯是乾隆四十八年(一七八三年)，"海宁中堂"是陈世倌，字秉之，乾隆初文渊阁大学士，二十三年卒，谥"文勤"。海宁人称"陈阁老"，传说很多。甲辰是癸卯第二年，大概徐昆家在北京是十分富有的，但十几年后他家衰落了。在《眉园说》后又有自记道：

此乙巳旧作,迄今已十八年矣。一花一石,皆昆手植,以为娱亲之所,逮家事中落,眉园久属他人。移居东城,一日驾小舟侍家慈于二闸间,慈颜甚喜,既而曰:此亦名眉园否?归里数载,弟尚奉侍涝水姑山,桃花十里,料可养志。今年八十有九,耳目聪明,饮食健壮,灯光之下,尚可纫针,接家信,明秋将就养来都,虽陋巷寒室,到处竟当眉园,看斯言是否?请以质达人君子。因选文刻竣,附记于此。嘉庆八年癸亥嘉平月腊后十日昆谨识。

　　太平盛世,知识分子的从容生活可以想见,虽家道中落,眉园易主,而陋巷寒室,仍是"眉园",故乡又有十里桃花,八九老母,又将就养来都,进退都很宽裕。算年龄徐母和他母子差十五岁,大概是长子,弟弟在乡间。天伦兄弟之乐,令现在饱尝流离之苦的知识分子艳羡不置。

　　徐昆虽是八股选家,但并不迂腐,少年时即以才藻受知于蒋时庵(名元益,字希元,乾隆乙丑会元。殿试卷以重写"策"字,未进呈御览。——故事见钱泳《履园丛话》)、裘文达(名曰修,字叔度,乾隆四年进士,累官至工部尚书、南书房行走。乾隆三十八年卒。谥"文达")等人。早年著有《雨花台》、《碧天露》传奇,后著有《易说》、《毛诗郑朱合参》、《书经考》、《春秋三传阐微》、《说文解字长笺》、《诗学有循集》、《诗韵辨声》、《柳埋外编》等书,可说是著述甚丰。至于说到这部《眉园日课》,却不得不另加说明,从头说起。

　　满洲入关,建立清朝,八股课士,科举制度,萧规曹随,一切都按照明朝的办,所有朝中大小官吏,莫不是两榜出身或非此出身,而以此为荣,读书作文,都是从破题、起讲开始,无一例外,直至金殿胪唱，金榜题名之后，才抛开这一"牢什子"，几乎无一例外。但却又有一极其奇怪的矛盾现象，即从朝廷到一般士子，却都看不起八股，鄙视八股文。乾隆时修《四库全书》，除作为衡文玉尺，编了一部《钦定四书文》外，不把任何八股文集、选集等等编入《四库》，在学术上有经学家、宋学家、汉学家、史学家、诗家……却从来没有人尊称"八股家"或"制义家"，直到清代末年，张之洞编《书目答问》，后面所列清代各家学人名单，也未列"制义家"之名。自然在实际历史长河中，制艺名家专家是不少的。但不少大师却极少谈到这点，有不少专讲制艺的书，也不受到重视。而这中间不知消磨了多少千万人的聪明才智、青春年华、中年岁月。徐昆五十二才中进士，在他得中之前，起码有几十年岁月，主要智慧和精力是用在研究八股文上的。《眉园日课》第一篇朱珪的序中写道：

> 余尝谓制义之精微，至于有以观微，无以观妙，无不通之。惜世之讲业，无能与此。忆四十年前，曾在椒花吟舫与徐君后山言之。尔时后山方以驱涛涌云之笔，为揣摩应试之文，未之信也。十五年前，后山邀余同范叔度剧谈于二闸舟上，尔时有空山无人、水流花落景象，后山颇有心解，余欣然曰："汝知之乎？神仙多矣，何以称圣称祖、成佛升天，何以分先后？为文亦然。"后山不答，似悟非言非意、微言妙意之旨。今后山以所选《眉园日课》来质，虽不能空文字障，已遮几观天下之微，观天下之妙，进于道矣。是亦文字中之升堂入奥者。……

所省略者，即前引之"为先兄竹君高第"等语。朱珪这篇序对本书之评价、理解以及整个制义之评价，都是十分重要的。但在说明其所以然之先，先把这位朱珪稍作介绍，这样才能便于知人说史，谈文论书。

　　大约清代初年，浙江萧山朱姓人家旅居北京，其子朱文炳，入籍大兴，字豹采，官至陕西鄠屋知县。生了四个好儿子，长子朱堂，字冠山，官最小，只做过江西新建、陕西大荔县丞。二子朱垣，字维丰，进士出身，做到山东济宁、长清知县，后辞官不做，专研佛学。三子朱筠，四子朱珪，不但都成进士，而且都是翰林，后来官大，学问也大。更难得的是朱珪十八岁就中了进士，进了翰林院为庶吉士，三年后，乾隆十六年（一七五一年），二十一岁的朱珪，就是翰林院的编修了。朱家老三、老四这二位兄弟，在乾隆后四十年中，其成就和影响说来是十分巨大的。朱筠历任编修、三届会试同考官、顺天乡试阅卷官、福建主考、安徽学政、福建学政，重要成就在学术上，编《四库全书》辑《永乐大典》佚书三百六十余种，校订《说文解字》等等，许多重要文献，都因他向乾隆建议或他亲自参与而完成。他的文集《笥河文集》十六卷、诗集《笥河诗集》二十卷，是乾嘉传世诗文集中十分重要的著述。因他历掌文衡，执门生弟子礼者甚多，著名学人如汪中、武亿、洪亮吉、孙星衍、黄景仁、章学诚、汪辉祖等人，都是他的弟子，徐后山也是他的门弟子，可以想见师从仪范。只是朱竹君岁数活的不大，只五十三岁就去世了。他弟弟朱珪，寿数、官都比他大的多，十八岁成进士进翰林院，直到七十六岁去世，在朝近六十年，官至体仁阁大学士。在乾隆时，他抵制和珅，也受和珅之忌。他是嘉庆仁宗老师，嘉庆四年，乾隆去世，嘉庆驰书由安徽巡抚任上调他回京，充上书房总师傅，调户部尚书。七年，协办大学士、太子少保兼翰林院掌院学士，晋太子少傅。为徐后山《眉园日课》写序,正是这时的事。嘉庆十年,朱珪拜体仁阁大学士在此两年之后,死谥"文正"。《清史稿》列传说他"珪文章奥博,取士重经策,锐意求才,嘉庆四年典会议,阮元佐之,一时名流搜拔殆尽,为士林宗仰者数十年"。这样人给《眉园日课》写序,署款自称"通家生朱珪石君题",可见其与徐后山密切关系,亦可见此序对此书的分量。序中提到"四十年前"、"十五年前"对后山的教导和启发,先是"未之信也",后以"不答,似悟非言非意、微言妙意之旨",以怀旧之深情,写文思之精进,简洁明畅,真挚感人,短短一序,极见功力,非同泛泛。李慈铭《越缦堂日记》同治壬戌(一八六二年)十二月初十日记:"夜阅朱文正公《知足斋诗文集》,大兴文无他长,而清雅简慎,自为可传……"这篇短序,足可当此"清雅简慎"四字。可惜手头无《知足斋诗文集》,不知这篇序收进去没有?

序中一开始就评论八股文的境界,即"余尝谓制义之精微,至于有以观徼,无以观妙,无不通之。惜世之讲业,无能与此……"按"徼"字可作尽处解,最终目的解,分开单用,是什么意思呢?据《老子》一章:"故常无欲,以观其妙;常有欲,以观其徼。"王弼注云:"妙者,微之极也;万物始于微而后成,始于无而后生。故常无欲空虚,可以观其始物之妙。徼,归终也。……故常有欲,可以观其终物之徼也。"魏源《老子本义》又谓:"凡书中所言道体者,皆观其妙也;凡言应事者,皆观其徼也。惟夫心融神化,与道为一,而至于玄之又玄,则众徼之间,无非众妙",又引焦竑语云:"徼,读如边徼之徼,言物之尽处也。晏子云:徼者德之归。列子云:死者德之徼。皆指尽处而言。"据此可知"徼"字本义。另据朱骏声《说文通训定声》,谓徼本义为归趣,从声音上即借"徼"为"窍",意思就是现在说的达到目的之"窍门"。科举考试以八股文为猎取功名富贵的手段,社会上才智之士,只拼命钻研揣摩写好如何能得中功名的窍门,达到最终目的,并不真对制艺的文章妙理感兴趣,说到其中妙理,也不能理解,十分可惜。这就是所谓"有以观徼,无以观妙"的意思。四十年前徐后山虽锐意用功写八股文,准备考试。但这个道理,不能理解。十五年前,已有所领悟,今日所选《眉园日课》,已观天下之徼与妙,升堂入奥,"当领之,如在椒花吟舫时也"。二百来字文章,一句呼应开头,把制艺之精微、选文之人、所选之文、写序之人紧紧连成一个有机体了。

第二篇序是沈初写的,徐后山是沈初作会试同考官时取中的进士。徐自然是沈初的门人,沈便是他的老师,再有徐又是朱筠(竹君)弟子,手头没有嘉庆后《平阳府志》之类的书,无法找"徐后山传"之类的文章,不能确定徐后山进学成秀才、中举的年代。他是山西平阳府人,考秀才只能在平阳府,几岁进学成秀才不知道。他考举人应该在山西太原府考,但如果在北京,也可以参加顺天府乡试。朱筠没有做过山西主考或副主考,但做过顺天乡试的阅卷官,即《清史稿·文苑传·朱筠传》中说的:"屡分校乡、会试。"另据有的书记载,如美国 A.W.恒慕义主编的《清代名人传略》"朱筠"篇(杜联喆原著,华立翻译,人民大学清史研究所编)所载:朱筠"三次任会试同考官(一七六一、一七六九、一七七一年),其间一七六八年任顺天乡试同考官……"核对《清秘述闻》卷七,乾隆三十三年戊子,即一七六八年,顺天乡试考官是兵部尚书陆宗楷、副都御史景福,正副主考均无朱筠的名字,同考官按制顺天乡试同会试,用十八人,即分房阅卷官,徐后山可能是朱筠分房阅卷所荐取中的举人,俗称"房师",关系是十分重要的。

354

按本书卷之二十"国朝大家文选"中,选有朱筠两篇,一题为《仪封人请见　见之》,另一题《诗云迨夫　侮予》。选者在前一篇后批云:

> 筠河夫子宅心醇粹,枕经味史,上下今古,学无不贯。而生平培植奖借,爱材如命,及门之盛,盖自阮亭先生后,未之有也。翁潭溪学士挽句云:"今之康成,昔之文定。不在黄山,则在武彝。"识者以为确当云,受业徐昆谨识。

从批中可见朱筠河当时之学术声望。此卷共选文五十二篇。除朱筠外,其他韩菼、徐秉义、张玉书、方苞、李光地、陆陇其、徐乾学、刘子壮等,都是著名学人。

沈序中前后都说到徐后山少年时受知于蒋时庵、裘文达二人。《眉园日课》在卷二十一《名墨约选》中最后选了一篇乾隆乙丑会元蒋元益题为《孰为夫子》三句的八股文,评语后署名:"受业徐昆谨识。"可能蒋早年教过他。按蒋元益前已略介,今再补充:在成进士之前,即久在京师,十分有名,据梁章钜《枢垣记略》记载:"乾隆二年十二月由内阁中书入直。"内阁中书是举人未中进士前在京朝考的一种内阁小官,但可入军机处任七品章京,接触机要,日见军机大臣,是仕途捷径。所说由"内阁中书入直",即他入了军机处任章京。因在军机处任章京,所以他拟的稿,缮写的文件,皇帝经常看到,印象很深。据说他名元益,字希元,号时庵,未中时。在家乡苏州玄妙观遇道士李仙隐,笑着对他说:"君本三元,惜名与字已占两元耳。"乙丑会试中第一名会元,殿试后,乾隆于进呈十本卷中,每拆一本,必问:"会元在哪里?"阅卷大臣阿文端公(名阿克敦,满洲正蓝旗)在旁说:"不在内。"因他殿试策中重写一"策"字,不能作为前十名进呈皇上。后来蒋放浙江主考,陛辞时,乾隆问他:"你是状元?"他回答说:"臣是会元。"乾隆却说:"你很能做状元!"这是乾嘉时科场著名故事,见钱泳《履园丛话》。举人在会试未中前数年留京,多任名门家馆,徐昆是当时豪富之家,又有才华,爱读书,蒋元益早年很可能在徐家教家馆,教过徐昆,所以称"受业徐昆"。另一位赏识他的人裘文达,前已介绍,亦略补充:又字漫士,又号诸皋。其父裘君弼就是进士,官至御史。裘曰修除官大,著述多外,还与纪昀同修《四库全书》,是乾隆时代的大名人。古人说:未观其人,先观其友,对写序的及其老师,以及赏识他的人略作介绍,也可看出他的声望、学养和为人。他家先是豪富,但后来中落,但他很达观,自谓"陋巷寒室,到处竟当眉园",可见其胸襟。沈初序中说他:"至于冬乃质衣,夏或典冠,仍执一卷于花石间行吟不辍,所谓富好礼,贫而乐者,非耶?"富好礼,贫而乐,这是儒家对贫富最高的赞赏,所谓"非耶"? 就是现在说:"难道不是吗?"是反问句。

据朱珪嘉庆八年所写序:"四十年前……以驱涛涌云之笔,为揣摩应试之文。"四十年前,是乾隆二十八年(一七六三年)。他乾隆四十六年,五十二岁中进士,这一"揣摩",就揣摩了十八年。据书中所载"眉园学规"后记,徐昆曾在阳城讲过学,即教过书,做过塾师,或做过教谕。阳城在山西东南泽州府属县。如做塾师,可能在他做秀才之后、来京师之前时间更早。沈初序中说他的《眉园日课》课诸生从游所选。书中后面说此书刻成,"前后统计历十五六年而后竣"。这就是说他从年轻到老一直在讲八股、作八股、评八股、钻研八股……前后少说也有半个世纪,而且又经过实践,两榜中进士出身,这样的人,在当时,也的确可称作"八股专家"了。

朱珪概括八股之精微,谓"制义之精微,至于有以观徼,无以观妙,无不通之"。说的比较玄妙,一下难以抓着要领。沈初就书论书,说他所选是"循循善诱,法无不备,式无不新,金针所度,津逮无穷。其论题论文,则上下千古,腾跃八极。随笔所之,实非撮精要而予之以准绳。盖从来无此选法,其一片婆心,具于学规十六条中,是真能得竹君先生嫡派而不负时庵、文达诸先生之赏鉴者……"落实到他各篇论题、论文的评语中,且特别肯定他的十六条学规,说是朱笥河的嫡派。他在自序中一上来说道:

> 八股非小道也,代圣贤之言,为士子立身,古今多少聪明人,或终身殁灭于仕其中,或不能出一头地,揣摩简炼,盖可忽乎哉?朱子云:夫读书于不好者,固怠忽间断而无成矣。即好者,又不免贪多而务广,往往未启其端而遽欲采其终……

他特提出"揣摩简炼"四字准则,从一定范围的名文揣摩入手。他大概长期担任过"内阁中书"的官职。元代中书省仿唐代雅称,叫作"薇省"或"薇垣",清代内阁中书小官,也如此称呼。他序中说:"余薇省需次时退食之暇,与四方来学者讲学于眉园家塾中,课以生平所选时文,日讲一艺,共四百篇,以为揣摩之具。"共分下面几个部分:

入门:反正开合,虚实浅深,清其源。

论法文:方圆平直,规矩准绳,立以为鹄。

典制百篇:分天地、人物、礼乐、兵农、官政、学校、衣食、器艺等十五类,以充其腹。

理题五十篇:天仁、性命、意知、道德,以析其义。

天崇(即明代天启、崇祯)招其笔力。

本朝大家,宏其规模。

墨卷:使之成范围,振其风尚。

化治正嘉(成化、弘治、正德、嘉靖)诸明代文以振动之,炼其结实。

其自序在分类最后说:

> 中人之资,一岁可周,熟读精思,如耕获然。一亩收一亩之用,所谓恒产在兹矣。涵养心情,更肆力于经史百家,不至泯没为乡里学问,亦不至意绪茫茫,为朱子所呵。呜呼,盖可乎哉?

笼统的一个以《四子书》命题的八股文,在文风鼎盛时期,专门家的分析下,能分出这么许多门类,而又要求读者在揣摩诵读当中,收到不同的效果。入门、论法是第一步,充实内容、分门别类是第二步。先经实际入手,实之后,就是虚,理题五十篇,天仁、性命等等,又都是虚的,最后又有针对性的开拓笔力,恢宏规模,振动风尚,锻炼华实。从分类看,就可见其面面俱到,多么细致周密。但还只是就八股论八股,这只是恒产。而且内在涵养心性,外在肆力经史百家,这就不是一部"四书"、几篇八股所能局限,范围就广阔无垠了。

选者所要求的是八股时代学人的最高境界,序后书前,先印了眉园家塾的"学规八条"和"禁约八条",都十分重要,是用宋人语录体写的,十分准确明白,简介如下:

一是"身心之学",概括说是"把心收来",所谓"器识居先",

就是现在所谓的坚定信念。他认为既得于先天,又得于后天的养及阅历,所以清代称作学养,首重养士。

二是"政治之学",就是要以天下为己任,要有为国为民的主观愿望,不只是单会几句"八股文"。这就明确当年科举取士的主要目的。

三是"经籍之学",这就是以儒家经籍为治学之根本。

四是"《史》《汉》之学",《史记》、《汉书》,上下千古,独称吕东莱得读《史》之法,苏东坡得读《汉》之法,且突出史之才、学、识三点。

五是"《文选》之学"。唐代辞赋取士,有"《文选》烂,秀才半"之说。此书说:古人云,《文选》熟,秀才就。今人竟有当秀才不见《文选》者。……吾愿多才之士,由《文选》而波及《文苑》、《文鉴》诸书。

六是"《说文》之学"。此书重点提出读书先要识字,对许氏书应童而习之,老而不辍,识见一开,自可蔚为通儒。

七是馆阁之学,就是讲求馆体书法。书中说:秀才有头巾气,见一长官便踡缩,出笔有八股气,写一书札亦邋遢,要求要文随手拈来,妥当雅饬。字任意挥成,黑光圆润。最后期望,人纶扉芸馆,亦当行出色,就是所谓翰苑之材。

八是"科举之学",时人谓秀才务举业。夫既名为业,当如田产世业,藉之为衣食。举业于《四子书》及诸经大小注,熟读熟讲外,时文不遇三百来篇,朝诵而暮览之,虽寝食不废。以其余力作文、作试帖诗。逢课必作,务工务雅。以之为业,利器逢年,必有时矣。至于博通今古,出入百家,前条具在,尚其勉旃。

这八条学规,几乎概括了中国传统文化的所有学问。可见当时对基础要求多么高。为了保证学规的实现,还有禁约八条:

一曰"毋自逸"。简单说就是耐劳戒懒。二曰"毋自劳"。就是量力而行,不要贪多,要保持评审优游之趣。三曰"毋自大"。告诫说有志者不可存此心,并不可有此气。就是现在说的不管成就有多大,也要有甘当小学生的精神。四曰"毋自小"。指明通天地人为儒,应取法乎上,若一念让人,便终为人下。这是儒家"当仁不让"的精神核心。五曰"毋自足"。六曰"毋自歉"。七曰"毋自智"。八曰"毋自愚"。这八条都是正反对照,简明扼要。即使今天,这些论点,仍很精辟。后面还有附记云:"以上十六条,系余讲学阳城时所设科条,即以此与诸生阐发于京都眉园中。慈选即竣,因揭诸简端。"

阳城,前文已曾介绍,是个很小的县,且僻在晋东南,现在一般人大都不知道,而在二百多年前,这样小县讲学的人,也可以说是塾师吧,却能订出这样周详完备的学规、禁约,其思维之周密、说理之透彻、语言之畅达,各种水平,现在是很难想象的。

全书二十卷:首入门,卷二论法,卷三至卷十七是典制,分天文、地理、人事、物类、礼制、乐律、兵刑、农桑、官制、政治、学校、衣服、饮食、器用、技艺,共十五部,分门别类,便于读者因类揣摩,模拟不同思路,应付临场时各种题目。卷十八理题。十九至二十二"天、崇"、"本朝大家"、"墨卷"、"归宗",是最后总的揣摩名作。不过入门部分,也选的是名家作品,又如何区分呢?这就是选者在评讲上由浅入深,各有针对性。有些提法,对今天作文训练,仍有帮助,仍可思考领悟。如《入门文选·弁言》道:

初学何以得通虚字、通实字、通虚实相连之字。无不通则通矣。

这"无不通则通矣",说的非常妙。任何文字功夫,都可从此领悟。写白话文也是一样,既不能单是虚字,也不能单是实字。虚实连贯,才是语言,道理很简单,但作来却不易。这正如白话说的"我手写我口",好像人人会说话,人人都能"写我口"。实际却大不然,口上流畅就不易,笔下通畅就更难。如何才能通呢?《弁言》又道:

> 如何使之通?应反、应正、应虚、应实、应开、应合、应浅、应深,无不通则通矣。循循善诱,取先辈规矩准绳之文,熟讲之曰:"此为反,此为正……发其灵机,培养其蒙泉,三十余篇已足,不在多也。"

就是要把这三十多篇范文读熟讲透,所选都是明代名家,如杨慎、张大复、唐顺之、董其昌、王鏊、归有光等许多家。

八股文首先重在题目,重在破题。刘熙载《艺概》卷六《经义概》中说:"文莫贵于尊题。"出题有一定范围,一部"四书",而题目又有无穷变化。本书《入门文选》所选各文,大都是单句题,但单句也有许多变化。选者除选外,重在评讲。首先对题先指明其性质。如对章日炌《父母惟其疾之忧》,眉批第一条即注明"单句题",而邓以赞《又敬不违》一篇,眉批则注"承上单句题"。因为第二题虽然同是单句,却不相同。上题是一与上下文没有语气、因果、问答等连接关系,有独立内容的单句。这篇文章破题两句:"能得其亲之心,可与言孝矣。"句边选者引前人批云:"浑破大意。"下在承题中写道:"夫亲心,无事不为子忧也。而惟其疾为甚,念及此,而子能晏然已乎?"题面"惟其疾之忧",在承题中才明确。但只在本句内便可作文章。不可联系上下文,

361

即不犯上，不犯下。但另一种题目，主要原因在上文，如"又敬不违"，原是《里仁》篇一章书中的短句，全文是"子曰：'事父母几谏，见志不从；又敬不违，劳而不怨。'"中心在于"几谏"，"几"是微的意思，即发现父母有过，低声下气地劝说，父母不听，恭敬地等父母高兴的时候再劝。所以此题要承接上文"几谏"来做，这不算"犯上"。这篇选文起首如下：

　　人子之再谏，敬以行之焉。（破题，连谏字，写敬字。）
　·　夫谏之不从，其机阻矣，又敬不违，岂非善其谏乎？（承题，连上文"几谏"、"不从"来写。但不及"劳而不怨"，即不犯下。）

　　再如金声《贤者而后乐此》题目，这是《孟子》中《梁惠王》章："孟子见梁惠王。王立于沼上，顾鸿雁麋鹿，曰：'贤者亦乐此乎？'孟子对曰：'贤者而后乐此，不贤者，虽有此不乐也。'"书中有眉批上注明："单句题，映对上下文题。"此文"破题"书道："以乐事归贤君，而贤君可羡矣。"这一下子就照应上梁惠王及后文的文王了。

　　另有魏浣初《晋国天下》，这是《孟子·梁惠王》篇中的话，原句："梁惠王曰：晋国天下莫强焉！叟之所知也……"题目省去后面三个字，但写文时不能不写。眉批上注云："单句合下题。"此文破题道："晋之始强，梁王追述之而已悲矣。"不但说到下文"莫强焉"三字，而且写到梁王感情，道出《孟子》文字神采。破题有一段眉批："唐人诗如《连昌宫词》、《长恨歌》，说昔日之盛，言下已见今日之衰，不意此诀在《孟子》已有之。"

　　章光岳《而未尝有显者来》文，眉批云："单句承上题"，这也是《孟子》里的题目，"齐人有一妻一妾"章，也要联系起来作。

诸燮《父母之年　以惧》文，眉批上批云："全节题，滚作法。"此题出自《论语·里仁》。原文是"子曰：父母之年，不可不知也。一则以喜，一则以惧。"虽然省略许多字，但是概括全章书的意思，指明是"滚作法"，即概括全节来写。

黄淳耀《曲肱而枕之》文，眉批"单句虚课"，破题道："再言贫境，即所以就寝者而见焉。"承题道："夫人莫不寝，至曲肱而为之枕，则甚不适矣。此圣人未必有之，而设言之者乎？"这句题目来自《论语·述而第七》："子曰：饭蔬食，饮水，曲肱而枕之，乐在其中矣。不义而富且贵，于我如浮云。"为什么说是"虚题"？主要是"未必有之，而设言"，就是凭空说道理。另一归子慕《四十五十　也已》文，眉批"虚实兼备连句题"。此题来自《论语·子罕第九》："子曰：后生可畏，焉知来者不如今也。四十五十而无闻焉，斯亦不足畏也已。"一节书，只出"四十五十　也已"六字，其他都省略。又虚又实。重在写后生虽可畏，而失时亦无可为。有实际内容，虚论之后落实到"四十五十"。

"入门"都是小题，大多单句题，已有这些变化。卷二《论法文选》，那就更变化多端，十分复杂了。逐篇详介过繁，摘引目录如下：

今不取　截下题、擒纵取势法　　　　　　　　　　吴　炳

四十五十　截上下题、合小一扇格　　　　　　　　王汝骧

外丙二年（二句）　遇峡题、两扇格　　　　　　　高　拱

行人子羽（二句）　两扇偏重题、搭截机巧法　　　杨　兹

亚饭干适楚（三句）　三扇题、化格兼连珠法　　　唐顺之

老而无妻（四句）　四扇题、正格兼训诂体　　　　黄汝亨

夫子欲寡其过而未能也　讲学题、词命体滚作法　　邓以赞

诸侯朝于天子曰述职　援引题，截讲法，上截稽古，下截释
　　名，兼训诂体，述职实义，紧在下文，又带虚缩体。

　　　　　　　　　　　　　　　　　　　　　　　李若愚

犹益之于夏（二句）　二句滚作题，选分宾主法，"犹"安紧
　　粘上文，又兼截上式。　　　　　　　　　　　潘宗洛

民之归仁（二节）　两截题，正喻夹写法。凡题上下截不用，
　　总归为两截格。题中正意、喻意，牵搭说来为夹写法

　　　　　　　　　　　　　　　　　　　　　　　汤显祖

子路问闻　行之　序事兼覆述题，上截序事，下截覆述又带
　　两截格，凡题内不论上文，不论题内，叙过再叙为覆述。

　　　　　　　　　　　　　　　　　　　　　　　锺　惺

邦君之妻（一章）　顺纲题兼段落题式。顺纲者，纲句在题
　　首段落者、题句过四扇。　　　　　　　　　　王　鏊

唯女子与（一节）　立纲发明题、立柱分应法，凡题于纲句立
　　案，于下文申证明白者，是为立纲发明，凡文或于间讲
　　中，或于开讲下标举几义作柱，到后而逐一应还者，是
　　为主柱分应。　　　　　　　　　　　　　　　顾锡畴

先进于礼（全章）　主意在末句，此为倒纲题式。　程　文

禹吾无间（一节）　一节起讫，两句相同者是名浅深相应题。

364

起句虚故浅,末句实故深,应者相呼相应也。题句中而字作转捩,其上下两截相反而兼尽者,两层当回旋而下,是为螺纹滚作法。 王　衡

圣人之行(合下节) 横担题,暗重法,着意担句却不多,横担句为暗法。 陶望龄

所以逮贱也燕毛 （题边旁注上"合同异姓"、下"同姓"）搭截题、散行格。本题上截带截上式,下截带截下式。

宋　琮

民之所恶　父母 上偏下全题,借宾定主法,四下截兼结上体。 考　卷

宜其家人　家人 上全下偏题,吊渡绾束法,下截覆述是缩脚体。 考　卷

然后知松　反而 长搭题、散行格,本题重在题首是一格。

考　卷

日月北宫黝　曰有 （题边旁注上"有言有道",下"有言有同"）长搭题,散整参行格。本题首尾并重,而题首尤重是一格。除题,首尾腹段共二十节。 马世奇

今夫地　於穆不己 （合诗词） 长搭题,整炼格。本题首尾并重,而题尾尤重是格。 闻启祥

统名实者(全章) 全章长题　长题有非全章者,故别其名。

岳元声

是卷所选,由单句议论、单句记事到长塔题、全章长题,共三十篇。每篇题下小字都注明题种,注明作法。前面《弁言》中说:"射必志彀,梓匠必以规矩,苟无法,虽使神童为之,非式也。学八股至入门后,必当……尽其法而穷其变。余向有评选各种法

门文三十篇。嗣见倪敬堂先生所刻马树堂先生评选简可编，与余所选同者十之三，而批隙导窍，论法特详，因去余所选而取此。"

这段《弁言》特别强调的就是一个方法，中心在于"尽其法而穷其变"。法是哪里来的，人创造的，但不是一代人、一个人创造的，因而后人必须学习前人的法，但法又不是固定的，不断在变化，不断在创新。因而提出"尽其法"、"穷其变"。不尽其法，无力穷其变；不穷其变，尽其法也失去意义。实际这二者是不可分的、辨证的、发展的。这洋洋大观三十篇不同的题目，不同的作法，自然也是这种文体几百年中不断发展的结果。而这种发展既包括历代的"尽其法"，也包括历代的"穷其变"，即由明代后期到清代前期，这中间不知有多少聪明才智之士，为此下过苦功，受过锻炼、付出过智慧。先天的聪明才智，加上后天的严格锻炼，成就了各个历史时期的杰出之士，从这本书中会得到较深度的历史的认识和理解。虽然是历史上的事，而今天知道一些也还是有趣味的，从中也可得到不少启发。面对这许多纷繁的题目，今天的人看了会感到茫然，完全莫名其妙，而当时的人却是一点点学会，一点点深入，逐渐由入门、由简到繁的。如何由简到繁，在第一篇周顺昌文后，有一篇总说明，十分简明，可以一读：

先正论作文，单题为难。作文之法，单题为备。悟得单题作法，到手无难题矣。略论其法如左：

作文开讲忌泛，尤忌实。须要擒得定，又要笔得虚。先贤所谓落笔要近，勿说闲话。落想要远，勿死句下也。

反、正总不论，作文前忌突。如何则不突？或借端引起,或从上脱卸。题前入来有情,自不至有此病。

作文贵有提笔,然要提得有势有力。极奇突,却极自然,否则反成病块。

题前贵开局,开局要宽展,要整齐。不宽展,何异不开;不整齐,那得好看。宽展之法,在乎极力翻腾;整齐之法,在乎修练词句。

宽展非宽泛之谓,句句按题切脉,却在反面、对面发论。将局势拓开,是谓宽展。一味空腔虚衍,既不对针,又无意味,是谓宽泛。

作文局阵要宽,气势要紧,议论翻得透,则局阵宽。笔意出得锐,则气势紧。

作起比要牢笼题意,冒起通篇,方为得法。运笔反正参用。

作文有急脉缓受,缓脉急受之法。前路气脉急,急而急之,蹴出主人公,再无话说矣,故要缓受。前路气脉缓,缓而缓之,缓到何处去? 故须急受。

急受缓受,非不顾理势,急然镈开,突然装上也。或用逆接作翻腾,或用虚涵为停潴,是缓受法。一笔锁住前文,即势折转本位,是急受法。

钝翁先生云:古人作文八股,今人乃四橛耳。起讲、起股、中股、后股,逐橛说完,逐橛另起,岂非四橛。古人相涵相接,由浅入深,由虚入实。其间开合反正,向背往来,虽极变化错综,无不周规折矩,是犹一人之身,五官四肢,合而成体,而血气流贯运动自如。八股之名如此。

起股下,中股上,加二虚股最妙。虚股者,虚涵正意,略作停潴。与急脉缓受同法。股勿太长。

中股是题之正面，议论固要沉着，然须留后股地步，题意未可说尽，古人所谓实中留虚是也。

后股是一篇后劲，文忌后竭，岂可单属潦草，到此须将题意尽情发挥，或翻进一层，或推原其故，或缠绵咏叹，或引证古昔，总以淋漓尽致，光彩十分为主。

后股加一束股，既可带补余意，更以收结通篇。股勿太长，意要浑融，语要工练。

作文先要认题，认题非单认本题也。远要融会通章，近要体味上下文，乃见本题真际。本题认清，行文方有把握，出语方中窍要。不然，无非隔靴抓痒。

作文要立柱，立柱则篇中有骨，股不合掌。

立柱又贵接柱，接柱则层层妙义，宛如一线穿珠，永无前后复沓之病。而由浅入深，由虚入实之妙，更有不期然而然者。

行文最忌夹杂，立柱接柱，则永无此弊。

古人行文，总贵议论，如此等题，要句句议论，更与他题不同，故别其名。

一题必有一题之所以然，于起比揭出为原题，于后比揭出为归结。

行文最要得势，得势在乎篇法股法。无篇法，则一篇失势；无股法，则一股失势。何谓篇法股法？前所谓开合反正、向背往来者是。

以上各条，不专指单题而言，而单题尤当加意。

行文所忌所尚，其说正多，散见三十篇中，读者随处参观可也。

介绍《眉园日课》,简略地介绍了"入门卷",又摘引了《论法文选》的全部目录,及第一篇论单题作法的批语,最后归结到现在常说的三个字,就是这种文体实在"不简单"。其不简单在于它由浅入深,深可以深到难以想象的深度;由简单到复杂,其复杂又可达到变化多端,甚至变化莫测的程度。过去我们即使想看看八股文,理解一下这个文体中的延续了四五百年的文体,一鳞半爪,找些入门书或前人笔记中的记载看看,甚至是些笑话、滑稽文选之类的东西,题目大多是单句小题,表现方法或正或反,大多比较简单,加以长期人只注意到它的落后腐朽面,只注意到长期以来人们骂八股、批判八股的文字,而对于正规的、系统的、深层次的介绍八股文、讲述八股文作法的书,很少注意,更没人去研究他的所以然。因而长期以来对其形成历史的偏见,而忽略了对它的科学思维和认识,是十分遗憾和可惜的。而历史上名人又往往凭直观评价八股文的优劣,只肯定其当然,不评述其所以然。纵然有大段批语,也往往是抽象的,而无法像自然科学那样得到证实,作出结论。况且有些抽象的批语今日我们也难以见到。如读《林则徐日记》,嘉庆二十一年(一八一六年)赴江西做副主考时八月二十六日记云:

> 壬寅,晴,阅荐卷三十本,是日得元,且佳卷甚多,夜改魁卷,发刻。

这次江西举人考试由八月十五开始阅卷,到九月初六才阅完。荐卷是分房阅卷官第一次阅过之后认为好的,荐给正、副主考官重阅,决定取谁不取谁,荐三十本,也许取三本、五本或十本八本,甚至一本不取,都可以。荐的权在阅卷官,能否取中之权在正、副主考官。阅卷官看着不行的卷子，就丢在大竹篓中，不送给正、副主考看，叫做"落卷"。正、副主考最后还要从中随意翻阅，以便发现分房阅卷官没有看懂的失落的好卷子。这次九月初六的日记中就记着"点阅落卷，得爱字二十一号落卷，诧为异才，亟拔之"的事。这里略作解释之后，特别要提出的是使人纳闷的"今日得元"四字。"元"是举人第一名解元。按现在考试理解，成绩评定要把卷子全部看完，按分数多少顺序才能评定一、二、三以及最后名次。当时虽不计分数，也应全部看完，才能比较名次，决定谁是第一。而奇怪的是这次正、副主考阅荐卷十六七天。而八月二十六日是第十二天，就记明"今日得元"，后面还有四五天呢，还要看百数本卷子，安知后面没有更好的，为什么会决定"今日得元"呢？林的日记是每天必记，并不是补记的。其所以能作出这样肯定的记录，必然是他凭着对八股文极为熟练深刻的直观，一下子看到不同于一般佳作的闪耀着特殊光芒的文章。正如一位珠宝专家于一堆散珠中，突然发现一粒宝珠，并不需要一粒粒地加以比较。自然这样鉴定赏识水平，决定于他自己的学识水平和深厚经验，但却没有科学分析记录。"今日得元"的"元"，林作为取中他的人，自在文后有长批评定，但我们只看到日记上这四个字，却无法看到他当时的批语，而且纵然看到，单文孤证，也未必能看懂，因而一直存在着纳闷的想法。现在看了徐后山《眉园日课》中的解说，一些选文，以及选文的各式评语，读《林则徐日记》中"今日得元"的判断，多少有些理解了。按据光绪十三年王家相《清秘述闻续》卷二记载："解元欧阳焕章，萍乡人。"即此"元"。

　　这套书是在清代乾嘉鼎盛，文化学术最发达的时期编的，从中可以看出当时读书所下的功夫，以及其思维锻炼的深广度、精微细致的程度、灵敏变化的程度。自然,这都要付出无数的青春年华和聪明才智。智商特别高的连连得中,少年时代就掌握窍门,且变化多端,不但自己平步青云,且将这套功夫作为量才玉尺,再去遴选别人,如林则徐的"今日得元"。而智商一般的,或一下子掌握不了八股深度奥妙的,便苦下功夫,揣摩几十年名文,到五六十岁才中进士、点翰林,甚或到老也中不了。从个人说,自是很苦恼的、不幸的。而从当时的政权说,其目的就是通过这样严格的手段,遴选人才,取得平衡,在平等的竞争机会中,保证遴选人才的质量和社会的公认的荣誉,而个人则有幸有不幸了。但客观上,在教育文化、培养以儒家思想为主的道德教育、惊人的记忆力、周密的逻辑思维、思维的敏锐性、准确性、细微性等等方面,都受到不同程度的应有的严格训练。在明、清两代的教育中,由浅入深、由简到繁,对于智商高的人尽快涌现,对于一般智商的人受到应有的文化和逻辑思维锻炼,这种文体是起过长期的历史作用的。从这套《眉园日课》中,可以得到较为全面的客观认识。如不加科学地分析研究,不从历史上予以客观地认识,就全盘否定,那就是全部否定了几百年来的基础教育,这是无法理解的。

对待历史问题,以及有关典章制度学术上的事,我最怕听一种不去研究思索,什么也不懂,也不查阅资料,只是听别人的论点,人云亦云,千篇一律,从不提出疑问,从不去思索其所以然,这种理解历史的态度是十分错误的。对待明、清两代的八股文,较普遍的存在着片面的看法,正是这种态度所形成的。如果仔细思索一下近五百年的历史,对传统的教育手段、考试制度、人才遴选、学术成就等等稍加回顾,多问几个为什么,便不难发现八股文在历史上所起的作用。如果再仔细看看这部《眉园日课》,便不难发现这种文体由完篇到深广、由初级到高级,是有多么清楚的轨迹可寻,又多少富于多角度、多层次的变化了。这些正充分表现了每位作者的学识功力和聪明才智,反过来写这些文章、读这些文章、揣摩这些文章,也正锻炼了写者、读者、研究者的学养功夫、聪明才智。写文有如此的思维,做其他事也可这样思维,这是客观的存在,如不注意思索研究,是不能理解的。

我是二十年代末开始上学识字、读书的。当时在山乡,中年秀才做小学教师的还不少。常听人们说起:"没有不通的秀才。"这个"通不通",是指思路的通不通,也就是说逻辑思维的通不通。至于其他知识,一般说旧学是十分扎实的,而且都有惊人的记忆力,不但"四书五经"背得滚瓜烂熟,其他诗韵四声的韵部及各韵中的字、《康熙字典》甚至《说文》的部首,以及先秦《左传》中的史事、《纲鉴》中的历朝史事,都清清楚楚,记忆十分熟悉,脱口而出。有的还用老办法学会了数学、英文等,我曾经见过一位英文甚好,能随意读英文书、看英文报的老先生,但不会说。外国人看他拿着英文报在读,同他打招呼,他都茫然不知所对,外国人感到很奇怪。而他学会英文是用《英汉字典》死记的。这种老学究的记忆力和耐力韧性可以想见了。自然这些还都是末代的、未考取举人、进士的秀才。如果是《眉园日课》时秀才,其学识功力(自然是中国旧学)恐怕就更要高多了。《龚定庵全集》"古今体诗下卷"中有四首绝句可以作为本文的约束。诗题是《吴市得旧本制举之文,忽然有感书其端》,诗云:

红日柴门一丈开,不须逾济与逾淮。
家家饭熟书还熟,羡杀承平好秀才。

耆旧辛勤伏案成，当年江左重科名。
郎君座上谈何易，此事人间有正声。

国家治定功成日，文士关门养气时。
乍洗苍苍莽莽态，而无溇溇恫恫词。

刻画精工直万钱，青灯几辈细丹铅。
南山竹美兰膏贱，累我神游百二年。

注：以康熙三十年镌成，丹铭之徒，亦必康熙前辈矣。

"羡杀承平好秀才"，这是明、清两代四五百年中，国家政治文化教育人才的根本基础，不是随随便便说的，不是无谓地发思古之幽情。"累我神游百二年"，今天从这部《眉园日课》中，也可以让我们神游到二百年前，思索一番了。

　　一九九五年乙亥闰八月二十五日晨，完稿于浦西延吉水流云在新屋南窗下，距开始写已二月矣。丙子春分节近重阅略改，云乡志。

抗战时期后方物价简介

很思念王利器老夫子，算来与先生已经有整整一年多未见面了。去年十月初，我偕大西和尚去北京，为他引见北京各位著名老学人。在离京回沪前一两天，大西和尚在北京中山公园来今雨轩宴请各位老夫子，举行了一次小小的赏菊雅集，到会者有许宝骙丈、张中行先生、王利器夫子、朱家溍先生、范泉先生、周绍良先生等几位……当时王利器老夫子精神矍铄，谈话很多，雅集之后，珍重话别。今年八年初，在北京饭店开《红楼梦》国际研讨会，我原想在会上能再见到先生，不料先生因病未能出席，在会上宣读了老夫子写给大会的信，听后感到十分遗憾。会后本想约人去看望老夫子，可是事情太多，天气太热，拖延未去，就匆匆回沪了……前两天读到《文汇读书周报》上刘石先生的文章《千万富翁王利器先生》，忽然眼目一明，感到看到先生一样，连忙仔细读下去。读了一遍又一遍，觉得文章写的实在好，不少都是神来之笔，尤其读到后面几段，所记王老谈话，字字传声，真如侍座侧、听笑话，完全像去秋在来今雨轩座上和老夫子谈天时的感觉一样。读时心中十分高兴，老夫子夏天小病早就康复了，值此秋高气爽之际，真恨不得马上飞回北京，去看望老夫子，快谈一番……

可是文章虽好，也有可惜者，就是有一段从历史事实看，不只略欠细致清楚，且误差太大。这或者是写文的年轻朋友，没有经过战争年代实际生活之故？我或者比他多活几年，经历了本世纪各种通货膨胀、物价飞涨的时代,记忆犹新,很想为此文作点注解,使关心史实的朋友们,多一点轶闻,明白一点具体情况。说了半天,究竟是哪些话要作点注解呢?我先抄段原文:

> 王先生确实有过算得上富翁的时候,四十年代初他在北大文科研究所毕业后分回川大工作,月薪定为三百三十元大洋,不久回北大教书,工资不变。这三百三十元大洋是什么概念呢?王先生回忆说:"那时在学校吃单身包伙,每个星期只需八角。那时的钱一方面用来买书,一方面用来接济他人。抗战胜利后家乡四川来平的青年学生很多,他们有时来借钱,借啥子哟?每月给个三四元,生活费就解决了。"解放初的境遇依然不错……

这段话有几点要作解释:

一是"四十年代初"、二是"大洋"、三是"单身包伙,每个星期只需八角"、四是"抗战胜利后……每月给个三四元,生活费就解决了"。

第一,"四十年代初",这个概念就作为四〇年到四二年这三年吧,这是抗日战争进入十分艰苦的时代,通货已十分膨胀,货价已十分上涨。大学研究生初分配工作,月薪已是三百三十,这比"七七事变"以前已高四五倍。谭其骧先生一九三二年燕京研究所毕业,在北图当馆员,月薪六十元,在辅仁、北大学校兼课,每课时五元,每周三小时,兼课又得六十元。月入百二十元,两份工作。四〇年是抗战第三年,因物价涨,工资才增数倍。

第二,"大洋"这一概念,意味着是现大洋、银元。而月薪只是法币计算,只能称"元",不能叫"大洋"。早在"七七"战前,南京政府已实施"白银政策",限制银元流通（为抵制当时之白银出口,这一政策是十分成功的）,推行法币政策。在各大都市中,中小城市中,中央、中国、交通、农民四家银行发行之纸币为法币,不再兑换银元,照常流通。其他已发行纸币,私立银行如金城、盐业、大陆、中南、浙江兴业等,以及外资银行花旗（美）、正金（日）等发行之纸币,均照常流通,均不再兑换银元,而与中国政府银行结算。三十年代中后期,在农村乡间仍流通银元,一时无法禁止,在城市中,"七七事变"之前,公私来往,绝对没有银元了。抗战三年后,在抗战大后方重庆、成都等地,只有法币工资,均叫"元"。再没有"大洋"了,但习惯上仍称"大洋",实是钞票。

第三是"单身包伙,每个星期只需八角",这是"七七事变"以前成都中学、大学的伙食费用,不可能是四十年代初期的伙食价格。四十年代初期不论大后方、前线以及沦陷区各学校的伙食都是年年看涨……一年比一年高。

第四是"抗战胜利后……每月给三四元,生活费就解决了……"如指"袁大头",或者可能。如指法币,更不可能。笼统说不清楚,后面一一细说。

要将以上四点讲说准确清楚,而不是一笔糊涂账,不是一件容易的事。首先要树立起几个概念,即历史的概念、地区的概念、货币的概念、价格的概念。简言之,亦即时间、地点、币种、价格比例等等。比如,五十年后,有人写文章说二十世纪九十年代初中国人生活情况,就要弄清是九〇年还是九五年,再弄清是在哪里,是北京、上海……都市、农村? 是台北,还是香港? 是用人民币,还是用新台币,还是用港币? 大米是八角一斤,还是一元八角一斤,还是一元四角一斤等? 本世纪就快结束了,在本世纪中,中国人以上这四个方面,"七七事变"、也即意味着第二次世界大战之前,虽也复杂,还比较简单。抗战开始,即日趋复杂,到了四十年代,由四〇年到四五年,由四六年到四九年,那真是复杂到了极点。开始是年年变、月月变,到了后来,是天天变,时时变。那真是现代青年朋友想也想不到的。听老年人说古话,事先思想上没有这些概念,老人记忆不清,随便闲谈,记录者不加分析,注明确切时间、地点、币种、价格变化等,只一个"四十年代初"、"三百三十元",又如何能说的清呢?

我先把"四十年代初"中国人所处的时间、地点、币种等等作一个简单的介绍,然后再作较详细说明(地点由北到南)。

东北四省黑龙江、吉林、辽宁、热河。日伪满洲国统治,用伪满钞票。(其中旅顺、大连为日本关东州,用日本钞票。)

内蒙(旧绥远、察哈尔、热河一部、山西晋北大同内长城北)为伪蒙疆政权统治,用蒙疆银行钞票。

河北、山西、山东、河南(少部分)各大城市及部分农村为伪华北政务委员会统治,用伪联合准备银行钞票。

河北、山西交界太行山区、晋北、内蒙等农村地区、山东各农村山区,为解放区、游击区,有晋察冀边区政府、晋冀鲁豫边区政府、北海边区等抗战政府,各有边区银行,发行边区钞票。陕西、甘肃、宁夏有陕甘宁边区政府,延安有边区银行,也有边区钞票。

徐州似乎是特殊地区,虽在江苏却也用伪联银票。

南京、上海、杭州、广州、九江、汉口、京沪路沿线城市、苏北扬州、南通等均为南京汪精卫伪国民政府统治,发行联合储备银行钞票,普遍使用。

重庆是当时中国的合法抗战政府,统治四川、云南、贵州、两广、两湖、江西、福建、浙江、西北陕、甘、宁、新疆等广大地区,均用法币。开始时各银行发行的钞票尚均流通。后来通货膨胀,重庆政府田赋折实征收，辅币铜元很快消失。四十年代初期即只有中央银行发行的法币了。一九四八年，因面额过大，又加之发行了"关金"（一种竖的、以海关结算名义发行的钞票）。到四五年抗战胜利，则只有中央银行发行的法币和关金在抗战大后方流通了。

台湾当时是日本统治的殖民地，使用日元。

香港开始时使用港币。四一年底太平洋战争爆发，日寇占领香港后，发行大量军票，强迫市民流通使用。

……朋友们试想想，这四十年代初中国人所遭遇的经济环境多么复杂呢，联系着每个地方的每一个人。但每个地方的人又互不相知，互有不同的感受。王老夫子今年八十六岁高龄，四十年代初生活在大后方成都。我只有七十三岁，王老是老前辈，但我当时生活在沦陷区的北京。在"七七"战前，甚至再早几年，王老和我虽然相隔遥远，但都用过银元、铜元。后来又都用过"中、中、交、农"等银行的钞票法币，感受基本上是一样的。三五年、三六年之间，清华园的高级伙食，每月只有七元。城里我上初中的中学，每月伙食，每天三顿也只五元五角，这同王老夫子说的"每个星期只需八角"差不多，成都内地天府之国，伙食自然更便宜些。但到了"四十年代初"，则大不同了。在当时王老夫子生活在抗战大后方，赚法币，用法币。我生活在沦陷区北京，人们是赚联合票，用联合票、伪政权伪币，对大后方成都又如何能知道？如何说长道短呢？先有历史时期通货膨胀的观念在，知道其间差异很大；再有各种前人记载，足可逐年说明当年实际情况，这就可以讲说一番了。手头正有一本罗常培先生的《苍洱之间》，是民国三十年十月开始写的五月到八月底的四川行纪，到过川南叙永、沪州、重庆、乐山、成都、峨眉等地。其年正是公历一九四一年,确确实实"四十年代初",而且书中就记到王老夫子,待我一一引来,且看当时实际情况。

七月记在峨眉观光川大云:

> 十七日晚上,在程校长家里,会到文学院院长向先乔先生(楚)。据他告诉我,川大中国文学系有何宗鲁、龚相农、陈李皋、李炳英……假期中大半离开学校,所以也没有拜会的机会。先乔年近六十,容貌态度酷似顺德黄晦闻先师。宗鲁治校雠目录学,著述颇多,北大文科研究所近两年来所收的刘念和、王叔岷、王利器诸生都是由他指导出来的……

这一段对王老夫子记的十分清楚。这一段时期物价如何呢?依次摘抄一些书中记录:

六月六日记合江荔枝道:"这个地方出产荔枝,每斤索价三元。听本省人说,现在还不大熟……"

七月八日记叙永乘轮船去嘉定(即乐山)的船票价格道:"他和机器匠交涉,给我们匀出四张铺卧来,每人得要另出三十五元,比票价只少十元……"据此知票价四十五元,再加三十五元铺位费,共八十元整。

船先到竹根滩登岸,再到乐山坐黄包车,记云:"雇黄包车到乐山,每辆价十八元。"

车夫领他们去吃饭,记道:"一家叫味腴的小馆子去吃午饭。我们四个人随便叫了三个菜,每人要摊到六块多钱……"

七月十二日记峨眉滑竿食宿价云:"滑竿伕子每一名一天要十八元。各庙里两餐一宿也言不二价的标明二十元……"

七月二十日记乐山到成都汽车票价道:"二十一日早晨有公

共汽车开成都,每张五十元。因为预先没有登记,得要送给司机三十元小费,才能立刻买得到票。"

七月二十二日记途中粮价道:"花九块钱,让一个乡下小孩买了一升米。"又记管渡船的话道:"现在生活高涨,连包谷都卖五十元一斗……黄包车过渡,每辆请付五元。"

七月二十五日记成都餐馆雅名"姑姑筵"、"哥哥传"、"不醉无归小酒家"、"忙休来"、"徐来"、"万里桥边豆乳家"之后,记价格云:"姑姑筵一餐酒席,就得四五百元……吴抄手去领略本地风光,我们却非常得到实惠。不过一碗山大菇面索价三元二角,物虽美价未免欠廉了。"

据以上所引,当年王老夫子三百三十元薪水,只等于:一百一十斤荔枝、四张多点永叙到嘉定的船票、十八次多一点竹根滩到乐山的黄包车价、五十五顿乐山途中便饭价格、十八名多一点峨眉滑竿佚子一天的工钱、十六天多一点或十六天半峨眉山庙里食宿价格、四张多一点乐山去成都的汽车票、四斗多一点米、七斗不到包谷、多半桌姑姑筵酒席、一百碗山大菇面……如王老夫子当年月薪每天早中晚都食吴抄手山大菇面,那还可以剩四十元零用,哪里谈得到"千万富翁"接济人呢?当时"八角"钱,只够买一合米不到,哪里能吃一星期单身包伙呢?显见不是王老夫子记错,那"七七事变"前川大的伙食费错说成"四十年代初",就是写文章的先生没有听清,混在一起写了。

至于说到月薪三百三十元(当时人习惯口头说大洋,实际领的都是钞票),这是四十年代初期的,已是据战前工资几度调整的了。可是数字大了,购买力却不知降低多少倍了。同书记重庆歌乐山潜庐主人吴文藻、谢冰心的工资道:

合起潜庐男女主人的参事和参政的薪俸来,已经超过一千元了,可是还不够山上一处开支的,每月都得亏空……

前引文记:峨眉山的滑竿伕子每日工钱十八元,即月入五百四十元,比起王老夫子当年北大研究所每月三百三十元的月薪,要高出二百十元。可见"脑体倒挂"的现象,原是在四十年初期就有的,这是战争的"恩赐"呀!

关于抗日战争时期,国民党政府统治地区四川一带的通货膨胀情况,手头正有两本厚厚的四川学人吴又陵《吴虞日记》,对抗战期间、通货物价记载甚详,现逐年排列简抄如下。从一九三七年抗战军兴开始,至一九四七年为止。

一九三七年

八月二十五日:新繁米价陈米二十一元四角一石,新米二十元零二角一石。龙桥米价陈米二十一元四角,新米二十元零一角。

一九三八年

一月四日、五日记:米价今日二十四元五角(四日)。今日米价每石二十元一角(五日)。

九月十八日记:米价二十一元八角。(因秋收较春间少回落,但比头一年已略上涨。)

一九三九年

一月一日记:米价已二十三元五角一担矣。

一月四日记:今日米价二十五元八角。

因米价涨,其他物价亦涨。当时吴以房子租给许昂若(许宝驹,许宝骙先生之兄。)及汪姓。一月十六日记云:"致许、汪二家,言房租每月加十元,许允从下月始,月租五十元。"

十一月四号记:昨日午后福建馆大市米价三十四元二角。

十一月十七日记:龙桥米价昨日三十八元。

日记又记囤积被查封情况,十一月二十日记:"今日鄂叙五仓被封,有米千石,出售价二元八角一斗,每人只许买五升。"二十三日又记:"新都查封菜子、粮食四万余石。"

日记还记有银元黑市,十二月九日记云:"安乐寺有硬洋上市,一元换法币三元。"(即物价实际已涨三倍。)

一九四〇年

一月十八日:米市价四十三元。

二月十六日:斑竹园米今日四十九元。

五月六日:成都米八十元。

六月二十九日:今日米八十八元一石。(此后七月猛涨,七月十一日涨至一百三十元,平准处限价又压至一百元,又取消米价限价,每卖米一石抽二元办平价米。至八月二十二记,重庆米已二百二十元一石。)

十一月十七日记:今日米价二百六十八元。

这一年日记中其他价格略摘一二,用作参考:一月八号记:"'二十四史'现须三千元方能办到,《四部丛刊》照一元加四元。"九月十二日记:"美金一元值法币三十元。"

一九四一年

一月十八日记:重庆米四十八九元一斗。

一月二十三日记:米二百九十二三元一石(成都)。

五月六日记:龙桥米今日五百元,永川米一千元,重庆米八百元。(与前引文中九元一升基本吻合。)

十月九日记:昨日米价六百二十元一石。

本年日记十二月二十五日记猪油每斤七元,猪肉每斤四元五角。

一九四二年

一月二十三日:米价六百元一石。

二月二十六日记:米价每石七百五十元。

十一月三十日记:三女来信……云昆明米八百元一斗。

当时成都产粮区,米价最低。昆明八百元一斗,则八千元一石矣。而十一月二十九日记"卖粗米二石,洋一千九百四十元"。每石尚不足千元,与昆明相差甚远。而十二月二十二日记"买肉一斤洋十三元",较前一年底又涨三倍。

一九四三年

二月三日,龙桥米价今日一千一百五十元。

二月二十四日,龙桥米价一千三百五十元。

四月十二日,昨龙桥米价一千七百三十元。

七月二十七日,今日米每石四千四百数十元。

其后未再记简明米价,但十二月二十七日记昆明物价云:"三女来信,二十四日寄……但小公务员每月收入甚微,昆明生活昂贵,女工每月工资二千元,房租一万数千,每月开支要五万元左右,故不能不去渝矣;或来成都小住。逸凡在渝买衣料一件三千元,为予生辰之礼。昆明做丝棉袍一件非五千元不办……"

一九四四年

一月十三日,今日米每石五千七百元。

一月二十一日,今日米价六千一百元。

二月一日,今日米八千一百元一石。

十一月一日,北门今始开米价一万四千元。

十一月五日,米价一万五千元。

这年日记,有一重要记录,就是中央银行已接受兑换银元。

一月二十六日记云："陈之强来谈久之,言中央银行硬洋换法币一百二十元。"六月二十四日记云:"……总共洋三万九千八百元,合硬洋一百五十四元。硬洋一元换法币二百元。"

一九四五年(本年八月十日夜日本天皇宣布无条件投降,抗战胜利)

一月十三日记:昨日米一万四千一百元。

一月二十一日记:昨日米一万六千三百元。

二月二十四日记:今日米一万九千五百元。

八月十一日记:每石一万六千五百元法币。(因日本投降消息,米价暂时稍落。)

一九四六年

一月二十八(乙酉腊月二十四)记:五石米十一万四千,每石折合二万二千八百元。

一九四七年

四月三日记:米十六万。

吴又陵一九四五年七十四岁,四月七日生病,病后不再逐日记日记,抗战胜利后所记甚简。四六、四七两年均简单账目耳,但每年米价记载甚清。

我不厌其烦,摘录《吴虞日记》所载,正是王利器夫子在抗战时期四十年代所经历的。实际是一个因战争所带给人民的艰难生活历程,我详细写出来,供读者思考历史,较正确地认识历史。至于抗战胜利后、北大复员回北京的情况,当时叫北平,更是记忆犹新,绝非文中所说的那样轻松、潇洒,什么"每月给个三四元,生活费就解决了"。只举一个例,一九四五年夏,北京流行民谣道:"孔子逛天坛,五百当一元。千元一出现,小鬼就玩完。"当时伪联银只发到五百元大钞,图案为一面孔子像,一面天坛祈年殿。八月十日日寇投降，其后伪联银总裁汪时璟去重庆，九月间始发千元大钞，已是奉重庆国民政府之命了。沦陷八年，伪联银发钞总额只八百八十九亿余元。而日寇投降后，八月十六日至十月十六日两个月间，却增发五百二十四亿余元，可见重庆政府多么巧妙地假汉奸之手掠夺沦陷区北方老百姓了。（数字据《审讯汪伪汉奸笔录》下册一四一七页）当时内战时期，北平人民生活困难之情况，远远超过沦陷时期，岂如利器先生所说那样容易解决。如果真是那样，当年"反内战、反饥饿、反迫害"的运动就不会掀起了。但细说又非三言五语可说清，本文已太长，只能另写小文说明了。至于王老夫子的话为什么发现如此大的偏差呢？很简单：一是老夫子年事过高，记忆不清是正常的，老想着"七七事变"以前在成都做学生时的物价，记忆中把漫长的抗战岁月、解放战争时期的物价飞涨等等恶梦，忽略了，混淆了。而写文的年轻朋友，又未经过那些艰辛岁月，现代历史也未注意研读，为了尊重老人，如实书写。正是差之毫厘，谬以千里了。俯仰岁月，感慨前尘，忍不住写了这篇小文，并缀以诗曰：

白发开元梦，斗米记数钱。
谁知甲子过？艰苦说从前！

历史是清晰的，岁月是无情的。甲子前只是梦中的事了。祝福利器夫子期颐康乐吧！

一九九七年重阳于上海

上海旧时地价与房租

　　盖房子要土地,上海自开埠以来,人口逐渐增多,土地逐渐增值,据资料记载:南京路地皮价格,在三十年代中叶,即战前最繁荣时代,已较开埠初上涨两万倍。世纪前期上海最大的财阀无国籍犹太人哈同,原是南京路口沙逊洋行的职员,因结识徐家汇中国女子罗加陵并与之结婚,听从罗的主意,收购南京路跑马厅一带地皮,最初由六十两银子一亩买起,后几十年中节节上涨,每亩增至几万、几十万。由地产起家,成为上海第一巨富。"哈同花园"在民国初年直到二三十年代,成为海上第一名园。五十年代初还在,后拆除改建中苏展览展馆。直到六十年代,铜仁路转角处还有太湖石假山,还是哈同花园旧物。

　　《郑孝胥日记》民国九年九月记:"至商务馆董事会,报告已定购大马路、石路口万昌估衣店地,凡一亩八分有奇,价四万二千镑。"当时英国金镑牌价约合中国银元七八元之间,这一亩八分的地价在银元三十万上下了。《日记》民国十年五月又记:"西邻空地出售,索价一万七千六百元,余欲得之。托伯平向上海银行借万元,拟以公债票一万四千元作押。伯平商之银行,仅允抵借八千元。"按郑孝胥住近徐家汇南洋路,地价自比南京路要便宜的多,只是未写出更具体的面积亩数,所以无法作具体比较。

　　徐珂《康居笔记汇函》中也记到几处民国十五六年间地价情况。当时徐住在康家桥,即现在西康路附近,当时这一带居民已渐多,但尚未十分繁华。其文中记"姑以康家桥地价每亩银币四千元比例之",则较南京路、即郑文中所记之"大马路",相差悬殊矣。都市地价,全靠地段好坏,开发之初,全是一片田野,纵使有规划画图,亦难知日后何处繁华,何处市口差,如眼光不对,盲目买地,便被动矣。闻数年前有买地浦东冷落马路者,迄今仍甚被动。当时距康家桥不甚远之近南京西路一带,则高两三倍。康文云:

> 沪之地价日昂,继长增高,未有已也。丙寅(民国十五年)秋,有沪之土著孙国良者,以银币一万八千元鬻戈登路(地僻少民居)地一亩八分有奇,是亩价万元也。国良得金,冶游饮博,无所不至,恒乘摩托车招摇过市,不数月丐。方光绪中叶,沪之村民,蓄地数亩,一旦骤得高价,辄挥霍于公共租界之马路中,不能作数年之富家儿也。

所记十分真实形象,"戈登路"即江宁路,"摩托车"即小汽车。光绪中叶即哈同氏大量收购地皮时也。《两地书》中记一九二九年南翔地价,每亩三百元,亦较内地好地地价高出三倍多。

再说起上海旧时租房价格。首先想起鲁迅一段妙文,《病后杂谈》写道:

> "采菊东篱下,悠然见南山"是渊明的好句,但我们在上海学起来可就难了……然而要租一所院子里有点竹篱,可以种菊的房子,租钱就每月总得一百两,水电在外,巡捕捐按房租百分之十四,每月十四两,单是这两项,每月就是一

百十四两……

　　这是一九三四年末写的,距今已是整整六十三年前的事了。鲁迅先生战斗的杂文,却也实在地记录了当时的房租价格,也是十分有意思的。"一百两"并不真是交白花花的银子,而是当时租界内按海关税银折算的一个单位,交房租时仍按当日牌价折算付钞票。读者如弄不清其真实情况,可看鲁迅先生大陆新村住所的房租情况。先生是一九三三年春搬入大陆新村的。《日记》三月二十一日记云:"决定居于大陆新村,付房钱四十五两,付煤气押柜泉二十,付水道押柜泉四十。"这里房钱仍按"关银"计算论"两"。一两等于多少钱呢?《病后杂谈》中有清楚的说明:"每两作一元四角算",那大陆新村房钱四十五两,就等于六十三元。这在当时也不是一个小数目。这在北京当时,只要一半价钱就可租一所很阔气的大四合了。而大陆新村的天井现在还在,不足一丈见方,还不如北京四合院一个角大。这是三十年代的房租价格,而且是大陆银行投资建造的高级弄堂房子。在此以前二十年代也不便宜,阅徐珂《康居笔记汇函》记载,在民国十五六年间,在他住所附近金司徒庙旁,有人新盖简陋的平房出租,房中没有地板、自来水。当时这一带很冷落,像乡村一样,屋门就在村路旁,一间月租金是银币四元。房屋造价只二百五十元,再加地皮价格百元,共三百五十元成本,一年即得四十八元利息。当时都是以银元计算,不贬值,所以经营房屋租赁,不管大花园洋房,还是一般高、低级弄堂房子,乃至简陋类似棚户的房子,都是很合算的投资。所以徐氏在文中感慨道:"沪上屋租之昂,甲于通国,受廛者苦之。或曰地值高,造价昂……"上海当时开埠已近百年,人越来越多,各种档次房屋自然都有人居住。

所以二三十年代间,各银行也是大量投资房地产的。但在抗日战争前,一般租房,还都是平租平赁,即按月付房租不拖欠即能租到房。而抗战开始,上海租界房屋有限,租房价大涨,而且通货膨胀,房产业主不能月月增租,不能撵房客搬家。租房住户紧缩居室,转租别人以营利,便出现二房东、三房东。花大价买别人居住权,便出现顶费。至胜利后、解放前,则均以金条计顶费矣。友人于四八年以四根大条即四十两黄金顶复兴公园对面巴黎公寓一套房子。

雍正《圣谕广训》

　　出版社拿来一份复印件,让我写一个前言或说明。我从封套中抽出来一看,原来是一份日本人印的、翻译成白话的《圣谕广训》,而且附有"上谕文言原文"。我一看不由地想笑出来,哪里弄到的这老掉牙的玩艺儿,介绍解说是什么意思呢? 难道要印出来让老百姓再来听宣讲上谕吗? 不过作为古董观赏一下也是十分有趣的。其实说古也不算太古,不要说比不上恐龙蛋,比之秦砖汉瓦,也还是子子孙孙离开塔拉孙子辈也够不上呢! 由颁上谕的雍正,往前数到所谓"圣祖仁皇帝",即康熙六十年前,也不过一六六二年,距离也只三百三十五年,还不到五千年文明史的十分之一,真是"短来兮",呒啥希奇! 不过现在年轻朋友看来已莫明其妙了。而比我大三四十岁的人(在下生于一九二四),或更大些的人,他们小时候,都背诵过这玩艺。何以为证? 抄一段一九八七年浙江古籍出版社所刊一九七〇年去世的杭州人钟毓龙老先生《科场回忆录》中的话,所记考童生后面说:

　　　　两文一诗完毕之后,尚有二事。一曰恭默《圣谕广训》。《广训》之纲凡十六条:一曰"敦孝弟以重人伦",二曰"笃宗族以昭雍睦",三曰"和乡党以息争讼",四曰"重农桑以足衣食",五曰"尚节俭以惜财用",六曰"隆学校以端士习",七曰"黜异端以崇正学",八曰"讲法律以儆愚顽",九曰"明礼让以厚风俗",十曰"务本业以定民志",十一曰"训子弟以禁非为"，十二曰"息诬告以全善良"，十三曰"诫逃匿以免株连"，十四曰"完钱粮以省催科"，十五曰"联保甲以弭盗贼"，十六曰"解仇忿以重身命"。

此十六条，为康熙帝所定，演而为十六篇，篇约千余言。

定制，此十六篇之文字，考生均须熟读。故诗题之后即有《圣谕广训》题，例为自"某某"二字至"某某"二字。盖任取十六篇中之一处，约二三十字，令考生默写，以验其平日是否熟读也。当其初行时，想必人人熟读。然至余考时，则何尝熟读，并其书亦不之知。临考时，购取印成之黄纸小册，携以入场，查检而抄之耳。此种具文公开之作弊，极为可笑。从此可知专制者，挟其雷霆万钧之力，强迫人民同一种不愿习之事，其结果必至于此，无足怪也。惟默写不得有脱误，违者贴出。但闻脱误亦不妨，不可添改，但求字数之不差耳。

钟著对《圣谕广训》的来源，内容等说的很清楚。所引《圣训》条目，除二条"穆"、"睦"、十六条"仇"、"雠"等通假字稍有差异外，其他完全一样。

钟毓龙，字郁云，号庸翁，又号甦翁，浙江杭州人。生于一八八〇年，逝于一九七〇，享寿九十岁。清光绪二十九年癸卯举人，辛亥后曾长期担任杭州各中学、师范教员、校长，解放后曾任杭州政协副主席，著有浙江、杭州历史地理书多种。我国虽自唐以来，以开科取士为国家遴举人才，自元之后，以八股文开科取士。明、清两代五百余年，科举制代，沿习相因，联绵不断。如此漫长、重要之历史制度，除《明史》、《清史稿》之《选举志》外，独少记载史实，研究得失之专书，不能不说是十分遗憾的事。清末废科举,辛亥革命又推翻满清,建立民国,大小当官、教书的都还是清代科举出身的进士、举人,有的又到外国去留了学,得了学位。可是很奇怪,没有一个人想到写一本介绍科举历史、详细情况的书,更没有一个人肯用新的观点去回顾一下、研究一下科举制度的得失。直到解放后五十年代才有了这方面的著作。一本是光绪三十年甲辰恩科(科举最后一科)探花商衍鎏的《清代科举考试述录》,一本就是这本《科场回忆录》。这本书虽是一九八七年出版的,但是写时却是作者七十二岁时,即一九五一年夏天,前面有序说:

> 科场定有条例,各省遵行,而应试情形,自来文人无详记之者……今距科举之废已数十年,虽谈历史者,犹知在昔有以科举取士之事,而无应试时之情形,则事在五十以下者,殆无人能知其详矣……余仅忝乙科,未至礼部,会试、殿试时情形余不知。若小试,若岁科试,若乡试,皆亲历其境……辄就所亲历而犹能记忆者,信笔记之……苟有好古之士,欲追求往迹者……亦足以资谈助也。

钟氏此稿先为北京文史资料处收录,未出版,十二年,作者八十四时,又有所修改增补。老辈学人写作认真,虽自谦是本“信笔记之”的书,却是一册十分翔实扼要的科举小史。其记《圣谕广训》,就十分清楚具体。只所说“演而为十六篇,篇约千余言”句,就手边复印资料核对,字数不对。手边《圣谕广训》十六篇,篇后都注明字数,最多者只六百四十余字,字少者只五百九十余字。十六条解说词只一万字。十六条后注明:“共一万言。”十分清楚,与老先生回忆文稍差误,不过亦很不容易了。回忆文中把十六条《圣谕广训》的题目记得那样清楚,不知写时是据资料摘引的,还是凭记忆来写的。不过老一辈读书人,幼年读书全靠背诵,所谓读过的书,都是背得滚瓜烂熟的,因而小时候记忆力都受过长期严格的训练,现在人是很难想象的了。

钟文中说:此十六条,为清康熙帝所定,演而为十六篇。这就是雍正二年二月《圣谕广训序》中说的:

> 我圣祖仁皇帝,久道化成,德洋恩普,仁育万物,义正万民。六十年来,宵衣旰食,只期薄海内外,兴仁讲让,革薄从忠,共成亲逊之风,永享升平之治。故特颁上谕十六条,晓谕八旗及直省兵民人等。自纲常名教之际,以至于耕桑作息之间,本末精粗,公私巨细,凡民情之所习,皆睿虑之所周。视尔编氓,诚如赤子。圣有谟训,明征定保,万世守之,莫能易也。朕缵承大统,临御兆人,以圣祖之心为心,以圣祖之政为政。夙夜黾勉,率由旧章。惟恐小民遵信奉行,久而或怠,用申诰诫,以示提撕。谨将上谕十六条,寻绎其义,推衍其文,共得万言,名曰《圣谕广训》……

序言把《圣谕广训》的颁布流传说的十分清楚,但时至今日,年代久远,为了说清楚这份文献,必须说清楚他产生的历史背景,首先必须把颁布这十六条的康熙说一说:

康熙,名玄烨。顺治十一年(一六五四年)春出生,康熙六十一年(一七二二年)岁末去世,活了六十九岁。他是顺治的第三个儿子。清初满族对天花十分害怕,顺治因天花去世,康熙时年八岁,已出过天花,有了免疫力,可以活的长久,便继承了帝位。由八岁到十四岁,是康熙幼年,由摄政顾命大臣鳌拜等人掌权时期。十四岁亲政后，首先是精心惩治了鳌拜的专横集团。鳌拜等人铲除后，不久，远在云南的吴三桂与广东、福建的耿精忠、尚可喜等藩王，因康熙有意削除其兵权，起而造反。康熙派兵平定西南，取得胜利。同时东南海上，派兵平定郑成功力量，建立台湾一府三县的建制。东北对付俄罗斯的侵略，取得军事胜利，缔约和解。至康熙二十四五年时，这些重大事件都完成，更讲求经济文事，安定百姓，治理黄河，严格吏治，出版书籍，讲求历法，倡导宗教，巡视山川……总之，康熙是个文治、武功了不起的皇帝，不但能使他在位的时候，百姓安定繁荣，也奠定了他以后雍正、乾隆、嘉庆三朝百年以上的繁荣稳定，国泰民安。这是十分不易的。早在康熙九年，即在他亲政的第三年，于铲除了鳌拜的专横集团之后，恢复内阁制度、恢复翰林院建制，这时颁布了这十六条《圣谕》。《清史稿·圣祖本纪》九年（一六七〇年）记云：

　　　　冬十月庚巳，颁《圣谕》十六条。

而《东华录》八年十一月记云：

　　　　太和殿、乾清宫告成。御殿行庆贺礼，上由武英殿移居乾清宫，颁诏天下恩款十五条。

　　这十五条与《圣谕》十六条，可能是一回事，又在九年补充，以上谕形式颁发的。《东华录》九年所记甚简，未录颁发《圣谕广训》事（自然《圣谕广训》这个名称当时还没有）。
　　这《圣谕》十六条，每条只有七字，十分简洁。意在劝善，却非空话。每条都有实在内容，都是当时社会极为重要的问题。

而且次序排列，都十分研究。下此《圣谕》时，正是玄烨十六七岁，在位八九年。当时虽做皇上，但有辅政大臣，另有太皇太后即顺治母亲、康熙祖母照顾，教育十分认真，有皇帝师傅天天教读，这时已全部接受了中国传统儒家文化，正是英姿焕发的时候。太皇太后活了七十五岁，直到康熙二十六年才去世。康熙自己的生母佟佳氏，封孝康章皇后，康熙二年就死了，只活了二十四岁。而顺治另一妃子，孝惠章皇后博尔济吉特氏，康熙即位，却尊为皇太后。开始陪侍太皇太后，后来她对康熙帮助甚大，活的岁数也大。康熙五十六年才去世，活了七十七岁。这年康熙也已六十四岁了。所颁这十六条内容如何呢？

一、二、三条是家庭伦理、宗族和睦、乡党秩序等等儒家修齐治平的最基础、最基本的东西。开头各用一个最适当的动词"敦"、"笃"、"和"以贯注之。开头的动词呼应下面三个主要动词："重"、"明"、"息"。三句话贯彻好，结果就是家家父慈子孝，宗族间和睦相亲，乡里间没有争议，不打官司。

四、五条是经济生活。四是发展生产，以农立国，首重农桑，丰衣足食。五是提倡节俭，因农业社会，生产有限，耕作辛苦，所以中国几千年来，就有惜财节用的传统习惯。而这二条放在前三条之后，即只有家庭、宗族、乡里安定和美之后，才能提到发展经济，崇尚节约。如二者颠倒过来，把农桑放在前面，那乡间必增加陇亩利益之争。如把"尚节俭"放在前面，那衣食之不谋，又如何讲节俭，因而向老百姓一上来不能只讲吃苦。

六、七两条是教育，二者也是结合的。这是自汉代以来独尊儒术，但是"异端"二字，有宽有窄。当时儒学而外，佛道之外，西洋基督传教士也受到康熙重视，天主教传教士用奎宁（金鸡纳霜）治好了康熙的疟疾，康熙允许在皇城内明代西十库旧址建立天主教堂……凡此种种，说明"隆学校"、"端士习"，固定儒家正宗，"四书"、"五经"，圣贤道理。而"黜异端"、"崇正学"，这异端的范围，也放的很宽，但也不过分优崇僧道。康熙二十二年为题查正一真人事，还下过圣旨："一切僧道，原不可过于优崇。若一时优崇，日后渐加纵肆，或别致妄为，尔等识之。"见《东华录》卷十二，举此可见一斑。

第八、九两条是讲求法治、法律，提倡礼让风俗。法律是要严格的，但法律不是万能的。法律只儆戒、惩治少数愚顽之徒；对于整个社会，更提倡的是淳风厚俗，礼让为先。因为社会上的事，并不是所有问题都是法律所能判决的。所以儒家提倡温、良、恭、俭、让的淳风厚俗。

第十、十一二条又是以百姓本业为基础。士农工商，各安其业。"若民则无恒产，因无恒心"，儒家传统安定社会的根本，就是把人心系在土地上、产业上。土地、买卖、手艺、一技之长，医、卜、星、相……以及靠山吃山、靠水吃水各样生活，总之都要有业。青年人要立业，立业之后要安于本业。坚定本业信念，不要不安分，不要作无业游民。训导子弟安于本业，禁止为非作歹。从人人务本业要求起，是儒家传统的"君子务本，本固而道生"的思想。

第十二、十三两条，在现在读者看来，也许感到与前面各条有点不伦不类，实际这却是与当时历史有密切关系的。第一是清代地方吏治，政府法律，民间诉讼，有一个长期流传的口号，就是"民不告，官不究"。一是刑事案件中实发案件，如命案、抢案、盗案等，有现场事主报案，或地方报案，官府才接受调查、破案、捉拿、审问、处理。其他案件大多如此。现在一般人都知道清代的文字狱各案，其实不少案件，都因人一再告状，才酿成惨案的。

如康熙时最有名的庄廷鑨史稿案,株连而死者七十余人。最初却源于一个因贪赃被罢官的归安县令吴之荣,挟此书来庄家索贿三千两,庄家不理他。他便到杭州浙江巡抚衙门告状,巡抚照顾地方,自不愿多事,也不理他。吴之荣到北京摘书中忌讳语告状,结果成大案,害死几十人。始作俑者,就是这个坏蛋吴之荣。案结之后,将庄氏家产查抄,一半给了这个坏蛋,吴后发恶病而死。当时各地恶讼师专门怂恿人告状,敲诈富户,诬告成风。据《东华录》卷九康熙六年四月记:

> 刑部议复御史四六善言:近见奸民捏词诈害,在南方不曰"通海",则曰"逆书"。在北方不曰"于七贼党",则曰"逃人"。谓非此不足以上耸天听,下怖小民。请饬督抚,即于审理情实者据实奏闻,情虚者依律反坐。如不候督抚审结径来叩阍者,依光棍例治罪……

据此可知这条"息诬告"的针对性。文中所说"通海",即通海外台湾郑成功。"逆书",即文字狱的书,诋毁清朝的书。"于七"事发生在顺治十八年。于七名小喜,本山东登州府捕快,拉竿子,据锯齿牙山作乱,焚烧攻占八个县城。清朝派都统济席哈为靖东将军征剿,八旗分驻登、莱、胶三处,缉拿于七从党。前后将近一年,战事才结束。一时被诬告为于七从党的甚多,连著名学者宋琬也被诬告。《东华录》卷九康熙二年十一月载:

> 刑部议复:原任按察使宋琬通同于七谋反一案。旨:宋琬等原无通贼情节,着免罪。

"逃人"罪名,也是当时特殊的。"八旗"进关,享有特权,农村圈地,大批百姓投到八旗充役为奴。而且带田产来,以隐避差役田赋,其本乡本村即成为逃人,虽有大片土地,国家亦无处征收赋税,因有严禁逃人、捉拿逃人之严令。《东华录》卷七顺治十二年正月左都御史等奏:

> 爱民莫先除害,近闻八旗投充之人,自带本身田产外,又任意私添,或指邻近之地据为己业,或连他人之业隐避差徭,被占之民,既难控诉,国课亦为亏减,上下交困,莫此为甚。宜敕户部,将投充之人,照原投部档查核给地外,其多占地亩,即退还原主,庶民累稍苏,而赋租亦增矣。又年来因逃人众多,立法不得不严,但逃人三次始绞,而窝主一次即斩。又将邻佑流徙,似非法之平也。窃谓逃人如有窝主者,逃人处死,即将窝主家产人口断给逃人之主,两邻甲长责惩,该管官员议处……

但过了不久,又有给事中李裀奏言:"逃人一事,立法过重,株连太多,使海内无贫富、无良贱、无官民皆惴惴焉,莫保其身家……"可见顺治及康熙初年,"逃人"罪名,对北方农村百姓镇压惊扰多么残酷。所以"诚匿逃以免株连"七个字的背景,有多少家破人亡的血泪史。

十四、十五、十六最后三条,也各有其重要的历史背景,先说"十四条"。清代国家收入主要靠农村地亩钱粮,其次是盐课。康熙元年全国人丁一千九百十三万有零,钱粮银征收二千五百七十余万有零。康熙二十年,西南云贵、两广、东南沿海用兵之后,人口锐减,全国人丁只二千七百二十万有零,钱粮征银二千

398

二百一十万有零。人均钱粮在一两二钱白银,如再加地方增收,最少加倍,平均每人三两左右,为数亦颇可观。但交粮之后,即无其他摊派,所以北方山乡有"山汉交了粮,上山为了王"之谚语。乡间不能按时完粮,官府就要派人下乡催讨,谓之催科,春夏、秋冬各一次,谓之上比、下比。十五是保甲制度,保甲制度是农村城镇按户编制管理的制度。宋王安石新法,熙宁三年实行:十家为保,五十家为大保,十大保都保。各有保长,户两丁选一保丁。明、清两代各有变更。清代保甲制度:十户编一牌头,十牌编一甲头,十甲编一保长。户给印牌,书丁(男)、口(女)姓名,出注去处,入注来处,出生、死亡均有注明。官吏到地方了解情况,先找保甲长。保甲互联,可以保证地方治安。最后十六条,是指当时南北农村各地宗族忿争,仇家械斗,常常几代寻仇,械斗不已,死亡甚重。官府每为之和解,所以民间留下了"冤家宜解不宜结"的谚语。从安定国家社会的总体出发,一切宣扬复仇主义的口号等等,都是别有用心,不足取的。

这三百二十七年前十七岁的年轻皇帝颁布的这十六条圣谕,在今天读来有什么意思呢? 我想如不是彻底否认历史者,却有几点很值得深思。

一是这十六条,每条只七个字,动词、宾语结构一样,极为简洁明了,而又那样准确地涵盖了这一范畴的中心,虽是文言,却如白话,稍有文化,便可看懂。这种运用文字的功力,正显示了中国文字的特征,今日读来,仍甚有趣。

二是每条内容都扎实具体,既非高不可攀,又非空洞之物。落实到人,落实到社会,都切切实实可以执行。不过分要求,不琐碎,也不难做到。而综合十六条的全部内容,也足以安定当时的社会、国家。看上去平平常常,而全部却条理分明,设想周密。

三是理论根据,要求什么,不要求什么,政治敏感性十分敏锐,尤其值得我们今天读者注意。作为皇帝上谕,告诉老百姓,首先自然是遵从儒家传统。《论语》说:"孝弟也者,其为人之本欤?"所以一上来,孝悌当先。后面宗族、乡党、农桑、教育、法律、风俗……后面十至十六条,中心都是讲国家法治,晓谕百姓,守法息争。这里面有一个很大特征,作为皇帝上谕,没有一个字要求百姓忠于皇上。最重要的"忠"字,在十六条中只字未提。"义"字就更不提了。这是很值得我们特别注意的。难道康熙认为"忠"不重要吗? 为什么这样重要的告诫百姓的上谕一上来第一条不是"忠皇上以卫国家"呢? 很值得我们玩味!

　　一为臣尽忠,为子尽孝,十六条上谕,是告诫百姓的,不是告诫群臣的。因而如告诫各大小臣子,应首先要求忠于陛下。而告诫百姓,只要家家父慈子孝,兄友弟恭,奉公守法……并不必要求人人忠于皇上,家家早晚跳忠字舞……

　　二疾风知劲草,乱世显忠臣。忠的概念、形象、名人都是在混乱亡国之际,或两种、几种政治力量纷争之际,或异族入侵之际才特别强调、特别显现。关羽、岳飞、文天祥、史可法……等光耀千古的忠义之士,都是在分裂、民族危急甚至亡国时才显现的。在太平盛世,无所谓显忠不忠。清代开国、顺治之后,进入康熙初年,虽不久即有吴三桂三藩反清、东南郑成功反清,但清朝自认已是开国盛世,一切组织制度,都因袭明代,此际似不必宣扬"忠不忠"了。太平盛世,大国圣主,只有一代"名臣",无所谓忠臣,因而不要说对老百姓不必宣扬,即对大、小官吏间亦不必宣扬。

　　第三也许是更尖锐的、更敏感的、更重要的,即其时去明亡不久。顺治十八年、康熙元年交接之际,平西王吴三桂同大将爱星阿带大军进入缅甸,缅甸人才执明代最后一个流亡皇帝朱由榔送给吴三桂。朱由榔给吴三桂的信道：

> 　　将军新朝之勋臣，旧朝之重镇也。世膺爵秩，藩封外
> 疆，烈皇帝之于将军，可谓甚厚。讵意国遭不造，闯贼肆恶，
> 突入我京师，殄灭我社稷，逼死我先帝，杀戮我人民。将军
> 志兴楚国，饮泣秦庭，缟素誓师，提兵问罪，当日之本衷，原
> 未泯也。奈何凭藉大国，狐假虎威，外施报仇之虚名，阴作
> 新朝之佐命？逆贼授首之后，而南方一带土宇非复先朝有
> 也。南方诸臣不忍宗社之颠覆，迎立南阳。何图枕席未安，
> 干戈猝至，弘光殄祀，隆武就诛，仆于此时，几不欲生，犹暇
> 为宗社计乎？诸臣强之在三，谬承先绪。自是以来，一战而
> 楚地失，再战而东粤亡，流离惊窜，不可胜数，幸李定国还仆
> 于贵州，接仆于南安……

　　信中所述，即崇祯在景山上吊，顺治在北京建立清朝之后，
还有南明弘光、隆武、永历三帝在南京、福建、西南支撑残局。清
代朝廷之内外，是明朝降臣、降将，西南三藩吴三桂、耿精忠、尚
可喜等，东南自洪承畴打下南京而后，明代大臣洪承畴、冯铨等
降清于前，李建泰陛见于后，南明赵之龙、徐文爵、王铎、钱谦益
亦相继降清。而自崇祯吊死、福王弘光、隆武、永历相继失败，明
各省藩王、朱氏子孙相继被诛戮。而民间效忠前明思潮仍十分
强烈，效忠前朝的前明臣子，假托明室后人号召抗清的什么"假
称天启皇后"、"朱三太子"等案此伏彼起，接连不断……这时如
在上谕中号召"效忠"，那不就是为"复明抗清"发号召、制造舆
论吗？这才叫"搬起石头砸自己的足"呢！这是康熙，也是清代
入关最大的忌讳，不提是其最大的聪明处。

康熙这十六条上谕,对安定社会,当时是起到十分重要深远的影响的。一颁布不久,即康熙十五六年之际,安徽繁昌县知县梁延年,字九如,就把这十六条上谕,旁征博引,详加注释,编了一套二十卷的书,取名《圣谕象解》,于康熙二十年(一六八一年)付梓刊行。清代木刻书,康熙时代刻的最好,世称"康版"。据说这部《圣谕象解》刻工印刷极为精美,是"康版"艺术的代表作,北图及美国均藏有此书。雍正二年二月颁布刻印的《圣谕广训》,已在此三十四年之后了。

　　雍正名胤禛,号破尘居士,是康熙的第四个儿子,康熙十七年农历十月丁酉生,母为吴雅氏。雍正出生时康熙二十五岁,正值青壮之年。康熙六十一年即一七二二年康熙去世,翌年雍正即位,为雍正元年,即一七二三年,史称清世宗宪皇帝。这时雍正已四十五岁。康熙去世,雍正登基,历史上因雍正于康熙去世时,本应去天坛替康熙主持冬祭大典,他却未去,在康熙身边,因而种种猜疑,众说纷纭,莫衷一是。这且不去管他,只是他也是清代前期继康熙后大有作为的一个皇帝。自然他十分重视康熙这十六条《上谕》,即位之初,便重新颁布,并以自己的名义,逐条作了说明,共万言,名为《圣谕广训》,一卷。《清稗类钞·著述类》第一条《列圣钦定诸书目录》将此书入子部中。

　　按照当时国家规定,康熙这十六条上谕,各地督抚以下,以及州县官,每逢初一、十五,都要向军民百姓宣讲。康熙时,十六条较为简单,虽有梁延年的《圣谕象解》,但各地方官讲解时,未必据此详述。等到雍正的《圣谕广训》出来,那新皇上已定了调子,自不能随便增减讲说。但雍正的书,也是文言写的,讲说也不便,老百姓又听不懂原文。所以雍正的《圣谕广训》颁布不久,便由陕西盐运使王又朴(字从先,号介山)将其直译为口语,书名

为《圣谕广训直解》,刊布发行,便于各地官吏对老百姓讲解,如第一条开头一段,雍正《圣谕广训》原为:

> 我圣祖仁皇帝,临御六十一年,法祖尊亲,孝思不匮。《钦定孝经衍义》一书,衍义经文,义理详贯,无非孝治天下之意。故《圣谕》十六条,以孝悌开其端。朕丕承鸿业,追维往训,推广立教之思,先申孝悌之义。用是与尔兵民人等宣示之:夫孝,天之经,地之义,民之行也……

再看王又朴《圣谕广训直解》这段的解说译文:

> 万岁爷意思说:我圣祖仁皇帝,坐了六十一年的天下,最敬重的是祖宗。亲自做成《孝经衍义》这一部书,无非要普天下人都尽孝道的意思,所以《圣谕》十六条,头一件就说个孝悌。如今万岁爷坐了位,想着圣人教人的意思,做出《圣谕广训》十六篇来,先把这孝悌的道理,讲给你们众百姓听。怎么是孝呢?这个孝顺的道理大的紧,上而天,下而地,中间的人,没有一个离了这个理的……

不过这白话讲解,如在北方各省,照念即可。而到闽浙、两广、岭南一带,语音关系,理解仍有难处,还要用当地土语讲解。这就是附在本书后面,嘉庆十三年冬广东署理总督韩崶等人《圣谕广训》重刊者跋中所说的,也就是出版社送资料的祖本后面跋中语:

> 臣崶钦奉恩命由粤东臬司擢任巡抚,十二月兼署督篆……敬携前陕西盐运分司臣王又朴所刊《讲解圣谕广训》

一册……爰命司铎官遴选口齿清楚佾生四人，于每月朔望，即以粤东土语，按文宣讲，一对环而听者，争先恐后，所以化导间阎至亲切也，遂以是书颁布郡邑，俾司牧民之责者，广为宣谕……

还附有重刻此书的官员姓名："广东分巡高廉兵备道臣朱桓、高州府知府臣双寿、茂名县知县臣王勋臣敬谨重镌。"可见当时刊刻分布之广，已远在康熙颁布上谕百四十年之后的广东西南隅茂名了。但如此重要的《圣谕广训》，又过不到百年，钟毓龙老先生考秀才时，已形同具文，不是默写，而是照抄，亦十分可笑了。

不过因其影响和名气，外国也十分重视康熙这份上谕，也重视这部《圣谕广训》。出版社送来这份复印资料，虽是嘉庆十三年冬天广东茂名重印的，但却不是原书，而是日本铅字排印本。所有雍正《圣谕广训》文言原文，边上都印有日文假名小字动词语尾。过去日本人用文语读法，可以直接读这种汉文书，简单说，这份《圣谕广训》是日本人印的日译本，只是日本出版印刷年代不知道。可能是昭和以前、大正或明治年代出版的，或者更早。因为据美国 A.W.恒慕义领衔主编之《清代名人传略》玄烨传记载，早在一八一七年，即有了威廉、米邻（William Milne）的全译本，一八二一年又出版了乔治·斯丹东爵士（Sir George Stanton）的节译本。可见此书早在十九世纪初，即有了英文译本，走向世界了。据说还有不少西方语文译本，未一一列出译者姓名，不过亦可见其在世界上影响之深远了。

一九九七年七月十五日，农历丁丑六月十一完稿于水流云在延吉新屋南窗下

404

《中华活页文选》

接到北京张忱石兄来信，说是中华书局新出《中华活页文选》面向初、高中学生，要我写一篇"中学生如何学古文"。接到忱石函的翌日早晨，又见中央电视台"实话实说"栏目播放中学生如何学好语文课的节目，我忽然想到"中学生如何学古文"，也应该说几句老老实实的大实话，不应该再说那些个冠冕堂皇的高调，或那些云山雾罩的应酬话、摩登话⋯⋯

老实话先从我自己说起。我自五六岁认字块起，后来读些老书、小学课本，中学、大学，以后教书、当职员写公文，自己写稿子、写书，迄今六十多年，将近七十年。自己不是用功的学生，也不是循循善诱的老师，更非学有专长的专家学人，但多少是对中国文字感兴趣，在书堆里滚了几十年的过来人，所以多少有些说这些老实话的经验。因为迄今虽然几十年过去了，而我小时第一次读古书、读古文的情景还常常生动地浮现在我眼前，或者说：童心犹在。与现在的中小学生来比，虽然代沟很深，他们不了解我，而我却能想象出他们读书的心理状态，即希望新鲜的、有情趣的、实际的、自然也得有点压力的⋯⋯而最讨厌枯燥的、天天老一套的、莫明其妙的、空洞的、废话连篇的、机械的、不动脑筋没有什么压力的⋯⋯

我由六七岁到十一二岁，又读私塾，又挂名编制在小学中随人家考试。小学课本，只读算术，语文当时叫国语，常识只是考试时翻阅背熟而已。另读"四书"、古文、唐诗，写大小楷，作文等。旧时私塾的启蒙读物，《三》、《百》、《千》及《名贤集》、《幼学琼林》等，我都没有读过，只是书房学伴读时，我听了记住一些。我认了两年方块字，学了加、减法后，就开始读《论语》。老师一边领读，稍微讲一讲，我就自己放开喉咙读了。以句数计，开始读十句、二十句，当天背一遍，第二天再重复背一遍。以后越读越多，读完半本，每天还重复读一两页以前读过的，背时老师随便提前面的背几句。一般生书背完，再提两三处旧书，能背上一两句，老师就叫停住，不必再背了。我开始读十句、二十句，后来逐渐加多，一次上生书至四五十句，最多没超过六十句，我在两三小时内，能读的熟，背的出，再多就不行了。书房同学有人能读一百多句，多时读一百二十句，读的遍数比我少，但很熟，背时十分流畅，就是他的智商比我高，记忆力比我强，老师常夸他。开始时，老师虽也略讲一讲，但我听着似是而非，糊里糊涂，但我照样读的很熟。读到多半本时，我有些地方懂了，什么"有朋自远方来，不亦乐乎"，家里来了客人，我特别高兴。什么"有事弟子服其劳"，中午吃饭，我争着为老师去打酒，好外出逛一趟。什么"知之为知之，不知为不知，是知也"，也多少明白了一些。记忆是绝对的相对，理解是相对的绝对。只有记住的东西，才能逐步加深理解，对小孩子，不可能样样都弄懂，但可能读熟的都记得很牢……如"子在川上曰：逝者如斯夫"，我十岁时就背的很熟，可是又如何懂呢？说懂也是表面的。直到垂垂老矣的今天，才感到这句话的深刻。当然，也有一辈子也不懂的，这并不奇怪，也并非不重要。俞平伯老师曾有一次来信说：五岁读《大学》，现在拿来重读，有的还不明白，八十年白活了……老夫子说的笑话，但也是实在情况。但不能因此得出反结论，认为读这些不重要或没必要，那就大错特错了。中国几千年母语传统教育,在识字读书上有极为成功的经验,就是以读韵语完成识字教育,以读先秦以前、从无到有的经典书为读书教育打下基础,就可以保证融汇贯通,阅读理解汉魏六朝以后,以至唐宋元明的纷繁典籍。可惜中国现代教育完全不去思考传统母语教育的长处经验,就完全予以抛弃,越走越远,弄到现在语文教育糟不可言的现实,要想改变,恐怕很难了。糟的最突出的表现,就是由于教材、教法……一连串的脱离中国母语文字的基础,花了很多的时间,用了很大的精力,学生用了十二年时间,到高中毕业,不要说什么名篇文章,连题目也记不住几个,连封信也写不清楚,大多数不知学了些什么?

我小时是读完上下《论语》,两本书都能由头背到尾时,才读唐宋古文的。书箱中有《古文释义》、《古文观止》两部书,但读时是老师用红格抄一篇让我读,教师王守先(名成邦)先生小楷写的极好,第一题读王安石的《孟尝君传书后》,短短只有几行:"世皆称孟尝君能得士,士以故归之……实鸡鸣狗盗之徒耳。"凭记忆引,可能稍有出入。当时我九十岁左右,读熟《论语》、文语"之乎者也"的用法,在什么文法道理上、用法分类上,虽然一无所知,但其习惯用法,什么"学而时习之,不亦说乎?""伤人乎?不问马。"……已十分熟悉,出口成章。所以古文辞句上,大多已了解,而孟尝君过关手下人学鸡叫,让守关者提前开关,得以偷渡的故事,老师已讲过,十分有趣。所以这篇短文,一会工夫我就背熟了。第二篇老师抄的是欧阳修的《醉翁亭记》,第三篇是《谏院题名记》……这篇文章后来读的人不多,但开头几句:"古者谏无官,自公卿大夫以至庶人,无不得谏者……"迄今我仍然记得很熟,自然全篇背不出来了。老师给我抄了二十来篇后,我自己抄着读,前后读了四十来篇,我想这是十分重要的基础,数量并不多,时间也不长,我读完《论语》、《孟子》,四十来篇古文及几十首唐诗,前后不过四五年的时间,还学数学及高小其他课本,二三百字的短文,文言、白话都练习作了几十篇,写封信文言的:"父母亲大人膝下,敬禀者……",白话的"亲爱的表哥……",看小说《三国演义》,"火烧战船"、"关云长走麦城"、"三顾茅庐"……都翻来复去不知多少遍了。这点文化程度,都得力于这点古书的熟读背诵上。当时我在乡间小学中,成绩不是最好的,古书古文读的也不多。另一老师的儿子,只比我大一两岁吧,他《诗经》、《左传》、《古文观止》等全都背的滚瓜烂熟,每天背书时,连生书带熟书,捧一大摞放在他父亲书桌上,转过身去背,有时提上句,背不出下句,他父亲拿教鞭照头就是一下子,痛的他哇一声哭出来,他父亲又提一句,大喝一声:"背!"他一边抽泣,一边又背下去了。我在边上偷着看他,又害怕,又得大声读自己的书。这位同学后来考上中学,因日寇侵略战争失学,后在国民党军队任少校参谋,办文稿,又快又好,什么新毕业的大学生作他下级,无法与之相比,反而常受他申斥。

现在的语文教育,简单说:就是有一定深度的课文读(学生自己放声读)的少,背的少,作文练习少,课外闲书看的少……而浮浅无聊课文太多,政治宣传课文太多,老师讲的太多太多,废话太多太多(我教了几十年书,自己深有此感),毫无用处的那些语法呀、修辞呀……等等花样百出的练习,浪费学生时间太多太多……我写了几十年文章,从未想到什么语法、修辞等等,那都是专家教授的研究项目,对学生、对写文者是毫无用处的浪费时间。我写文写不下去时,从头小声读一遍,读到写不下去的地方,新意思、新辞句自然来了。设想一下,现在语文教学时间,如果砍掉一半讲的时间,让学生去读书,每周或每两周背熟一篇古文,由小学三四年级到高中一年级,读熟一百篇、五到十万字,作为高考项目,学生自动会复习背诵,这样训练了记忆力,胸中记熟百八十篇文章,写文章时自然会受到各种影响,出口成章,中国传统文化也可能会在下个世纪延续下去,这必然造成影响,舍此之外,是没有第二条路可走的。有心人可先一篇一篇地读起来,背起来……我敢保证,这是绝对有效的办法。实话实说学古文,我以自己经历奉献给大家,绝对是大实话!

百年商务旧话

正好一百年前,一八九七年二月青浦人夏瑞芳和他妻子的哥哥鲍咸恩、鲍咸昌在上海江西路德昌里租了两间房子,开了一家小小的印刷工厂,取名"商务印书馆",英文名字是"Commercial Press"。后来印在书后面的商标就是"CP"两个字母,中间加一个圆形的"商"字,看上去好像一个大口没有底托的玻璃酒杯,这个商标大约一直用到五十年代初,现在北京商务的书后面不印这个商标了。现在香港商务印书馆有限公司,把这个商标改成中国化了,不用英文字母"CP",改用"印"字美术化写法,像一本展开的书,也很好玩。商务印书馆初创时,原始资本据包天笑《钏影楼回忆录》,说是"最先以三千元资本开设在北京路的时候……"另据章锡琛氏《漫谈商务印书馆》文中云:"当时是合伙组织,资本共四千元。"这两种说法,比较可信的是章的说法。因包是随笔记自己的回忆,虽与商务有一定关系,但没有章锡琛先生深。章是商务老职工,又是专门回忆商务的文章,自然比较可靠些。不过不管三千也好,四千也好,都是一个小数目,而在十五六年之后,商务董事会登报通知股东,已增资为二百万元了。但是就在这时,原创办人夏瑞芳遇刺身亡了。查《郑孝胥日记》,民国三年腊月十二记云:"收回日股已于昨日签字,付二十七万余两,拟于正月三十一号开临时股东会。"十五日又记云:"梦旦约晚饭……至宝山路梦旦新宅,甫坐进食,有走报者曰:'夏瑞芳于发行所登车时,被人暗击,中二枪,已入仁济医院。'梦旦、拔可先行，余亦继至，知夏已殁，获凶手一人。此即党人复阐北搜扣军火之仇也，众议，夏卒，公司镇静如常，菊生宜避之，余与菊生同出，乘电车送至长吉里乃返。"

民国三年腊月，正是一九一四年一月。郑氏日记所记夏被刺事甚确。所记其他人为高梦旦、李拔可及郑本人，当时都是商务印书馆董事会的成员，郑是主席。夏为人如何，又怎么被刺呢？还得简单从头说起。夏字粹方，青浦贫家子弟，幼时其母在一外国牧师家做保姆，他随母去牧师家，牧师见其勇敢伶俐，很欢喜他，便送他到长老会清心堂小学读书，在校又与宁波人鲍氏兄弟要好。毕业后学习英文排字，这就奠定了他们办印刷厂的基础。商务初办，因为他们都是教会学堂毕业的，都通英语，就靠印英语课本《华英初阶》《华英进阶》等书，销路很好，营业蒸蒸日上。但只是英文不行，必须还有高级的中文人才，才能办好印书馆。中文人才来了，"戊戌政变"失败后，张元济先生由京到沪，认识了夏瑞芳，夏请这位精通英文的名翰林审阅译稿，才发现他那些请译书院中人译的稿件错误百出，这样才合作扩大商务规模，改为股份有限公司，共五万银元，原发起人占七成，三万五千元，另招一万五千元。张元济先生便成了商务股东，出任总编辑、编译所长等职，终生服务于商务印书馆，使之成为中国百年来成绩最辉煌的第一家出版企业。

夏瑞芳极有经营眼光和气魄，很早就办了编译所，但他要请学贯中西的专家担任所长，请教张元济先生，张先应盛宣怀聘为南洋公学译书院长，曾荐蔡元培先生担任，但蔡不久因苏报案离开上海，所长便直接由张担任。张原在南洋公学，月俸只一百两。到商务任编译所长，夏奉以月薪三百五十银元。张就任后，整顿健全编译所，聘高梦旦为国文部主任，杜亚泉为理化数学部主任。当时庚子之后，各地推行新政，纷纷成立学校，教科书就成了商务印书馆的主要财源了。自然，这中间也不乏竞争者，早期的文渊书局、文明书局，后来的世界书局、开明书店，都是以出版教科书与商务展开过竞争的小书局。但是最大的竞争者，则是原商务印书馆担任过出版部长的陆费逵，离开商务，外出组织了中华书局，成为商务的主要对手，一直竞争到解放前后。陆费逵为什么能离商务，另组中华而获得成功呢？还得从商务一度中日合资说起。庚子后光绪末年，有日本出版商来上海谋发展，夏怕他们日后成为劲敌，便提议合营，日人看商务前途远大，也便欣然同意，议定资本二十万元，中日各半，引进新设备技术，并请日本文部省卸职的汉学家编教科书，编定一套《最新教科书》，正遇清末新定学制，这套教科书便被广泛采用。商务业务蒸蒸日上，设立汉口发行所，在北京收购直隶官书局，成立京华印书局，在虎坊桥盖大楼，在琉璃厂西街盖北京发行所，这在宣统年间都已分别成立了。当时商务印书馆、京华印书局，是这一带唯一的高楼，直到八十年代都还在。但在此后不久，即遇上辛亥革命，民国成立。商务原编教材，封面印着黄龙旗，已失时效。陆费逵有远见，武昌起义，他就预见民国革命会成功，便暗中约人编书。其时正遇夏瑞芳投资失败，各省汇兑不通，商务一时出现经济危机。陆费逵便筹集资金，约会商务老同事，在一九一二年元旦，中华民国开国之日，也是中华书局成立之时。且在春季开学前，及时推出《中华新教科书》，一下成为商务劲敌。商务不甘落后，积极组织编撰《共和国新教科书》，还是成为民国初年的主要教材。其时中华大登"中国人须用中国人教科书"的巨幅广告。而商务有日本人资金，这就很伤脑筋，这就想要收回日本人股权。日人因利之所在，也不肯轻易放弃，因而双方谈判，甚费

周张,《郑孝胥日记》中有详细记录。民国二年七月十四记云:
"印书馆与中华书局争售教科书,登报互底。"八月初十记云:
"夏瑞芳将同长尾赴东京议购日本股票。"十一日记云:"至印书
馆,菊生愤愤言:日人太无理,非收回日股不可。"十月十五记云:
"赴印书馆董事会,商收回日本股四十万,分四期付款。"十二月
初七日记云:"晚,赴印书馆董事会,议收回日本股票事,总价五
十四万余元,先付一半,余以六个月为限。"日本人十万元资本,
十来年间,便成了五十四万元,所以章锡琛文章说:"忍受极大的
牺牲了。"而正在收回日股之际,夏忽遇刺,却是另有原因。武昌
起义,陈其美领导光复上海,自任都督,二次革命,陈又响应。其
时闸北宝山路一带,是商务编译所、印刷厂、宿舍集中的地方,而
又是中国人管理的地方,一有战争,就在这里打。夏为保全商务
安全,联合其他厂请租界中的帝国主义武装万国商团来闸北出
入口处布防,陈的武力不能从南市迁回到闸北,陈向商务借军费
也遭拒绝,因此恨夏,先向夏发出警告,继之击死。《郑孝胥日
记》民国三年所记此事前因后果颇详,不一一征引了。

日股收回,夏瑞芳遇刺。商务稍经周折,后经陈叔通先生建
议,成立总务处,统管编译、印刷、发行三项主要业务,这样营业
有了更大发展。一九二〇年,增资为三百万元,一九二二年,又
增资为五百万元,成为资金最足,人才最多,影响最大的印书馆。
其后若干年间,中华虽亦步亦趋,始终略逊一筹了。商务出教科
书最赚钱,中华出教科书发行量也很大,可谓旗鼓相当。可是编
译所英语函授部周越然编的《英语模范读本》,一下子风行全国,
几年中发行逾百万册,为商务不知赚了多少钱,中华就缺少这样
一套影响全国、影响一个时期的名教材。据资料在较长时期内,
教科书发行,商务占五成六成,中华只占四成,其他小书局合占

一成。商务有几大杂志:前期徐珂、后期杜亚泉编的《东方杂志》,出版几十年,成为本世纪前期最有影响的综合杂志。还有适合青年学生读的《教育杂志》、《学生杂志》,发行量也广,影响也大,时间也很长。前后发行了十几年的《妇女杂志》,当时影响也极大。还有早期是鸳鸯蝴蝶派重要阵地、后由沈雁冰主编的《小说月报》,成为新文学运动最早团体"文学研究会"的上海阵地。后又出版专刊鸳鸯蝴蝶派小说的《小说世界》。这些有时代影响的杂志,也是商务的重要出版项目,中华都没有。商务着手编辑大型辞书是很早的。编译所国文字典委员会方叔远先生(名毅)主持编辑的《辞源》,是我国近代最早出版的大型综合辞典。出甲、乙、丙、丁等四种大小不同版本,甲种本还有线装本,分装两函。丙种本两巨册精装,烫金郑孝胥题的书名,销路最广,在二三十年代间,全国几乎所有小学教师以上的知识分子案头,都备有一套。我在二十年代末,记事时,就看到父亲书桌上那套《辞源》,后来随着年龄增长,学会查阅,常常看最后一页主编、编辑的名单,编辑第一名就是"方毅",而在解放后一九五四年冬才在南京清凉山后有幸认识他老人家,当时已六十多岁,一见面就问我读完"二十四史"了吗?我说没有读过多少。老人一板脸便说:"没有读过'二十四史',算什么北大中文系毕业的?"真有如佛家当头棒喝,迄今老人神情,还历历在目前,这就是当年老辈学人的风格,现在人是很难想象了。在大型辞书出版上,中华书局急起直追,编出了质量比《辞源》稍好的《辞海》,但那已是十来年后的事了。商务印书馆,几部重要的大型书,迄今为止,仍然不能不说是空前的,也仍然未能有哪家出版社超越它。这就是《百衲本二十四史》、《四部丛刊》、《丛书集成》、《万有文库》等巨型书。分别简单介绍之。《百衲本二十四史》,是张元济先生一九二七年着手策划的,选当时京、沪各家最好旧藏本正史,如瞿氏景祐(宋仁宗年号,一〇三四年)本《前汉书》、元版《三国志》等等佳刻,张老自校,影印出版。因其用各种版本,有宋、元、明刻,汇总印刷出版,如同和尚化缘各种小块布缝的百衲衣一样,所以叫《百衲本二十四史》。《四部丛刊》,按中国传统经、史、子、集四部编目方法,统一编辑影印中国古书,有初编、续编、三编,印书过千种,均由张老亲自策划,亲自校阅。我架上有"丛刊"本《清波杂志》《挥麈录》二书,一借常熟瞿氏铁琴铜剑楼宋刊本影印,一涵芬楼藏汲古阁影宋钞本影印。书后都有张菊老跋,说明此书祖本之流传情况,且有"校勘记",如《清波杂志》之校勘记,有十七页,二百六十条之多。可见《四部丛刊》各书之质量,现在没有,未来恐怕也不会再有了。因为恐再不会培养出这样的"翰林学士",精通中国古籍旧学的专家了。而且《四部丛刊》最初所出都是毛边纸或白绵纸线装本,未来谁还看这种书呢。不过《四部丛刊》也出过灰色封面报纸平装本,那是廉价本了。《丛书集成》是把各种丛书汇编统一印成小开本,有影印本,大多为排印本,"初编"共收书四千一百零七种,四千余册,因抗战军兴,未出齐。近年已归北京中华书局重印,已出齐了。中华书局在三十年代初,因见商务《四部丛刊》出版,也出版了以连史纸、长仿宋印刷的《四部备要》,生意也不错,当时分甲、乙、丙、丁等四五种,价钱依次递减。我家当年买的是丁种,收书同丙种一样,只少"二十四史",因家中早买了《百衲本二十四史》,所以只买了丁种。上面所举这些大部头书,都是有关中国旧学古籍的,是中国五千年文明史的根本。至于《万有文库》,那就是包罗万象的了,既有中国古书,也有翻译的世界名著,文史类虽多,也有不少科普读物,统一开本、封面、道林纸印刷。现在京、沪各地,旧书店中还常见到零本《万有文库》。其他大部头书尚有《续藏经》、《正统道藏》、《四库珍本》、《北京图书馆藏善本丛书》等,不一一介绍了。

许多商务印书馆出版的书,在版权页上都印着发行人:王云五。包括张元济先生作跋的各种《四部丛刊》影印本,都是印"发行人王云五"的名字。因而介绍商务印书馆除早期除夏瑞芳外,自始至终关系着张元济先生;而在后期则也离不开王云五。王云五,号岫庐,广东中山县人。清末原是中国公学的英文教员,是胡适的老师。五四运动后,曾编印过《岫庐丛书》,办过公民书局。其时商务印书馆编译所中虽多饱学之士,但多系旧式文人,纵然不少到过东西洋,精通英、日等外国文字,但不是新文化界人物,在全国青年知识界,没有声望,因而他们想请来胡适担任所长。《胡适的日记》一九二一年七月十六日记云:

> 十点,车到上海,张菊生、高梦旦、李拔可、庄伯俞、王仙华诸先生……都在车站相候。

隔天又记云:"十点半到商务印书馆编译所,我问梦旦,他们究竟想我来做什么……梦旦问我,若我不能来,谁能任此。我一时实想不出人来。"这样胡适在商务编译所见了所有负责人,了解了组织计划,参加编译所的会议,了解了一个多月,其间还去了一次南京、安徽。九月一日记云:

> 云五来谈,我荐他到商务以自代。商务昨日已由菊生与仙华去请他,条件都已提出,云五允于中秋前回话。此事使我甚满意,云五的学问道德都比我好,他的办事能力更是

我全没有的。我举他代我，很可以对商务诸君的好意了。

九月六日又记云：

> 作报告。云五来谈，我们同去吃饭……云五已允进商
> 务编译所为副所长……他们要我荐一个相当的人，我竟不
> 能在留学生里面寻出这样一个人来。想来想去，我推荐了
> 云五。他们大为诧异，因为他们自命为随时留意人才，竟不
> 曾听见过这个名子！

照现在人们的说法，王云五是个自学成才的人物，当时只三
十四岁。后来成为领导商务庞大的、拥有二百多名高级知识分
子的编译所长，继而升为总经理。王云五以《四角号码检字法》、
《百科全书》、《万有文库》三大计划及科学管理法在一个时期
中，创造了商务的不平常业绩，这是客观存在的。可惜的是，三
十年代开始不久，日寇加紧侵略我国，给商务也不断带来了巨大
的灾害。

一九三二年一月二十八日，日寇继"九·一八"侵占东北之
后，又侵略上海，炮火集中在闸北一带，坐落在宝山路上的商务
印书馆厂房、东方图书馆(涵芬楼全部善本书二千余种均在此馆
内)全部被日寇飞机投炸弹烧了，炸平了。张元济二月四日写给
傅增湘的信说：

> 上文告知总厂全毁，东方亦毁……天下事大抵如斯。
> 弟日来感觉挂碍一空矣。商馆在沪部分决定全停。依次情
> 况，恢复大非易易……

三月十七日信中又云：

> 闸北交通渐复。连日勘视总厂，可谓百不存一。东方图书馆竟片纸无存，最为痛心。全都保火险将近七百万，兵险则无人肯承保者……

二十余年经营，毁于日寇炸弹炮火之一炬，从菊老信中，可见商务损失多么惨重，菊老多么痛心了。

但是当时商务正在鼎盛时期，虽受此打击，但在各方面力量支持之下，到这年年底上海馆就复业了。菊老写给傅增湘的信中说："商馆复业，极为冗忙，石印工厂不日亦可开办。"过了半年多，又成立了恢复东方图书馆的委员会，信中说："公司推王君云五与弟二人，外聘蔡鹤卿、陈光甫、胡适之三人。又英、美、法、德在沪实业界、教育界各一人……"这样商务在重创之后，又得恢复，于其后三四年间，除继续出版各项教科书，出版各项杂志，又筹印《四库全书》，虽未成事实，但先印出了《四库珍本》，又出版了《四部丛刊》续编、《丛书集成》等大书。可是好景不常，日寇侵略步步加紧，数年之后，"七七"、"八一三"接连发生，抗战开始了。一九三七年八月二十三日傅增湘致张元济书云：

> ……沪战猝发，闻之震骇。炸弹横飞，伤亡至重，尊斋地较旷远，计尚安全。然困苦情况思及辄为危栗也。我辈高年，遇此国难……困守此间，已如异域。……

抗战后商务部分留在上海租界，大部分人随王云五先撤到香港，后到长沙，四分五裂了。五六十年代间，我在上海，与《金石学》

作者朱剑心先生同事，他当时在商务做编辑，编《国学丛书》，"八一三"后，随王云五领导的商务撤退人员，先到香港工作了一个时期，又到长沙，长沙大火，部分人去了重庆，部分人又回到香港，常常说起当时逃难情况……这样自然就谈不到正常的出版事业，更谈不到发展了。抗战期间，王云五在重庆当了国民党政府的行政院副院长。抗战胜利后，商务复员回到上海，原编译局国文部主任朱经农出任总经理。但解放战争节节胜利，通货膨胀日日加剧，残破的商务只能勉强维持了。解放后，直至一九五四年公私合营，商务迁到北京，商务印书馆从此走上计划经济的新路了。

我幼时在北国山镇从大姐的《共和国文》书皮上，从父亲书桌上的《辞源》封面上，知道了"商务"二字，一晃六十多年过去了，不知读过多少本商务出版的书。八十年代末，有幸去海盐出席张元济先生纪念馆奠基、落成典礼。九十年代初，香港商务印书馆又出版我的《草木虫鱼世界》。九五年春，我有幸到香港鲗鱼涌芬尼街商务印书馆香港公司做客，望着墙上挂的张菊老出洋考察时所拍照片，真感到岁月悠悠，百年只是一瞬间了。回想这一百多年间，商务印书馆，如不受到日寇侵略战争的损失，那该多好呢？可是历史就是这样无情！但历史毕竟是过去的事了，香港回归祖国只剩下百余日了，二十一世纪就要开始了，百年历史的商务印书馆，在下世纪新的百年里，必也将创出新的辉煌吧！

一九九七年三月十日完稿于浦西水流云在延吉新屋南窗下

跨世纪的国际汉学会议

今年六月十八日至二十二日，新加坡国立大学中文系召开了一次规模盛大的国际汉学会。会议全名为"汉学研究之回顾与前瞻国际会议"。因为这次盛会在本世纪九十年代召开，其回顾自然是在此以前的几十年，而其前瞻呢？恐怕就不仅限于本世纪最后几年，必然要延展到下一个世纪。因而本文命题为"跨世纪的国际汉学会议"，题目很大，不过这里只想作一个简单概括的介绍。

"汉学"这一概念，在国际上目前包括中国哲学、史学、文学、语言等方面。这次新加坡国大召开的国际汉学会议，还包括"华文教育"，面是很广的。如细分，那各种专门学科，自然就更多了。

没有特定专题，这样综合性的国际汉学会议，过去也曾举行过。一九七二年五月曾开过"第一届纽西兰国际汉学会议"。这次会议中国大陆没有人参加，想来在国际上影响也不大。新加坡国大这次的国际汉学会议特别邀请大陆三十多位代表参加，可以说是空前的国际汉学会议。所以，像这样大规模的国际汉学会议，如果没有中国大陆代表参加，那终究是遗憾的。

大会三百多位正式代表，来自亚、美、欧、澳几大洲四十四个城市，自然是亚洲地区的代表最多，除东道主占绝大多数外，邀请中国大陆的三十多名学者。另外台北、香港的代表也相当多。其他远道的客人，欧洲柏林，澳洲堪培拉、悉尼，美洲西雅图、夏威夷等地代表，也都不远万里，参与盛会。

大会共提交论文一百四十多篇,大分类包括文、史、哲、语言及综合介绍所在地区的汉学发展情况。如从论文的具体内容来看,那占有的学术领域面是非常广的,可以说是洋洋大观。在哲学方面,有先秦孔子思想、宋明理学、新儒学、道教等多种方面研究的论文。在文学方面,从时间上讲,先秦、两汉、六朝、唐以后直到近、现代,从体裁上讲,散文、小品、小说、戏剧、诗、曲以及俗文学。史学方面的论文涉及领域也很广泛,由史前考古学到断代周秦、两汉、隋唐、宋元明等时代,各种问题都有专文论述。在语言方面,有传统的音韵学、校雠学、文字学外,尚有现代的修辞学、语言比较学等等。对海外华人社会说来,还有更重要的双语制度下的华文华语教育问题,这方面的论文也很多。

　　中国大陆的学者所提交的论文,大多概括地介绍了四十年来某一学术领域的研究概况,如唐诗、唐代文学、古典散文、考古、古文字、文学理论、古代文论等等。这些概括介绍的论文,都总结了中国大陆这些学术的发展道路和研究情况。这些论文对大陆以外的学者无疑说是非常有用的。因为说来说去,"国际汉学"还总是以中国大陆的传统文化为根本的。了解大陆研究情况,对海外学者那是十分重要的。

　　大陆以外学者也有不少篇概述性的论文,如近四十年台湾元史研究、台湾中国古典文学理论研究、香港中国近代史研究、中国传统小说研究在美国、汉学研究在澳洲、新马华文文学研究七十年、汉学研究在法国等。这些论文,也使大陆学者眼界大开,了解到海外近几十年中研究中国学问的情况。如仔细地阅读这些论文,或者会忽然领悟到,在国际学术研究领域中,纵然是古老的"'五经''四书'、孔孟李杜",也早非中国所"特有",而是西方国际汉学研究的课题,并不断发展的研究内容了。早期的国际汉学研究大本营在法国、在欧洲，主要是古典的。第二次世界大战之后，国际汉学的研究中心由法国转往美国，由于各种优越条件，近几十年中发展十分迅速，研究范围，也由古典转向近现代，研究内容大为延展、广泛，远非本世纪前期伯希和、高本汉等西方汉学家时代可比了。

　　这次会议，重点是"回顾与前瞻"，回顾有事实作根据，说来是比较踏实的。但在回顾中，也看到近几十年国际汉学的发展趋向、速度和轨迹。据此前瞻，在新的世纪中，国际汉学一定会得到更大的发展，这是可以断言的。为什么这样说呢？进一步分析之，中国历史悠久，文化发达，而且有文字记载已历四五千年，以及中外文化交流，吸收外来文化，白马驮经、佛教输入、小野妹子留学、马可波罗东游等等老话，且不必多提。只说本世纪之初吧，西洋欧洲、东洋日本，就有不少研究中国传统学问的大名家、重要著述。如瑞典的高本汉、法国的伯希和、日本的青木正儿、英国的李约瑟。像李约瑟博士的《中国科技史》巨著，在中国国内也很少有人比得上。近百年中，外国人研究中国历史文化，当然主要是为了了解中国、理解中国。大体可分作三个阶段，一是传教士学习中国文化，翻译"四书"、"五经"，目的是为了在中国传教。二是进一步研究中国古代历史文献，作为学术来研究，尤其是上世纪末、本世纪开始，殷墟甲骨文、敦煌唐人写经发现之后，大部分出土文物被掠夺到西方，西方研究汉学之风更盛。三是中国大陆解放后，国内学人一小部分到了香港、美国等地，加以第二次世界大战后，欧洲经济力量低落，这样原在法国的国际汉学中心，便自然地移到了美国，而研究的内容也大为扩充，其研究内容，除传统古典历史文化外，更注意到了近代中国。美国各大学在五十年代到七十年代之间，培养了一千多位研究汉学的博士,其中不少人都是研究现代中国的,如以研究沈从文作品著名的金介甫博士。这种以研究现代中国人著作而得博士学位的情况,在本世纪前期的国际汉学界是没有的。

"汉学"一词,在我们国内,应该说是不适用的。我们虽然是一个多民族国家,但本国文化,由传统到现在,它是延续着的。何况现在国际上"汉学"一词的涵义,就是"中国研究"的意思,因而国际汉学的根本和源泉,还在于中国国内。不过有一点要注意,即国际汉学是中国研究,目的在于了解中国、理解中国。而中国国内学术界、学人,也必然要了解国际汉学研究、理解中国的情况,这才能更好地理解本位文化的重要国际地位——传统的和现在的,才能更好地理解和坚定弘扬本位文化的信心。可惜的是,在一个很长的时期内,国内大陆学术界一般人士,对这方面了解的太少了。我有幸参加了新加坡国立大学这次盛会,并拜读了与会者一百四十来篇论文,使我眼界大开,了解了一些国际上的汉学研究情况,不由地产生了一种感想:世界那么多国家的学者,都在研究中国传统历史文化,我们不是更应该重视学习我们自己的传统历史文化吗?

国际汉学研究,在本世纪后期,远远超过了本世纪前期。欧美、日本不说,就以遥远的澳大利亚来说吧,自五十年代中期,悉尼大学就成立了东方研究所,提倡汉学研究。目前则有澳洲国立大学、麦克理大学、墨尔本大学、马纳西大学、阿特里大学、昆士兰大学、葛礼菲大学等多所,均设有中文系或中文课程,以中国文字、语文讲读,以中国书籍作为研究课程。这样广泛的汉学学习和研究,在本世纪前期是想象不到的。国际汉学自本世纪初,发展到本世纪末,已经是这样的情况了。那么下世纪如何呢?这就是会议所说的"前瞻了"。可惜的是:这次"汉学研究之回顾与前瞻国际会议"所提交的一百四十多篇论文的内容,基本上都是"回顾"的,"前瞻"的似乎极少。但是了解了它的过去、现在,也可以预测到它的未来。如果简单地问一句:下世纪国际汉学研究的情况如何呢?那回答是肯定要大大发展的。原因有三,不妨简述之如下:

一是下世纪与本世纪大不相同。本世纪前期中国内忧外患。建国伊始,困难甚多,又走了许多弯路,加以海峡两岸尚未统一,这些都或多或少影响了传统文化的研究和发展。如到下世纪,那情况将会大大改变:祖国统一是期待中的事,经济会得到长足的发展。在此大气候下,在新世纪中,传统历史文化必将重新受到更大的重视,去学习、去研究,这就更引起世界的注意,也会更有力地带动国际汉学研究的更大更深入的发展。

二是本世纪国际汉学研究本身所取得的成就与所得到的重视,也必然会推动其向前加速地发展。近年中世界各发达国家学习中国语言、中文的风气方兴未艾,发展十分迅速。据知德国波恩大学中文系就有学生六百多人。日本除东京、京都等大城市外,小小一个静冈县浜松市,只有近三十万人,七八年前,没有一处学习中文、中国语言的正式或业余学校。而在八十年代后期,一下子出现多处学习中国语言文字的学校。其他各大国学习中文、中国语言的更多,只学中国语言、中文虽然谈不上是汉学,但更多的外国人掌握了中国语言文字,就充分具备了进一步研究汉学的条件。这样在本世纪前后期国际汉学研究成就的影响下,在中国四千年光辉灿烂传统文化的照耀吸引下,必然有许多人以其所掌握的中国语言文字去从事专业或业余的汉学研究,不但要将本世纪国际汉学研究的传统继承下去,而且还必将发扬光大。

三是海外华人、华裔的巨大影响。他们人数众多,是拥有资金雄厚的大财团,影响着世界经济,而且国际地位、知识层次都大大提高,各个学术领域,都有华裔的知名学人。他们眷恋传统宗邦文化,虽在异国,也还普遍关怀宗邦文化,不少地方,还十分重视华文教育,保存中华传统风俗习惯,并随着时代发展,赋予以新内容,使之产生新影响,小到使用筷子吃中国菜,打太极拳,吃中国药,大到研究《孙子兵法》,重视儒家思想,开创"新儒学"学派等等,这些都将大影响和推动下世纪国际汉学的进一步大发展。

　　以上三点,是我对新世纪国际汉学发展的预测,根据客观情况所作的估计。当然,要实现这些预测,还要靠当前海内外专家学者的努力,以及未来各代专家学者的共同努力。中心是发展华夏传统文化,使之在新世纪中焕发新的光芒,汇入全世界、全人类的文化洪流中,发挥更有益于世界文明的巨大作用。

　　这里有两点必须注意,即一是传统文化的高层次继承问题,二是绝学的继承、延续和新的汉学领域的开拓。这首先关系到一个教育问题,即在国内提高人文学科、本国语言、文字、历史等的教学质量和深度的问题,在海外华文教育的深度问题。其次是汉学研究的广度、深度和进一步科学地认识历史课题的问题。中国近百年中,由于种种政治原因,对传统的本位文化教育扬弃得很多,变化十分大,但却多未能以现代科学观点和方法作深入的研究和评估,作历史的再认识。某些领域水平越来越浮浅,不少已成为绝学。以上两点的重视与提高,均有待于新世纪仁人志士的不断努力了。